Kalter Mond

Weltbild Taschenbuch

Der Autor

Giles Blunt, geboren 1952, wuchs in North Bay in der kanadischen Provinz Ontario auf und studierte an der Universität Toronto Englische Literatur. 1980 ging er nach New York City, wo er sich zunächst als Streetworker, Gerichtsdiener und Barkeeper durchschlug. Heute lebt er wieder in Toronto und ist freier Schriftsteller und Drehbuchautor. *Gefrorene Seelen* war sein internationaler Durchbruch als Thrillerautor.

GILES BLUNT

Kalter Mond

Roman

Aus dem Englischen
von Anke und Eberhard Kreutzer

Weltbild

Die englische Originalausgabe erschien 2005 unter dem Titel
Black Fly Season
bei Random House of Canada Ltd.

Besuchen Sie uns im Internet:
www.weltbild.de

Genehmigte Lizenzausgabe für Verlagsgruppe Weltbild GmbH,
Steinerne Furt, 86167 Augsburg

Übersetzung: Anke und Eberhard Kreutzer
Umschlaggestaltung: *zeichenpool Design und Kommunikation, München
Umschlagmotiv: Shutterstock © Vasyl Helevachuk,
© spreephoto, © zhu difeng, © Dudarev Mikhail
Gesamtherstellung: CPI Moravia Books s.r.o., Pohorelice
Printed in the EU
ISBN 978-3-8289-9605-2

2013 2012 2011 2010
Die letzte Jahreszahl gibt die aktuelle Lizenzausgabe an.

Für Janna

1

Wer schon einmal, egal, wie lange, in Algonquin Bay gewesen ist, dem fallen viele Gründe dafür ein, weshalb man besser woanders leben sollte. Zunächst einmal die Entfernung von der zivilisierten Welt, worunter Kanadier Toronto, etwa zweihundertfünfzig Meilen im Süden, verstehen. Dann der schleichende Verfall des einstmals schmucken Zentrums – Opfer der doppelten Plage vorstädtischer Einkaufszentren und einer unglücklichen Serie von Bränden. Schließlich die strengen, schneereichen und langen Winter. Es kommt nicht selten vor, dass die klirrende Kälte sich bis in den April hineinzieht, und die letzten Schneefälle gibt es oft im Mai.

Nicht zu vergessen die Kriebelmücken. Jedes Jahr brechen aus den Betten zahlloser Flüsse und Bäche im nördlichen Ontario Schwärme von Kriebelmücken hervor, um sich am Blut von Vögeln, Vieh und anderen Bewohnern rund um Algonquin Bay zu laben. Dafür sind sie hervorragend ausgestattet. Auch wenn die Kriebelmücke nur einen halben Zentimeter misst, so ähnelt sie doch stark einem Kampfhubschrauber, mit je einem Saugrüssel und einem fiesen kleinen Haken vorne und hinten. Schon eine einzige dieser Kreaturen kann einem Menschen übel mitspielen. Ein ganzer Schwarm davon kann ihn schnell in den Wahnsinn treiben.

Die World Tavern war an diesem Freitag vielleicht nicht gerade der Wahnsinn, doch der Barkeeper Blaine Styles hatte eine leise Ahnung, dass es Probleme geben würde. Die Kriebelmückensaison brachte nicht unbedingt das Beste in den Menschen hervor, zumindest nicht in denen, die tranken. Blaine war sich zwar nicht hundertprozentig sicher, aus welcher Ecke der Ärger kommen würde, doch es gab ein paar Kandidaten.

Da war schon mal das Deppen-Trio an der Bar – ein Kerl namens Regis und seine beiden Freunde in Baseballkappen, Bob und Tony. Sie tranken still vor sich hin, hatten aber ein bisschen zu lange mit Darla, der Kellnerin geflirtet, und sie legten eine Rastlosigkeit an den Tag, die für später nichts Gutes versprach. Und dann der Tisch hinten unter der Karte von Afrika. Sie hatten seit Stunden Bier gepichelt. Mäßig, aber regelmäßig. Schließlich dieses Mädchen, diese Rothaarige, die Blaine noch nie gesehen hatte, die sich langsam von Tisch zu Tisch bewegte, und zwar auf eine Weise, die er – aus beruflicher Sicht – beunruhigend fand.

Eine Flasche Labatt Blue flog durch den Raum und traf die Karte von Kanada direkt über Neufundland. Blaine schoss hinter dem Tresen hervor und setzte den Besoffenen, der sie geworfen hatte, vor die Tür, bevor der auch nur einen Muckser herausbrachte. Es machte Blaine zu schaffen, dass er den Zwischenfall nicht einmal hatte kommen sehen. Der Blödmann hatte mit ein paar anderen Typen in Lederjacken unter Frankreich gesessen, und Blaines Radarschirm hatte ihn nicht einmal erfasst. In der World Tavern, der ältesten Spelunke von Algonquin Bay, konnte es, besonders in der Kriebelmückensaison, an einem Freitagabend schon mal brenzlig werden, und Blaine zog lieber beizeiten die Grenze.

Er kehrte wieder hinter den Tresen zurück und schenkte ein paar Krüge für den Tisch bei der Afrikakarte ein – an dem es, wie er feststellte, eine Idee lauter wurde. Als Nächstes hielt ihn eine Bestellung von sechs Continental und ein paar eisgekühlten Margaritas auf Trab. Danach konnte er ein bisschen verschnaufen. Er stellte den Fuß auf einen Bierkasten, um seinen Rücken zu entlasten, während er ein paar Gläser spülte.

Heute Abend waren kaum Stammgäste zu sehen; er war

froh. Fernsehserien versuchten einem immer weiszumachen, die Stammgäste in einer Bar seien Exzentriker mit einem Herzen aus Gold, doch nach Blaines Erfahrung waren sie einfach nur hoffnungslose Spastis mit einem ernsten Problem in Sachen Selbstvertrauen. Weiter als bis zu den fleckigen, schellacküberzogenen Karten an den Wänden der World Tavern würden diese Leute vermutlich nie über Algonquin Bay hinausgelangen.

Jerry Commanda saß, seine übliche Cola light mit einem Spritzer Zitronensaft in der Hand, am Ende der Bar und las in seinem *Maclean's*. Ein bisschen rätselhaft, dieser Jerry. Im Großen und Ganzen konnte Blaine ihn ganz gut leiden, obwohl er ein Stammkunde war – jedenfalls respektierte er ihn, auch wenn er mit dem Trinkgeld knauserte.

Jerry war mal ein schwerer Trinker gewesen – kein hoffnungsloser Säufer, aber doch ein schwerer Trinker. Hatte damit angefangen, als er noch an der Highschool war, und so weitergemacht bis irgendwann Anfang zwanzig. Dann hatte ihn irgendetwas ausgenüchtert, und er rührte keinen Tropfen Alkohol mehr an. Fünf, sechs Jahre hatte er keinen Fuß mehr in eine Bar gesetzt. Aber auf einmal hatte er damit angefangen, freitagabends in die World Tavern zu kommen und seinen knöchernen Hintern ans Ende der Bar zu schieben. Von da aus hatte man einen guten Überblick.

Blaine hatte ihn einmal gefragt, wie er von der Flasche losgekommen sei, ob er es mit den zwölf Schritten der AA geschafft hätte.

»Konnte die zwölf Schritte nicht verknusen«, sagte Jerry. »Genauso wenig wie diese Treffen. Wo sie alle davon quatschen, wie hilflos sie sind, und dann Gott weiß wen bitten, ihnen aus der Bredouille zu helfen.« Jerry benutzte ab und zu solche Begriffe, obwohl er erst um die vierzig war. Altmodische Wörter wie verknusen, Bredouille oder Bursche oder zänkisch. »Aber als ich erst mal kapiert hatte, dass ich mit Denken aufhören muss, war es ziemlich leicht, den Alkohol aufzugeben.«

»Niemand kann mit Denken aufhören«, hatte Blaine gesagt. »Denken ist wie Atmen. Oder Schwitzen. Das tut man von selbst.«

Daraufhin ließ Jerry einen abwegigen psychologischen Kokolores vom Stapel. Sagte, sicher, man könne die Gedanken nicht daran hindern zu kommen, aber man könne anders mit ihnen umgehen, Ausweichmanöver finden. Blaine erinnerte sich genau an seine Worte, weil Jerry vierfacher Kickbox-Meister von Ontario gewesen war und, als er von Ausweichmanövern sprach, das Gemeinte mit einer wendigen Bewegung unterstrich, die, na ja, irgendwie gekonnt aussah.

Jerry Commanda hatte also gelernt, seinen Gedanken aus dem Weg zu gehen, und das hatte zur Folge, dass er sich jeden Freitagabend mit seiner Cola light und dem Zitronenspritzer für eine Stunde oder so am Ende der Bar aufpflanzte. Blaine hegte den Verdacht, dass er damit nicht zuletzt ein paar der Jungs aus dem Reservat daran hindern wollte, allzu tief ins Glas zu schauen. Ziemlich schwierig für sie, sich gehen zu lassen, wenn Jerry an der Bar hockte, seine Zeitschrift las und seine Cola schlürfte. Ein paar von denen brauchten ihn nur zu sehen, und schon machten sie einen Abgang.

Blaines müder Barkeeper-Blick schweifte über sein Reich. Am Afrikatisch ging es eindeutig ziemlich hoch her. Hoch her war ja in Ordnung, aber zum Überschwappen durfte es nicht kommen. Blaine legte den Kopf schief und horchte auf die üblichen Zeichen – barsche Drohungen und das empörte Gebrüll, das unweigerlich auf das Ratschen der Stuhlbeine folgte. Von dem Flaschenwerfer einmal abgesehen, schien es jedoch ein friedlicher Abend zu sein. Dem Flaschenwerfer und diesem Mädchen.

Blaine warf einen kurzen Blick in die entfernteste Ecke hinter der Jukebox. Es blitzte rot auf. Die Kleine hatte dichte rote Locken, die bei jeder Kopfbewegung in die eine oder andere Richtung wippten, so dass sich das Licht darin fing. Sie trug von oben bis unten blauen Denim – gute Jeans, kurze, eng anliegende Jacke –, die Klamotten waren okay, auch wenn es so aussah, als hätte sie drin geschlafen. Wieso wanderte sie von einem Tisch zum anderen? Das war schon der dritte, an dem sie in den letzten anderthalb Stunden gesessen hatte. Zwei Frauen und zwei Männer, Postangestellte, für deren Verhältnisse es ein bisschen spät geworden war; ganz offensichtlich fanden die beiden Frauen es überhaupt nicht amüsant, wie sich die Kleine in Jeans an ihrem Tisch dazwischendrängelte. Die Kerle dagegen schienen nicht das Geringste dagegen zu haben.

»Drei Blue, ein Creemore, einen Wodka Tonic.«

Blaine holte vier Flaschen Bier aus dem Eis und stellte sie Darla aufs Tablett.

»Was ist mit dem Rotschopf los, Darla? Was trinkt die Kleine?«

»Nichts, soweit ich weiß. Der letzte Tisch hat ihr einen spendiert, um mit ihr anzustoßen, aber sie hat nicht ausgetrunken.«

Blaine goss einen Wodka ein und stellte ihn zu den Bierflaschen. Darla füllte das Glas mit Soda aus dem Siphon auf.

»Ist sie high? Wieso hüpft sie von einem Tisch zum anderen?«

»Keine Ahnung, Blaine. Vielleicht macht sie irgendwelche Geschäfte.« Darla hievte ihr Tablett auf die Schulter und stürzte sich wieder in den Zoo, wie sie es nannte.

»Chef!«

Blaine drehte sich zu dem Trio am Tresen um. Der Typ namens Regis war ein alter Bekannter von der Highschool, er schaute vielleicht zweimal im Jahr vorbei. Seine Freunde mit den Baseballkappen waren neu. Wenn dich einer Chef nennt, dann weißt du, dass er dir gleich auf die eine oder andere Art lästig wird.

»Hey, Blaine«, sagte Regis. »Wann verrätst du uns, was sie mit deinem Gesicht gemacht haben, Mann?«

»Ja«, sagte eine der Baseballkappen. »Du siehst wie ein Chinese aus.«

»War Sonntag mit dem Kanu draußen. Die Kriebelmücken waren in Hochform.«

»Die Mücke muss 'n Elefant gewesen sein, Mann. Siehst aus wie 'n Sumoringer.«

Die ganze Woche bekam er nun schon zu hören, er sähe wie ein Sumoringer aus. Um diese Jahreszeit waren die Mücken immer eine Plage, aber so hatte sie Blaine noch nie erlebt. Millionen von den Viechern in Schwärmen wie riesige, schwarze Wolken. Er hatte die üblichen Vorsichtsmaßnahmen getroffen, eine Kappe aufgesetzt, die Hosenbeine in die Socken gestopft, aber die Schwärme waren so dicht, dass man nicht mal Luft holen konnte, ohne sie einzuatmen. Die kleinen Biester waren ganz und gar verzückt von ihm und stachen ihn im ganzen Gesicht. Bis Montagmorgen waren seine Augen so zugeschwollen, dass er nichts mehr sehen konnte.

Er tippte die drei Bier in die Kasse ein. Als er sich wieder umdrehte, stand der Rotschopf plötzlich da.

»Hallo«, sagte die Kleine und kletterte auf einen Hocker.

»Was darf's denn sein?«

»Einfach nur Wasser wäre nett. Bier scheint mir nicht zu bekommen.«

Blaine goss ihr ein Glas Eiswasser ein und stellte es auf eine Serviette.

»Sie sind aber groß.«

»Kann mich nicht beklagen.«

Blaine räumte hinter der Bar ein paar Gläser weg.

»Sie scheinen ein netter Kerl zu sein.«

Blaine lachte. Der Rotschopf war schätzungsweise Mitte zwanzig, mit einer Menge Sommersprossen im Gesicht. Sie hatte wirklich das vollste, lockigste Haar, das ihm je untergekommen war. Schien sich allerdings nicht sonderlich zu pflegen. Wie Blaine hatte auch sie eine Menge Mückenstiche, und in ihren Haaren steckten kleine Stücke von Blättern.

»Wie heißen Sie?«, fragte sie.

»Blaine.«

»Blaine? Das ist ein hübscher Name.«

»Wenn Sie meinen. Und Sie?«

»Ich weiß nicht, um ehrlich zu sein. Ist das nicht seltsam?«

Blaine hatte ein komisches Gefühl in der Magengegend. Das Mädchen wirkte nicht high; ihre Art war freundlich und ruhig. Sie rutschte jetzt von ihrem Hocker und ging zu Regis und seinen Baseballkumpeln hinüber.

»Ihr seht nett aus.«

»Aber hallo«, sagte Regis. »Sie sind auch nicht ohne. Dürfen wir Ihnen einen Drink spendieren?«

»Nein, danke. Ich hab keinen Durst.«

»Chef! Ein Molson für die junge Dame hier.«

»Kann ich nicht machen«, antwortete Blaine. »Sie sagt, sie will nicht.«

»Danke vielmals, Blaine. Du mich auch.« Regis schob den Arm über die Theke und schnappte sich eins der Gläser, die dort auf dem Ständer zum Trocknen standen. Er goss von seinem Bier ein und reichte es der Rothaarigen.

»Danke. Wirklich nett von Ihnen.« Sie nahm einen Schluck und verzog das Gesicht.

Blaine nahm ihr Glas Wasser von der Bar und stellte es ihr hin.

»Oh, danke, echt nett.«

Nett, nett, alles ist nett. Schätzchen, du hast noch 'ne Menge zu lernen.

»Ich heiße Regis. Das hier ist Bob, und der da ist Tony. Wie heißen Sie?«

»Das weiß ich im Moment nicht.«

Sie lachten.

»Geht schon in Ordnung«, sagte Regis. »Sie müssen es uns nicht sagen.«

»Wir nennen Sie einfach Red«, sagte der Kerl, der Tony hieß.

»Wir nennen Sie einfach Anonymus«, schlug sein Freund namens Bob vor.

»Anonymus Sex«, sagte Regis, und sie lachten alle. »Klingt wie Tyrannosaurus Rex.«

Er fummelte an ihrer Jeansjacke herum.

»Das ist niedlich.«

»Ja, ich mag sie.«

Dieser Tony legte ihr den Arm um die Schulter und strich ihr mit der Hand durchs Haar. Er zog einen Blattfetzen heraus.

»Mann, du hast das tollste Haar, das ich je gesehen habe. Ein bisschen belaubt, aber toll.«

»Ihr seid alle so freundlich.«

»Du aber auch«, meinte Regis. »Hast ein paar üble Stiche abgekriegt, aber ich weiß ein Mittel dagegen.« Er lehnte sich vor und küsste sie auf die Wange.

Das Mädchen lächelte und rieb sich das Gesicht.

Blaine schob sich näher zu ihnen heran.

»Miss, meinen Sie nicht, es ist Zeit, nach Hause zu gehen?«

»He, kümmer dich um deinen eigenen Dreck, Blaine.« Regis schlug mit der Hand auf den Tresen und warf eine Schale Erdnüsse um. »Sie ist nicht betrunken, sie hat nur ein bisschen Spaß.«

»Nein, ihr habt Spaß, was sie hat, weiß sie nicht.«

Das Mädchen lächelte, ohne einen von ihnen anzusehen.

»Zwei Creemore, drei Blue, ein Export!«

Blaine ging hinter dem Tresen zu Darla hinüber, um die Bestellung fertig zu machen. Als er zurückkam, saß der Rotschopf bei Regis auf dem Schoß.

»Schätzchen, ich glaube, wir müssen dann mal, haben noch einen langen Ritt vor uns«, sagte Regis.

»Ihr Jungs seid wirklich witzig.«

Bob hatte inzwischen die Finger in ihrem Haar. »Ich glaube, du solltest auf unseren Ritt mitkommen«, sagte er. »Uns besser kennen lernen.«

Regis' Hand glitt ihre Jeansjacke hoch. Das Mädchen lächelte und fing an, etwas zu summen. Regis' Hand glitt unter die Jacke.

»Lass sie in Ruhe.«

Regis lehnte sich zurück und schielte den Tresen entlang, bis sein Blick auf Jerry Commanda traf.

»Was hast du gesagt?«

»Ich sagte, lass sie in Ruhe.«

»Wie wär's, wenn du dich um deinen eigenen Dreck scheren würdest, Chingachgook?«

Jerry rutschte von seinem Hocker und kam zur Mitte des Tresens.

»Wissen Sie, wie Sie heißen?«, fragte er das Mädchen.

»Hey, Rothaut«, sagte Regis. »Halt dich da raus.«

»Halt du den Mund. Wissen Sie, wie Sie heißen?«

»Nein«, sagte das Mädchen. »Ist mir momentan entfallen.«

»Wissen Sie, welcher Tag heute ist?«

»Ehm, nein.«

Regis schob sie von seinem Schoß und stand auf. »Ich glaube, du und ich, wir beide haben draußen was zu regeln.«

Jerry ignorierte ihn. »Wissen Sie, wo Sie sind?«, fragte er das Mädchen weiter.

»Jemand hat es mir vorhin gesagt, aber ich hab's vergessen.«

»Hast du mich nicht gehört?«, fragte Regis. »Ich kann ja verstehen, dass du vielleicht keine Lust hast, zu deiner Squaw nach Hause zu gehen, aber das gibt dir noch lange nicht das Recht ...«

Jerry würdigte ihn keines Blickes. Er fasste nur in seine Jackentasche und zog seine Dienstmarke heraus, um sie dem Kerl vor die Nase zu halten.

»Oh, Mann, tut mir leid. Das hab ich nicht gewusst.«

»Können Sie sich irgendwie ausweisen?«, fragte Jerry das Mädchen. »Haben Sie eine Brieftasche dabei? Kreditkarten? Etwas, wo Ihr Name draufsteht?«

»Nein, ich hab nichts dergleichen.«

Regis tippte Jerry auf die Schulter, während er die Ich-bin-der-netteste-Kerl-auf-der-Welt-Masche abzog. »Nichts für ungut, okay? Meinen Sie, ihr fehlt was? Ich mach mir irgendwie Sorgen um sie.«

»Würden Sie wohl mitkommen, Miss? Ich möchte Sie wohin bringen, wo Sie in Sicherheit sind.«

Das Mädchen zuckte die Achseln. »Klar, warum nicht.«

Blaine sah zu, wie Regis ihnen bis zur Tür folgte und sich die ganze Zeit entschuldigte. So was tat einem Barkeeper gut.

Im Wagen fragte Jerry die junge Frau, woher sie käme.

»Ich weiß nicht. Das ist ein schöner Wagen.«

»Wo sind Sie denn untergekommen?«

»Untergekommen?«

»Ja. Ich nehme mal an, Sie sind nicht von hier. Bei wem wohnen Sie?«

»Ich weiß nicht. Das ist ein netter Bau, ist das eine Schule?«

Sie ließen die Ecole Secondaire Algonquin links liegen und fuhren bergauf. In der McGowan bog Jerry links ab.

»Sie haben eine Menge Kriebelmückenstiche abbekommen. Waren Sie draußen im Wald?«

»Ach, das sind Mückenstiche?« Geistesabwesend fasste sie sich mit der Linken an die Stirn und rieb sich die roten Pusteln am Haaransatz. »Sie jucken. Ich hab sie auch überall an den Knöcheln. Tun ein bisschen weh.«

»Waren Sie draußen im Wald?«

»Ja. Heute Morgen bin ich da aufgewacht.«

»Sie haben draußen geschlafen? Haben Sie deshalb Blätter in den Haaren?«

»Blätter?« Wieder hob sie die blasse, sommersprossige Hand an die Locken.

Kein Ehering, registrierte Jerry.

»Red, tun Sie mir den Gefallen und sehen Sie in Ihren Taschen nach, ob Sie irgendwelche Ausweispapiere bei sich haben, ja?«

Sie klopfte sich die Taschen ab und fühlte von innen. Sie zog ein paar Münzen sowie einen Nagelknipser aus der Jeans. Sie bot Jerry ein Pfefferminz an, doch er lehnte dankend ab.

»Mehr hab ich nicht«, sagte sie.

»Keine Schlüssel?«

»Keine Schlüssel.«

Jemand musste ihr die Sachen abgenommen haben, da war sich Jerry ziemlich sicher. Normalerweise ging man nicht ohne Schlüssel aus dem Haus. Er stellte den Wagen auf dem Parkplatz an der Notaufnahme des Städtischen Krankenhauses ab. Die Lichter von der Algonquin und Maine folgten einem weiten Bogen den Hügel hinab. »Wissen Sie, ich glaube nicht, dass ich deswegen ins Krankenhaus muss. Es sind doch nur Insektenstiche.«

»Schauen wir einfach mal, ob wir rausfinden, wo Sie Ihr Gedächtnis verloren haben, okay?«

»Okay. Sie sehen nett aus. Sind Sie Indianer?«

»Ja. Und Sie?«

»Ich bin mir nicht sicher. Ich glaube nicht.«

Ihre Antwort kam mit solchem Ernst heraus, dass Jerry lachen musste. Er konnte sich niemanden vorstellen, der weniger indianisch aussah.

In der Notaufnahme reichte ihm ein junger Mann hinter der Empfangstheke ein Klemmbrett mit einem Formular.

»Wir werden keine einzige dieser Fragen beantworten können«, sagte Jerry. »Die junge Dame kann sich nicht ausweisen und an nichts erinnern.«

Der junge Mann zuckte nicht mit der Wimper, als ob jeden Abend Fälle von Amnesie bei ihm hereinspazierten. »Füllen Sie es einfach für Mrs. X aus, und das Übrige Pi mal Daumen. Die Aufnahmeschwester ist auf dem Weg.«

Das Mädchen saß da und summte, während sie warteten, ohne erkennbare Melodie vor sich hin. Jerry füllte das Formblatt aus, indem er immer wieder »unbekannt« schrieb. Allmählich wurde es voller im Raum. John Cardinal kam mit einem Mann im mittleren Alter herein, der wie das Opfer eines tätlichen Überfalls aussah. Er nickte Jerry zu. In der Notfallaufnahme lief man nicht selten einem Kollegen über den Weg, und freitagabends war es geradezu vorprogrammiert. Die Schwester kam herüber und sprach etwa drei Minuten mit ihnen, gerade lange genug, um eine Laboruntersuchung anzuordnen und ihren Fall dringend zu machen. Irgendwann kam Dr. Michael Fortis aus einem Untersuchungszimmer und besprach sich mit der Schwester. Jerry gesellte sich zu ihnen; er hatte schon viel mit Fortis gearbeitet.

»Nicht viel los für einen Freitag«, sagte Jerry. »Schickt ihr sie alle zum St. Francis?«

»Sie hätten vor einer Stunde hier sein sollen. Wir hatten unabhängig voneinander zwei Auffahrunfälle, auf dem Highway 11 gab's Streit zwischen ein paar Pkw und einigen

Elchen. Der eine in dem Allradwagen war nicht so schlimm dran, aber der Kerl im Miata kann von Glück sagen, wenn er je wieder laufen kann. Passiert immer um diese Jahreszeit. Die Kriebelmücken treiben die Elche aus den Wäldern, und rums.«

»Ich hab ein bisschen was Ungewöhnlicheres für Sie.«

Zwanzig Minuten später kam Dr. Fortis aus dem Untersuchungszimmer und zog die Tür hinter sich zu.

»Diese junge Frau ist sowohl zeitlich als auch räumlich vollkommen desorientiert. Außerdem leidet sie unter Affektminderung und einer dramatischen Amnesie. Sie könnte schizophren oder bipolar sein und unter Medikamentenentzug stehen. Wissen wir irgendetwas über sie?«

»Nichts«, sagte Jerry. »Sie kann von hier stammen, aber das würde ich eher bezweifeln. Sie sagt, sie ist im Wald aufgewacht.«

»Ja, ich hab die Stiche gesehen.«

Ein Angestellter reichte dem Arzt ein Klemmbrett. Er blätterte ein-, zweimal um. »Ihre Laborwerte. Rauschmittelbefund negativ. Ich ruf wohl besser mal in der Psychiatrie an und frag, ob bei ihnen eine Patientin entlaufen ist. Falls nicht, werde ich einen Kollegen von der Psychiatrie zu Rate ziehen, aber nicht vor morgen früh. Inzwischen machen wir ein Schädel-Röntgenbild. Ehrlich gesagt weiß ich nicht, was wir sonst noch tun sollen.«

Er öffnete die Tür zum Untersuchungszimmer und holte das Mädchen heraus.

»Wer sind Sie?«, fragte sie Jerry.

»Erinnern Sie sich an mich?«, fragte Dr. Fortis.

»Nein, eigentlich nicht.«

»Ich bin Dr. Fortis. Dieser Gedächtnisverlust, den Sie da haben, ist gewöhnlich ein Traumasymptom. Ich nehme Sie jetzt mit dort rüber und mache eine Aufnahme von Ihnen.«

Jerry kehrte wieder ins Wartezimmer zurück, das sich jetzt allmählich mit den üblichen fluchenden Betrunkenen oder mit Kindern füllte, die wegen ihrer Koliken oder Mückenstiche schrien. Er rief im Präsidium an, um zu hören, ob es eine Vermisstenmeldung gab, die auf den Rotschopf passte. Der Dienst habende Sergeant alberte ein bisschen mit ihm herum; Jerry war inzwischen bei der OPP, der Provinzpolizei von Ontario, hatte aber früher bei der Kripo Algonquin Bay gearbeitet, und der Sergeant war ein alter Freund. Keine Rotschöpfe vermisst gemeldet.

Jerry überlegte, was zu tun war. Für diesen Fall war Algonquin Bay zuständig, nicht er, doch falls das Krankenhaus sie nicht aufnahm, mussten sie das Mädchen irgendwo unterbringen, vielleicht im Frauenhaus. Und falls sich herausstellte, dass sie überfallen worden war, dann musste er in die Bar zurück und rausbekommen, ob irgendjemand sie kannte; musste zurückverfolgen, wann sie reingekommen war und von wo. Er fragte sich, wie sie in den Wald geraten war. Sie war nicht wie zum Campen angezogen.

Er traf Cardinal dabei an, wie er Formulare unterschrieb und mit dem jungen Mann hinter der Theke sprach. Der Angestellte hörte zu und nickte aufmerksam. Cardinal hatte es schon immer verstanden, den Leuten das Gefühl zu geben, dass das, was sie taten und wie sie mit den Details umgingen, wichtig sei. Dieser Unterschied konnte darüber entscheiden, ob man einen Fall löste oder vermasselte. Jerry wartete, bis er fertig war.

»Ich glaub, ich hab hier einen Fall für Sie«, sagte er. »Ich weiß doch, dass Sie nicht ausgelastet sind.«

»Hab ich Ihnen nicht gesagt, dass Sie hier nichts mehr zu suchen haben, Jerry?«

»Ich weiß, aber ohne Sie bin ich nur ein halber Polizist, und mein Leben ist wüst und leer.«

»Lange nicht gesehen. Ich nehme mal an, Sie waren zum Schnorcheln unten in Florida oder so.«

»Schön wär's. Hab bei 'ner Überwachung in Reed's Falls rumgehangen. Aber heute Abend bin ich über was gestolpert. Ziemlich merkwürdig, das Ganze.« Jerry erzählte ihm vom Rotschopf.

»Keine Drogen? Klingt fast so, als hätte sie eins auf den Nischel bekommen.«

»Ja, genau. Keine Ausweispapiere dabei, keine Schlüssel, kein gar nichts.«

Dr. Fortis kam von der Radiologie zurück und machte ein besorgtes Gesicht.

»Etwas Unerwartetes«, sagte er zu Jerry. »Kommen Sie, sehen Sie selbst.«

»Wir sollten John einbeziehen. Vermutlich wird das ein Fall für die Kripo Algonquin Bay. Sie kennen Detective Cardinal?«

»Selbstverständlich. Kommen Sie.«

Cardinal folgte ihnen durch den Flur in einen Praxisraum, in dem dunkle Röntgenbilder an Leuchttafeln geklemmt waren. Dr. Fortis knipste das Licht an, und die zierlichen Schädel- und Halswirbel der jungen Frau erschienen vor ihren Augen, von vorne und von der Seite.

»Ich glaube, wir wissen jetzt, wieso unsere rothaarige Freundin so sanftmütig ist. Wie die Dinge liegen, werden wir sie für einen chirurgischen Eingriff nach Toronto runterschicken«, sagte Dr. Fortis. »Sehen Sie das hier?« Er zeigte auf eine helle Stelle mitten in der Profilansicht.

»Ist es das, wofür ich es halte?«, fragte Cardinal.

»Ich kann Ihnen sagen, dass ich mir im Moment wie ein ziemlicher Stümper vorkomme. Ist mir bei der Untersuchung völlig entgangen. Ich kann mich allenfalls auf ihr dichtes, rotes Haar rausreden.«

»Sieht nach Kaliber 32 aus«, sagte Jerry.

»Ist durch den rechten parietalen Bereich eingetreten und hat teilweise die Stirnlappen durchtrennt«, sagte Dr. Fortis. »Daher die Affektminderung.«

»Ist das reversibel?«, wollte Jerry wissen.

»Auf dem Gebiet bin ich kein Experte, aber es gibt die erstaunlichsten Fälle von Patienten, die sich von solchen Schädigungen erholt haben. Das hier ist allerdings wirklich ein Fall, der in die Medizingeschichte eingehen dürfte: selbst zugefügte Lobotomie.«

»Vielleicht nicht selbst zugefügt«, sagte Cardinal. »Frauen, die Selbstmord begehen wollen, erschießen sich in den seltensten Fällen. Sie nehmen eine Überdosis, sie machen es mit dem Auspuff ihres Autos. Wir werden veranlassen, dass die Kollegen von der Spurensuche eine Schussrückstandsanalyse an ihrer Hand vornehmen.«

»Vielleicht nicht nötig«, sagte Jerry.

Das Mädchen saß, von einem Pfleger begleitet, in einem Rollstuhl an der Tür und lächelte immer noch.

»Wir haben das EEG«, sagte der Pfleger.

Dr. Fortis sah sich den Ausdruck an.

»Sie sagen, die Eintrittswunde ist rechts?«, fragte Jerry den Arzt.

»Richtig. An der rechten Schläfe.«

»Hey, Red.« Jerry nahm einen Stift aus der Tasche. »Fang.« Er warf den Stift über den Kopf. Eine blasse Hand schoss in die Höhe und schnappte in der Luft zu. Es war die linke.

»Nun ja«, sagte Cardinal, »dann wäre der Selbstmord ja wohl vom Tisch.«

2

Algonquin Bay mit seinen 58 000 Einwohnern und zwei kleinen Krankenhäusern kann sich keine eigenen Neurochirurgen leisten, weshalb Cardinal eine Dreiviertelstunde später den Highway 11 Richtung Toronto, der vier Autostunden südlich gelegenen Metropole, hinunterbretterte.

Nach einem prüfenden Blick auf das EEG hatte Dr. Fortis Red eine Halskrause anlegen lassen und sie mit Antibiotika sowie krampfvorbeugenden Medikamenten vollgepumpt. Danach hatte er einen Krankenwagen bestellt. »Sie scheint stabil zu sein«, sagte er, »aber ich sehe gewisse Anzeichen für Krampftätigkeit in ihrem EEG. Die werden sie sofort operieren wollen.«

»Ich bin mir ziemlich sicher, dass das kein Selbstmordversuch war«, sagte Cardinal, »aber ich werde ihre Hand auf Schussrückstände untersuchen lassen, bevor wir fahren.«

»Wir?«

»Ich werde sie wohl oder übel begleiten. Dabei sein, wenn sie ihr diese Kugel aus dem Kopf holen.«

»Sicher. Indizienkette und all diese Dinge. Aber Sie müssen sich ranhalten. Je schneller sie in den OP kommt, desto besser.«

Mit einer elektrischen Haarschneidemaschine rasierte Dr. Fortis dem Mädchen eine kleine Stelle an der Schläfe kahl. Um ihren Mund spielte ein friedliches Lächeln, ansonsten zeigte sie keinerlei Reaktion.

»Vollkommen runde Eintrittswunde«, stellte Cardinal fest. »Keine Brand- oder Schmierspuren, kein Tätowierungseffekt.«

»Dieser Schuss wurde auf keinen Fall aus einem halben Meter oder einer noch kürzeren Distanz abgefeuert«, sagte Jerry. »Ich hoffe, Sie finden den Kerl, der den Finger am Abzug hatte. Sagen Sie Bescheid, wenn ich irgendwie helfen kann. Ich fahr dann mal nach Hause und genieße, was von meinem freien Tag noch übrig ist.« Er winkte dem Mädchen zu. »Machen Sie's gut, Red.«

Das Lächeln des Rotschopfs war wie festgefroren. Das krampfvorbeugende Präparat zeigte erste Wirkung.

Cardinal rief zwischendurch Detective Sergeant Daniel Chouinard zu Hause an.

»Was gibt's, Cardinal? Ich sehe gerade meine Lieblingsfolge von *Homicide*.«

»Die Serie läuft doch längst nicht mehr.«

»Bei mir zu Hause schon. Ich besitze die gesamten ersten drei Staffeln auf DVD. Hat was Beruhigendes, Cops zu sehen, die sich mit deutlich schlimmeren Problemen rumschlagen als ich.«

Cardinal erzählte ihm von dem Mädchen.

»Also, da müssen Sie nach Toronto, um dabei zu sein, wenn sie diese Kugel rausholen. Sonst noch was?«

»Das war's.«

»Gut. Dann geh ich mal wieder und schau mir an, wie diese Großstadtcops ihre Fälle lösen.«

Bob Collingwood von der Spurensuche traf wenige Minuten später im Krankenhaus ein. Er war der jüngste Detective im Dezernat und bei weitem der stillste. Er machte ein paar Polaroidfotos von der Wunde und gab sie Cardinal. Anschließend nahm er Proben mit einem GSR-Tupfer, einem flachen, klebrigen Gegenstand, der einem Zungenspatel glich, und drückte ihn sowohl auf die Handrücken der jungen Frau als auch zwischen ihre Daumen und Zeigefinger. Sie schien es nicht zu merken; es war, als hätte sie sich aus dem Zimmer verabschiedet. Collingwood steckte den Tupfer in einen Beutel, den er Cardinal ohne ein Wort überreichte, bevor er wieder verschwand.

Als Cardinal nach Hause kam, war seine Frau wegen ihrer eigenen Reise nach Toronto schon ziemlich aufgeregt, obwohl sie erst in einer Woche stattfinden würde. Catherine sollte eine dreitägige Exkursion in die Großstadt leiten, die sie mit ihrem Fotografiekurs an der Northern University unternahm.

»Ich weiß nicht, wie ich es bis nächste Woche aushalten soll«, sagte sie. »Sicher, es lässt sich in Algonquin Bay ganz gut leben, aber, seien wir ehrlich, es strotzt nicht gerade vor Kultur. Ich werde in Toronto tausend Fotos machen, ich werde phantastisch essen gehen, und ich werde jede freie Minute in den Museen zubringen und mir Kunst, Kunst und nochmals Kunst ansehen!«

Sie überprüfte ihre Kameras, reinigte sie mit einem Luftstrahl aus der Dose, polierte die Linsen. Zwei Fotoapparate waren das Mindeste, was Catherine auf Reisen mitnahm, doch es sah so aus, als hätte sie genug Objektive für fünf. Ihre Frisur war völlig zerzaust, so wie immer, wenn sie mit einem Projekt beschäftigt war. Sie nahm eine Dusche und vergaß über dem, was sie gerade gefangen nahm, anschließend ihr Haar zu föhnen.

»Ich wünschte, ich könnte jetzt gleich mit dir runterfahren«, sagte sie. »Aber ich muss morgen noch eine Stunde geben, und am Donnerstag ist Dunkelkammer-Workshop.«

Cardinal warf ein paar Sachen in eine kleine Reisetasche.

»Wo willst du denn wohnen?«, fragte Catherine.

»Im Best Western, auf der Carlton. Die haben immer was frei.«

Cardinal wühlte in der Kommode nach seinem Rasierapparat. Er benutzte ihn nur unterwegs, und zwischen zwei Reisen wusste er nie, wo er ihn hingelegt hatte.

Catherine rief die Auskunft für Toronto an und ließ sich die Nummer des Hotels durchgeben, während sie unentwegt weiter mit Cardinal plauderte. Im Fernsehen gingen gerade die Elf-Uhr-Nachrichten zu Ende, doch Catherine kam erst richtig in Fahrt.

Cardinal merkte, wie dieses alte, beklemmende Gefühl in ihm aufstieg. Seine Frau war schon zwei Jahre nicht mehr in der Klinik gewesen. Sie hatte alles bestens im Griff. Nahm pünktlich ihre Medikamente, machte regelmäßig Yoga, sorgte für ausreichend Schlaf. Doch zu den schlimmsten Aspekten ihrer Krankheit gehörte es, dass Cardinal sich nie sicher sein konnte, ob seine Frau einfach nur glücklich und aufgeregt war oder kurz davor, in die abgehobenen Gefilde der Manie abzudriften.

Sollte ich was sagen? Es war, als hätten die Psychiater damals vor zwanzig Jahren, als sie Catherines Störung diagnostizierten, Cardinal mit diesem endlos wiederholten Mantra in den Orden besorgter Ehepartner aufgenommen: *Sollte ich was sagen?*

»Diese Reise wird phantastisch«, sagte Catherine. »Ich spür das einfach. Wir werden das Hafengelände fotografieren. Ein paar von den alten Industriebauten, bevor sie touristisch aufgemotzt werden und nicht mehr wiederzuerkennen sind.«

Cardinal trat hinter sie und legte ihr die Hände auf die Schultern. Catherine erstarrte, das Objektiv in der einen Hand, das Reinigungstuch in der anderen.

»Mir geht's gut, John.« Ihre Stimme klang gereizt.

»Ich weiß, Liebling.«

»Du musst dir keine Sorgen machen.«

Sie drehte sich nicht zu ihm um. Kein gutes Zeichen.

Die Insekten prasselten wie Regen auf die Windschutzscheibe. Gelegentlich hing Cardinal hinter einem klapprigen Lkw, so dass er nicht vorankam, doch die meiste Zeit war die Straße leer. Er hatte den Krankenwagen irgendwo auf der Höhe von Huntsville hinter sich gelassen.

Cardinal beschloss in einem Kraftakt, sich nicht länger um Catherine zu sorgen, sondern sich auf den Rotschopf zu konzentrieren. Der Beutel und die Fotos lagen auf dem Beifahrersitz neben ihm. Er hegte nicht den geringsten Zweifel, dass er es hier mit einem Mordversuch zu tun hatte, doch nach zwanzig Jahren – zehn Jahren in Toronto und noch einmal so vielen in Algonquin Bay – war er lange genug bei dem Verein, um sich zu keinen voreiligen Schlüssen hinreißen zu lassen.

Am katholischen Jungengymnasium, auf das er gegangen war, hatten die Priester darauf bestanden, dass ein Jugendlicher, der auf Abwege geraten war, stets mit den Augen seines Schöpfers auf seine Taten blickte oder aber, falls das seine Phantasie überforderte, wenigstens mit den Augen seiner Mutter. In Cardinals Kopf war ein Verteidiger an die Stelle dieser Inquisitoren getreten und schnüffelte wie die Ratte nach dem Käse unablässig nach Gründen für jenen berühmten Zweifel herum.

»Und Sie sagen, Sie haben sie nicht auf Schmauchspuren untersuchen lassen, ist das korrekt, Detective?«

»Das ist korrekt.«

»Solange uns das Gegenteil nicht durch eine solche Untersuchung bewiesen ist, wäre es aber durchaus möglich, dass das Opfer sich die Kugel selbst in den Kopf geschossen hat, nicht wahr?«

»Zum einen ist sie Linkshänderin; zum anderen gab es keine Schmauchspuren an ihrer Kopfhaut. Es ist demnach höchst unwahrscheinlich, dass sie selbst geschossen hat.«

»Beantworten Sie einfach nur meine Frage, Detective. Ich habe Sie gefragt, ob es möglich ist.«

Cardinal ließ sich mit der Abteilung 52 der Kripo Toronto

verbinden und forderte einen 24-Stunden-Personenschutz für das Mädchen an.

Dr. Melanie Schaff war kühl und effizient und zudem gut fünf Zentimeter größer als Cardinal. Sie legte diese reservierte Schroffheit an den Tag, die man oft bei Frauen antrifft, die sich ihren Aufstieg in eine Männerdomäne erkämpfen mussten; Cardinals Kollegin Lise Delorme war auch dieser Typ.

»Ihre Mrs. X hat eine partielle Lobotomie erlitten, und die Kugel steckt in der Nähe des Hippocampus fest«, erklärte Dr. Schaff. »Manchmal ist es sicherer, eine Kugel nicht zu entfernen, aber diese hier ist zu nah an einer der Gehirnarterien. Bei der Krampfaktivität, die wir in ihrem EEG sehen, können wir sie auf keinen Fall stecken lassen. Ein oder zwei starke Krämpfe, und es könnte das Ende für Mrs. X bedeuten.«

»Wie hoch ist das Risiko?«

»Geringfügig, verglichen mit den Folgen, wenn die Kugel drinbleibt. Ich habe ihr das erklärt, und sie scheint der OP gefasst entgegenzusehen.«

»Ist sie denn in der Lage, eine solche Entscheidung zu fällen?«

»Oh ja. Ihr Gedächtnis und ihre Affekte sind beeinträchtigt, aber nicht ihre rationale Denkfähigkeit.«

»Wie groß ist ihre Chance, sich vollkommen zu erholen?«

»Der vordere Stirnlappen ist nur partiell durchtrennt und nur auf einer Seite, die Chancen stehen somit nicht schlecht, dass sie einmal wieder über die ganze emotionale Bandbreite verfügt. Garantieren kann man natürlich für nichts. Wir können keine direkten Schäden an den Gehirnpartien feststellen, die Erinnerungen speichern, ich nehme daher an, dass sie sich vorübergehend in einem traumatischen Nebel befindet, der sich irgendwann lichtet. Zu diesem Zweck werde ich eine Therapie bei einem Neuropsychologen empfehlen. Also, was genau brauchen Sie von mir, einmal abgesehen von der Kugel?«

»Besteht die Möglichkeit, dass ihr irgendeine Erinnerung kommt, während Sie sie operieren?«

»Wir werden uns sachte an den Hippocampus herantasten. Auf jeden Fall gibt es eine reelle Chance, dass sie ein paar Erinnerungsfetzen hat. Ob das nun Träume oder tatsächliche Erinnerungen sein werden, kann ich nicht sagen. Aber Sie haben ja gesehen, in welchem Zustand sie ist. Ihre Äußerungen werden sich nicht einordnen lassen.«

»Wenn Sie nur bitte im Auge behalten, dass sie für uns vielleicht von Nutzen sind und ihr das Leben retten könnten. Wir wissen nicht, wer versucht hat, sie umzubringen.«

»Ist das alles?«

»Ich müsste eigentlich zusehen, wie Sie die Kugel rausholen.«

»In Ordnung. Dann stecken wir Sie mal in Handschuhe und Kittel. Wir arbeiten mit einem Instrument, das wir als Geheimstation bezeichnen. Es handelt sich um einen 3-D-Computertomographie-Scanner, der an das Mikroskop angeschlossen ist, mit dem ich arbeite. Wir werden Ihnen einen Logenplatz geben.«

Wie die meisten Cops hatte Cardinal schon eine Menge Blut gesehen – die zerfetzten Opfer von Verkehrsunfällen oder blutbespritzte Küchen, Schlafzimmer, Keller oder Wohnzimmer, in denen Männer sich gegenseitig Gewalt angetan hatten oder, häufiger, Männer Frauen. Man entwickelt eine Hornhaut dagegen, wie beim berühmten Zimmermannsdaumen. Woran sich Cardinal allerdings nie hatte gewöhnen können, war der OP. Aus irgendeinem Grund, den er nicht durchschaute – er hoffte, dass es nicht einfach nur Feigheit war –, drehte sich ihm beim bloßen Anblick der blitzenden Instrumente der Magen um, und zwar in einem Maße, das er bei Verbrennungen, Verstümmelungen oder Stichverletzungen nicht kannte.

Dr. Schaff ließ sich von zwei Ärzten und zwei OP-Schwestern assistieren. »Red«, wie Cardinal sie im Stillen nur noch nannte, war von den Beruhigungsmitteln sowie dem krampfvorbeugenden Präparat zwar schläfrig, doch bei Bewusstsein. Um die Eintrittswunde hatte man ihr inzwischen eine größere Stelle kahl rasiert, und über eine riesige subkutane Infusion war ihr ein Lokalanästhetikum verabreicht worden. Eine Vollnarkose war nicht nötig, da das Gehirn schmerzunempfindlich ist.

Mit Mundschutz und im Kittel stand Cardinal seitlich zu Reds Füßen, wo er gleichzeitig den Eingriff auf einem Overhead-Monitor verfolgen und der Chirurgin bei der Arbeit zusehen konnte.

»Okay, Red«, sagte Dr. Schaff. »Wie fühlen Sie sich?«

»Du liebe Zeit. Sie haben alle so schöne Augen.«

Cardinal sah in die Runde. Das Mädchen hatte recht: Zwischen dem Mundschutz und den OP-Hauben wurden die Augen betont; alle wirkten freundlich und weise.

»Mit Schmeicheln erreichen Sie alles«, sagte Dr. Schaff. Sie legte eine Spezialbrille an, mit der sie wie ein gutartiges Alien aussah. »Sind Sie so weit? Es wird nicht wehtun, versprochen.«

»Ich bin so weit.«

Cardinal hatte gedacht, er wäre ebenfalls so weit, bis Dr. Schaff ein Skalpell zur Hand nahm und einen Schnitt rund um eine Stelle in Reds Kopfhaut legte. Einen Moment lang bildeten die Linien ein scharlachrotes geometrisches Muster, doch dann quollen sie an und verliefen, und Cardinal wünschte sich, woanders zu sein.

Dr. Schaff bat um die Knochensäge. Cardinal verbrachte

eine Menge Freizeit mit Holzarbeiten, und zu seinem Staunen sah er, dass das Instrument, das in ihren Händen schimmerte, aus seinem Keller hätte stammen können. Es machte ein hohes, heulendes Geräusch wie ein Zahnarztbohrer, doch sobald es auf Knochen stieß, klang es ziemlich ähnlich wie beim Zersägen einer Sperrholzplatte. Red blinzelte nicht einmal, als Dr. Schaff das Stück Knochen herausnahm und beiseite legte. Sie würden es konservieren und in ein, zwei Tagen wieder einsetzen, sobald eventuelle Schwellungen des Gehirns zurückgegangen waren.

Vor allem richte keinen Schaden an, fordert der hippokratische Eid. Von allen ärztlichen Bemühungen ist die Gehirnchirurgie vermutlich diejenige, bei der die Mediziner mehr als irgendwo sonst diese Vorschrift des Hippokrates im Hinterkopf haben. Dr. Schaff machte sich daran, mit geradezu unerträglicher Behutsamkeit Schicht um Schicht ins Hirngewebe vorzudringen. Außer dem Piepton der Monitore und dem gelegentlichen leisen Klirren von Metall herrschte äußerste Stille. Ab und zu bat Dr. Schaff um ein anderes Instrument – einen »McGill«, einen »Foster«, einen »Bircher«.

Während Cardinal zusah, wie ein Stück rostfreier Stahl von beträchtlicher Länge millimeterweise immer tiefer in das Gehirn des Mädchens vordrang, fühlten sich seine Knie definitiv wie Pudding an. Es half auch nicht, aufzuschauen. Der Monitor zeigte denselben Vorgang in seitlicher Großaufnahme. Er fühlte sich, als taumelte er in Zeitlupe einen Aufzugschacht hinab. Unter seiner OP-Kappe sammelte sich der Schweiß.

Zwei Stunden vergingen. Drei. Die Ärzte machten gelegentliche Bemerkungen, kommentierten den Puls, den Blutdruck der Patientin. Es wurde nach Arterienklemmen und Spreizern und einem Kauter verlangt. Dr. Schaff sprach Red gelegentlich an, während sie sich weiter in ihr Hirn vorarbeitete.

»Geht's, Red? Alles klar?«

»Mir geht's gut, Doktor. Alles bestens.«

Um seinen Magen zu beruhigen, konzentrierte sich Cardinal auf die Hintergrundgeräusche, den Piepton der Monitore, das Surren der Klimaanlage und der Lampen. Auf dem Bildschirm erschien das Instrument als ein Strich aus leuchtendem Metall etwa acht bis zehn Zentimeter im Kopf des Mädchens.

»Nähern uns dem Hippocampus ...«

Red fing zu singen an. »Im Frühtau zu Berge wir zieh'n, fallera ...«

»Ja, wir kommen auch ganz gut voran, Red. Ich denke, wir haben's gleich.«

»Wir sind hinausgegangen, den Sonnenschein zu fangen ...«

»Okay, wir sind da«, sagte Dr. Schaff. »Ich schnapp sie mir jetzt.«

Auf dem Monitor befand sich der dunkle Fleck der Kugel nun im richtigen Greifwinkel der flachen Klemmbacken. Das Instrument trat langsam den Rückzug an. Cardinal hatte eine Tochter etwa im gleichen Alter wie Red, vielleicht ein bisschen älter. Ihn überkam ein mächtiger Vaterinstinkt, die Hand auszustrecken und die junge Frau irgendwie zu beschützen – was streng genommen absurd war, da sie nicht die geringsten Schmerzen empfand.

Red meldete sich im Plauderton. »Die Wolken waren unglaublich.«

»Tatsächlich?«, erwiderte Dr. Schaff. »Wolken, heh?«

Auf dem Monitor bewegte sich die Kugel stetig durch den engen Kanal. Cardinal wandte den Blick zu Dr. Schaff. Ihre Handschuhe waren glitschig rot.

Auf einmal klang Red ganz anders. »Die Fliegen«, sagte sie in gedämpftem, fast ehrfürchtigem Ton. »Mein Gott, die Fliegen.«

Dr. Schaff beugte sich über ihre Patientin. »Reden Sie mit uns, Red?«

»Sie hat die Augen geschlossen«, sagte jemand anders. »Es ist eine Erinnerung. Oder vielleicht ein Traum.«

Cardinal wartete gespannt, was das Mädchen noch sagen würde, doch sie machte die Augen wieder auf und starrte ins Leere.

Wenig später zog Dr. Schaff die Kugel heraus. Eine Schwester hielt ihr einen Beutel hin, in den die Ärztin das Projektil fallen ließ. Cardinal nahm ihn entgegen. Er ging in den Vorbereitungsraum und zog seine OP-Sachen aus. Als er den Beutel in seine Brusttasche steckte, spürte er einen Moment später an der Stelle etwas Warmes – die Wärme von Reds Gehirn.

3

Cardinal schlief drei Stunden in der blütenweißen Bettwäsche des Best-Western-Hotels. Nach einer kochend heißen Dusche, die glatt eine Hautschicht abtrug, ging er in die Cafeteria hinunter, wo er auf einem zähen Kotelett herumkaute, während er den *Globe and Mail* überflog. Draußen fiel die Morgensonne schräg über die Ufer und die Versicherungsgebäude. Die Luft war frisch, und mit Genugtuung registrierte Cardinal, dass es keine Kriebelmücken gab. Er ging zum Institut für Gerichtsmedizin in der Grosvenor Street und lieferte die Kugel ab, wozu einige Formulare auszufüllen waren. Sie sagten, er solle in einer Stunde wiederkommen.

Cardinal kehrte ins Hotel zurück und bezahlte seine Rechnung.

Er war schon nach einer Dreiviertelstunde zurück. Der junge Mann in der Abteilung für Schusswaffendelikte, der mit dem Fall betraut worden war, hieß Cornelius Venn. Er trug ein weißes, kurzärmeliges Hemd mit blauer Krawatte und hatte das sauber-adrette, ein wenig einfältige Aussehen eines Pfadfinderführers. Cardinal tippte auf eine stattliche Sammlung Modellflugzeuge.

Venn nahm die Polaroidfotos, die Cardinal ihm gegeben hatte, und heftete sie an eine Korkwand. »Sauberes rundes Loch. Keine Verbrennung, keine Rußpartikel, nur eine Spur Tätowierungseffekt.«

»Und das sagt Ihnen was?«

»Oh, nein, auf die Kiste lasse ich mich nicht ein. Auf keinen Fall werde ich eine Entfernungsbestimmung vornehmen, ohne dass ich eine Waffe in Händen habe.«

»Geben Sie mir einfach nur Schätzwerte. Wir brauchen sie vielleicht gar nicht vor Gericht.«

»Es gibt keinen Schätzwert. Nicht ohne eine mutmaßliche Tatwaffe. Wie soll ich Ihnen einen Richtwert geben, ohne dass ich die Lauflänge kenne? Selbst wenn ich die Waffengattung kenne, weiß ich noch nicht, ob die hier nicht irgendwie verändert wurde, was wiederum die Schussbahn beeinflussen würde.«

»Dann geben Sie mir also keinen Anhaltspunkt?«

»Wie gesagt, ich kann nicht.«

»Na ja, Selbstmord haben wir praktisch ausgeschlossen. Das Opfer ist Linkshänderin. Und für mein nicht eben fachmännisches Auge sieht es so aus, als wäre die Schusswaffe irgendwo zwischen dreißig und fünfzig Zentimetern entfernt gewesen.«

»Dazu kann ich mir wie gesagt keine Meinung bilden«, antwortete Venn. »Aber bei Selbstmord würde man eine Kontaktwunde oder etwas in der Art erwarten. Falls Ihre Mrs. X nicht über einen Meter lange Arme hat, kann sie sich diese Wunde unmöglich selber beigebracht haben.«

»Ein Strafverteidiger könnte behaupten, es sei ein Unfall gewesen.«

»Ein Unfall? Aus einer Entfernung von vielleicht einem halben Meter? Sie halten jemandem eine geladene Waffe an den Kopf und geraten versehentlich an den Abzug? Also, da dürften doch dem einen oder anderen berechtigte Zweifel kommen.«

Cardinal deutete mit dem Kopf auf das Spektroskop, das auf ein Werbeposter für einen Van-Damme-Film Schatten warf. »Was ist mit den Ergebnissen der Schussrückstandsanalyse? Helfen die uns irgendwie weiter?«

»Ist gar nicht durchgeführt worden. Sehen Sie mich nicht so an, Detective. Hat überhaupt keinen Sinn, jemanden auf

Schmauchspuren zu untersuchen, auf den gerade aus kurzer Entfernung geschossen wurde. Man würde in jedem Fall welche finden, ob die Person nun selber geschossen hat oder nicht.«

Da hatte er recht. Cardinal hätte sich dafür ohrfeigen können, dass er nicht daran gedacht hatte.

Venn heftete ein Blatt Papier an die Pinnwand, auf dem eine Reihe grauer Streifen unterschiedlicher Intensität zu sehen war.

»Und nun zum Geschoss«, sagte er. »Wir haben es mit einem einfachen, nicht ummantelten Bleigeschoss Kaliber 32 zu tun. Nach meinem Eindruck einem langen 32er. Normalerweise würde man bei einem Schädeldurchschuss davon ausgehen, dass das Projektil abgeflacht wird, so dass man es kaum noch einordnen kann. In diesem Fall haben wir einen Schuss in die Schläfe – viel dünnerer Knochen –, und die Kugel ist noch ziemlich intakt. Ich nehme mal an, Sie haben keine Hülsen?«

»Wir haben nur das, was wir Ihnen gegeben haben.«

»Dann wird Ihnen das hier nicht allzu viel helfen, aber schauen wir mal.« Während er sprach, zeigte er auf den Ausdruck; sein Fingernagel war restlos abgenagt. »Sie haben sechs rechte Züge mit einem Feld-Zug-Verhältnis von eins bis eins Komma soundso viel. Züge sind null Komma sechsundfünfzig; Felder null Komma sechzig.«

»Pistole?«

Venn nickte. »Pistole. Und in einer Hinsicht haben Sie Glück.«

»Tatsächlich?«

»Die Riefelung in der Waffe hat einen Linksdrall. Das grenzt die Möglichkeiten schon mal von vornherein ein. Sie suchen vermutlich nach einem Colt.«

Venn rollte seinen Drehstuhl vor seinen Computer. Er fing

an, Zahlen in eine Datenbank einzutippen. »Nach allem, was Sie über die Verletzung erzählt haben – minimale Bewegung im Schädel, minimale Gewebeschädigung –, haben Sie es, glaube ich, mit Munition zu tun, die entweder sehr alt oder irgendwann nass geworden ist. Oder es ist eine defekte Waffe. Falls der Schlagbolzen schief genug sitzt, kann das zu einem Fehlschuss wie diesem hier führen. Aber das wissen wir natürlich erst, wenn Sie uns eine Hülse bringen. Oder womöglich gar die Waffe selbst.«

»War's das? Wir haben es also vielleicht mit einem Colt Kaliber 32 zu tun?«

Venn sah ihn an. »Sie sind so ungeduldig, Detective, dass Sie mich nicht mal ausreden lassen.«

Cardinal musterte Venn, um festzustellen, ob das nur als Witz gemeint war. War es nicht.

»Dieser Linksdrall in Verbindung mit diesem Feld-Zug-Verhältnis grenzt unser Problem auf zwei Möglichkeiten ein. Sie suchen entweder nach einer J. C. Higgins, Modell 80, oder einem Colt ›Police Positive‹.«

»Und ich möchte wetten, es gibt 'ne ganze Reihe von der Sorte?«

»In Ontario? Gehen Sie von mehreren hundert aus.«

Zehn Minuten später atmete Cardinal wieder die Chlor- und Verbandsgerüche des Städtischen Krankenhauses von Toronto ein. Mrs. X war in ein Zimmer im dritten Stock verlegt worden. Der Polizeiposten an der Tür hatte so viel Ausrüstung an den Hüften hängen, dass seine Gestalt vage an einen Kegel erinnerte. Cardinal zeigte ihm seine Dienstmarke und wurde hereingewunken. Die rothaarige Unbekannte lag in ihrem OP-Hemd halb aufgerichtet im Bett und las *Chateleine*. Bei seinem Eintreten lächelte sie ihm entgegen; an ihrer Schläfe blitzte ein kleiner, weißer Verband.

»Sind Sie mein Arzt?«

»Nein. Ich bin von der Polizei. John Cardinal. Wir haben uns gestern Abend kennen gelernt.«

»Von der Polizei? Tut mir leid. Ich erinnere mich nicht.«

»Das macht nichts. Ich möchte wetten, Ihr Gedächtnis funktioniert bald wieder.«

»Das hoffe ich. Im Moment weiß ich nicht mal, wer ich bin.«

»Dr. Schaff hat mir gesagt, sie ist ziemlich sicher, dass es wiederkommt.«

»So große Sorgen mache ich mir nicht mal darum.«

Cardinal verschwieg, dass Dr. Schaff sich hinsichtlich ihrer normalen Affekte weitaus weniger optimistisch geäußert hatte.

Das Mädchen drehte sich um und stopfte sich die Kissen zurecht. Cardinal erhaschte einen Blick auf blasse Brüste und schaute weg.

»Red, ich brauche Ihre Hilfe.«

»Gerne.«

»Ich brauche Ihre Erlaubnis, Ihre Kleider durchzusehen, um festzustellen, ob Sie doch irgendetwas dabeihatten, mit dessen Hilfe wir Sie identifizieren können.«

»Ach so, klar, bedienen Sie sich.«

Zweifellos war das seitens des Krankenhauses längst geschehen, doch Cardinal öffnete trotzdem den Spind. An einem Drahtbügel hing eine Jeansjacke, daneben eine Jeans. In einem Fach lagen T-Shirt, BH und Schlüpfer. Cardinal notierte sich die Markennamen: Levi's, Lucky, GAP. Dann kramte er in den Jeanstaschen. Keine Schlüssel, keine Ausweispapiere, keine Quittungen oder Fahrkartenabschnitte, nur ein paar Münzen und ein Nagelknipser. Er griff in die Seitentaschen der Denimjacke und zog eine halbe Rolle Pfefferminz heraus. Nichts Brauchbares zu finden.

Als er sich wieder umdrehte, sah Red mit leerem Blick

aus dem Fenster, als wäre er Luft. Zwischen den Gebäuden hingen kleine weiße Wolken in den rhombenförmigen Ausschnitten blauen Himmels. Dahinter der Betonschaft des CN Tower, des Wahrzeichens von Toronto.

»Noch etwas«, sagte Cardinal. »Dürfte ich Sie wohl fotografieren?«

»Ja, warum nicht.«

Cardinal zog die Jalousien herunter, um eine örtliche Zuordnung anhand des Hintergrunds zu vermeiden. Dann setzte er die junge Frau davor und ließ sie den Kopf so drehen, dass die kahl rasierte Stelle nicht zu sehen war. Er machte eine Nahaufnahme mit seiner Polaroid.

Als er ihr das Ergebnis zeigte, kam keinerlei Reaktion.

»Morgen werden Sie wieder nach Algonquin Bay überstellt«, sagte Cardinal. »Geht das für Sie in Ordnung?«

»Ich weiß nicht, wo das ist«, sagte sie. »Ich weiß nicht mal, ob ich von da stamme.«

»Davon müssen wir so lange ausgehen, bis wir etwas Gegenteiliges wissen.«

Eine blasse, sommersprossige Hand tastete wie beiläufig die Ränder ihres Verbandsmulls ab. Cardinal rechnete fest mit der unangenehmen Frage, wo sie in Algonquin Bay wohnen würde, doch sie sagte nichts. Nur dieses unverändert friedliche Lächeln. Umso besser, dann musste Dr. Schaff das übernehmen.

»Hören Sie, ehm, Red, entschuldigen Sie bitte, ich nenne Sie nur so, bis wir Ihren Namen wissen …«

»Schon in Ordnung, das macht mir nichts.«

»Wir werden sehr bald eine Vermisstenmeldung zu Ihrer Person rausgeben. Eine junge Frau wie Sie verschwindet nicht einfach so, ohne dass es einer merkt. Dann werden wir wissen, wer Sie sind und woher Sie stammen. Bis dahin stehen Sie unter Polizeischutz, rund um die Uhr.«

»Ja, gut.«

Sie protestiert nicht, sie fragt nicht, warum, dachte Cardinal. Sie scheint keine Angst zu haben und nicht einmal neugierig zu sein.

Umso mehr fühlte er sich verpflichtet, auf die Fragen, die sie selbst nicht stellte, die Antwort zu finden.

4

Die Polizeidienststelle Algonquin Bay ist nicht so ein Drecksloch, wie man es von Krimiserien über die New Yorker Polizei kennt. Seit der Eröffnung des neuen Präsidiums vor zwölf Jahren hat sich die Kripo das fade Dekor einer kleinen Bausparkassenfiliale bewahrt. Die Fenster an der Ostseite gewähren – zumindest morgens – gutes Licht und dazu einen ausgezeichneten Blick über den Parkplatz.

Cardinal war gerade im Sitzungssaal und packte seine letzten Aktenordner in eine Kiste – und mit ihnen einen Fall, der ihn ein halbes Jahr lang seine ganze Kraft gekostet hatte. Es war dabei um eine kriminell veranlagte Familie gegangen, die auf dem Wege einer Klage wegen Lärmbelästigung über den angeblichen Krach beim Grillen den Gartengrill einer Nachbarsfamilie eingesackt hatte. Eines der Familienoberhäupter war mit dem Gesicht nach unten in der Worcestersauce gelandet, als es einem Herzinfarkt erlag. Cardinal hatte Monate in die Ermittlungsarbeit gesteckt, die am Ende einen stinknormalen Unfalltod bestätigte.

Alle naselang drang ein weiblich-zartes Tak Tak Tak vom Einhämmern eines Nagels in seine Gedanken. Frances, langjährige Vorzimmerdame und Polizeichef Kendalls Mädchen für alles, hängte gerade eine Gruppe neu gerahmter Fotos an die Kieferntäfelung. Bis jetzt hatte sie erst eins von Chief Kendall beim Amtseid angebracht und ein weiteres von Ian McLeod, in voller Montur und klatschnass, nachdem er soeben eine Mutter von drei Kindern vor dem Ertrinken im Trout Lake gerettet hatte.

»Was halten Sie von dem hier?«, fragte Frances.

Ein Schwarzweißfoto im Format zwanzig mal fünfundzwanzig von einem beträchtlich jüngeren Jerry Commanda während seiner Zeit bei der Kripo Algonquin Bay, mit Baseballkappe und Sonnenbrille. Er stand vor einem Steintor, auf dem ein gusseiserner Adler thronte – die Klauen angespannt, die schwarzen Schwingen wie zum Flug gespreizt.

»Ist das Eagle Park?«, fragte Cardinal.

»Hmhm.«

»Daran kann ich mich noch erinnern. Es war ein Wohltätigkeitsspiel gegen die Feuerwehr.«

»Ist es zu fassen, wie dürr Jerry da noch war?«

»Ist er immer noch. Ein weiterer gewichtiger Grund, wenn man denn einen bräuchte, um ihn irritierend zu finden.«

»Nun machen Sie aber mal einen Punkt, alle lieben Jerry.« Frances war gegen Ironie so immun wie eine Heilige.

»Noch ein Grund«, sagte Cardinal.

»Also, Sie ...«

Cardinal verfiel wieder in Schweigen. Das Konferenzzimmer war im Vergleich zu ihrem Großraumbüro der reine Luxus. Es verfügte sogar über Teppichboden, in Königsblau, mit einem tiefen Flor, der einiges von Frances' Gehämmer sowie dem Getöse aus dem Gewahrsamstrakt schluckte. Allerdings war er nicht tief genug, um das Gezeter eines gewissen Jasper Colin Crouch zu dämpfen.

Jasper Colin Crouch war Langzeitarbeitsloser und als Bauarbeiter nicht mehr zu vermitteln, von der Gestalt eines Grizzlybären und im Wesen noch viel schlimmer. Crouch war, darin entsprach er ganz dem Klischee, der Polizei einschlägig bekannt, was er seiner Neigung verdankte, in nüchternem Zustand seine Frau und in betrunkenem seine zahlreichen Sprösslinge zu verprügeln. Detective Lise Delorme hatte ihn einige Tage zuvor wegen Körperverletzung einkassiert, nachdem sein zwölfjähriger Sohn mit einem gebrochenen

Arm ins Krankenhaus musste. Der Junge stand jetzt vorübergehend unter der Vormundschaft des Jugendamts Ontario.

Als ein gewaltiges Gebrüll ertönte – eine Art lauter Elchschrei, könnte man sagen –, sah Cardinal auf. Er wusste genau, woher das kam. Dem Brüllen folgte ein ebenso gewaltiges Krachen.

»Du liebe Güte«, sagte Frances und griff sich ans Herz.

Cardinal sprang auf und rannte zum Gewahrsamstrakt.

Der Boden war überflutet – Crouch war wohl über den Wasserkühler gestolpert. Jetzt türmte er sich angriffslustig vor Delorme mit ihren eins sechzig auf, die gegenüber diesem Bollwerk aus Fett und Muskelmasse noch beträchtlich kleiner wirkte. Delorme hatte eine Platzwunde über dem Auge und kniete mit einem Bein im Wasser.

Bob Collingwood hielt Crouch von hinten fest, doch Crouch zuckte mit einer bühnenreifen Bewegung die Achseln, und Collingwood flog im hohen Bogen davon. Bevor Cardinal einschreiten konnte, spannte sich Crouch an, um mit voller Wucht Delorme einen Tritt zu verpassen. Delorme wich zur Seite aus, erwischte seine Ferse mit der linken Hand und erhob sich halb.

»Mr. Crouch, Sie hören sofort auf, oder ich mache Ernst.«

»Lutsch mir den Schwanz.« Er zuckte mit seinem Bein, doch Delorme hielt fest.

»Das war's«, sagte sie. Sie legte sich seinen Fuß auf die Schulter und stand auf. Crouchs Schädel machte mit dem gefliesten Boden Bekanntschaft, und er war so schlagartig weg, als hätte jemand den Ausknopf an einer Fernbedienung gedrückt. Es gab tosenden Applaus.

»Das muss genäht werden«, sagte Cardinal, als Delorme aus dem Waschraum zurückkam. An ihrer linken Augenbraue klaffte eine tiefe Platzwunde von mindestens acht Millimetern.

»Ich werd's überleben.« Sie setzte sich im Großraumbüro in die Kabine neben seiner. »Wie geht's unserer Mrs. X?«

Cardinal hatte Delorme angerufen, nachdem er sich den Ballistik-Bericht abgeholt hatte.

»Mrs. X ist unverändert Mrs. X«, sagte er. »Die Neurochirurgin glaubt, sie kriegt ihr Gedächtnis wieder, aber niemand weiß, wann.«

»'ne Kugel im Kopf – also, ich geh doch recht in der Annahme, dass wir keine Anzeigen mit der Frage *Kennen Sie diese Frau?* in die Zeitung setzen?«

»Nein. Derjenige, der auf sie geschossen hat, soll nicht erfahren, dass wir sie gefunden haben, geschweige denn, dass sie noch lebt. Du hast noch nichts zu der Waffe ausgegraben?«

»Du meinst, ob sie bei früheren Verbrechen verwendet wurde?« Delorme schüttelte den Kopf. »Nichts Passendes«, und sie fügte in einem beiläufigen Ton hinzu: »Allerdings hab ich die Liste der als gestohlen gemeldeten Schusswaffen überprüft. Überraschung – wie sich rausstellt, hatten wir vor drei Wochen genau so eine.«

»Du machst Witze. Eine 32er Pistole?«

Delorme hielt einen Zettel hoch, auf den sie einen Namen und eine Anschrift geschrieben hatte.

»Vermisst. Eine Pistole. Kaliber zweiunddreißig. Hersteller: Colt. Modell: Police Positive.«

Rod Milcher wohnte in einem gepflegten Halbgeschosshaus im Stadtteil Pinedale, dereinst eine feine Adresse, inzwischen aber, dank der Ausbreitung trister Betonwohnblöcke, eine Gegend für frisch verheiratete Paare. Pinedale ist das Viertel, in dem man, im Maklerjargon, Erstkäufer-Eigenheime findet.

Anders als Jasper Crouch war Milcher der Polizei nicht einschlägig bekannt. Genauer gesagt, überhaupt nicht bekannt. Und sein Haus mit dem sauber getrimmten Rasen und der hübschen Zedernhecke wirkte nicht wie das eines Kriminellen – wie das eines Zahnarztes vielleicht. Das einzig Ungewöhnliche an diesem Domizil prangte in der Einfahrt: ein dralles, chromblitzendes Motorrad.

»Eine Harley, Baujahr fünfundsechzig«, sagte Cardinal, bevor sie auch nur ausgestiegen waren.

»Keine zehn Pferde würden mich auf so 'n Ding kriegen«, sagte Delorme. »Ein Freund von mir ist mit sechsundzwanzig auf so was tödlich verunglückt. Hat gegen einen Betonmisch-Lkw den Kürzeren gezogen.«

»Enger Freund?«

»Hmm. Hielt sich für einen harten Burschen, war er aber nicht.«

Cardinal klopfte am Seiteneingang. Es war kurz nach sechs; sie hatten so lange gewartet, bis Milcher voraussichtlich zu Hause wäre. Eine Frau, vielleicht Mitte dreißig und im Straßenkostüm, erschien an der Tür. Wie um den Chefetagen-Look mit etwas Häuslichem auszugleichen, hielt sie einen Kochtopf in der Hand. »Ich interessiere mich nicht für Religion«, sagte sie durch die Fliegengittertür. »Wie oft muss ich das denn noch sagen?«

Delorme hielt ihre Dienstmarke hoch. »Ist Rod Milcher wohl zu Hause? Wir hätten ein paar Fragen.«

Die Frau drehte den Kopf zur Seite, ohne sich sonst zu rühren, und brüllte: »Rod, die Polizei für dich! Pack schon mal deine Zahnbürste ein!«

Sie öffnete die Gittertür. »Machen Sie schon. Sonst kommen die Insekten rein.«

Die Seitentür führte durch einen Vorraum in die Küche. Cardinal und Delorme blieben neben einem für zwei gedeckten Resopaltisch stehen, während die Frau sich mit einem Schäler an einen Berg Kartoffeln begab.

»Darf man fragen, was es für Probleme gibt?«, rief ihnen

von der Dielentür ein winziger Mann in kariertem Hemd und Khakihose zu, die er nicht annähernd auszufüllen vermochte.

»Mr. Milcher, Sie sind der registrierte Eigentümer einer Pistole Kaliber 32, ist das richtig?«, fragte Cardinal. »Eines Colt Police Positive?«

»Ja. Und? Haben Sie ihn gefunden?«

»Können Sie uns Näheres dazu sagen, wie Ihnen die Waffe gestohlen wurde?«

»Das hab ich doch schon angegeben. Steht alles im Bericht.«

»Wir würden es aber gerne noch mal von Ihnen hören«, sagte Delorme.

»Meine Frau und ich waren übers Wochenende in Toronto. Als wir zurückkamen, war die Pistole weg. Zusammen mit ein paar anderen Sachen – der Stereoanlage und der Kamera.«

»Und wieso haben Sie überhaupt einen Waffenschein?«

»Ich leite die Abwicklungsstelle für Zellers. Ich muss häufig nachts beträchtliche Summen einzahlen, wenn der gepanzerte Wagen schon weg ist.«

»Arbeiten Sie nach wie vor dort?«

»Ja.«

»Wie wär's, wenn Sie uns zeigen würden, wo die Stereoanlage stand?«, schlug Cardinal vor.

Milcher blickte von Cardinal zu Delorme und wieder zu Cardinal.

»Hier drin.«

Sie folgten ihm in ein Wohnzimmer, das fast vollständig weiß eingerichtet war: weißer Teppich, weiße Gardinen, weißes Kunstledersofa und passender Lehnstuhl. Milcher deutete auf eine Vitrine mit einer Yamaha-Stereoanlage und den dazugehörigen Lautsprechern.

Delorme ging hinüber und sah sie sich an.

»Sie haben aber ziemlich schnell Ersatz gefunden.«

»Die ist alt, ich hab sie aus dem Keller geholt.«

»Sieht gar nicht alt aus.«

»Sieht eigentlich zu teuer aus, um im Keller zu stehen«, fügte Cardinal hinzu.

Milcher zuckte die Achseln. »Ich sehe nicht, was das alles mit meiner Pistole zu tun hat. Haben Sie sie nun gefunden oder nicht?«

»Wo hatten Sie die Waffe denn aufbewahrt?«, fragte Delorme.

»In dem Kästchen da.« Milcher wies auf eine kleine Eichenschatulle in der Vitrine. Der Verschluss war aufgebrochen.

»Wer wusste sonst noch, dass Sie sie dort aufbewahren?«

»Niemand. Na ja, meine Frau, aber sonst keiner. Hören Sie, Sie haben mir immer noch nicht gesagt, ob die Pistole wieder aufgetaucht ist oder nicht. Ich hab sie ordnungsgemäß gemeldet. Ich denke, ich hab ein Recht, es zu wissen.«

»Ihre Pistole ist noch nicht wieder aufgetaucht«, sagte Cardinal. »Aber wir glauben, eine Ihrer Kugeln schon.«

»Ich verstehe nicht ganz.«

»Haben Sie die Munition zusammen mit Ihrer Waffe aufbewahrt?«

»Ehm, ja. Die Kugeln wurden auch gestohlen. Waren allerdings schon ziemlich alt. Ich war nicht mal hundert Prozent sicher, ob sie noch funktionieren würden, um ehrlich zu sein.«

»Kennen Sie diese Frau?«, fragte Cardinal. Er reichte Milcher das Foto von Red, das er an dem Morgen im Krankenhaus gemacht hatte. Der Verband war nicht zu sehen, und auch sonst verriet nichts, wo sie sich befand. Sie sah aus, als hätte man sie beim Tagträumen überrascht.

»Die hab ich noch nie gesehen«, sagte Milcher. »Wieso?«

»Weil, wie's aussieht, eine von Ihren Kugeln in ihrem Schädel steckte«, sagte Cardinal.

»Oh, mein Gott. Das ist ja schrecklich. Aber ich hab damit nichts zu tun. Verdammt. Ich hab das Ding als gestohlen gemeldet, sobald ich merkte, dass es nicht mehr da ist.«

»Und woher sollen wir wissen, dass Sie das nicht nur getan haben, weil Sie genau wussten, was Sie damit vorhatten?«

»Hören Sie, ich hab diese Frau noch nie gesehen. Ich habe mit der Sache nichts zu tun. Ich hab die gestohlene Waffe gemeldet und hab nicht den blassesten Schimmer, wer sie gestohlen hat, Punkt.«

»Hör mal, was hat der ganze Quatsch eigentlich zu bedeuten, Rodney?«

Alle drei drehten sie sich zu Mrs. Milcher um, die jetzt mit einem Backofenhandschuh im Türrahmen stand.

»Halt du dich da raus, Lorraine.«

Mrs. Milcher ließ einen theatralischen Seufzer vom Stapel. »Um die Wahrheit zu sagen, ist mein Mann nie erwachsen geworden. Wenn Sie das Zweirad in der Einfahrt gesehen haben, dürfte Ihnen klar sein, dass er von so was wie *Easy Rider* träumt. Er würde immer noch am liebsten mit den großen Jungs rumfahren.«

»Ich *bin* mit ihnen rumgefahren«, sagte Milcher. »Vor zehn Jahren war es vorbei, und ich hab bei nichts anderem mitgemacht, was sie so getrieben haben. Aber ich bin viel mit ihnen rumgefahren.«

»Sicher doch. Und ich hab mal bei den Spice Girls gesungen.«

»Von wem ist hier eigentlich die Rede?«, fragte Delorme. »Wer sind die so genannten großen Jungs?«

»Die Viking Riders«, sagte Mrs. Milcher. »Ich meine, hält die nicht jeder für Helden?«

»Ich halte sie nicht für Helden«, stellte Milcher klar. »Ein paar von denen sind alte Freunde, weiter nichts.«

»Werd endlich erwachsen, Rod. Einer von denen war vor

drei Wochen hier, kurz bevor diese beschissene Waffe verschwand.« Sie wandte sich an Delorme, als könnte nur eine Frau verstehen, was es hieß, sich mit einem unfähigen männlichen Exemplar rumzuschlagen. »Diesem Genie hier kommt es auf einmal in den Sinn, bei seinem Viking-Kumpel Eindruck zu machen, indem er diese kleine Pistole rausholt.«

»Hör endlich auf, Lorraine.«

»Soll ich Ihnen mal sagen, was ich denke?«, sagte Delorme zu Milcher. »Ich denke, Ihre Stereoanlage wurde nie gestohlen. Ich denke, das haben Sie nur gesagt, damit es so aussieht, als hätten Sie nicht die geringste Ahnung, wer Ihre Pistole entwendet hat. Denn wenn nur die Waffe gestohlen wurde, dann ließe das darauf schließen, dass der Dieb genau wusste, wonach er suchte und wo er es finden würde. Mit anderen Worten, dass der Dieb jemand ist, den Sie kennen.«

»Hören Sie, Sie haben keine Ahnung, was die Jungs mit mir machen, wenn sie glauben, ich hätte sie verpfiffen.«

»Jemand hat diese junge Frau in den Kopf geschossen, Mr. Milcher. Wir brauchen Namen.«

5

Trotz seiner bescheidenen Einwohnerzahl war Algonquin Bay rein flächenmäßig bis vor gar nicht allzu langer Zeit die zweitgrößte Stadt Kanadas. In den späten Sechzigern waren drei Kommunen von unbedeutender Größe in einer Art Urknall verschmolzen, und daraus war eine Stadt von einhundertdreißig Quadratmeilen entstanden. Nur Calgary war größer.

Seitdem sind viele weitere Städte und Gemeinden dem Zusammenlegungsfieber erlegen, und Algonquin Bay kann nicht länger für sich in Anspruch nehmen, größer als Toronto, Ottawa oder Montreal zu sein. Dennoch ist es möglich, vom Zentrum aus eine halbe Stunde oder länger in die eine oder andere Richtung zu fahren und sich immer noch innerhalb der Stadtgrenzen zu befinden.

Walter »Wombat« Guthrie wohnte in der Kellerwohnung eines ehemaligen Farmhauses am äußersten südlichen Rand der Stadt, mit anderen Worten, mehrere Meilen vom Zentrum entfernt.

»Ein Biker namens Wombat«, sagte Delorme, als sie im Auto saßen. »Wahrscheinlich stellen sie sich irgendein wildes Raubtier darunter vor. Mit rasierklingenscharfen Zähnen. Aber ich hab Wombats im Zoo von Toronto gesehen. Das sind diese possierlichen Wuscheltierchen. Man würde sie am liebsten mit nach Hause nehmen.«

»Walter Guthrie ist weder klein noch possierlich. Der hat ein ellenlanges Vorstrafenregister, mit allem, was dazugehört, von tätlichem Angriff über bewaffneten Raubüberfall bis zu schwerer Körperverletzung. Der gehört praktisch seit dem

Kindergarten zu den Viking Riders, und wenn die so was wie eine pränatale Untergruppierung hätten, dann wäre er Gründungsmitglied gewesen.«

»Und wieso ist der mir noch nicht über den Weg gelaufen?«

»Weil du sechs Jahre lang Schreibtischtäter verfolgt hast und Walter Wombat Guthrie nicht mal das Wort buchstabieren kann.«

Cardinal bog rechts in die Kennington Road ab. »Der einzige Grund, weshalb wir noch nicht mit Wombat und seiner Bruderschaft zu tun hatten, ist höchst simpel: Sie haben das Clubhaus vor die Stadtgrenzen ausgelagert. Die gute Nachricht für uns: Die beglücken jetzt unsere Kollegen von der Ontario Provincial Police.«

»Ich dachte, die Riders sind mittlerweile alle in ihren Sechzigern, du weißt schon, graue Pferdeschwänze, die im Fahrtwind flattern.«

»Nicht alle, nur ein Teil. Das heißt aber nicht, dass sie nicht immer noch Ärger machen können. Dass Algonquin Bay ein Heroinproblem hat, verdanken wir ganz und gar den Viking Riders. Die haben das Zeug erst mal verschleudert – mit Verlust verkauft –, und sobald die Leute nicht mehr ohne leben konnten, haben sie die Preise hochgejubelt.«

»Effizientes Geschäftsmodell«, sagte Delorme. »AOL arbeitet nach der gleichen Masche.«

»Effizient kannst du laut sagen. Mittlerweile haben wir dreißig bis vierzig Vollzeit-Heroin-Abhängige. Vielleicht mehr.«

Cardinal fuhr an einer vergammelten Sunoco-Tankstelle vorbei und bog in die Einfahrt direkt dahinter ein. Er parkte an der Seite eines Holzhauses, das einmal weiß gewesen war. An den Fenstern flatterten Plastikplanen, und ein Stück Dachrinne hing wie ein verstümmelter Körperteil herunter.

Delorme stieß einen leisen Pfiff aus.

»Kann man wohl sagen«, pflichtete Cardinal bei. »Wo bleiben die Brandstifter, wenn man mal welche braucht?«

»Kein Feuerstuhl in der Einfahrt, stelle ich fest.«

»Machen Sie so weiter, Sergeant Delorme, und die nächste Beförderung ist Ihnen gewiss.«

Sie gingen zu einem Nebeneingang. An der Klingel stand der Name Guthrie. Cardinal ignorierte die Klingel und hämmerte an die Tür.

Sie warteten ein paar Minuten, in denen sie die Mücken wegwedelten, und gingen dann zum Haupteingang herum.

»Die Vermieterin«, war Cardinals einsilbige Erklärung. Diesmal machte er von der Klingel Gebrauch.

Eine dürre Frau im Bademantel öffnete, das schwarze Haar von Silbersträhnen durchzogen und nass von der Dusche, ansonsten nur Nase und Zigarette.

»Wir wollten zu Ihrem Mieter«, sagte Cardinal. »Walter Guthrie.«

»Da stehen schon ein paar in der Schlange«, sagte die Frau. »Hab ihn seit zwei Wochen nicht zu Gesicht gekriegt, und er schuldet mir noch Miete.«

»Irgendeine Idee, wo er stecken könnte?«

Sie zuckte die Achseln und wies mit der Furcht erregenden Nase Richtung Highway. »Da, wo er immer is. Im Clubhaus. Lässt sich öfters mal 'ne ganze Woche nich blicken, aber zwei Wochen hattemer noch nich.«

»Bitte seien Sie so nett«, sagte Cardinal und reichte ihr seine Visitenkarte. »Rufen Sie uns sofort an, wenn Sie ihn sehen.«

»Aber sicher doch«, sagte die Frau. »Und danach können Sie mich gleich ins Leichenschauhaus schaffen.«

Cardinal wollte noch etwas antworten, doch die Frau schlug ihm die Tür vor der Nase zu.

»Das war toll«, sagte Delorme auf dem Weg zum Wagen. »Du verstehst wirklich was von Frauen.«

Von ein paar schillernden Ausnahmen abgesehen, haben Motorradgangs im nördlichen Ontario gelernt, dass es sich nicht auszahlt, eine Menge Aufmerksamkeit auf sich zu lenken.

Aus diesem Grund sind die Viking Riders vor einigen Jahren mit ihrem Clubhaus von der Trout Lake Road an eine entlegene Stelle bei Powassan nicht weit vom Highway 11 umgezogen. Nichts an dem klotzigen roten Ziegelbau verrät, dass er für ein Pandämonium auf Rädern als Unterkunft dient. Der zufällige Passant könnte sogar wegen des verblichenen Schildes im dritten Stock und des hartnäckigen Jutegeruchs auf den Gedanken kommen, dass hier immer noch die Sackfabrik Bronco untergebracht sein könnte, die schon seit 1987 nicht mehr existiert. Der Bau hatte noch nie viele Fenster, und die meisten verbliebenen sind bis auf schmale Schlitze zugemauert, als hätten die derzeitigen tiefstmittelalterlichen Bewohner die volle Absicht, auf jeden zu feuern, der töricht genug war, die ehemalige Fabrik zu belagern.

Als Cardinal an die Stahltür donnerte, hielt er seine Marke einer Überwachungskamera entgegen. Delorme auch.

Die Tür ging auf, und der Mann, der vor ihnen stand, sah nicht im Entferntesten wie ein Biker aus: fünfunddreißig, eins fünfundsiebzig groß, vielleicht sechzig Kilo schwer. Sein kurzes, sauber gescheiteltes Haar und die runden Gläser seiner Designerbrille verliehen ihm eher einen Hauch von Akademiker.

Vor ihnen stand Steve Lasalle, Vorsitzender der hiesigen Gruppe der Viking Riders; er war etwa zwanzig Jahre jünger als seine Kollegen, doch Cardinal hatte schon geschäftlich mit ihm zu tun gehabt.

»Wie kann ich Ihnen helfen?«, fragte Lasalle. »Ich würde Sie ja gerne reinbitten, aber es ist zu chaotisch.«

»Wir suchen Walter Guthrie«, sagte Delorme. »Ist er da?«

»Nein, tut mir leid.«

»Er ist auch nicht zu Hause. Seine Wirtin hat ihn seit zwei Wochen nicht gesehen.«

»Wer hätte das gedacht. Ich auch nicht.«

»Wann genau haben Sie ihn denn das letzte Mal gesehen?«

Die Tür flog vollends auf, und Lasalle wirkte neben dem Westgoten, der jetzt bedrohlich an seiner Seite aufragte, entschieden schmächtig: Harlan Calhoun, fünfzig Jahre alt und hundertsiebzig Kilo geballte Zerstörungswut – für seine Freunde »Haystack« oder, frei übersetzt, ein Haufen Stroh. Hätte er einen Hals besessen, dann hätte er Kragenweite 50 gehabt, etwa so groß wie die Schlangenleder-Cowboystiefel, die er an den Füßen trug.

»Wer zum Teufel seid ihr Arschlöcher?« Sein Ton war einen Hauch unterkühlt.

»Geht schon klar, Haystack«, sagte Lasalle. »Ich kümmer mich drum.«

»Ich bin Detective Cardinal, und das hier ist Detective Delorme. Kripo Algonquin Bay.«

»Kurzmeldung«, sagte Haystack. »Das hier ist nicht Ihr Zuständigkeitsbereich. Und jetzt labert keinen Scheiß und zieht Leine, sonst reiß ich euch den Arm ab und prügel euch damit tot.«

»Wer ist Ihr fetter Freund da?«

Calhoun trat aus der Tür, so dass seine Brust bis auf zwei, drei Zentimeter an Cardinals Gesicht herankam.

»Geh wieder rein, Haystack«, sagte Lasalle.

»Cardinal«, sagte Calhoun. »Klingt indianisch.«

»Heute nicht mehr«, sagte Cardinal. »Aber danke für das Kompliment.«

»Wie wär's, wenn ich dich in dein Tipi zurückbefördere? Auf meiner Stiefelspitze.«

»Weißt du was, Shitstack – willst du nicht besser reingehen

und diesen Ziegenarsch in deinem Gesicht stutzen? Ach so, bitte um Verzeihung – das soll wohl ein Bart sein?«

Lasalle fing den Fausthieb ein paar Zentimeter vor Cardinals Wangenknochen ab. Seine Knöchel waren da, wo er Calhouns Handgelenk packte, weiß. »Ich hab gesagt, geh wieder rein.«

Cardinal hielt ein Paar Handschellen hoch und ließ sie vor Calhouns Nase klirren. »Hier, mein Junge. Gassi gehen?«

Calhoun grinste, so dass es im unappetitlichen Gestrüpp seines Barts golden aufblitzte.

»Nächstes Mal, Cardinal, nächstes Mal.«

»Verlass dich drauf.«

Während Calhoun verschwand, zuckte Lasalle die Achseln – was will man machen?

»Sie haben meine Frage nicht beantwortet«, sagte Delorme. »Wann haben Sie Walter Guthrie das letzte Mal gesehen?«

»Können Sie mir irgendeinen Grund nennen, weshalb ich Ihnen das verraten sollte?«

»Mir fallen mehrere ein.« Delorme legte ihren besten frankokanadischen Tiefkühlblick auf. »Erstens mal haben Sie nichts zu verlieren, wenn Sie es tun. Zweitens aus diplomatischen Erwägungen – das wohlwollende Auge Ihrer hiesigen Freunde und Helfer ist nicht mit Gold zu bezahlen. Und drittens gibt es, was dieses Haus betrifft, noch das Problem mit der Baupolizei.«

»Sehen Sie hier etwa irgendwelche Verstöße gegen die Vorschriften?«

»Ein Inspektor möglicherweise schon. Genauso, wie das Amt für Umweltschutz vielleicht sieht, dass Sie ein Problem mit Ihrem Müll hinterm Haus haben. Oder das Gesundheitsamt etwas an Ihrem Klärbehälter auszusetzen hat. Oder auch ...«

Lasalle sah Cardinal an.

»Ist die immer so gereizt?«

»Sie müssten sie mal sehen, wenn sie es ist.«

»Hören Sie, Lady«, sagte Lasalle. »Ich hab den Kerl nicht gesehen. Niemand hat ihn gesehen. Ehrlich gesagt möchte ich Sie bitten, ihn herzubringen, falls Wombat Ihre Wege kreuzt und wenn Sie mit ihm fertig sind.«

»Und ich dachte, ihr seid hier Blutsbrüder«, sagte Cardinal. »Sagen Sie nur nicht, er hat Ihnen Leids angetan.«

»Sagen wir einfach mal, der alte Wombat schuldet uns eine Erklärung.«

»Was vielleicht wiederum erklärt, weshalb er nicht da ist. Vielleicht haben Sie ihm ja schon die Meinung gesagt, und er kommt nicht wieder.«

»Wo haben Sie ihn zuletzt gesehen?«, fragte Delorme. »Das haben Sie mir immer noch nicht beantwortet.«

»Ob Sie's glauben oder nicht, ich führe nicht Buch darüber, wann er kommt und geht. Das letzte Mal, an das ich mich erinnere, hatten wir ein paar Leute da, wir haben Videos gesehen, und Wombat ist auf dem Sofa weggetreten. Nichts Besonderes bei ihm. Ich hab am nächsten Morgen damit gerechnet, ihn an derselben Stelle vorzufinden, aber Fehlanzeige. Jetzt geht er nicht ans Handy, und zu Hause ist er auch nicht, ich hab null Ahnung, wo er steckt. Er schreibt nicht, er ruft nicht an, und wir machen uns alle schreckliche Sorgen.«

»Von wegen, ihr wollt ihn finden«, sagte Delorme. »Ihr habt die Schnauze voll von ihm.«

»Was sind Sie, meine Therapeutin? Wenn Sie meine Gefühle ergründen wollen, Teuerste, dann machen Sie einen Termin. Donnern Sie nicht einfach an meine Tür.«

»Wo würde Wombat aller Wahrscheinlichkeit nach hingehen?«

»Sie lassen das Ungeziefer rein«, sagte Lasalle und schloss die Tür.

Cardinal und Delorme eilten, in je einem schwarzen Mückenschwarm, zum Wagen zurück.

Delorme warf den Motor an. »Oh Mann, hast du's diesem Haystack aber gezeigt.«

»Typen wie der sind wie Hunde. Die brauchen eine starke Hand.«

»Wenn du's sagst. Also, ich für meinen Teil hab das Gefühl, dass die Vikings richtig sauer auf Wombat sind.«

»Und das könnte heißen, dass sie ihn aus dem Weg geschafft haben.« Cardinal kratzte sich an einem Stich am Hals.

»Nicht kratzen. Davon wird's nur schlimmer.«

Als sie wieder auf dem Highway waren, sagte Delorme: »Weißt du, für einen Biker sieht Lasalle richtig gut aus.«

»Na ja, für Cops sehen wir auch richtig gut aus.«

Den Rest der Fahrt schwiegen sie. Außer dem Geräusch des Windes und der Reifen und dem gelegentlichen Kreischen aus dem Funkgerät war es still. Cardinal dachte an die junge Frau ohne Gedächtnis. Diese grünen Augen sahen so unschuldig aus, ihre ganze Art war so gutmütig, dass man sich nicht vorstellen konnte, wieso jemand sie töten wollte. Andererseits – wer konnte schon sagen, was für ein Mensch sie vorher gewesen war? Nach allem, was Cardinal wusste, konnte sie theoretisch ein wahres Biest gewesen sein. Nur in einem war er sich sicher: Ohne ein Zuhause und ohne Gedächtnis musste sie die einsamste Frau auf Erden sein, und er wollte denjenigen finden, der ihr das angetan hatte.

6

Catherine Cardinal hatte in den letzten Tagen ihre Kameras mehrmals verstaut, nur um sie wieder auszupacken, die Objektive und Batterien zu überprüfen und sie wieder einzupacken. Mit ihren persönlichen Sachen dagegen hatte sie bis zum letzten Moment gewartet. Als der gemietete Minivan mit seiner Fuhre studentischer Fotonarren früh an diesem Morgen draußen am Gehsteig hupte, faltete sie immer noch T-Shirts und warf Toilettenartikel in den Kulturbeutel und suchte im Schrank wie auch unter dem Bett nach einem zweiten Paar Schuhe.

Cardinal öffnete die Tür. Die Frau, die auf den Eingangsstufen stand, war groß, vielleicht vierzig, nicht unbedingt hübsch, aber smart, und das fand Cardinal attraktiv.

»Ich dachte nur, ich schau mal, ob ich Catherine vielleicht helfen kann«, sagte sie.

»Ich denke, sie hat alles im Griff. Sie ist gleich so weit.«

»Christine Nadeau«, sagte die Frau und reichte ihm zur Begrüßung die Hand. »Ich mach bereits den dritten Kurs bei Ihrer Frau. Wissen Sie eigentlich, was für eine tolle Lehrerin sie ist?«

»Hab ich mir schon sagen lassen. Aber trotzdem, danke.«

»Alle freuen sich mächtig auf diese Reise.«

»Gut. Catherine auch.«

Christine Nadeau kehrte wieder zum Wagen zurück, um dort zu warten, und Cardinal fand Catherine im Schlafzimmer, wo sie gerade die Reißverschlüsse an ihrem Handgepäck zuzog. Sie hatte ein rotes Gesicht und schien außer Atem. *Sollte ich was sagen?*

»Ich bin so desorganisiert«, sagte Catherine. Sie stopfte sich lose Münzen und Scheine in die Taschen ihrer Jeans, während Cardinal den Koffer aus dem Wohnzimmer schleppte. »Allmählich müsste ich es doch gelernt haben.«

»Du bist nicht desorganisiert. Du hast dich einfach nur darauf konzentriert, deine Kameraausrüstung auf Vordermann zu bringen.«

»Ich werd sie nicht noch mal überprüfen«, sagte Catherine. »Kostet mich zwar äußerste Selbstbeherrschung, aber ich werde sie nicht noch mal überprüfen.«

Sie zog eine khakibraune Anglerweste an. Selbst an Catherine war sie ausnehmend hässlich, aber sie besaß tausende Taschen für Filme, Blitzlichtlampen, Batterien, Stifte, Etiketten und Filter – den ganzen Kleinkram, der für einen ernsthaften Fotografen unverzichtbar war.

»Hast du deine Medikamente eingepackt?«, fragte Cardinal. Es musste sein. Er konnte nicht einfach zusehen, wie sie die Stadt verließ, ohne es auch nur einmal zu erwähnen.

Catherine kehrte ihm den Rücken und zog einen leichten Mantel über die Weste. Einen schmal geschnittenen schwarzen Mantel. Er hatte eine Kapuze mit rotem Futter, die vage Assoziationen an Rotkäppchen weckte.

»Hast du gehört, Liebling?«

»Ja, John. Ich hab's gehört. Ja, ich hab meine Medikamente eingepackt. Danke für die Erinnerung, dass man mich keinen Schritt unbeaufsichtigt aus dem Haus lassen kann.«

»Schon gut. Ich hätte nichts sagen sollen.«

»Ich kann's nicht abwarten, auf große Abenteuerfahrt zu gehen, und du hast nichts Besseres zu tun, als mir die Petersilie zu verhageln.«

»Jetzt übertreibst du aber, Schatz. Ich bin froh, dass du diese Exkursion unternimmst. Nach fünfundzwanzig Jahren oder egal wie lang solltest du allmählich wissen, dass ich nicht anders kann, als mir ständig Sorgen zu machen. Viel Spaß, wir sehen uns, wenn du wiederkommst.«

Catherine nahm ihren Koffer und ging ohne ein weiteres Wort. Cardinal sah ihr schweren Herzens zu, wie sie in den Wagen stieg. *Ich hätte nichts sagen sollen.*

Er war in der Küche und räumte den Frühstückstisch ab, als Catherine noch einmal hereingerannt kam. Sie blieb in der Küchentür stehen und holte tief Luft.

»Also gut«, sagte sie. »Es tut mir leid. Ich hab's nicht so gemeint. Es ist nur – ab und zu, wirklich nur ab und zu bilde ich mir tatsächlich ein, ich wäre normal. Ich stelle mir vor, dass ich alles tun kann, was normale Menschen tun, ohne eine Sekunde nachzudenken, warum auch nicht? Es ist nicht leicht für mich, daran zu denken, dass ich dieses Problem habe. Es tut weh, daran erinnert zu werden.«

»Tut mir leid, wen ich dich deprimiert habe«, sagte Cardinal. »Reine Gewohnheit ...« Catherine kam auf ihn zu und stellte sich auf die Zehenspitzen, um ihn auf die Wange zu küssen.

»Du machst dir zu viele Gedanken.«

Wenig später fuhren Cardinal und Delorme zum Krankenhaus St. Francis raus. Eigentlich hieß es inzwischen anders, doch Cardinal konnte sich nicht daran gewöhnen. Das städtische Krankenhaus von Algonquin Bay bestand aus zwei Ziegelblocks, die einmal zwei getrennte Krankenhäuser beherbergt hatten, bis die Provinzregierung entschied, dass sie sich in gottgefälliger Sparsamkeit vereinigen sollten. Das kleinere, das ursprüngliche St. Francis, liegt auf halber Höhe mit Blick über die Ecole Secondaire Algonquin und den grauen Zinder, der sich an der Trasse der Canadian National Railway entlangzieht. In diesem Bau ist die psychiatrische Abteilung untergebracht. Normalerweise gibt es hier eine Schar von etwa einem halben Dutzend Patienten, die wegen eines Selbstmordversuchs, einer Überdosis Drogen oder, im Fall von Teenagern, wegen komplizierter emotionaler Probleme aufgenommen werden – somit Patienten, die als nicht verrückt genug eingestuft werden, um in das Ontario Psychiatric Hospital zu kommen, die hiesige psychiatrische Klinik, in die Catherine wegen ihrer Depressionen eingeliefert worden war.

Cardinal und Delorme waren da, um nach Mrs. X zu sehen, doch im Moment konnte sich Cardinal schlecht darauf konzentrieren, da der Anblick eines Krankenhauses ihn wieder an Catherine erinnerte.

Vielleicht bestand wirklich kein Grund zur Sorge. Vielleicht war Catherines ganze Aufregung wegen ihres Ausflugs nichts weiter als ganz normales Reisefieber. Sie hatte keine phantastischen Höhenflüge gemacht, keinerlei Allmachtswahn an den Tag gelegt, ihm keine kosmischen Pläne eröffnet, wie sie das Wesen der Dinge, wie wir sie jetzt kennen, verändern wollte. Vielleicht war es wirklich nur kindliche Vorfreude auf eine Fotosafari in der Metropole. Bei einer anderen Frau wäre das kein Grund zur Besorgnis gewesen, aber bei ihr …

Cardinal und Delorme nahmen den Fahrstuhl in den dritten Stock mit dem psychiatrischen Flügel. Sie hatten einen Termin mit einem Neuropsychologen vereinbart, der konsultiert worden war, um dem geheimnisvollen Rotschopf dabei zu helfen, das Gedächtnis wiederzuerlangen. Das städtische Krankenhaus verfügte über keine neuropsychologischen Spezialisten. Es gab überhaupt nur einen in der ganzen Stadt, und auch der war nur auf Pump: Dr. Garth Paley hielt an der Schwesternschule der Northern University ein Gastseminar ab.

Falls ich je einen Seelenklempner nötig habe, dann bitte schön einen, der genau wie der hier aussieht, dachte Cardinal, als Dr. Paley sich vorstellte. Er trug eine Tweedjacke und

Jeans, was den Eindruck vermittelte, dass er sich in einer Bibliothek ebenso zu Hause fühlte wie in einer Bar. Obwohl erst Mitte fünfzig, hatte er großväterlich weißes Haar und einen silberdurchzogenen Bart. Seine Brauen waren dunkel und überschatteten seine Augen auf eine Weise, dass sie scharfsichtig, beinahe zupackend wirkten. Ein Mann, der verstehen und sich einfühlen konnte, bevor man ein einziges Wort sagte. Es gibt Leute, die sich einfach perfekt für ihren Beruf eignen; Cardinal wünschte sich oft, er wäre einer davon.

»Ich weiß es sehr zu schätzen, dass Sie mir Bescheid gegeben haben, bevor Sie meine kleine Mrs. X besuchen«, sagte Dr. Paley. »Bitte setzen Sie sich.«

Das Büro, in dem sie sich befanden, hätte überall sein können. Es verfügte über den obligatorischen Computer, die in der Wand verdübelten Bücherregale aus Metall. Es war ein ungemütliches Zimmer, das zu Dr. Paley ganz und gar nicht passte.

»Ein paar Dinge sollten Sie wissen, bevor Sie mit ihr reden«, sagte er. »Zunächst einmal, Detective, haben Sie am Telefon erwähnt, ihr Gedächtnisverlust sei hoffentlich vorübergehender Natur. Die Antwort lautet: Es ist kein Gedächtnisverlust.« Dr. Paley grinste sie an, und seine Wangen färbten sich rosa. Ein jugendlicher Weihnachtsmann.

»Ich verstehe nicht ganz«, sagte Cardinal. »Sie weiß nicht, wer sie ist und wo sie herkommt ...«

Dr. Paley hob einen manikürten Finger. »Das ist keine Amnesie. Es ist posttraumatische Verwirrung. Wir wissen nicht, was genau sich dabei abspielt, aber in etwa kann man es so erklären: Wenn das Gehirn einer heftigen Erschütterung ausgesetzt ist, geraten die Neuronenbahnen durcheinander, und die Informationen fließen nicht mehr wie gewohnt. Sie hat nicht wirklich vergessen, wer sie ist, sie kann es nur nicht abrufen.«

»Aber früher oder später stellt sich das wieder ein, oder?«, fragte Delorme.

»Oh ja. Dr. Schaff hat mir versichert, dass der tatsächliche Hirnschaden minimal ist. Wir können davon ausgehen, dass die normalen Affekte wiederkommen, vermutlich in einer Woche, spätestens in drei. Und bis dahin müsste sie auch wieder über eine einigermaßen lückenlose Biografie verfügen.«

»Und was ist mit dem Verbrechen selbst? Dem Schuss?«

»Daran wird sie sich nie erinnern.«

»Kann ich ihr nicht verdenken«, murmelte Delorme. »Das muss ziemlich schrecklich gewesen sein.«

»Nicht deshalb«, sagte Dr. Paley. »Sie unterdrückt die Erinnerung nicht – die Information ist einfach nicht vorhanden. Viele machen den Fehler, sich Erinnerungen wie einen Videofilm vorzustellen. So funktioniert es aber nicht. Es ist keine Aufzeichnung von dem, was passiert ist. Zweierlei Kodierabläufe sind erforderlich, bevor ein Ereignis im Langzeitgedächtnis abgespeichert wird. Als Erstes muss es vom Gehirn auf eine Art und Weise bearbeitet werden, die es verständlich macht. Danach wird die Information in etwa zwanzig Minuten, das kann unterschiedlich sein, ins Langzeitgedächtnis eingespeist – das im Gehirn woanders lokalisiert ist und mit anderen Abrufmechanismen arbeitet. Falls ein Trauma im Gehirn einen Schock auslöst, bevor das passiert, ist es so, als wären das Ereignis selbst und alles andere eine halbe Stunde davor und danach nie geschehen.«

Cardinal ließ die Schultern hängen. »Dann bekommen wir also nichts aus ihr raus?«

»Fürchte, nein.«

»Können Sie es nicht mit Hypnose versuchen?«

»Gott bewahre. Hypnose ist vollkommen diskreditiert. Erinnern Sie sich an diese Kindsmissbrauchs-Hexenjagd? Missbrauch bei Satanismus-Ritualen? Kitas, in denen Orgien stattfanden? Nichts von alledem wurde je bewiesen. Darüber hinaus haben die Befragungsprotokolle gezeigt, dass die Erinnerungsfetzen, die nicht auf kindliche Phantasien zurückzuführen waren, ihnen erst von übereifrigen Polizisten, Staatsanwälten und Sozialarbeitern eingeimpft worden waren. Dasselbe gilt für Natriumamytal. Damit bekommt man das zu hören, wovon der Patient glaubt, dass man es hören will, statt die Wahrheit. Aber keine Sorge. Im Lauf der Zeit werden Sie eine Menge aus dieser Frau herausbekommen. Eben nur nicht eine direkte Erinnerung daran, wo und von wem sie angeschossen wurde. Sie können sich das wie bei einem Computer vorstellen. Sie wissen, was passiert, wenn Sie mit Ihrem Textverarbeitungsprogramm etwas eintippen und der Strom ausfällt, bevor Sie es gespeichert haben?«

»Ja«, sagte Delorme, »leider.«

»Hier ist es ganz ähnlich. Und ich möchte, dass Sie gewarnt sind, bevor Sie mit ihr reden. Menschen sind in einem verwirrten Zustand extrem beeinflussbar. Wenn Sie da reingehen und ihr beispielsweise suggerieren, ihr Bruder hätte den Schuss abgefeuert, wird sie anfangen, sich daran zu ›erinnern‹, wie ihr Bruder sie angeschossen hat. Daher die Bitte – im Interesse dieser jungen Frau wie auch im Interesse Ihres Falls –, suggerieren Sie ihr nicht, wie es möglicherweise zu dem Schuss gekommen sein könnte oder auch nur, was sie vielleicht in Algonquin Bay zu suchen hat. Falls Sie andeuten, sie sei hier eventuell zur Schule gegangen oder so was in der Art, dann wird sie sich erinnern, wie sie hier zur Schule gegangen ist. Deshalb nehme ich alle meine Gespräche mit ihr auf Video auf. Die Leute sollen wissen, dass es ihre Erinnerungen sind und nicht meine.«

»Falsche Erinnerungen sind das Letzte, was wir brauchen können«, sagte Cardinal. »Aber wir müssen rausfinden, wer hinter ihr her ist.«

»Ich hoffe, Sie finden es raus. Nur, fragen Sie nicht das Mädchen.«

»Selbst wenn wir nichts suggerieren?«

»Sie werden nur ihren Fortschritt verzögern. Sie wird verzweifelt versuchen, sich zu erinnern, und das wirft sie nur zurück.«

Dr. Paley nahm einen Henkelbecher, den eine fette Tigerkatze zierte, zur Hand. »Entschuldigen Sie«, sagte er. »Ich hab mir gerade Tee gemacht. Möchten Sie auch eine Tasse? Oder lieber Kaffee? Ist allerdings eine scheußliche Brühe, fürchte ich.«

Cardinal und Delorme lehnten dankend ab.

»Wir alle wissen ja, wie es ist, wenn wir versuchen, uns einen Namen oder einen Filmtitel ins Gedächtnis zu rufen, der uns auf der Zunge liegt. Man zermartert sich das Hirn, aber es klappt nicht. Eine halbe Stunde später dann, wenn wir es nicht mehr versuchen, fällt er uns auf einmal wieder ein.«

»Was werden Sie demnach für sie tun?«, fragte Delorme. »Sie einfach nur für drei Wochen im Bett behalten?«

»Nein, wir stellen mit ihr das Übliche an, wenn sie will. Ich bevorzuge die indirekte Methode. Ich werde unserer jungen Patientin die verschiedensten Stichworte geben. Anreize – Musik, Bilder, Gerüche –, die möglicherweise eine Reaktion auslösen. Wissen Sie, was? Wie wär's, wenn Sie einfach zu ihr reingehen und sich mit ihr bekannt machen würden? Sie wird sich nicht an die erste Begegnung mit Ihnen erinnern, Detective, aber vielleicht können Sie ein gutes Verhältnis zu ihr herstellen. Vielleicht treffen wir uns dann hinterher im Stationszimmer? Einfach den Flur entlang, hinter ihrem Zimmer rechts. Ich möchte Ihnen was zeigen.«

Cardinal und Delorme gingen den Flur entlang. Vor der Tür des Mädchens stand ein Polizist namens Quigley. Cardinal wollte einfach mit einem stummen Kopfnicken an ihm vorbei, doch Quigley war offensichtlich froh, Gesellschaft zu bekommen.

»Bis jetzt hat sie noch keinen Besuch gehabt, abgesehen von Dr. Paley. Aber ich glaube, es geht ihr schon ein bisschen besser.«

»Ist sie mal aus ihrem Zimmer gekommen?«

»Nö. Aber sie lassen die meiste Zeit die Tür offen. Ich sehe, wie sie aufsteht und aus dem Fenster starrt. Was soll ich machen, wenn sie sich einfallen lässt, umherzuwandern, andere Patienten zu besuchen?«

»Halten Sie ein wachsames Auge auf jeden, mit dem sie Kontakt hat. Und achten Sie vor allem auf Besucher von außen. Niemand darf zu ihr rein, bevor er nicht zuerst mit mir oder Delorme gesprochen hat. Derjenige soll genau hier warten. Wer auf irgendwie verdächtige Weise hier rumschleicht, wird bitte von Ihnen überprüft und uns sofort gemeldet.«

»Geht klar«, sagte Quigley. »Scheint recht nett zu sein, die Kleine.«

Sie wirkte klein und zerbrechlich, wie sie dort auf dem Kissen lag. Ihr Haar war gegen das Weiß des Betts ein lodernder Flammenring, und ihre Haut hob sich, von den Sommersprossen abgesehen, kaum vom Weiß der Wäsche ab. Der Verband an ihrer Schläfe war nur mehr eine kleine, helle Markierung. Sie starrte Cardinal an, und es war offensichtlich, dass sie ihn nicht im Mindesten wiedererkannte, worauf er gefasst gewesen war, aber dennoch irritiert reagierte.

»Wir haben uns vor ein paar Tagen kennen gelernt«, sagte er. »Ich bin Detective Cardinal. Aber ich bringe Ihnen noch jemand mit, die Sie noch nicht kennen – meine Partnerin Lise Delorme.«

Das Mädchen lächelte schüchtern, als Delorme ihr die Hand schüttelte.

Es trat eine Pause ein, und Cardinal wurde bewusst, dass er in einer schwierigen Lage war. Wenn er ihr keine Fragen in Verbindung mit ihrer Verletzung stellen durfte, dann wusste er nicht so recht, was er überhaupt hier zu suchen hatte.

»Wie geht's nach der Operation Ihrem Kopf?«, fragte Delorme. »Sie müssen ziemlich üble Kopfschmerzen haben.«

»Meinem Kopf?« Das Mädchen fasste sich mit einer fahrigen Bewegung ins Haar und betastete das Pflaster. »Ist eigentlich gar nicht so schlimm.« Sie zog die Nase kraus.

»Wenn's Ihnen besser geht, kann ich Sie vielleicht mal zu einem guten Friseur mitnehmen. Mal sehen, was die mit der rasierten Stelle machen können.«

»Das wäre nett. Wie hießen Sie noch gleich?«

»Lise.«

»Lise.«

Die junge Frau blickte aus dem Fenster. Am Fuß des Hangs rollte gerade ein mit Öltanks beladener Zug gemächlich an der Schule vorbei.

»Wissen Sie, was ich nicht begreife? Ich begreife nicht, wieso ich mich an einige Dinge erinnere und an andere nicht. Wieso weiß ich, was ein Friseur macht, aber nicht, wie ich heiße? Wieso kann ich sprechen, mir die Schnürsenkel zubinden, aber nicht sagen, wo ich herkomme? Wieso kann ich mich an keinen Menschen erinnern, den ich kenne?«

»Das müssen Sie Dr. Paley fragen«, sagte Cardinal. Die Irritation in ihrer Stimme war ihm nicht entgangen. Der emotionale Temperaturanstieg, wie gering auch immer, war ein gutes Zeichen.

»Ich hab Angst, irgendjemanden irgendetwas zu fragen«, sagte sie. »Ich fürchte, ich hab sie dasselbe schon zehnmal gefragt, und sie können es nicht mehr hören.«

»Da machen Sie sich mal keine Sorgen«, sagte Delorme. »Dr. Paley will Ihnen helfen, und wir auch.«

»Am liebsten möchte ich hier verschwinden. Es ist langweilig, den ganzen Tag im Bett rumzuliegen.«

»Es wäre vorerst noch riskant, wenn Sie rausgehen würden. Es könnte immerhin sein, dass derjenige Sie sieht, der versucht hat, Sie umzubringen.«

»Jemand hat auf mich geschossen, das vergesse ich immer wieder.«

Cardinal und Delorme sahen sich an.

»Ich komm mir nicht wie jemand vor, den man umbringen will. Wäre es nicht möglich, dass es nur ein Unfall war?«

Cardinal schüttelte den Kopf. »Der Schuss ist aus nächster Nähe abgegeben worden. Wenn es ein Unfall war, wieso hat dann niemand Hilfe geholt?«

Die bleichen Finger strichen fahrig über den Verband. »Ich kann mir einfach nicht ...« Sie brachte den Satz nicht zu Ende, und die grünen Augen füllten sich mit Tränen.

»Sehen Sie es mal so«, sagte Cardinal. »Sie haben Langeweile, Sie sind verwirrt wegen Ihrer Probleme mit dem Gedächtnis, und Sie haben Angst, Fragen zu stellen. Vor ein paar Tagen haben Sie noch überhaupt nichts empfunden. Ich würde sagen, Sie machen Fortschritte.«

»Und hier sind Sie sicher«, sagte Delorme. »Vor Ihrer Tür steht ein Riese von einem Polizisten, und wir werden alles tun, um die Person zu fassen, die Ihnen das angetan hat.«

»Danke.«

»Wir gehn dann besser wieder«, sagte Cardinal. »Dr. Paley wollte noch mal mit uns reden.«

»Er scheint sehr zuversichtlich zu sein«, sagte Delorme zu der jungen Frau. »Versuchen Sie also, sich nicht zu viele Sorgen zu machen.«

»Wie denn auch?«, sagte das Mädchen mit einem schwachen Lächeln. »Ich kann mich ja nicht mal daran erinnern, worüber ich mir Sorgen machen soll.«

Dr. Paley wartete bereits im Personalaufenthaltsraum weiter den Flur entlang. Es gab einen Kühlschrank, eine Mikrowelle und ein paar Plastikstühle um einen Tisch. Die blaue Mattscheibe des Fernsehers leuchtete hoch oben auf einem Gestell an der Wand. Dr. Paley schob ein Video in das dazugehörige Gerät und setzte sich neben Cardinal und Delorme. Er richtete die Fernbedienung auf den Bildschirm, und das Video surrte los.

»Ich werde nicht das ganze Ding abspielen«, sagte er. »Also, ich hab es eingeleitet, indem ich den Fotonarren gespielt habe – was stimmt, nebenbei gesagt – und ihr ein paar von meinen Lieblingsfotos gezeigt habe. Es sind Aufnahmen rund um Algonquin Bay – Stellen, die jeder Ortsansässige erkennen würde. Ich hab meine Frau und meine Kinder posieren lassen, damit die Bilder nicht gar so offensichtlich als Gedächtniskrücken rüberkamen.«

»Wie sollen wir erkennen, welche sie sich gerade anschaut?«

Dr. Paley klickte auf die Fernbedienung und hielt das Bild, das sie gerade sahen, an. Sie hatten eine Weitwinkelaufnahme von ihm selbst und Red vor sich, mit dem Blickwinkel auf die junge Frau. In der linken oberen Ecke befand sich ein kleineres Bild von der Tochter des Arztes in einem roten Schneeanzug, die vor dem Bogen mit der Aufschrift »Tor zum Norden« stand.

»Ich benutze ein Bild-im-Bild-System. Man sieht darauf das, was sie vor sich hat, in dem kleinen Feld. Sie werden feststellen, dass sie diesem Bogen keine besondere Beachtung schenkt.«

Er drückte wieder auf die Fernbedienung. Auf der Bildfläche fragte der Rotschopf höflich nach dem Alter des Kindes.

Der Torbogen verwandelte sich in eine Aufnahme von der Kathedrale.

»Genau wie eben, sehen Sie?« Dr. Paley wies auf seine Patientin. »Sie ist höflich. Freundlich gesonnen, fragt nach den Kindern und so weiter. Aber nichts an ihrer Reaktion lässt darauf schließen, dass sie die Kirche kennt.«

Auf der Mattscheibe lächelte das Mädchen. Als Nächstes wurde ein triumphierender Sechsjähriger eingeblendet, der im staatlichen Hafen – einem örtlichen Wahrzeichen – einen eben gefangenen Fisch in die Höhe reckt. Im Hintergrund ragt der weiße Rumpf der »Chippewa Princess«, eines Kreuzfahrtschiffs, auf.

»Keine Veränderung, stimmt's?«

»Das sind nun wirklich die Stellen, die einem zu Algonquin Bay einfallen«, sagte Cardinal. »Aber dass sie die nicht erkennt, muss nicht heißen, dass sie nicht von hier ist, oder? Es kann auch einfach nur heißen, dass ihr Gedächtnis sich bisher noch nicht regt.«

»Richtig«, sagte Dr. Paley. »Aber sehen Sie sich das Folgende genau an.« Er drückte auf Vorlauf, und das Bild wurde verschwommen und verzerrt. Sie warteten einige Minuten, in denen er die Zahlen verfolgte, die am unteren Bildrand weiterspulten. Das Video hielt mit einem dumpfen Geräusch an. »Da ist es. Ich zeig ihr meinen Panoramablick vom Beaufort Hill.«

»Ah ja, da ist der alte Feuerwachtturm«, sagte Delorme. Ein schmaler Feldweg, der hinaufführte, entfernte sich von einer Reihe von Masten, so dass beides zusammen ein längliches Y bildete.

»Wie Sie sehen, bleibt sie stumm, aber schauen Sie sich die Falte zwischen ihren Augenbrauen an. Sie hebt die Hand und will etwas sagen ...«

Plötzlich war nur noch Schnee auf dem Bildschirm zu sehen und ein lautes statisches Zischen – fast ein Brausen – zu hören. Das Mädchen riss die Augen auf, und ihre Hand flog an den Mund.

»Was ist?«, fragte Dr. Paley auf dem kleinen Bild. »Stimmt was nicht?«

In dem Moment wurde ihr Gesicht wieder ausdruckslos, der Schrecken war verflogen.

Noch einmal fragte Dr. Paley, was sie hätte.

»Nichts«, sagte die junge Frau. »Ich meine, ich weiß es nicht. Ich hatte ganz plötzlich Angst.«

»Beachten Sie, wie sie allmählich wieder Affekte zeigt«, sagte Dr. Paley zu Cardinal und Delorme. »Ein gutes Zeichen.«

»Was hat sie denn erschreckt?«, fragte Delorme.

»Es gab einen Kurzen im Verbindungskabel, der hat dieses statische Rauschen verursacht, und sie war in Panik. Aber davor war sie, glaube ich, dabei, Beaufort Hill wiederzuerkennen, oder wollte zumindest etwas darüber sagen. Es ist also nicht klar, ob ihre ängstliche Reaktion sich auf Beaufort Hill bezieht oder nur auf das plötzliche Geräusch. Wie Sie sehen, habe ich sonst nichts aus ihr rausbekommen.«

Auf dem Bildschirm versuchte Dr. Paley behutsam, von dem Mädchen zu erfahren, was sie so geängstigt hatte.

»Ich weiß nicht«, sagte sie erneut. »Ich hatte nur auf einmal dieses Gefühl ... ich weiß nicht.«

»Haben Sie sich vor dem Geräusch gefürchtet?«

Sie schüttelte den Kopf. »Ich bin nicht sicher.«

»War irgendwas mit dem Foto? Dem Foto vom Berg? Könnten Sie es sich noch einmal ansehen?«

»Ich weiß nicht ...«

»Ich verspreche Ihnen, dass es diesmal nicht so ein Geräusch macht. Ich halte das Kabel fest.«

»Ich glaube ...«

Beaufort Hill wurde noch einmal eingeblendet. Diesmal veränderte sich das Gesicht des Mädchens nur ein wenig, zu einem Ausdruck angespannter Konzentration. Dann schüttelte sie den Kopf. »Es hat keine Bedeutung für mich. Glaube ich jedenfalls. Ich weiß auch nicht, weshalb ich so zusammengezuckt bin.«

Dr. Paley drückte auf den Pausenknopf. »Danach hab ich bald Schluss gemacht. Wahrscheinlich ist es für Sie von wenig Nutzen, aber ich wollte, dass Sie es sehen, und wenn es nur ist, damit Sie wissen, wie behutsam diese Art von Normalisierung vonstatten gehen muss.«

»Könnte es sein, dass an diesem Berg die Stelle ist, wo sie angeschossen wurde?«, fragte Delorme.

»Sehr unwahrscheinlich. Wie gesagt, sie wird sich daran in keiner Weise erinnern – an nichts, was eine halbe Stunde davor und danach gewesen ist. Wenn sie allerdings zuerst irgendwo festgehalten wurde oder eine Zeit lang geflohen ist, dann könnte das wiederkommen, aber nicht die Erinnerung an den Schuss selbst.«

»Möglicherweise ist also dort irgendetwas passiert«, sagte Cardinal.

»Oh ja. Vielleicht etwas, das zu dem Trauma hinführt. Möglicherweise etwas, das passiert ist, nachdem sie wieder zu Bewusstsein kam. Falls dem so ist, können wir damit rechnen, dass sie es später wieder weiß. Geduld ist das Gebot der Stunde.«

7

Lust auf 'n kleinen Spaziergang?«, fragte Delorme, als sie draußen waren. Sie klemmte sich eine Haarsträhne hinters Ohr; eine feuchte Brise wehte über den Platz. »Wir könnten uns die Stelle am Berg mal ansehen, die er fotografiert hat. Du hast sie doch erkannt, oder?«

»Sicher, er muss von irgendwo hinter der Uni geknipst haben«, sagte Cardinal. »Wie wär's, wenn wir rüberfahren würden, bevor es zu regnen anfängt?«

»Du meinst, sie studiert an der Northern?«

»In dem Fall hätten wir wohl inzwischen von denen gehört.«

»Also, falls sie am Beaufort Hill war, würde jeder, der nicht dort studiert, vom Highway 11 zu dem Aussichtspunkt abzweigen. Was hältst du davon, wenn ich zum Aussichtspunkt fahre und dich auf halbem Wege treffe?«

»Oben am Nishinabe Creek?«

»Ja. Da, wo er sich um diese kleine Insel herum teilt. Schätze, eine Dreiviertel- bis eine Stunde.«

Algonquin Bay verfügt über keine ernst zu nehmenden Berge, doch die Hügelkette des Präkambrischen Kanadischen Schilds zieht sich so gemächlich um die Stadt wie eine Herde Riesenbüffel. Das Gelände besteht aus menschenfeindlichem Granit, der glücklicherweise von einer Lehmschicht bedeckt ist, auf der über tausende von Meilen Wälder gedeihen. Der Campus der Northern University breitet sich über den Kamm eines dieser Hügel aus, so dass sich den Studenten ein spektakulärer Ausblick über die endlose blaue Fläche des Lake Nipissing bietet. Nicht, dass der See an diesem Tag blau gewesen wäre. Ein leichter Nieselregen hatte eingesetzt, und der Himmel war, so weit das Auge reichte, grau verhangen.

Delorme setzte Cardinal am Präsidium ab, bevor sie sich auf ihren getrennten Routen erneut aufmachten. Auf dem Weg zum Campus hinauf hielt Cardinal an einer Kurve der Sackville Road an, in der eine kleine kommaförmige Parkbucht lag. Als Schüler an der Highschool war er mit seiner damaligen Flamme hierher gekommen, doch Brenda Stewart hatte sich standhaft geweigert, im Impala seiner Eltern aufs Ganze zu gehen. Jetzt blickte er über die Dächer der Stadt Richtung Manitou Islands, die etwa sieben Meilen südlich vorgelagert waren. Beaufort Hill lag hinter dem Wald im Westen; von da aus hatte man keine gute Sicht.

Cardinal fuhr weiter bis zur Universität und stellte das Auto auf dem Besucherparkplatz ab. Er ging über den Campus bis zu dem Wegenetz, das sich hinter dem College in alle Richtungen verzweigte. Eine Gruppe Studenten strömte schwatzend und lachend aus dem Haupteingang und strebte in einer fröhlich lärmenden Traube in wechselnden Gruppierungen zu den Unterkünften. Wie jung sie Cardinal jetzt erschienen – selbst noch jünger als seine Tochter Kelly – und wie unbeschwert. Cardinal beneidete sie um ihren lockeren, kameradschaftlichen Umgangston. In seiner Studienzeit in Toronto hatte er versucht, Geld zu sparen, indem er außerhalb des Campus in einem stinkenden kleinen Zimmer Nähe Kensington Market hauste. Auf diese Weise war ihm die Erfahrung entgangen, in einem Bau mit anderen Studenten zusammenzuleben, und letztlich hatte es auch noch mehr gekostet.

Er kam auf einen weitläufigen Aussichtsplatz zwischen den Kiefern und von dort aus auf die Wanderpfade. Cardinal schlug denjenigen ein, der ihn auf die Spitze des nächstgelegenen Hügels brachte. Er ging schnell, um den Mückenschwärmen voraus zu sein, statt sie sich fortwährend aus dem Gesicht zu wedeln. Er hatte etwa dreihundert Meter Waldweg hinter sich, als der Pfad eine Schleife machte und schließlich an einem künstlich angelegten See endete. Cardinal verließ den Pfad und lief den Hügel hinauf. Es lag ein schwerer Duft nach Kiefern, Lehm und nassen Blättern in der Luft. Der Niesel verlor sich, bevor er den Waldboden erreichte, und legte sich als feiner Nebelschleier auf die Haut.

Das Schlimmste an den Kriebelmücken, dachte Cardinal, das wahrhaft Teuflische daran ist, dass sie vollkommen lautlos sind. Sie summen nicht wie Bienen oder brummen wie Pferdebremsen, geben nicht einmal das helle Sirren von Moskitos von sich; man ist nie gewarnt, ein Präventivschlag ist nicht möglich. Es brannte plötzlich am Knöchel, als hätte ihn jemand mit einer heißen Nadel gestochen. Er beugte sich hinunter, um seine Hosenbeine in die Socken zu stopfen. Das einzig Gute, das sich über Kriebelmücken sagen ließ, war der Umstand, dass sie nicht durch die Kleider stachen. Während er sich bückte, bediente sich ein anderes Insekt an seinem Hals. Er klatschte danach und zog eine blutverschmierte Hand zurück. Er schlug den Kragen hoch und erklomm weiter den Hang.

Nach zehn Minuten stieg Cardinal schwitzend und keuchend und unter heiligen Schwüren, sich ab sofort häufiger im Fitnessraum des Präsidiums blicken zu lassen, auf ein nacktes Felsplateau. Im Süden schimmerte trübe in Nierenform der Lake Nipissing, doch im Westen konnte er von hier aus Beaufort Hill sehen. Der alte Feuerwachtturm stand direkt unter dem Kamm; der schmale Feldweg, der dort hinaufführte, entfernte sich in einem weiten Bogen von den Masten darunter. Hier hatte Dr. Paley sein Foto gemacht.

Vielleicht hatte auch Red hier gestanden. Cardinal sah sich auf der Lichtung um, während er unentwegt die Mücken verscheuchte, als dirigierte er ein Orchester. Überall hatten Besucher ihre Andenken hinterlassen – eine verrostete Sprite-Dose, Papier von einem Schokoriegel, die verkohlten Reste eines Lagerfeuers. Offenbar war dies eine bei Studenten beliebte Stelle, wenn auch gewiss nicht in der Kriebelmückensaison. Cardinal schlug sich an die Schläfe.

Er sprang von dem Felsen, auf dem er stand, und lief, so schnell er konnte, in westlicher Richtung durch den Wald. Auch wenn es hier keinen Pfad gab, war dank des nackten Granits besser durchzukommen als im dichten Gestrüpp ringsum. Er lief weiter, ohne recht zu wissen, wonach er suchte. An seinen Knöcheln und am Hals juckten die Stiche.

Wer bei Trost war, würde sich nicht hierher verirren. Was konnte eine junge Frau wie Red hierher gezogen haben? Sicher, falls sie nicht aus dem Norden stammte, hatte sie keine Ahnung von den Mücken.

Cardinal arbeitete sich zwischen den Bäumen hindurch, nunmehr dicht gefolgt von einem Insektengeschwader, das es auf seine Ohren abgesehen hatte. Endlich fand er den Pfad, der am Nishinabe Creek entlangführte. Der Winter hatte ihnen dieses Jahr besonders viele Niederschläge beschert, mit Blizzards bis in den März hinein und Schneefall bis Ende April. In einem gewöhnlichen Sommer konnte man fast über das Flüsschen springen, doch diesmal fasste sein Bett die Wassermassen nicht mehr.

Cardinal hastete den Pfad hinauf, in Richtung des Tümpels, der sich, wie er wusste, am nächsten Kamm befand. Die »Insel« – wenig mehr als ein Stück nackter Fels, der aus dem Wasser ragte –, der Treffpunkt mit Delorme, war ein Stück höher gelegen. Je näher er zum Kamm vordrang, desto lauter wurde das Zischen, bis es wie das statische Rauschen eines Radios klang. Die Wasserfälle. An die Nishinabe Falls hatte er überhaupt nicht gedacht. Cardinal blieb stehen.

In den meisten Jahren ist der Nishinabe Creek zu klein, um sich eines richtigen Wasserfalls zu rühmen. Das Becken wird dann von einem Rinnsal gespeist – von ungefähr der Menge, wie bei einem sommerlichen Gewitter aus der Dachrinne herunterkommt. Dieses Jahr dagegen hatten die schweren Schneefälle die Stelle in einen gläsernen Vorhang aus Wasser verwandelt, das über die Felsen stürzte und auf die höhlenartige Nische dahinter prasselte. Cardinal zog sich den Kragen eng um den Hals und ging weiter.

Hatte das statische Rauschen Red an diesen Wasserfall erinnert? An etwas, das sie hier oben in Angst und Schrecken versetzt hatte? Das Wasser schäumte und sprühte zu Cardinals Füßen. Weiter draußen im Becken war es schwarz wie Onyx. Eine Mücke stach ihn in die Kopfhaut, und er verpasste sich versehentlich eine schallende Ohrfeige. Er wollte am liebsten nur noch den Hügel hinauf, Delorme finden und diesen Miniaturvampiren entrinnen, doch das deutliche Gefühl, dass Red – vielleicht auf der Suche nach irgendetwas, vielleicht auch gegen ihren Willen – hier gewesen war, hielt ihn zurück.

Als er vor ein paar Jahren hier hochgewandert war, hatte Cardinal den Fluss von Stein zu Stein überquert, doch jetzt lagen die Felsen unter der Gischt. Zum Glück hatten sich in der Nähe Biber nützlich gemacht und eine Birke übers Wasser gespannt. Cardinal trat auf den Stamm, der unter seinen Füßen wegbrach. Weiter oben war er stärker. Cardinal fand sicheren Halt unter den Sohlen und balancierte langsam über den Fluss. Als ihn eine Mücke am Hals erwischte und er danach schlug, verlor er fast das Gleichgewicht.

Sobald er nah genug war, sprang er auf festen Boden und zahlte es den Plagegeistern wütend heim, indem er sich an den Hals, ins Gesicht und auf den Schädel klatschte. Die Erkenntnis, dass er sich lächerlich machte, auch wenn ihn keiner sah, verstärkte nur seinen Zorn und Frust. Er stieg über einige Felsbrocken und stand schließlich an dem Becken mit dem Wasserfall. Er trat unter den Überhang und hatte im selben Moment den ekelhaften Geruch von verwesendem Fleisch in der Nase.

Cardinal schob sich vorsichtig zwischen Felsen und Wasservorhang. Wieder blieb er stehen und lauschte. Die Kriebelmücken hatten ihn, vom Sprühwasser verschreckt, endlich aufgegeben.

Etwas ganz anderes erregte Cardinals Aufmerksamkeit. Die Granitwand hinter ihm war nicht unberührt. Was er sah, waren jedoch keine Graffiti, sondern lange Hieroglyphenspalten. Sie sahen archaisch aus, doch Cardinal wusste, dass sie vor zwei Jahren noch nicht an dieser Stelle gewesen waren.

Es waren Piktogramme von etwa sieben bis zehn Zentimeter langen Pfeilen, die sich in eigentümlichen Mustern überschnitten. Andere wiederum waren zu Bündeln gerafft, aus denen ein langer Pfeil herausragte, als weise er eine Richtung. An den Felsrändern entlang waren Monde in unterschiedlichen Phasen gezeichnet – Voll-, Halb-, Viertel-, Neumond – und allenthalben Zahlen in bunter Kreide.

Cardinal trat vom Fels zurück und bog um eine scharfe Kante. Der Geruch, der ihm von der anderen Seite entgegenströmte, war Ekel erregend. Er zog seinen Hemdzipfel heraus und bedeckte Mund und Nase.

Was da am Boden der Höhle lag, besaß nur noch entfernte Ähnlichkeit mit einem Menschen. Es war eine männliche Leiche, nackt, mit muskulösen Armen und Beinen. Doch das sportliche Training hatte dem Mann nicht viel gebracht: ein bleicher Haufen Fleisch in einer dunklen, kalten Höhle. Wie auch immer dieser Mensch gelebt haben mochte, sein Tod war brutal. Hände und Füße fehlten ebenso wie der Kopf. An den größten Wunden wimmelte es von Maden, die den Eindruck erweckten, als sei der Leichnam in Bewegung.

Cardinal hörte ein Geräusch und wirbelte herum.

Delorme starrte hinter dem Granitvorsprung hervor auf die Leiche.

»Ich weiß ja nicht, wie du das siehst«, sagte sie. »Aber ich für meinen Teil glaube nicht, dass das die Mücken waren.«

8

Kevin Tait nahm die Fliegenklatsche und schlich sich lautlos ans Fenster. Die Mücke, die gerade ein Stück aus seinem Knöchel genascht hatte, versuchte wiederholt, durch die Scheibe zu fliegen. Kevin ließ einen Schlag auf den Übeltäter niedergehen, der bekam, was er verdiente. Er schob die Klatsche wie einen Spachtel unter das tote Insekt und trug es zur Tür seiner Hütte. Er öffnete die Tür nur kurz, um die tote Mücke hinauszuwerfen, ohne ihre Vettern und Kusinen zum Kevin-Tait-Smörgåsbord einzuladen.

Mit einem Kleenex-Tuch wischte er den Schmierfleck von der Scheibe. Auf der anderen Seite des Feldes kam Red Bear gerade in seinem schwarzen BMW angefahren. So viel musste man Red Bear ja lassen, der Bursche wusste zu leben. Die ganzen eins achtzig in Weiß gekleidet, das glänzende schwarze Haar bis zu den Schultern, dazu die Wayfarers-Sonnenbrille, dunkel wie die Nacht. Er stieg aus seinem Wagen, und mit ihm kamen zwei süße Puppen zum Vorschein, die eine blond, die andere brünett und beide mit einer Figur, die von Stunden im Fitness-Center kündete.

Die drei liefen über das ehemalige Baseballfeld zu Red Bears Blockhütte hinüber – bei weitem der schönsten im alten, verrottenden Lager. Kevin sah ihnen von seinem Fenster aus nach, beobachtete, wie der große Indianer – gleich Elvis in seinen letzten Jahren – je einen Arm um die beiden Frauen schlang. Red Bear trug so viele Perlen und Kettchen, dass es beim Laufen klirrte. Irgendwie schaffte er es, das Vulgäre mit seinem guten Aussehen und einer Aura von Macht zu kompensieren.

Kevin Tait war nicht der Mann, der an persönliche Macht oder an Charisma glaubte, vielleicht weil ihm klar war, dass er weder das eine noch das andere besaß. Sicher, ihm war bewusst, dass er jugendlichen Charme versprühen konnte. Frauen hatten schon immer eine Schwäche für mittellose Poeten gehabt, und die erotische Ausstrahlung der Melancholie ist wohlbekannt.

Kevin ließ sich aufs Bett plumpsen und schlug sein Notizbuch auf. Er zog den schwarzen Füllfederhalter heraus, den ihm Terri zum einundzwanzigsten Geburtstag geschenkt hatte. Ihm war danach, ein Gedicht über Lust und Elend zu schreiben. Doch die Feder rührte sich nicht.

Er blätterte in dem Büchlein, überflog seine Notizen der letzten Monate – Betrachtungen, Überlegungen, der eine oder andere Vers.

Ihre erste Liebe gehörte einem Kapitän,
Für ihn wäre sie gar zu gerne
Die Muse der Navigation,
Der Rauch von Opium.

Nur ein Fragment und außerdem zu nah an Leonard Cohen.

Ein Magier, der Weisheit in Wein verwandelt …

Gott weiß, wie es von da weitergehen sollte. Es schien ihm eine Ewigkeit her, seit er etwas Vernünftiges zu Ende gebracht hatte. Im März hatte er dieses Gedicht verfasst, es aber nicht der Mühe für wert befunden, es an die kleinen Zeitschriften zu schicken; es fehlte ihm noch der letzte Schliff. Die vergangenen Monate waren eine Art Schonzeit gewesen, seine Kräfte hatten brachgelegen, während er auf die zündende Idee gewartet hatte; er würde es merken, wenn sie ihm kam. Sie würde wie eine Leuchtkugel in den Himmel schießen und wie ein Feuerrad im pechschwarzen Äther seiner Seele Funken sprühen.

»Kevin Tait, freut mich, Sie in unserer Show begrüßen zu dürfen.«

Kevin liebte es, sich solche Dinge auszumalen, ein Interview mit David Letterman, auch wenn er wusste, dass Letterman niemals Dichter interviewte. Er nahm einfach an, dass er bei ihm den Anfang machte.

»Kevin Tait«, wiederholte er. »Da sind Sie nun. Ihre letzten Gedichtbände sind in zigtausendfacher Auflage erschienen. Ihre Verse werden täglich rezitiert. Sie sind nicht mehr nur ein Dichter, Sie sind ein Kulturträger erster Güte. Und doch – ich weiß nicht, wie ich mich da vornehm ausdrücken soll – treiben Sie sich mit Abschaum rum. Mit Taugenichtsen. Drogendealern. Was ist Ihre Haltung dazu?«

Lettermans Pennälergrinsen nahm seiner Frage den Stachel.

»Drogendealer, Dave, leisten einer, seien wir doch mal ehrlich, unterschätzten Gruppe einen dringend benötigten Dienst. Über Jahrhunderte haben Menschen Drogen genommen, und daran wird sich auch nichts ändern. Denken Sie an Coleridge. Denken Sie an Rimbaud. Eine kleine Wahrnehmungsstörung hat noch keinem geschadet. Und nicht nur Künstlern. Es herrscht eine lange, dunkle Nacht da draußen, Dave, und jeder braucht ein bisschen Hilfe, um sie durchzustehen.«

Applaus. Letterman ignorierte ihn.

»Aber Sie sind Dichter. Und Sie hängen mit *Schlägertypen* rum. Beunruhigt Sie das nicht?«

»Beunruhigen? Eigentlich nicht.« Kevin wartete einen Herzschlag lang. »Es erschreckt mich zu Tode.«

(Gelächter.)

»Dann setzen Sie uns mal ins Bild. Wie passt dieses – tut mir leid, aber das muss mal gesagt werden – ausgeflippte Benehmen in Ihren großen Lebensentwurf?«

»Mein Lebensentwurf, Dave, sieht vor, in möglichst kurzer Zeit eine Menge Kohle mit möglichst viel Schmuggelware zu machen. Danach werde ich für ein paar Jahre nach Griechenland verschwinden, um den großen Wurf zu schreiben. Vielleicht auch nach Barcelona oder Tanger, ich bin mir noch nicht sicher.«

Anschließend forderte ihn Letterman auf, sein letztes Gedicht vorzulesen. Als er zum Ende kam, herrschte zunächst ehrfürchtiges Schweigen, bevor wie Balsam für seine Seele der Applaus durch das Studio wogte.

Der Plan hatte einen Haken, von dem Letterman nichts wusste: Kevin hatte selbst eine Schwäche für das Produkt, das er verkaufte. Er redete sich gerne ein, seine persönliche Wertschätzung für seine Ware mache ihn zu einem hervorragenden Verkäufer. Jedenfalls war er in diesen Tagen clean; nur hin und wieder ein Skin-Popping in Ehren. Das hatte noch niemandem geschadet. Außerdem wusste er, dass er mit dem Skin-Popping auch noch aufhören konnte. Er musste nur zu den zwölf Schritten zurück.

Das war also sein Plan: Clean bleiben und im Lauf des nächsten Jahres einen Riesenhaufen Cash einnehmen. Dann würde er nach – wer weiß? Griechenland, Tanger, Barcelona – verduften und seine Zeit in schöpferischer Einsamkeit verbringen, nichts weiter als starken Kaffee trinken und Gedichte schreiben. Dann würde er sie eins nach dem anderen per E-Mail an Terri schicken, damit sie wusste, dass er dabei war, seinen Weg zu machen. Sonst würde sie ihn vermutlich auf der ganzen Welt jagen in ihrem Versuch, auf ihn aufzupassen.

Terri hatte schon immer die Neigung gehabt, ihn zu

bemuttern, und manchmal ging das einfach zu weit. Erst vor wenigen Tagen hatte er ihr stecken müssen, was in dieser Hinsicht Sache war. Danach hatte sie sich verpisst, und er hatte nicht wieder von ihr gehört. Wahrscheinlich war sie nach Vancouver zurück, was Kevin nur recht sein konnte. In ein paar Wochen würde er sich mal telefonisch bei ihr melden, ihr sagen, dass er nicht mehr sauer auf sie war. Im Moment war es erst mal viel wichtiger, einen Notgroschen zusammenzukratzen, und Red Bear war genau der Mann, der ihm dabei helfen würde.

Als Red Bear ihm das erste Mal über den Weg lief, eine weiße Lichtgestalt, die von einem guten Draht zur Welt der Geister faselte, hatte Kevin ihn nur für einen Spinner gehalten. Das war vor fast einem Jahr gewesen. Kevin und Leon hatten vor dem Lemon Tree an der Algonquin Avenue gesessen und gelabert und dabei den vorbeispazierenden Mädchen hinterhergeschaut. Es sah nach dem letzten schönen Sommertag aus, und alle Tische waren besetzt. Da steigt Red Bear aus einem schwarzen Wagen – den jemand anders fährt – und läuft schnurstracks in den Laden. Ein paar Minuten später kommt er mit einer Limonade wieder raus und direkt auf sie beide zu.

»Was dagegen, wenn ich mich dazusetze?« Das sagte er zu Leon, nicht zu Kevin.

Leon zuckte die Achseln. »Wir leben in einem freien Land.«

Red Bear zog den Stuhl vor, drehte ihn um und setzte sich rittlings darauf, die Ellbogen auf der Lehne. Die Fransen an seiner weißen Jacke hingen fast auf den Bürgersteig.

»Als Gegenleistung für eure Freundlichkeit werde ich euch die Karten legen.«

Red Bear hatte eine seltsam förmliche Sprechweise, als übersetzte er aus einer anderen Sprache.

Kevin rechnete mit Tarotkarten, doch Red Bear zog ein gewöhnliches Kartenspiel heraus und breitete es fächerförmig auf der Tischplatte aus. »Zieh eine Karte, die für dich steht«, sagte er zu Leon. Leon tippte auf Herzkönig – er war kein Ausbund an Feinfühligkeit. Er lehnte sich zurück und strich sich mit dem Zeigefinger über die Stirn. Er hatte dort eine kleine Narbe, und zuweilen rieb er daran, als könne er sie ausradieren.

Red Bear nahm mit Ausnahme des Königs alle Karten wieder an sich und mischte sie, um sie anschließend in Quadraten und Kreuzen erneut zu legen. Zwischen seinen Augenbrauen bildete sich eine tiefe Konzentrationsfalte. »Du hattest kürzlich Ärger mit einem Verwandten«, sagte er. »Meinungsverschiedenheiten wegen Geld.«

Leon sah Kevin an. Sein Cousin hatte den Winter über bei ihm gewohnt und ihm zweihundert Dollar gestohlen, bevor er bei Nacht und Nebel in einem Greyhound verduftete. Am nächsten Tag hatte er sich in der Chinook Tavern voll laufen lassen und anschließend einen Fremden zusammengeschlagen, bis Kevin ihn endlich wegzerren konnte. Noch Wochen später schäumte Leon vor Wut über seinen Cousin.

»Trifft ziemlich ins Schwarze«, sagte er zu Red Bear. »Machen Sie weiter.«

»Es gibt Gewalt in deiner Vergangenheit.« Red Bear sah von seinen Karten auf, und es lag ein Hauch Besorgnis in seinem Gesicht. »Du kannst gewalttätig sein.«

Leon lachte. Vielleicht aus Nervosität.

»Nicht wirklich. Ich bin schon viel zahmer geworden. Na ja, ich bin schon dafür bekannt, dass ich gelegentlich ausrasten kann.«

Red Bear wandte sich wieder seinen Karten zu. »Dir stehen wichtige Entwicklungschancen ins Haus. Vielleicht eine Möglichkeit, diese Wut zu kanalisieren.«

»Okay, schon gut. Können wir bitte das Thema wechseln?«

»Eine frustrierende Phase in Liebesangelegenheiten geht zu Ende.«

»Will ich doch hoffen«, sagte Leon. »Frauen, Mann. Da wär wirklich ein bisschen Action angesagt.«

»Du bist im Moment ganz allein – ich meine, in romantischer Hinsicht –, du bist schon eine ganze Weile allein.« Red Bear schnippte eine Herz-Zwei über den König und nahm seine Sonnenbrille ab, um Leon anzusehen. »Das wird sich sehr bald ändern, mein Freund.«

In dem Moment fiel Kevin auf, was für ein gut aussehender Typ Red Bear war. Kräftige Knochen in diesem Gesicht, zwei kleine Lachfalten, wenn er lächelte, und diese Augen! Als er die Brille abnahm, kamen die hellsten blauen Augen zum Vorschein, die Kevin je gesehen hatte, heller als bei einem Husky, fast transparent.

Red Bear hatte noch eine Menge andere Sachen aus Leons Karten gelesen, an die sich Kevin nicht erinnerte. Leon war beeindruckt, sogar richtig aufgeregt gewesen, Kevin dagegen nicht, da noch nicht: Glückstreffer, die Sache mit dem Geld, das Übrige war derselbe Scheiß, den man in jeder Astrologiespalte zu lesen bekam.

»Du bist skeptisch«, hatte Red Bear zu Kevin gesagt. Diese transparenten Augen, diese erstaunlichen Wangenknochen. Cherokee. Das Wort war ihm einfach so in den Sinn gekommen, auch wenn er einen Cherokee nicht von einem Schwarzfußindianer unterscheiden konnte. Der Kerl sah jedenfalls von Kopf bis Fuß nach Red Bear aus, bevor er auch nur einen Ton über seine Herkunft gesagt hatte.

»Es ist egal, ob du daran glaubst«, sagte Red Bear. »Eine Sache ist auch dann wahr, wenn du nicht daran glaubst.« Er breitete erneut die Karten aus. »Zieh eine, die für dich steht.«

»Nee, lassen Sie mal stecken.«

»Nur zu. Zieh eine.«

»Nein, wirklich. Ich steh nicht auf so was.«

»Dann zieh ich eine für dich.« Red Bear zog ein Pik-Ass.

Red Bear mischte das Blatt und schnippte eine Karte nach der anderen vom Haufen.

»Probleme mit der Familie«, sagte er. »Mit jemandem, der älter ist als du. Ihr beide geratet öfter mal aneinander.«

Warm, nein, heiß, doch Kevin sagte nichts.

»Du hast in letzter Zeit eine schlechte Gewohnheit überwunden, eine Sucht vielleicht. Das zeigt sich ganz deutlich an dieser Stelle.« Er zeigte auf zwei Dreien mit einer Karo-Sieben. Kevin merkte, wie sich ihm die Nackenhaare sträubten.

Dann deckte er die Herzdame auf, die vom König durch eine weitere Drei getrennt war.

»Du hast da jemanden, es gibt eine Frau in deinem Leben«, sagte Red Bear.

»Ich doch nicht, Mann. Hab vor ungefähr einem halben Jahr mit einer Schluss gemacht, und jetzt bin ich so single, wie's nur geht.«

»Ich hab nicht gesagt, eine Geliebte. Ich hab nur gesagt, dass es eine Frau in deinem Leben gibt. Eine gute Frau, die dich liebt. Aber diese Gewohnheit oder diese Sucht schafft Probleme zwischen euch.«

Na schön. Das konnte Terri sein. Hatte man erst mal eine Sucht, gab es automatisch 'ne Menge Probleme. Das lief unter Glückstreffer, gepaart mit gesundem Menschenverstand.

Schnipp, schnapp, schnipp. König, Ass, König.

»Also, du bist leicht zu lesen, mein Freund, das reinste Vergnügen.«

»Und wieso?«

Red Bear tippte auf die Karten – kräftiger Finger, manikürter Nagel. »Der König, mein Freund. Die Könige. Du wirst reich.«

An der Stelle hatte Kevin laut losgeprustet.

Red Bear beugte sich vor, sah sich angestrengt um. »Ich sehe eine Menge seltsame Formen in deiner Umgebung. Wie ein T. Diese Dame in deinem Leben, heißt sie zufällig Tammy? Oder so was in der Art?«

»Es gibt jemanden namens Terri«, sagte Kevin. »Aber sie ist nicht meine Lady.«

»Tatsächlich? Ich sehe da aber eine starke Verbundenheit.«

Red Bear trank seine Limonade aus und stand auf. Irgendwie brachte er es fertig, Limonade zu trinken und es so aussehen zu lassen, als wäre es Bourbon. Er machte dem schwarzen BMW, der auf der anderen Straßenseite stand, Zeichen, und der Wagen fuhr an, wendete und hielt direkt vor dem Café.

»Falls wir uns mal wieder über den Weg laufen, mein Freund, rätst du mir vielleicht, wie du dieses viele Geld verdienen willst.«

»Sie sind derjenige, der in die Zukunft sieht. Verraten Sie es mir.«

Red Bear hatte gegrinst – Zähne wie ein Filmstar – und die Wagentür geöffnet.

Kevin rieb sich den juckenden Stich am Hals und starrte zum rauen Holz der Decke hinauf. Er hörte einen zweiten Wagen, dann laute Stimmen. Das musste Leon sein, der aus der Stadt zurückkam; machte immer eine Menge Lärm, wenn er auf der Bildfläche erschien. Er würde jeden Moment bei Kevin anklopfen, um ein bisschen zu quatschen. Ziemliche Quasselstrippe, Leon, und für Kevins Geschmack zu schnell mit der Faust. Und was er zu sagen hatte, wurde, seit sie bei Red Bear angeheuert hatten, ein bisschen seltsam, unheimlich sogar.

Auch wenn Kevin nicht an Astrologie oder Kartenlesen oder all das andere übersinnliche Geschwafel glaubte, war Red Bear in ein paar Punkten der Wahrheit immerhin so nahe gekommen, dass er ein leise mulmiges Gefühl in der Magengegend spürte. Und obwohl Red Bear ihn ziemlich gut behandelte, war dieses mulmige Gefühl seitdem nie gewichen; es hielt sich beharrlich wie ein leichtes Fieber.

Bevor Red Bear auf der Bildfläche erschien, waren sie als Vierer-Gang durch die Gegend gezogen. Kanga war vermeintlich ihr Anführer gewesen – im Wesentlichen, weil er den einzigen Wagen besaß, dem zuzutrauen war, dass er die Fahrt nach Toronto runter, um neuen Stoff zu holen, tatsächlich schaffte und auch wieder zurück. Kanga war ein echter Kiffer, der das Zeug den ganzen Tag lang rauchte. Einmal hatte er Kevin gesagt, er sei nur ins Dealen eingestiegen, um sich seinen eigenen Konsum leisten zu können. Dabei versuchte er, seine Abhängigkeit vom Gras mit diszipliniertem Krafttraining auszugleichen, doch Kevin hegte den Verdacht, dass er die Gewichte nur hob, weil er auf diese Weise mal still sitzen musste. Kanga war Optimist, ein hoffnungslos liebenswürdiger Anführer – wenn man einen Kerl, der keinen Zentimeter Bodenhaftung hat, überhaupt als Anführer bezeichnen konnte. Er war drahtig und adrett und ließ sich über die Zukunft keine grauen Haare wachsen.

Leon Rutkowski war ehemaliger Speedfreak mit einem bekanntermaßen unberechenbaren Temperament. Abgesehen von der Sache im Chinook, war Kevin nie persönlich dabei gewesen, aber er hatte das eine oder andere gehört: eine Geschichte mit einem Mann, den er krankenhausreif geschlagen hatte, eine andere mit einem Baseballschläger. Leon ging es nur darum, einen Haufen Kohle zu machen. Kanga hatte mal gesagt, er wäre nie in den Heroinhandel eingestiegen, hätte Leon ihn nicht so damit genervt. Als Kevin dazustieß, waren sie längst dabei. Leon war drahtig, wenn man von seinem Schmerbauch absah, der ihm über den Jeansgürtel hing, weil er so gerne Fastfood aß. Kevin wusste zwar nicht, wieso, aber

Leon schien viel ruhiger zu sein, seit Red Bear ihren Weg gekreuzt hatte, und auch gesünder, weil er offenbar mehr auf seine Ernährung achtete. Und er jammerte nicht mehr darüber, dass er keine Gelegenheit zum Ficken hatte. Red Bear brachte immer mal wieder Puppen aus Toronto mit, Nutten zweifellos, und teilte sie sich mit Leon.

Und dann Toof. Eigentlich hieß er Morris Tilley, aber alle nannten ihn Toof – wegen des überzähligen Schneidezahns, der sich vor seine übrigen schiefen Beißer schob. Das und sein flatteriges Haar und die Art, wie er den Kopf hängen ließ, erinnerten irgendwie an einen Hund, was zu ihm passte, da er tatsächlich eher so etwas wie ein Maskottchen als ein richtiges Mitglied der Gruppe war. Toof redete ebenfalls viel, wenn der Tag lang war, und da er ein hoffnungsloser Kiffer war, ergab das, was er sagte, nicht immer Sinn. Und er hatte ein Talent, sich zu verirren – eine Kunst in einem Nest wie Algonquin Bay –, doch Toof schien das innere Ortungsgerät abhanden gekommen zu sein, das die meisten Menschen in die Lage versetzt, morgens von zu Hause loszugehen und mit einiger Wahrscheinlichkeit abends wieder zurückzufinden.

Red Bear war am Tiefpunkt ihres Lebens aufgekreuzt. Die Viking Riders waren aggressiver geworden, hatten ihre Vorherrschaft auf dem gesamten nördlichen Territorium ausgebaut. Urplötzlich schienen sie den Stoff tonnenweise zu verhökern, und der nette kleine Kanga mit seinen Jungs konnte absolut nichts dagegen tun. Kevin konnte nur noch auf der Oak Street herumschleichen, in der Hoffnung, dass ihm ein Teil seiner alten Klientel die Treue hielt und ihm gelegentlich ein Zehntel Schnee abnahm. Der eine oder andere tat es auch, aber nicht genügend. Alle hatten Angst vor den Viking Riders.

Kanga hatte gemeint, sie müssten sich mal mit den Bikers zusammensetzen. So ein blauäugiger Optimist war Kanga! Hast du ein Problem mit den Bikers, steckst du dir einen

Beutel Sensimilla ein und rauchst mit ihnen eine Friedenspfeife. Zwar waren die Bikers bereit gewesen, sich zusammenzusetzen, aber es war alles andere als gut gelaufen. Die Gang gab Kanga deutlich zu verstehen, dass sie sich sofort aus ihrem Territorium zurückziehen sollten, sonst würden sie schon sehen, was sie davon hätten. Um ihrer Aussage Nachdruck zu verleihen, hatte einer der Biker – ein riesiger Scheißkerl namens Wombat – Kanga angepisst. Im buchstäblichen Sinne.

Zuerst blieben die Kunden weg, dann die Lieferanten; niemand wollte sie mehr als Subunternehmer haben. Jeder musste exklusiv mit den Riders dealen, oder er war raus aus dem Geschäft, um es einmal höflich zu formulieren. In seiner Verzweiflung hatte Kanga seine Fühler weiter ausgestreckt und war bis nach Montreal gefahren, um erstklassige Drogen aufzutreiben.

»Du bist nicht bei Sinnen«, hatte Kevin zu ihm gesagt. »Völlig unmöglich, das Zeug in Umlauf zu bringen, ohne dass die Bikers ganz und gar ausrasten.«

Sie waren in Kangas Kellerwohnung. Kanga lag bei seinem ständigen Training auf dem Rücken und rauchte einen Joint. Er bot Kevin davon an, der dankend verzichtete, und legte ihn auf den Aschenbecher.

Kanga lächelte und drückte ein Hundertfünfzig-Kilo-Gewicht. Er hielt es in der Luft und ließ den Rauch durch die Zähne entweichen. »Das ist ja das Schöne daran«, sagte er mit einer vom Gras keuchenden Stimme. »Ich will ihnen ja gar keine Konkurrenz damit machen. Ich will uns zu ihren Lieferanten machen.«

»Lass ja die Finger davon, Mann. Daran darfst du nicht mal denken. Die reißen dich in Stücke. Die bringen schon derart viel Stoff in Umlauf, dass du niemals die Preise schlagen kannst, die sie bekommen.«

»Überlass das mir, Mann. Ich weiß, was ich tue.«

»Willst du diesmal im Taucheranzug hin?«

»Hey, scheiß drauf, Mann, das war nur ein einziger Schläger.« Kanga legte das Gewicht ab und nahm einen weiteren Zug von seinem Joint. Seine Worte drangen mit einer Rauchwolke zwischen zusammengebissenen Zähnen hervor. »Die anderen Typen haben sich quasi dafür entschuldigt.«

Und so hatte Kanga ein weiteres Treffen mit den Viking Riders arrangiert. Kevin und Leon und Toof hatten ihn danach nie wieder gesehen.

Ohne Kanga war die Gruppe schnell zum Teufel gegangen. Kevin fuhr regelmäßig mit dem Zug nach Toronto und brachte kleine Mengen Speed und Heroin mit nach Hause. Aber es reichte nicht für ein lohnendes Geschäft. Und in dieser Pechsträhne, unter diesem Stress fand er sich mit der Nadel im Arm wieder. Es hatte ihn seine ganze Kraft gekostet, noch einmal clean zu werden – Methadon, die zwölf Schritte, der ganze Affentanz. An dem Punkt hatte er kaum noch die Miete für seine schäbige kleine Wohnung zahlen können.

»Was wir tun sollten«, hatte Leon eines Tages überlegt, »statt von den Viking Riders zu kaufen oder zu versuchen, sie zu umgehen – wir sollten lieber ihr Importgeschäft übernehmen.«

Sie saßen in der Sonne auf einem Felseinschnitt in der Nähe der Eisenbahnlinie und sahen den französischen Mädchen hinterher, die auf der Front Street zur Ecole Secondaire marschierten.

»Irgendwie schleusen sie den Stoff aus den Staaten ein«, fuhr Leon fort, »und jetzt schicken sie ihn quer durchs ganze gottverfluchte Land. Falls wir den Part übernehmen könnten, wären sie gezwungen, mit uns zu dealen.«

»Sicher«, hatte Toof gesagt und durch eine Wolke Pot gekeucht. »Klingt gut. Wieso machen wir das nicht?«

»Weil Kanga dieselbe Idee hatte«, sagte Kevin. »Und Kanga ist nie wieder aufgetaucht.«

Da waren sie also: Leon, der Schwätzer, nicht der Boss; Kevin ohne den geringsten Ehrgeiz, irgendetwas zu leiten oder anzuführen, und Toof, völlig außer Konkurrenz. Das war die triste Bühne, auf der Red Bear plötzlich erschien und ihnen das Blaue vom Himmel versprach. Wie hätte ein Junkie da widerstehen können?

Red Bear steckte sich Algonquin Bay schon bald in die Tasche – mit nicht viel mehr als seinem guten Aussehen und einem Kartenspiel. Oft war er in Everett's Coffee Bar auf der Sumner zu sehen, dem letzten unabhängigen Coffeeshop. Red Bear saß mit seinem Kartenspiel an einem Tisch an der Ecke, und es dauerte nicht lange, bis die Leute zu ihm kamen. Everett's hatte nichts dagegen – er brachte Kundschaft rein. Sie bestellten einen Kaffee und gingen zu Red Bear hinüber, um sich von ihm die Karten legen zu lassen. Sie wussten vermutlich, dass er was draufhatte, sonst hätten sie nicht seine gepfefferten Preise bezahlt: fünfundsiebzig pro Mal, aber hallo. Er erstellte auch Horoskope, wofür er das Doppelte nahm.

Es war schwer, sich mit ihm zu unterhalten, weil ständig jemand zu ihm kam, um sich die Zukunft vorhersagen zu lassen. Kevin hatte keine Ahnung, wie viel er damit verdiente, aber es musste eine Menge sein, und natürlich steuerfrei. Und es brachte ihn mit allen möglichen Leuten zusammen: Die lokalen Musiker kamen zu ihm, und sobald er ein paar Friseure zu seiner Kundschaft zählte, machten die ihn weiter bekannt. Er behauptete, eine Weile in Toronto als Model gearbeitet zu haben – bei seinem Aussehen durchaus möglich –, doch Kevin nahm an, dass er noch eine andere Einnahmequelle besaß.

Wenn er nicht gerade Karten legte, gab sich Red Bear alle erdenkliche Mühe, Kevin und Leon als Freunde zu gewinnen.

Er überließ ihnen Proben vom besten Pot, das sie je probiert hatten, er nahm sie ein paarmal ins Kino mit, und er spendierte ihnen ständig Drinks, obwohl er selber wenig trank. Er schien sich nicht mal an Toof zu stören. Wie die anderen beiden fühlte sich Kevin von so viel Aufmerksamkeit geschmeichelt, auch wenn er immer ein bisschen misstrauisch blieb.

Im Lauf der folgenden Monate wurde Red Bear ein wichtiger Bestandteil ihres Lebens. Irgendwann eröffnete er ihnen, womit er sonst noch Geschäfte machte, nämlich damit, mittelgroße Päckchen Kokain und Heroin quer durchs Land zu schicken.

»Du solltest lieber vor den Viking Riders auf der Hut sein«, warnte ihn Kevin. »Du weißt ja, was mit Kanga passiert ist.«

»Ich hab keine Angst vor den Riders«, sagte Red Bear. »Ich werde beschützt.«

»Beschützt?«

Als Antwort wies Red Bear nur zum Himmel.

An einem frostigen Frühlingsabend, es musste Ende April gewesen sein oder Anfang Mai, jedenfalls bevor die Mücken kamen, waren sie alle unten am Ufer gewesen. Red Bear hatte ein schönes Feuer gemacht – einen Feueraltar, wie er es nannte –, das stundenlang stetig brannte. Leon und Toof waren da, die ganze Milchstraße schien am Himmel zu funkeln, und vom See blies eine Brise herüber. Am Strand plätscherten leise die Wellen; von einer anderen Uferstelle drang der steigende Geräuschpegel einer Party herüber, doch die Stimmung unter den vier jungen Männern war nachdenklich, ja feierlich gewesen.

Sie hatten Lebensgeschichten ausgetauscht. Leon stocherte versonnen mit einem Stöckchen im Profil seiner Wanderstiefel herum und pulte den Lehm heraus, während er ihnen über seine Vergangenheit erzählte. Er war das einzige Kind zweier Trinker, von denen einer den anderen getötet hatte, als Leon sechzehn war, und vermutlich nie wieder aus dem Gefängnis kommen würde. Die Narbe an der Stirn hatte er abbekommen, als seine Mutter ihm einen Toaster an den Kopf schleuderte. Toof starrte in die Flammen, so dass der Schein des Feuers in seinen Augen flackerte, während er ihnen erzählte, er sei das jüngste von sieben Geschwistern, von einer verwitweten Mom großgezogen, die drei Jobs zugleich schulterte und nie wusste, welcher ihrer Söhne als Nächstes im Knast landen würde. Kevin gab nicht allzu viel zum Besten. Als die Eltern starben, war er zehn gewesen. Verliebte sich in die Poesie. Flog nach dem zweiten Jahr vom College. Dröhnte sich mit Heroin zu. Kam davon runter. Er sagte nichts davon, dass er wieder mit dem Skin-Popping angefangen hatte – warum die anderen mit allzu vielen Informationen belästigen.

Alle drei sahen sie Red Bear an. Bis dahin wussten sie nichts über ihn, außer dass er aus einem Reservat irgendwo im Norden kam.

Er lächelte, so dass diese perfekten Zähne im Licht des Feuers blinkten. »Ihr wollt was über mich hören? Gut, ich sag's euch. Aber als Erstes müsst ihr natürlich Folgendes wissen.« Er zog seine Brieftasche heraus und schnippte eine Karte auf den Tisch.

Kevin hob sie auf. Es war ein Status-Ausweis, ausgestellt von der Behörde für indianische Angelegenheiten, die bescheinigte, dass Raymond Red Bear ein Angehöriger der Chippewa First Nation am Red Lake war, die am jenseitigen Ufer des Lake Superior angesiedelt war und sich eines Klimas rühmte, gegen das Algonquin Bay das reinste Florida war.

Die Flammen flackerten über Red Bears Gesicht wie ein Bühneneffekt. Seine Stimme war so leise, dass sie fast im Plätschern des Wassers unterging.

»Das Leben im Reservat«, sagte er, »war kalt. Hart. Unser Haus war nie ausreichend geheizt. Es war nie genug Essen im

Kühlschrank. Jeden Morgen bildeten sich Eisblumen an den Schlafzimmerfenstern.«

Red Bear schwieg und starrte ins Feuer. Eine Zeit lang sagte niemand etwas.

Schließlich fragte Leon: »Erzählst du uns mehr?«

Red Bear schüttelte den Kopf. »Würde ich gerne. Ich vertraue euch. Ich vertraue euch allen.« Er sah sie der Reihe nach an – Leon, Kevin und Toof. »Aber es gibt Dinge, über die ich nicht sprechen darf. Und andere Dinge, für die es verfrüht wäre, sie euch zu erzählen. Es gibt ein Wissen, das nur wenige teilen dürfen.«

Kevin wollte weg, ins Bett und schlafen. Die Stimmung wurde zu seltsam.

Red Bear lächelte. »Keine Sorge«, sagte er. »In ein, zwei Wochen werde ich ein Opfer bringen, und dann wissen wir genau, wie wir unserem Schicksal eine Wendung geben können.«

»Opfer?«

»Sag jetzt nichts, Kevin. Ihr werdet sehr bald wissen, was ich meine.«

Leon schnippte seine Zigarettenkippe ins Feuer. »Bedeutet dieses Opfer, dass ich mal die Main Street langlaufen kann, ohne Angst zu haben, dass ich von Bikern zur Sau gemacht werde?«

»Allerdings, das garantiere ich euch. Wenn die Dinge so laufen, wie ich es erwarte, kriegen die Biker das große Zittern, sobald sie euch nur von weitem sehen.«

»Zu Recht, Mann«, sagte Leon. »So sollte es sein.«

9

Eine Woche nach diesem feierlichen Abend am Ufer treffen sie sich zu viert am Rosebud Diner, einem schmuddeligen Lokal am südlichen Ausläufer der Stadt in der Nähe von Reed's Falls. Red Bear, Kevin, Leon und Toof. Toof macht ein beschämtes Gesicht, weil er sich auf dem Weg zum Rosebud – einem Laden, in dem er nach Kevins Schätzung schon mindestens dreimal gewesen ist – verlaufen hat und die anderen auf ihn warten mussten. Red Bear sagt nichts, sondern starrt Toof nur mit diesen Husky-Augen an. Dann nimmt er sie mit in den Wald.

Zuerst folgen sie der Reihe von Masten über den Hügel, dann schwenken sie auf einen um diese Jahreszeit unbenutzten Pfad für Schneemobile ein. Nach ein paar hundert Metern biegen sie auf etwas ein, das wohl ein Pfad sein soll, was man aber dazusagen muss, denn er ist kaum begehbarer als das dickste Gestrüpp rundum. Irgendwann kommen sie auf eine felsige Lichtung auf einer Kuppe.

Red Bear ließ sie ein Altarfeuer aufbauen, wie er es ihnen das letzte Mal gezeigt hatte. Er wies auf den fast vollen Mond. »Ideal«, sagte er. »Einfach ideal.« Er trug Wildlederhose und Weste, beides mit Fransen versehen, dazu an der Weste feine Perlenstickerei. Hollywood-Indianer, dachte Kevin, an jedem anderen Mann völlig deplatziert, aber nicht an Red Bear. An seinem Gürtel klapperte eine Feldflasche neben einem langen Messer in Wildlederscheide.

Red Bear verharrte, bis das Feuer loderte.

»Unser Opfer wartet auf der anderen Seite des Hügels. Ihr drei bleibt hier und rührt euch nicht – egal, was ihr hört –

rührt euch nicht. Vielleicht hört ihr auch gar nichts. Wenn ich zurückkomme, werde ich einen Ritualtanz vollziehen. Falls das für euch zu seltsam ist, falls ihr euch nicht für andere Kulturen und Gebräuche öffnen könnt, dann möchte ich euch bitten, jetzt zu gehen. Jetzt zu gehen und nie wiederzukommen.«

Niemand rührte sich.

»Falls ihr jedoch bleibt, dürft ihr niemals mit irgendjemandem darüber sprechen, habt ihr verstanden?«

Red Bear trat so dicht an Kevin heran, dass nur wenige Zentimeter ihre Gesichter trennten; der Blick in seinen hellen Augen schien entrückt. »Verstehst du?«

»Ja, sicher. Ich hab verstanden. Ich bleibe.«

Dasselbe machte Red Bear mit Leon. Auch Leon sagte, er würde bleiben.

Dann Toof. Toof, der mickrige Wicht mit seiner Himmelfahrtsnase – fast wie der Rüssel eines Schweins. Im Schein des Feuers sah er wie eine Kreatur der Finsternis aus.

»Hast du verstanden?«, sagte Red Bear zu Toof. »Du darfst niemals mit irgendjemandem über das hier sprechen.«

»Werde ich nicht. Versprochen.«

»Bei Androhung des Todes«, sagte Red Bear.

»Wegen mir brauchst du dir keine Sorgen zu machen«, sagte Toof. »Ich werd's keiner Menschenseele sagen, okay? Ihr seid schließlich so was wie meine Brüder.«

»Genau. Wir sind jetzt deine Familie.«

Red Bear zog sein Messer aus der Scheide.

»Wartet hier und verhaltet euch ruhig. Ich bin in zehn Minuten wieder da. Unterdessen redet kein Wort. Starrt in die Flammen und macht euch innerlich leer. Ich werde die Geister um Führung bitten.«

Red Bear hielt sein Messer hoch über seinen Kopf und reckte sich auf Zehenspitzen in die Höhe, als wartete er darauf, vom Blitz getroffen zu werden. Er fing an, in einer Sprache zu reden, in der Kevin Ojibwa oder Chippewa vermutete oder weiß der Geier was. Klang anders als alles, was er bis jetzt gehört hatte, voller Schnalz- und Rachenlaute, weniger Sätze als vielmehr ein Auf und Ab von Silben. Es gab eine Menge Wiederholungen. Schließlich ließ Red Bear das Messer sinken und schritt über den Kamm, so dass die Perlen leise klirrten.

Kevin starrte in die Flammen.

Von der anderen Seite des Hügels war nichts zu hören, und keine der drei Gestalten, die um das knisternde Feuer saßen, sagte ein Wort.

Kevins Gesicht glühte heiß, während sein Rücken unangenehm durchgefroren war. Er wünschte sich, in der Stadt zu sein und in der World Tavern ein paar Halbe zu kippen.

Da war ein Schrei zu hören, und wenig später kam eine dunkle Gestalt über den Hügel. Red Bear beschleunigte seine Schritte und schrie erneut, dann sprang er zwischen sie und das Feuer. Jetzt verfiel er in einen Sprechgesang, während er mit baumelnden Gliedern um die Flammen tanzte. Zuerst war es eigentlich kein Tanz, sondern eher ein Schlurfen im Takt zu seinem leisen Gesang. Der Schatten, den das Feuer von ihm warf, ragte über die Felsen und Bäume rund um die Lichtung.

Ganz allmählich kam Leben in den Tanz. Red Bear sprang und drehte sich, so dass seine Arme und Schultern im Schein der Flammen schimmerten. Seine Arme waren bis zu den Ellbogen blutverschmiert. Er hatte einen großen Lederbeutel in der Hand, den er um seinen Körper rotieren ließ, während er um das Feuer tanzte, so dass ein doppelt kreisendes Bewegungsmuster entstand. Dann blieb er plötzlich stehen, öffnete den Sack und drehte ihn um. Der Inhalt plumpste in die brennenden Scheite, so dass es Funken sprühte.

Die anderen drei fuhren unwillkürlich zurück und strichen

sich hustend über die Kleider. Als Kevin wieder hinsah, brutzelte ein Schweinekopf in den Flammen, dessen kleine Augen fest geschlossen waren und an den Winkeln kleine Fältchen bildeten, als wäre das Ganze zu komisch, wenn es nicht zu traurig wäre. Sein Rüssel war mit Isolierband verklebt. Seine vier Pfoten schmorten rund um den Kopf in der Glut.

Red Bear stand dicht am Feuer und reckte sich gen Himmel, wobei er jeden Muskel in seinem Körper dehnte. Seine Halsadern traten wie Stromkabel vor. Seine Stimme war dünn und rau geworden, und die Worte sprudelten mit schrecklicher Dringlichkeit hervor.

Die Worte – falls es denn Worte waren – überstürzten sich. Spucke flog über die Flammen, und an einem Punkt klang es, als würde Red Bear ersticken. Kevin fragte sich, ob er übergeschnappt war. Leon schien nicht sonderlich beunruhigt, während Toof wie ein Kind im Zirkus mit offenem Mund staunte.

Dann setzte plötzlich Stille ein, und Red Bear schien zu erschlaffen, von dem, was ihn ergriffen hatte, wieder freigegeben. Langsam sank er zu Boden.

Niemand sprach ein Wort.

Nach einer Weile fragte Red Bear mit seiner gewohnten Stimme: »Hab ich was gesagt?«

»Allerdings«, antwortete Kevin. »Sogar ’ne ganze Menge. Nur leider nicht auf Englisch.«

»Manchmal weiß ich nicht, ob ich einfach nur Stimmen höre oder ob ich sie übermittle.«

»Also, du hast sie laut und deutlich übermittelt.«

»Umso besser«, sagte Red Bear. »Wir kennen jetzt die Richtung.«

»Und wohin soll’s gehen?«, wollte Toof wissen. »Nach Norden?«

Leon sah ihn mitleidig an. »Nicht die Art Richtung, du

Schwachkopf.« Er wandte sich an Red Bear. »Wie genau? Wissen wir, was wir als Nächstes zu tun haben?«

»Allerdings. Ich hab Ort und Zeit und sogar eine Adresse.« Red Bear schlug sich auf die Knie und sah die anderen an. »Hattet ihr Angst?«

»Nein, es war phantastisch«, sagte Toof. »Wie im Kino, Mann. Cooler Tanz.«

»Und du?« Red Bear sah Leon an.

»Nö, ich hatte keine Angst, auch wenn ich mich schon wohler gefühlt habe.«

»Und du?« Red Bears Blick fiel auf Kevin.

»Nervös«, räumte Kevin ein. »Die Sache mit der Stimme hat mich ganz schön nervös gemacht. Außerdem hast du 'ne Menge Blut an dir.«

Red Bear betrachtete seine Arme, als sähe er sie zum ersten Mal. Er drehte seine Feldflasche auf und goss sich nacheinander Wasser auf beide Arme. Er brauchte ein paar Minuten, um das Blut abzukriegen.

»Hast du da drüben wirklich ein Schwein erlegt?«, fragte Toof.

Red Bear ignorierte die Frage oder hörte sie einfach nicht, während er sich darauf konzentrierte, sich rein zu waschen. »Meine Stimme war vermutlich auch verändert, oder?«

»Kann man wohl sagen«, bestätigte Toof. »Du hast dich ganz undeutlich angehört.«

»Das ist nicht meine Stimme. Das ist der Geist, der durch mich spricht. Er will nicht reden, das macht die Sache manchmal schwierig. Aber was er mir gesagt hat ...« Red Bear schüttete den Rest aus seiner Flasche übers Feuer, so dass es zischte und dampfte. »Falls das, was er mir gesagt hat, stimmt, werden wir sehr erfolgreich sein.«

»Wann?«, wollte Toof wissen. »Wann soll's denn losgehen?«

»In drei Tagen. Wir werden zusammen einen kleinen Ausflug machen.«

»Wohin? Wo willst du hin?«

»Du stellst zu viele Fragen. Ich sag euch, wohin, wenn es so weit ist.«

Ein paar Tage später ließ Red Bear Leon die anderen zusammentrommeln und zum Rosebud rauskommen. Leon weigerte sich, ihnen zu sagen, worum es ging; es sollte eine Überraschung sein. Red Bear wartete an seinem üblichen Tisch.

»Ich hab das perfekte Zuhause für uns gefunden«, sagte er und warf für seinen Kaffee einen Fünf-Dollar-Schein auf den Tisch.

Draußen stieg er in seinen BMW, und die Übrigen folgten in Leons TransAm. Wie sich zeigte, steuerten sie ein verlassenes Sommerlager draußen am Südufer des Lake Nipissing an. Die Ansammlung kleiner Blockhütten sollte aller Wahrscheinlichkeit nach abgerissen werden, um einem Hotelneubau Platz zu machen.

Red Bear hatte Beziehungen zur Abrissfirma und mit den Leuten vereinbart, dass er die Hütten über den Sommer benutzen durfte. Das Lager umfasste ein überwuchertes Baseballspielfeld, eine große, aus Steinen gebildete Feuerstelle zum Kochen unter freiem Himmel und einen verfallenen Anlegeplatz.

»Mann, wir haben sogar einen eigenen Strand und so«, sagte Toof. »Volleyballpfosten, vielleicht lässt sich sogar irgendwo ein Netz auftreiben.«

»Wieso? Willst du ’ne Mannschaft aufmachen?«, fragte Leon zurück. »Es gibt kein Netz, keinen Ball – rein gar nichts. Wir haben nur die Hütten.«

»Was soll der Spaß denn kosten?«, fragte Kevin.

»Keinen Cent«, sagte Red Bear und lächelte hinter seiner

blitzenden Sonnenbrille. »Wir zahlen nur für Strom und Wasser.«

Noch am selben Tag waren sie alle eingezogen. Jeder hatte seine eigene Hütte, und sie konnten kommen und gehen, wie sie wollten. Die Kochgelegenheiten waren im Lager allerdings äußerst bescheiden, so dass sie oft im Rosebud essen würden, doch Red Bear und Leon verbrachten so viel Zeit wie möglich im Camp. Kevin und Toof dagegen zogen tagsüber das städtische Leben vor, doch die Miete war unschlagbar.

Ein paar Tage nach seinem Umzug ins Lager fand sich Kevin abends im Heck eines kleinen Kajütbootes wieder, auf dem Weg durch die kabbeligen Wellen der nördlichen Bucht. Toof lehnte sich über das Dollbord und ließ die Hand ins Wasser baumeln. Leon war am Ruder, während Red Bear es sich auf dem großen Ledersitz neben ihm gemütlich gemacht hatte. Ein angedeutetes Lächeln auf den Lippen, drehte er sich langsam in alle Richtungen und wieder zurück. Er trug immer noch seine Sonnenbrille, auch wenn es lange nach Sonnenuntergang war. Von Westen her blies eine steife Brise, und Kevin bereute, dass er keine Jacke mitgenommen hatte. Sie hatten an einem privaten Steg in Shanley abgelegt und sausten jetzt über die Weite der Bucht. Sie waren so weit draußen, dass Autoscheinwerfer zu Glühwürmchen schrumpften. Der silbrige Turm der Kathedrale und die Wohnblöcke, die zusammen die Skyline von Algonquin Bay bildeten, schimmerten im Vollmondlicht. Zu ihrer Linken glitten die Manitou Islands vorbei, zu ihrer Rechten das Anishinabeck-Reservat. Von da an machten sich die Lichter am Ufer rar. Als sich der Mond hinter eine Wolke duckte, breitete sich der See aus wie ein Teppich aus schwarzem Samt.

Zwanzig Minuten später deutete Red Bear auf eine Gruppe beleuchteter Bojen. »Der French River«, brüllte er über den

Lärm des Innenbordmotors. »Sind gleich da.« Er stand auf und legte Leon eine Hand auf die Schulter. Er beugte sich zu ihm herunter und sagte etwas zu ihm, während er durch die Windschutzscheibe wies. Leon drehte das Ruder, und das Boot schwenkte Richtung Küste. Durch die Bäume blinkten drei Lichter, eine Dreieckskonstellation.

»Das hier hat mir der Geist gezeigt«, brüllte Red Bear über den Lärm. »Das Dreieck da vorne.«

Auf ein Zeichen von Red Bear stellte Leon den Motor ab, und sie ließen sich auf dem schwarzen Wasser treiben.

»Von hier ab sagt keiner ein Wort. Leon und ich übernehmen das Reden. Vielleicht ist niemand da, oder höchstens einer. So oder so ist es kein Problem. Toof, du bleibst im Boot.«

»Nee, ich will mit. Komm schon, Red Bear, lass mich mit rüber.«

»Du bleibst im Boot. Das ist wichtig. Du musst jeden Moment startklar sein. Kann ich dich damit betrauen?«

»Ach so, geht klar, Mann. Ich wär einfach nur lieber mitgekommen.«

Vor ihnen tauchte eine Anlegestelle in der Dunkelheit auf. Red Bear sprang darauf und wickelte ein Tau um die Klampe, bevor er im Flüsterton zu Kevin sagte: »Wirf mir das da zu.«

Kevin schleuderte ihm die Achterleine entgegen, und Red Bear zog das Heck so herum, dass der Bug auf den See hinaus wies. Dann nahm er eine andere Taurolle von backbord und hängte sie sich über die Schulter, als wollte er einen Berg besteigen.

Kevin und Leon sprangen auf den Landesteg. Schweigend liefen sie zu dritt über den Strand in Richtung der drei Lichter. Kevin folgte Leon die Steinstufen hinauf in den Garten hinter einem kleinen Bungalow, der zwischen hohen Büschen verborgen lag. Er sah sich um und stellte fest, dass Red Bear nicht mehr bei ihnen war. Im Haus waren die Lichter und der

Fernseher mit seinem kühlen, flackernden Schimmer an. Das Herz pochte Kevin bis zum Hals.

Leon zögerte nicht. Er ging geradewegs bis zur Tür und klopfte an.

Der Fernseher verstummte, dann die keineswegs freundliche Stimme eines Mannes. »Wer ist da?«

»Peter Northwind schickt mich.«

Es war ein Geräusch zu hören, wie wenn jemand durch einen Raum schlich, dann schien Licht durchs Schlüsselloch. Es wurde schwächer, und die Stimme meldete sich wieder.

»Du bist nicht Northwind.«

»Klaro, Dummbacke. Deshalb hab ich ja auch gesagt, Northwind *schickt* mich. Bist du Wombat?«

»Tut nix zur Sache, wer ich bin. Du kommst zu früh. Ungefähr vier Stunden.«

»Wir hatten Rückenwind. Was erwartest du, sollen wir vielleicht stundenlang auf eurem beschissenen See rumschwimmen?«

»Losung.«

»Was?«

»Du hast mich verstanden. Wie lautet die Losung?«

»Es gibt keine, Cowboy. Ich hab zwanzig Pfund Losungen bei mir.« Leon hielt den Koffer hoch.

»Von der Tür zurück.«

Leon und Kevin traten ein Stück zurück.

»Eine Bewegung, und ich mach euch alle.«

»Keine Sorge. Wir rühren uns nicht.«

Die Tür ging auf, und ein Kloß in menschlicher Gestalt mit grauem Pferdeschwanz füllte den Türrahmen aus. Eine Pistole blitzte im Mondlicht auf.

»Niemand verscheißert die Viking Riders und hat noch Gelegenheit, drüber zu quatschen«, sagte er. »Ich kann nur für euch hoffen, dass ihr das nicht versucht.«

»Verflucht, nein«, beteuerte Leon. »Wir werden doch unsere tollen Beziehungen nicht versauen.«

»Ich hab keine Beziehungen mit euch. Ich hab eine Beziehung mit Northwind. Stell den Koffer ab und tretet zurück.«

Leon und Kevin taten, was er sagte. Es war das erste Mal, dass Kevin in eine Pistolenmündung blickte, und er staunte über die Wirkung. Ihm flatterten die Knie, und er musste dringend aufs Klo.

»Mach ihn auf.«

Leon kniete sich auf ein Bein und drückte auf die Verschlüsse des Köfferchens.

»Moment noch, ich glaub, die klemmen.« Fluchend rasselte er ein bisschen daran.

»Das gefällt mir nicht«, sagte der Mann. »Verpisst euch.«

Ein dumpfer Schlag. Eine Klinge drückte sich an den Hals des Mannes.

»Lass sie fallen«, sagte Red Bear. »Oder ich schneide dir einen zweiten Mund.«

Die Pistole rührte sich nicht. »Wenn du mir auch nur einen Ritzer verpasst, mach ich deinen Freund hier alle.«

»Ja, aber er stirbt schnell. Du dagegen ...«

»Und woher soll ich wissen, dass du mich nicht trotzdem kaltmachst?«

»Höchst einfach«, sagte Red Bear. »Wenn du mir keinen Grund gibst, dich umzubringen, tu ich's auch nicht.«

Der Mann ließ die Waffe sinken. Red Bear riss sie ihm aus der Hand und ließ sie auf seinen Kopf niedergehen.

Der Mann sank auf die Knie, versuchte, sich hochzurappeln, doch Red Bear zog ihm noch eine über. Der Mann sackte zusammen und blieb am Boden. Red Bear warf Leon die Waffe zu, nahm das Tau von der Schulter und band dem Mann mit einem komplizierten Knoten die Hände.

Leon zupfte Kevin am Ärmel. »Komm schon.«

Er folgte Leon durch die Tür in die Küche.

»Jemand zu Hause?«, brüllte Leon und kicherte. »Ich liebe so was«, sagte er und winkte mit der Pistole. »Könnte mich glatt dran gewöhnen. Machen wir mal 'nen Rundgang, ich hätte nicht übel Lust, ein bisschen Geld abzuheben.«

Sie gingen von Zimmer zu Zimmer und suchten nach dem Bargeld, das laut Red Bear irgendwo versteckt sein musste. Das Haus wirkte unbewohnt, auf jeden Fall dürftig eingerichtet. Kevin riss ein paar Wandschränke auf, ohne etwas zu finden.

Schließlich rief Leon aus einem anderen Raum, »Hab's gefunden!«

Leon stand in einem kleinen Schlafzimmer, in dem es nichts weiter als ein schmales Feldbett gab. Er hatte den Aktenkoffer schon aus dem Schrank gezogen. Es war die Sorte mit kleinen Zahlenschlössern und Schnappverschlüssen, von denen die Riders allerdings keinen Gebrauch gemacht hatten. Er ließ sie aufschnappen, und im nächsten Moment blickten sie auf die größte Bargeldsumme, die sie beide je gesehen hatten – alles fein säuberlich gebündelt und mit Banderole.

»Oh Mann«, sagte Kevin. »Wieso muss ich so dringend pinkeln?«

»Weil du dir in die Hosen machst, Junge. Wir sind reich.«

»Glaubt ihr jetzt an Magie, hey?« Red Bear war hinter ihnen eingetreten.

»Hab ich schon immer«, sagte Leon. »Aber jetzt ist es mein Evangelium. Ich bin ein Magie-Missionar. Ich möchte die Leute zur Magie bekehren.«

»Zurück zum Boot«, sagte Red Bear. »Wir sollten weg sein, wenn die übrigen Vikings kommen.«

Als sie wieder draußen waren, brachte Red Bear ihre Biker-Geisel mit leichten Schlägen halb zu Bewusstsein. Er kam auf die Knie, schwankte und erbrach sich. Es brauchte eine Weile und die Überredungskunst einer Messerspitze, um ihn zum Steg hinunterzubugsieren.

Kevin gefiel es nicht, so viel Klinge zu sehen: Nach den Erklärungen, die er vor diesem Abenteuer gehört hatte, war er auf Gewalt nicht gefasst gewesen.

Toof warf den Motor an, sobald sie das Boot betraten. Er berührte den Koffer wie eine Heiligenreliquie. »Ham wir's geschafft oder was?«

»Wir haben den Everest bezwungen, Mann«, erwiderte Leon.

Red Bear schubste den schwankenden Viking, der jetzt nach Erbrochenem stank, aufs Boot.

»Schaff ihn runter. Mach ihn ein bisschen sauber und kleb ihm das hier über den Mund.« Damit warf er Leon eine Rolle Isolierband zu. »Aber achte darauf, dass er Luft bekommt. Ich will nicht, dass er uns wegstirbt.«

Leon schubste den Biker die Stufen hinab und verschwand unter Deck.

»Was werden wir mit ihm machen?«, fragte Kevin. In seinem Bauch breitete sich eine bedrohliche Geschwulst der Angst aus.

»Wir behalten ihn nur, bis diese kleine Transaktion abgeschlossen ist, dann lassen wir ihn laufen.«

»Dafür bringen die Vikings uns um, das ist dir doch wohl klar. Ich meine, im wörtlichen Sinne. So wie Kanga vom Erdboden verschluckt wurde.«

Red Bear trat so nahe an Kevin heran, dass er die Wärme von seinem Gesicht spüren konnte. Der Ausdruck in seinen Augen war so liebevoll, dass er Angst hatte, er wollte ihn küssen.

»Du brauchst dir um nichts mehr Sorgen zu machen, Kevin. Ich kümmer mich jetzt um euch. Und wie du siehst« – er wies auf die Küste, den Himmel, den See –, »sorgen andere für mich. Du brauchst mir einfach nur zu vertrauen.«

»Ich hab nur Angst, weiter nichts. Wir haben gerade eine Biker-Gang beklaut.«

»Dafür hab ich Verständnis. Aber traust du mir?«

»Ich traue dir.«

Nachdem Toof abgelegt hatte, setzte sich Red Bear neben ihn. Er kam ihm mit dem Gesicht ganz nahe, so dass Toof verblüfft den Kopf zurückzog. »Vertraust du mir?«

»Klar, sicher vertrau ich dir«, sagte Toof. »Na klar, du bist mein Red Bear.«

Red Bear legte ihm die Hand auf die Schulter.

»Gut. Entspann dich, ich übernehme das Ruder.«

»Ach komm schon, lass mich noch ein bisschen.«

»Ein andermal.«

Toof sah enttäuscht aus, stand aber auf und zog sich ans Heck zurück.

Red Bear lenkte sie an die Südseite der Manitou Islands. Ein paar Minuten lang erstrahlten die Lichter von Algonquin Bay am Küstenstreifen, dann verschwanden sie hinter den schwarzen Umrissen der Inseln. Es war kälter geworden, und Kevin legte die Arme um den Leib, um sich warm zu halten. Er spürte seine Gänsehaut.

Nach einer Weile stellte Red Bear den Motor ab und ließ sie treiben, während die Wellen an den Bootsrumpf schlugen.

Das Brummen eines kleinen Flugzeugs ertönte in der Luft. Kevin suchte den Horizont ab, sah aber nichts weiter als die Silhouette mondbeschienener Wolken. Das Brummen nahm zu. Das Flugzeug tauchte unter die Wolken, ein Viersitzer, bestenfalls. Es kam dröhnend von hinten auf sie zu und schwebte dann aufs Wasser herab, wobei die Tragflächen ein wenig schwankten.

Die Pontons streiften die Oberfläche, bevor sie zwei weiße Furchen ins schwarze Wasser pflügten. Red Bear startete den Motor und fuhr zum Flugzeug hinüber. An der Seite waren

Zahlen und Buchstaben zu erkennen, doch Kevin hatte keine Ahnung, was sie bedeuteten. Der Flieger konnte aus der Gegend sein, hätte nach seiner unmaßgeblichen Meinung aber genauso gut direkt aus Chicago oder aus der Karibik kommen können. Die winzige Tür ging auf, und Kevin erhaschte einen Blick auf schulterlanges, schwarzes Haar, zuerst allerdings auf eine Pistole.

»Sind Sie Red Bear?«

»Ja, das bin ich.«

»Zeigen Sie mir Ihren Status-Ausweis.«

»Meinen was?«

»Ihren Status-Ausweis. Und zwar ein bisschen plötzlich.«

Red Bear zog den Ausweis aus der Brieftasche und reichte ihn hinauf. »Sie brauchen mir nicht zu glauben«, sagte er. »Sie können bei Häuptling Whiteflint nachfragen, oben in …«

»Red Lake. Ja, hab ich bereits. Er sagt, Sie sind in Ordnung.«

»Verlangen Sie nur nicht von mir, dass ich Ojibwa zum Besten gebe.«

»Versteh ich genauso wenig wie Sie.«

Es folgten ein paar knifflige Manöver, während deren Red Bear und der Mann im Flieger Aktenkoffer tauschten. Leon öffnete den Koffer, den sie bekamen. Darin befanden sich stapelweise 200-Gramm-Beutel mit weißem Pulver.

»Teste das«, sagte Red Bear.

Kevin zog einen Beutel von unten heraus und stach ein winziges Loch hinein. Er holte tief Luft und hielt den Atem an, während er versuchte, das Zittern in seinen Händen unter Kontrolle zu bringen. Er nahm eine Prise auf eine Messerspitze und schüttete sie sich auf die Zunge. Der bittere Geschmack nach Heroin breitete sich in seinem ganzen Körper aus. Er machte seinen »Chemiekasten« auf und streute eine Prise des Pulvers in ein Fläschchen. Dann brach er eine Ampulle mit einer klaren Flüssigkeit, gab sie dazu und wirbelte die Mischung eine halbe Minute lang herum. Spuren von Rot und Grün erschienen und verblassten. Er brach eine zweite Ampulle auf, gab sie ebenfalls in die Mischung und schüttelte nochmals fünf Sekunden.

Red Bear richtete den Strahl einer großen Taschenlampe auf das Fläschchen. Die Flüssigkeit hatte jetzt eine gleichmäßige Farbe angenommen.

»Dunkelrot«, sagte Kevin. »Wir haben Stoff von achtzigprozentiger Reinheit vor uns. Praktisch ohne Beimischung.«

»Fertig mit Zählen?«, rief Red Bear zum Flugzeug hinauf. Das Gesicht erschien erneut im Fenster.

»Hätte nur noch eine Frage.«

»Schießen Sie los«, sagte Red Bear.

»Wie haben Sie's geschafft, die Übergabe von den Vikings zu übernehmen?«

»Wir konnten sie davon überzeugen, dass es einfach besser fürs Geschäft ist, wenn sie sich an uns halten.«

»Hmhm. Und mit welchen Argumenten?«

»Reine Magie«, sagte Red Bear.

Wenig später hob das Flugzeug ab und verschwand als Schatten in den mondbeschienenen Wolken.

Red Bear lenkte das Boot über die Bucht und zurück zu der privaten Anlegestelle, an der sie es sich geliehen hatten. Kevin hätte nicht sagen können, ob sie es sich wirklich nur geborgt oder es wie das Geld gestohlen hatten. Na ja, mit dem Klauen konnte er wohl leben, solange am Ende zur Belohnung eine Kleinigkeit im Löffel war.

Red Bear stieg als Erster aus. Dann drehte er sich zu ihnen um und breitete wie ein Priester zum Segen die Arme aus. »Danke, jedem von euch. Dieses kleine Abenteuer ist wie geschmiert gelaufen, und ihr werdet alle gut bezahlt. Morgen Abend werden wir richtig feiern. Also wirklich, ihr macht das wie Profis, und ich bin sehr stolz auf euch alle.«

»Was wird aus unserem Viking-Freund?«, wollte Kevin wissen.

»Wie ich sehe, hast du immer noch Angst, Kevin. Aber ich verfüge über Informationen in dieser Hinsicht, von denen du nichts weißt. Um unseren Viking-Freund brauchst du dir keine Sorgen zu machen. Ich werde ihn in die wundersame Welt der Geister einführen, und die Vikings werden uns nicht die geringsten Probleme bereiten.«

»Aber sobald er zu ihnen zurückgeht, wird er ihnen alles stecken. Muss er ja wohl. Sonst bringen sie ihn um.«

»Er wird nicht zu ihnen zurückgehen.« Red Bear quittierte ihre ungläubigen Gesichter mit einem wohlwollenden Lächeln. »Ab heute Abend wird er für uns arbeiten.«

Red Bear führte den angeschlagenen Viking zu seinem geparkten Wagen und ließ ihn in den Kofferraum purzeln.

Es vergingen einige Wochen, in denen sie von Wombat Guthrie nichts mehr hörten. Ob er tatsächlich für Red Bear arbeitete, wusste Kevin nicht. Die Sache war die: Er besaß jetzt mehr Eins-a-Heroin, als er in seinem ganzen Leben gesehen hatte, und würde sich davon nicht trennen, nur weil er zu naseweis war.

Kevin schlug nach einer Mücke, die gerade im Zickzackkurs zum Fenster seiner Hütte flog. Wieder fragte er sich, wo wohl Terri steckte, falls sie wirklich nach Vancouver zurückgekehrt war. Er dachte daran, sie anzurufen und sich bei ihr zu entschuldigen, aber – was soll's, zum Teufel.

»Sie sagt, sie hat nur versucht, dir zu helfen«, sagte Letterman, das Kinn in die Hand geschmiegt.

»Ich weiß, ich weiß.«

»Und sie könnte richtig liegen, was Red Bear betrifft. Er ist nicht gerade so was wie der nette Junge von nebenan.«

»Das weiß ich auch, Dave. Ich bin nicht mehr sechs. Ich

brauche niemand, der sich als meine Mami aufspielt. Das musste mal gesagt werden.«

Letterman beugte sich vor.

»Du hast ihr gesagt, du wärst runter vom Stoff«, sagte er. »Wieso hast du dann immer noch einen Haufen davon? Du bist ein Skier, stimmt's?«

»Also, ich bin entschieden runter vom Stoff, Dave. Das war nur eine Phase, durch die ich musste, Dave, und ich denke, ich bin dadurch wesentlich gereift. Aber jetzt brauch ich es nicht mehr. Ich mach da nur noch wegen des Geldes mit, und dann ab die Post.«

10

Die Leute mochten über Paul Arsenault und Bob Collingwood sagen, was sie wollten – und ihre Kollegen sagten eine Menge über sie –, aber eines musste man den beiden lassen: Sie waren stets für alles gewappnet. Das zweiköpfige Team der Spurensuche traf am Leichenfundort hinter den Nishinabe Falls in Wanderstiefeln, Khakihosen und Insektenschutzhemden ein, Letztere mit feinmaschiger Kapuze und Schleier, durch die keine Mücke dringen konnte, sowie elastischen Manschetten. Als sie in dieser Montur rund um den Wasserfall streiften, mal nach oben griffen, um einen Flecken zu untersuchen, mal auf die Knie gingen, um winzige Objekte zu sammeln, erinnerten sie an Bienenzüchter.

Der junge Coroner, der mit ihnen zusammenarbeitete, hatte es bei einer Dose Mückenspray bewenden lassen. Wie sich zeigte, war es mit den Viechern hinter dem Wasserfall nicht weiter schlimm.

Arsenault sammelte Maden, die er in verschiedene Phiolen füllte, jede davon sorgfältig etikettiert. Er dachte oft laut nach, während er seine Arbeit tat, so dass jeder, den es interessierte, seine Vorgehensweise nachvollziehen konnte. Collingwood dagegen sagte kaum einmal ein Wort.

»Wissen Sie, ich bin kein Insektenkundler«, sagte Arsenault. Er musste die Stimme erheben, um sich über das Tosen des Wassers hinweg Gehör zu verschaffen. »Aber ich muss schon sagen, hier gibt es weitaus weniger Maden, als ich bei einer Leiche, die so lange gelegen hat, erwarten würde. Muss so um zwei Wochen alt sein, mindestens. Man würde denken, es müsste von den Dingern nur so wimmeln, aber das hier könnte das Werk von vielleicht einem Dutzend Fliegen sein. Einer Hand voll sogar.«

Collingwood hielt das Thermometer an einen nahe gelegenen Felsen und nahm eine Umgebungsmessung vor. Er drehte sich um und sagte: »Die Stelle ist schwer zugänglich.«

Cardinal brauchte eine Sekunde, um zu begreifen, was er meinte: dass die Fliegen nicht so zahlreich auf eine Leiche stoßen, die hinter einem Vorhang aus Wasser verborgen liegt, oder auch nur den Geruch aufnehmen können. Außerdem war es in dieser feuchten Umgebung ziemlich kalt und dunkel.

Der Coroner trat von der Leiche zurück. Arsenault machte Collingwood Zeichen, und sie drehten sie um. Am Bizeps befand sich ein Tattoo, das bis dahin verborgen gewesen war: ein Helm mit Hörnern und darunter ein mit den Buchstaben VR geschmücktes Banner. Viking Riders.

»Ich weiß zwar nicht, ob ein Tattoo ausreicht, um eine schlüssige Identifizierung vorzunehmen«, sagte Delorme. »Aber wenn Sie mich fragen, würde ich sagen, Walter Wombat Guthrie ist zum letzten Mal Motorrad gefahren.«

Cardinal nickte. »Fragt sich nur, ob das auf das Konto der anderen Riders geht.«

»Eigentlich nicht ihr Stil, oder? Diese Verstümmelung, die Leiche im Freien liegen lassen?«

»Nein, die würden ihn eher in einem Fass oder etwas Ähnlichem begraben, damit wir ihn niemals finden. Ich frage mich, wie das hier mit unserer Mrs. X zusammenhängt.«

»Vielleicht hat sie was gesehen, was sie besser nicht gesehen hätte.«

»Möglich – aber was? Und wann?«

Der Coroner war ein Arzt, mit dem Cardinal noch nie gearbeitet hatte, ein Dr. Rayburn, ein Milchgesicht, das sich noch nicht lange rasierte. Er ging einem nicht so auf den Geist wie der böswillige Knacker, den sie gewöhnlich bekamen. Dr. Rayburn füllte ein Formular aus und riss die oberen beiden Blätter ab, um sie Cardinal zu reichen.

»Offensichtlich nicht weiter schwierig, ein Verbrechen festzustellen. Sie können ihn auf dem schnellsten Weg in die Grenville Street schaffen. Mit dem hier bekommt der Pathologe richtig Spaß.«

»Wieso das?«

»Na ja, Sie haben zweifellos bemerkt, dass sämtliche Extremitäten fehlen.«

»Ja, Doc. Das hab sogar ich geschnallt.«

»Schlimmer noch, am unteren Rücken fehlt ein großes Stück Haut.«

»Der Mörder hat versucht, ihn zu häuten?«

»Bei lebendigem Leibe, fürchte ich. Auch wenn ich kein Pathologe bin, ist für mich offensichtlich, dass eine Menge von diesen Verletzungen vor dem Tod zugefügt wurden. Wenn nicht sogar alle. Es gibt Einblutungen in die Knochen.«

»Können Sie schon eine Todesursache festmachen?«

»Sie meinen, kann ich sagen, welche der Wunden ihm den Garaus gemacht hat? Nein, aber ein Pathologe vielleicht. Ist vermutlich verblutet, bevor er geköpft wurde.«

»Verblutet?«, fragte Delorme. »Aber es ist doch kaum Blut zu sehen.«

Dr. Rayburn betrachtete die Leiche und schüttelte wie ein Student, der sich bei einer Aufgabe geschlagen gibt, den Kopf. »Dafür habe ich keine Erklärung.«

»Manchmal breiten Mörder eine Plastikplane auf dem Boden aus«, sagte Cardinal. »Aber ich hab noch nie gehört, dass jemand das im Freien macht. Hey, Szelagy!«

Das Gesicht von Ken Szelagy, einem riesenhaften ungarischen Teddybär von einem Mann, erschien hinter der Kante einer Granitfelsenwand.

»Sorgen Sie dafür, dass der hier in die ViCLAS-Datenbank kommt.« ViCLAS sammelte auf nationaler Ebene Informationen über Gewaltverbrechen. Die OPP verfügte über eine Analysestelle in Orillia.

Szelagy ließ einen theatralischen Stoßseufzer raus. »Oh Mann. Wissen Sie, wie viele Fragen man bei diesen ViCLAS-Dingern beantworten muss?«

»Zweihundertzweiundsechzig«, sagte Cardinal. »Also machen Sie sich am besten gleich dran, nicht wahr?«

»Aber sicher doch, wie immer.«

»Und die sollen in Bezug auf den Modus Operandi das alles einmal zusammen mit diesen Hieroglyphen an der Wand durchschicken, und einmal ohne. Möglicherweise besteht ja gar keine Verbindung zu dem Mord, oder sie sind eine einmalige Angelegenheit.«

Sie machten sich daran, zahlreiche Beutel mit Beweismaterial zu füllen, auch wenn Beweismaterial ein zu präziser Begriff für den Plunder ist, den sie sammelten. Es ist ein gängiges Problem bei Tatorten im Freien, dass es dort viele weit verstreute Objekte gibt, von denen am Ende, wenn überhaupt, nur ganz wenige als Beweismaterial in Frage kommen. Streichholzschachteln, Zigarettenstummel, Getränkedosen, Fußabdrücke, Haare, Fasern, und niemand kann vorhersagen, was davon mit dem Verbrechen nicht das Geringste zu tun hat und was sich als entscheidend für die Überführung erweist. Daher muss alles sorgfältig fotografiert, eingetütet und beschriftet werden. Und das braucht Zeit.

Cardinal führte in seinem Notizbuch ein laufendes Logbuch. Neben dem üblichen, scheinbar nicht sachdienlichen Zeug, das sich später als Gold erweist, gab es hier eine Reihe interessanter Funde.

Als Erstes ein Schweizer Offiziersmesser, das Arsenault in einiger Entfernung von der Leiche entdeckte. Es lag zwischen zwei Felsbrocken, die eine Art Treppe aus der Höhle hinter dem Wasserfall bildeten. Das Messer war zu klein, um als Mordwaffe zu dienen. Es hing an einer Schlüsselbundkette mit einem silbernen Medaillon.

Arsenault zog sich Handschuhe an und öffnete den Verschluss. Im Innern befand sich ein Schwarzweißfoto von einem Paar um die Mitte vierzig. Der Mann trug Uniform, doch das Bild war zu klein, um erkennen zu lassen, was für eine.

»Natürlich kann es genauso gut irgendeinem Camper gehören«, sagte Cardinal, machte sich aber dennoch eine Notiz.

»Ist gut in Schuss«, sagte Arsenault. »Hat vermutlich noch nicht lange da gelegen. Mit Sicherheit nicht über den Winter.«

Collingwood fand einen rostigen Eisenbahnschienenbolzen.

»Was hat so ein Bolzen hier zu suchen?«, fragte Delorme. »Die Schienen sind von hier doch mindestens zwei Meilen entfernt – hinter dem Highway, dem First-Nations-Reservat und einer Wohnsiedlung. Der ist nicht durch Zufall hierher gekommen.«

»Aber wir wissen nicht, ob der Mörder ihn hergebracht hat«, sagte Cardinal. »Und wieso sollte er? Als Waffe ist er nicht scharf genug.«

Der Bolzen wurde eingetütet und beschriftet.

Mehrere Stöcke tauchten auf, jeweils etwa zwei bis drei Zentimeter dick und einen Meter lang. Sie waren von einer Birke abgeschnitten und entrindet worden. Delorme fand sie unter einem Busch, ein Stück vom Fundort entfernt. Zuerst dachte sie dabei an ein Lagerfeuer. Sie waren genau richtig, um damit in einem Feuer herumzustochern oder um es damit überhaupt erst anzufachen. Doch alle drei waren etwa bis zur Hälfte verfärbt.

»Könnte Blut sein«, sagte Collingwood und deutete auf die farbigen Enden.

»Ein Experte für spitze und scharfe Waffen kann uns sagen, ob die Stöcke mit der Klinge des Schweizer Messers zugeschnitten worden sind«, sagte Arsenault. »Dann gleicht das Blut mit dem Opfer ab, die Stöcke mit dem Blut, das Messer mit den Stöcken, das Medaillon mit einer Person.«

»Arsenault hat den Fall gelöst«, sagte Cardinal. »Wir können alle nach Hause gehen.«

»Nein, ehrlich, ist doch so.«

»Natürlich«, sagte Cardinal. »Gut kombiniert.«

Collingwood steckte die Stöcke in eine große Papiertüte.

Cardinal ging noch einmal zur Rückseite des Wasserfalls.

Lise Delorme stand auf einer Granitplatte, einen Finger in einem Ohr, das Handy am anderen. Sie sprach ruhig ins Telefon. Etwas an ihrer Körperhaltung war sexy, doch Cardinal hätte nicht genau sagen können, was.

Sie schnappte ihr Handy zu und sah auf, so dass sich ihre Blicke trafen. »Kollegen vom Leichentransport«, sagte sie. »Sind bald hier. Klangen allerdings nicht eben enthusiastisch.« Sie wies mit dem Handy auf die Markierungen an der Höhlenwand. »Sagen die dir irgendwas?«

Cardinal trat näher an die Bilder heran, die seltsamen Zeichnungen von Pfeilen und Monden. Die Zahlendiagramme. »Ich weiß nicht. Ich denke mal, wir könnten es mit einer Art Satanisten zu tun haben.«

»Haben die's nicht eher mit Pentagrammen? Davon sehe ich hier aber nichts. Und auch ganz mächtig mit Kerzen, glaube ich. An diesen Felsen kann ich nirgends Wachs entdecken.«

»Na ja, es gibt zwar keine astrologischen Zeichen, aber da unten ist eine Schlange. Keine Ahnung, was die gekreuzten Hämmer zu bedeuten haben.«

»Natürlich kann es durchaus sein, dass diese Zeichen mit dem Mord nicht das Geringste zu tun haben. Wombat war ein

Biker. Biker haben Feinde. Wir machen eine Liste und gucken, wer für die Mordzeit in Frage kommt.«

»Wenn du aus dieser Schweinerei hier einen Todeszeitpunkt ableiten willst, musst du aber schon mächtig Glück haben«, sagte Cardinal und deutete mit dem Daumen auf die Leiche.

Arsenault stand auf und strich sich die Knie seiner Hose sauber. Er hielt eine kleine Phiole in die Höhe. »Die hier werden uns dabei helfen, die Sache festzunageln.«

Delorme zuckte beim Anblick der wuselnden Madenmasse zurück.

Arsenault grinste. »Unsere Zeugen.«

11

Wenig später fuhr Cardinal an der Seite von Arsenault und seinen Phiolen mit den »Zeugen« den Highway 11 entlang. Arsenault trug eine Panorama-Sonnenbrille. Zusammen mit seinem Schnurrbart und dem langen Haar verlieh sie ihm mehr das Aussehen eines Viking Riders als eines Cops.

»Wieso zum Teufel nehmen wir Angus Chin?«, wollte Arsenault wissen.

»Weil wir uns, wenn wir nach Toronto runterfahren, wie jeder andere anstellen müssen, und das wird die Sache nur verzögern. Außerdem verfügt Angus Chin über drei Universitätsabschlüsse in Biologie, Entomologie und Parasitologie, und er weiß verdammt gut, wovon er redet.«

»Sicher, aber es ist ja wohl nicht ohne Grund, dass wir bis jetzt nicht mit ihm gearbeitet haben. Ich meine, Sie haben doch wohl auch was läuten gehört?«

Cardinal hatte was läuten gehört. Manche Leute sind einfach wie dafür geschaffen, Klatsch anzuziehen; andere fordern ihn geradezu heraus.

Auf Angus Chin traf beides zu. Zunächst war da schon mal sein familiärer Hintergrund – sein schottischer Vater war Matrose bei der Handelsmarine, seine Mutter Pharmazeutin aus Hongkong. An einem Ort wie Algonquin Bay war das exotisch, wenn nicht gar suspekt.

Und dann seine äußere Erscheinung: Der schottische Anteil von Chins Vorfahren hatte seine Augen ein wenig gerundet und sein Haar leicht gelockt, was ihn nicht daran hindern konnte, es zu einem Mandarin-Pferdeschwanz zusammenzubinden, der ihm bis ans Steißbein reichte, und das, obwohl er

China nie näher gekommen war als bis zur University of California in L. A.

Die Gerüchteküche brodelte, kaum dass er nach seiner überaus langen Ausbildung in Toronto und Los Angeles wieder heimischen Boden betrat: Er rannte vor einer mörderischen homosexuellen Liebesaffäre davon; er arbeitete in irgendeiner finsteren Machenschaft für China; er war ein Arzt, dem wegen unorthodoxer Behandlungsmethoden die Lizenz entzogen worden war.

Doch nicht wegen dieser Gerüchte drehte Paul Arsenault sich zu Cardinal um und nahm seine alberne Sonnenbrille ab, um ihn eindringlich anzusehen.

»Ich rede nicht von diesem harmlosen Geschwätz. Ich rede von *dem* Gerücht, mit großem D und großem G.«

»Ach so, ja. Das große Gerücht«, sagte Cardinal.

»Und das ist Ihnen egal?« Arsenault knuffte Cardinal in den Arm. »Sie meinen, das hat keinen Einfluss auf den Fall?«

»Ich weiß nur so viel über das Gerücht, dass es ein Gerücht ist. Es ist keine Tatsache, und wir sollten wohl nicht gerade davon reden, wo wir dem Mann gleich gegenüberstehen.«

Arsenault zuckte dramatisch die Achseln. Er setzte die Sonnenbrille wieder auf und sah nach vorne auf die Straße.

Das große Gerücht drehte sich um Angus Chins Interesse an Parasitologie und das Studium von Bandwürmern. In der Stadt flüsterte man sich zu, dass er sich einen Bandwurm als Haustier halte. Natürlich knüpften sich die unvermeidlichen Fragen daran: *Wie denn? Um Gottes willen, wo?* Die Antwort lautete, dass Dr. Chin seinen Bandwurm dort hielt, wo Bandwürmer nun einmal leben, in seinem Darm. Er änderte seine Essgewohnheiten oder andere Variabeln und studierte die Reaktion des Wurms. Wuchs er langsamer oder schneller? Wurde er dicker oder dünner? Und wie konnte er diese Reaktionen messen? Wie bekam er Zugang zu seinem Versuchsobjekt? Er fastete zwei Tage. Am dritten legte er sich einen Würfel Zucker auf die Zunge. Der Wurm, der die Nähe von Nahrung witterte, arbeitete sich dann den Verdauungstrakt hinauf und erreichte irgendwann die Speiseröhre. Dann passte der Doktor den richtigen Moment ab und zog den Wurm aus seiner Kehle – kein Leichtes, wenn man bedenkt, dass die Kreatur angeblich einen Meter fünfzig lang war.

»Und ist Ihnen klar, was ein fähiger Verteidiger gegebenenfalls vor Gericht mit einer solchen Information machen wird?« Diesmal behielt Arsenault die Sonnenbrille auf. Er starrte Cardinal an, und es war, als würde man von einer riesigen Fliege beäugt. Er äffte einen Anwalt nach. »Dr. Chin, würden Sie dem Gericht wohl verraten – pflegen Sie irgendwelche Hobbys? Haben Sie Haustiere? Einen Bandwurm, verstehe. Und wo halten Sie Ihren kleinen Schatz? In Ihrem Darm. Wie höchst eigenartig. Und stimmt es auch, dass Sie ihm regelmäßig Auslauf gönnen?«

»Chin macht keine Aussagen vor Gericht«, sagte Cardinal. »Als Vollzeitakademiker kann man Richtern und Staatsanwälten nicht ständig auf Abruf zur Verfügung stehen.«

Er fand eine Parklücke, und sie liefen zum Gebäude der Naturwissenschaftlichen Fakultät hinüber. Im letzten Sonnenlicht glühte der Backstein dunkelorange. Vom See wehte eine frische, feuchte Brise herüber, und in den Bäumen raschelte der Wind. Der ganze Campus leuchtete um diese Zeit in einem intensiven Grün.

Aus dem Studententreff strömte eine Gruppe Mädchen, die lautstark und energisch plapperten.

»Mannomann«, sagte Arsenault, »Die werden mit jedem Jahr jünger. Mir kommen Collegestudenten wie Kinder vor.«

»Sind sie ja auch.« Cardinals eigene Tochter hatte das College erst ein paar Jahre hinter sich.

Sie folgten den Schildern zum Biologie-Institut und fanden

nach ein paar Fehlversuchen Dr. Chins Büro. Cardinal klopfte an.

»Falls Sie Dr. Chin suchen«, erklärte ihnen ein junger Mann mit sehr dicken Brillengläsern, »der ist im Bio-Labor drei, die Treppe runter.«

Dr. Chin beaufsichtigte studentische Projekte, wozu er sich gerade über eine Anordnung von Petrischalen beugte. Er fasste einen Studenten am Arm und schüttelte ihn. »Überhasten Sie nichts. Manchmal haben Sie die Antwort am schnellsten, wenn Sie langsam vorgehen.«

»Dr. Chin?«

Er stand auf und warf seinen Pferdeschwanz über die Schulter zurück. »Wer sind Sie?«

»Ich bin Detective Cardinal, Kripo Algonquin Bay. Das ist Detective Arsenault von unserer Spurensuche.«

»Tatsächlich. Wie angenehm.«

»Können wir irgendwo ungestört reden?«

Chin rief einen älteren Studenten ein paar Tische von ihm entfernt, einen Mann mit schwabbeligen Zügen, die ihm ein ungesundes, knochenloses Aussehen verliehen. »Mr. Filbert?«

»Das ist Mr. Filbert«, sagte Chin. »Kann nicht schaden, wenn er unsere hiesigen Detectives kennen lernt. Mr. Filbert hat bei mir studiert, und dann hat ihn das harte Los getroffen, mein wissenschaftlicher Assistent zu sein. Ich behalte ihn ausschließlich hier, um ihn zu quälen.«

»Sie lassen mich unbenutzte Reagenzgläser spülen.«

»Promovierte Mitarbeiter spülen keine Reagenzgläser aus«, sagte Chin. »Mr. Filbert neigt zu Übertreibungen. Dennoch will ich ihm mal gestatten, mitzukommen, wenn er verspricht, sich zu benehmen.«

»Was ist mit den Studenten?«

»Ich denke, die werden ein paar Minuten ohne mich überleben.«

Chin führte sie in ein angrenzendes Labor und hängte seinen weißen Kittel über die Lehne eines Stuhls. Er war schlank, fast mager und wog mit seinen knapp eins siebzig sicher kaum über sechzig Kilo. Cardinal musste an den Bandwurm denken.

Chin setzte sich an einen Tisch mit einem Vergrößerungsglas auf einem beweglichen Gestell. »Also, dann zeigen Sie mal her.«

Arsenault reichte dem Professor eine Phiole.

Chin knipste sein Vergrößerungsglas an und hielt die Phiole darunter.

»Sehr interessant. Da haben Sie ja eine hübsche Sammlung Maden. Gute Arbeit«, sagte er, ohne aufzusehen. »Gute Sorte.«

»Ich bin eben Connaisseur. »

»Okay, Sie haben im Freien eine Leiche gefunden. Vermutlich im Wald. An einer ziemlich kühlen Stelle, stimmt's? Vielleicht zwischen Felsen versteckt? Außerdem in der Nähe von Wasser, denke ich.«

Arsenault blickte zu Cardinal und dann wieder zu Dr. Chin. »Das alles können Sie tatsächlich erkennen?«

»Nicht weiter schwer. Das sind *Calliphora calliphoridae vomitoria*. Die gibt's viel in bewaldeten Gegenden.«

»Den Namen muss man einfach lieben«, sagte Filbert. »Wissen Sie, dass die Viecher ihn Linnaeus verdanken?«

»Nicht jeder ist ein Fliegenfreak, Mr. Filbert.« Chin starrte immer noch auf die Phiole unter seinem Vergrößerungsglas. »Da sind auch *Phormia regina* dabei. Das ist eine Schmeißfliegenart, die man wirklich überall findet. Aber hier ist noch *Calliphora vicina*. Und das sagt uns was, Mr. Filbert?«

»*Vicina* ist eine andere Schmeißfliegenart. Die hält sich nur an schattigen, kühlen Stellen auf.«

»Deshalb zieht Mr. Filbert die fetten Stipendien an Land«,

sagte Dr. Chin. »Von keinem Geringeren als der juristischen Fakultät. Für mich tun die keinen Fatz, um es mal so zu sagen.«

»Justitia liebt nun mal die DNA«, sagte Filbert kryptisch.

»Ich kann hier keine anderen Arten entdecken. Ist das alles, was Sie haben?«

Arsenault reichte ihm drei weitere Phiolen. Chin untersuchte sie eine nach der anderen unter dem Vergrößerungsglas. »Okay, jetzt haben wir *Cynomyopsis cadaverina*. Glänzende Schmeißfliege. Die bekommt man nur bei fortgeschrittener Verwesung. Dann hier noch Kurzflügel- und Raubkäfer, also *Staphylinidae*. Die ernähren sich von Maden.«

»Normalerweise würde man an einem Fundort im Freien mit viel mehr Arten rechnen«, sagte Filbert. »Besonders in den letzten Stadien.«

»Die Leiche lag hinter einem Wasserfall«, sagte Cardinal.

»Aha!« Chin wackelte mit dem Finger. »Die Fliegen haben sie nicht gefunden. Konnten sie nicht riechen. Dann ist die Sache klar.« Er rollte seinen Stuhl vom Vergrößerungsglas zurück.

»Können Sie mir irgendeinen Anhaltspunkt zur Todeszeit geben?«, fragte Arsenault.

»Kann ich vielleicht hexen? Offensichtlich muss ich die erst mal unter ein Mikroskop packen, um absolut sicher sagen zu können, was wir vor uns haben. Und selbst dann müssen sie, damit sie gerichtsverwertbar sind, erst mal schlüpfen. Auf diese Weise können Sie die Spezies eindeutig bestimmen. Aber Sie haben das dritte Larvenstadium, und Sie haben Raubkäfer, somit können Sie von ungefähr vierzehn Tagen seit dem Todeseintritt ausgehen.«

»Können Sie das weiter eingrenzen?«

»Kommen Sie nächste Woche wieder, meine Herren. Dann kann ich Ihnen schon einiges mehr dazu sagen.«

Die Schwingtür des Labors schloss sich bereits hinter ihnen, als Arsenault plötzlich stehen blieb. »Tut mir leid«, sagte er. »Aber ich muss die Frage loswerden.«

Bevor Cardinal ihn daran hindern konnte, riss Arsenault einen der Türflügel auf. »Hey, Doc. Ich muss Sie noch was fragen. Ein Gerücht, das ich gehört habe.«

»Arsenault«, sagte Cardinal. »Lassen Sie das, verflucht noch mal.«

»Und was wäre das für ein Gerücht, Detective?«

Arsenault schien einen Moment zu überlegen. »Stimmt es, dass die Kriebelmücken im Mai immer vor dem Victoria Day auftauchen?«

»In dieser Gegend? Das ist kein Gerücht, Detective. Das ist Tatsache.«

»Also, dann, danke, dass Sie mir Klarheit verschafft haben, hat mich doch irgendwie beschäftigt.«

»Sehr witzig«, sagte Cardinal, als sie draußen auf dem Parkplatz waren. »Mit der Nummer könnten Sie auftreten.«

»Das muss ich Delorme erzählen«, sagte Arsenault. »Was Sie für ein Gesicht gemacht haben.«

12

Delorme hatte andere Dinge im Kopf. Der Leichentransportdienst war gekommen und schon wieder gefahren (mit gebührendem Ausdruck des Abscheus und Entsetzens), und die sterblichen Überreste von Wombat Guthrie waren jetzt auf dem Weg zum Institut für Gerichtsmedizin in Toronto. Blieb ihr nur noch, das übrige Beweismaterial einzusammeln.

Mit Hilfe von Ken Szelagy und Bob Collingwood fand sie Kaugummipapier, Folienfetzen, Zigarettenpackungen unterschiedlichen Alters und Zustands, eine verrostete Dr.-Pepper-Dose und zahllose Zigarettenkippen. Es fanden sich Überreste von Kleenex, der gelegentliche Schuhabdruck, eine Hand voll Glasperlen sowie eine Postkarte mit der Zitadelle von Quebec. Die hatte Delorme unter einem Felsen hervorgezogen.

Auf der Rückseite stand auf Französisch in einer weiblichen Handschrift: »Lieber Robert, Quebec ist eine phantastische Stadt. Ich wünschte, du wärst bei mir. Du fehlst mir die ganze Zeit.«

»Hey, Bob«, sagte Delorme zu Collingwood. »Ist die von Ihrer Freundin?« Sie hielt sie ihm unter die Nase. Collingwood, dessen Humor nach der Geburt in einem chirurgischen Eingriff entfernt worden war, schüttelte den Kopf.

Delorme steckte die Postkarte in einen Beweismittelbeutel und beschriftete ihn.

Wenig später entdeckte sie unter einem Busch ein Kondom. Nicht mal mit Latexhandschuhen würde sie das anfassen. Stattdessen bediente sie sich einer Zange der Spurensicherung. »Gehört vermutlich dem Kerl mit der Postkarte«, sagte sie. Collingwood sah einen Moment auf, bevor er sich wieder daranmachte, Erde zu sieben.

»Collingwood, hat Ihnen schon mal jemand gesagt, dass Sie zu viel reden?« Delorme ließ das Kondom in einen Beweismittelbeutel fallen.

Eine halbe Stunde verging, bis Collingwood sich zu der einsilbigen Bemerkung hinreißen ließ: »Haar.« Er hielt eine Pinzette in die Höhe; sonst konnte Delorme nichts erkennen.

»Wie lang?«

Er zuckte die Achseln. »Dreißig bis fünfunddreißig Zentimeter. Schwarz.«

»Gut. Hoffen wir, dass wir das irgendwann auch mal mit einer Person abgleichen können.«

Wieder verging eine halbe Stunde.

»Diese Zeichnungen sagen Ihnen also nichts?«, sagte Szelagy. Ken Szelagy, der größte Mann im Dezernat, war gewöhnlich auch der gesprächigste. Heute allerdings hatte es ihm diese Höhlenwand mächtig angetan, und so war er für seine Verhältnisse ausgesprochen still. »Finden Sie all diese bizarren Vögel und Schlangen nicht ein bisschen unheimlich? Meinen Sie nicht, dass die was zu bedeuten haben?«

»Doch, ich glaube schon, dass die was zu bedeuten haben«, sagte Delorme, »für den, der sie gezeichnet hat. Ich kann allerdings nichts damit anfangen, da ich mit Astrologie oder was weiß ich, was das sein soll, nichts anzufangen weiß, und solange wir nicht jemanden aufgetrieben haben, der was davon versteht, werde ich mich hüten, wild zu spekulieren.«

»Was ist das?«

Delorme steckte gerade Muschelstückchen in einen Beutel. »Sehen wie Muscheln aus.«

»Und zwar ziemlich bunte. Da fragt sich doch, wie zum Teufel die mitten in den Wald gekommen sind.«

Delorme schlug nach einer Mücke und traf daneben. »Jedenfalls muss sie jemand mitgebracht haben. Das Blöde ist nur, dass wir nicht wissen können, ob es der Mörder war oder irgendein harmloser Wanderer.«

»Können Sie laut sagen, das gilt für dieses ganze Zeug. Aber all diese Pfeile und Tomahawks, die der Kerl an die Wand gekritzelt hat – ich denke, wir sollten da einen gewissen Kollegen indianischer Abstammung fragen.« Er wies mit dem Kinn auf den Höhleneingang.

Delorme drehte sich um und sah Jerry Commanda, der, die Hände in die Hüften gestemmt, so vor dem Wasserfall stand, dass sich seine schlanke Gestalt wie eine Silhouette von dem weißen Vorhang abhob. In dem Getöse hatte Delorme ihn nicht gehört.

»Wer hat denn den Löffel abgegeben?«, fragte er.

»Wombat Guthrie«, sagte Delorme. »Sie kennen ihn?«

Jerry nickte. »Wombat Guthrie ist ein übler Bursche gewesen, seit er im Sandkasten gespielt hat. Eigentlich erstaunlich, dass er so alt geworden ist. Haben Sie mich aus Reed's Falls herbestellt, um mir das zu sagen?«

»Ich hab Sie nicht herbestellt, das war Szelagy. Was ist denn in Reed's Falls los?«

»Drogen. Es sind immer Drogen. Ich wünschte mir, die Leute würden sich mal ein neues Laster einfallen lassen.«

»Wissen Sie, dass Ihr Konterfei jetzt bei uns im Sitzungssaal prangt?«

»Das kann nur das Aktfoto sein. Ich hab Kendall gebeten, das sein zu lassen. Jetzt komm ich mir so billig vor.«

»Weshalb ich angerufen habe, Jerry«, sagte Szelagy und wies auf die Wand. »Wir können uns keinen Reim auf diese Hieroglyphen machen. Dachten, Sie könnten uns vielleicht helfen.«

Jerry trat an die Wand und sah sich die Markierungen an. Er stand lange einfach nur da, die Hände wie ein Mathelehrer, der die Hausaufgaben eines Schülers kontrolliert, auf dem Rücken verschränkt. »Interessant«, sagte er. »Hochinteressant.«

Szelagy blickte zwischen Delorme und Jerry hin und her und wartete auf mehr. Als nichts kam, sagte er: »Was ist hochinteressant? Und wieso?«

Jerry ging in die Hocke, um sich einige der Zeichen am unteren Rand des Felsens genauer anzusehen. »Solche Petroglyphen habe ich seit …, na ja, ich kann mich nicht erinnern, wann ich so was das letzte Mal gesehen habe.«

»Siehste, hab doch gewusst, dass es was Indianisches ist«, sagte Szelagy zu Delorme, und an Jerry gewandt: »Was heißt es denn? Können Sie das übersetzen? Das wär phantastisch.«

»Denke schon.« Jerry wies auf die ersten drei Reihen Pfeile. »Sehen Sie die hier? Das ist ein Verweis auf den Ort. Und hier an dieser Stelle, da verweist er auf die Zeit. Ja, auf jeden Fall. Es heißt ›Treff Samstag, fünfzehn Uhr, im Tim Horton's‹.«

»Machen Sie, dass Sie wegkommen«, sagte Szelagy. »Das heißt es bestimmt nicht.«

Jerry zuckte die Achseln. »Könnte auch Starbucks heißen, mein Hieroglyphisch ist ein bisschen eingerostet.«

Delorme schüttelte den Kopf. »Na schön, Jerry, danke, dass Sie extra hergekommen sind.«

»Oh«, sagte Szelagy. »Das sollte ein Witz sein. Sie wissen also nicht, was diese Hieroglyphen bedeuten?«

»Nicht den Schimmer einer Ahnung«, sagte Jerry. »Ich weiß, das ist ein Schock für Sie, da es immerhin Pfeil und Bogen und so 'n Zeug enthält.«

»Hören Sie, ich hab Sie nicht gerufen, bloß weil Sie Indianer sind«, sagte Szelagy. Sein Gesicht lief rot an. »Sondern weil Sie früher mal alles Mögliche über die Ureinwohner wussten. Ich erinner mich noch, wie Sie immer diese dicken

Schinken über die Geschichte der alten Stämme mit sich rumgeschleppt haben.«

»Jedenfalls sagen mir diese Zeichen nichts. So was hab ich noch nie gesehen. Bogen, Pfeile, Kriegsbeile – gibt es davon abgesehen irgendeinen Grund, anzunehmen, dass es überhaupt indianischen Ursprungs ist? Ich will nicht das Gegenteil behaupten, ich will nur sagen, dass ich es nicht weiß. Ojibwa ist es schon mal nicht, so viel kann ich sagen. Und vermutlich auch nichts von den zentralen oder östlichen Stämmen. Falls es allerdings irgendwo aus dem Westen oder aus den Staaten ist, dann kann ich nicht helfen.«

»Und wer könnte uns helfen?«, fragte Delorme ruhig. »Ich meine, wenn es Ihr Fall wäre, wen würden Sie heranziehen?«

»Sie könnten es mal mit unserer Abteilung für Verhaltensforschung in Orillia versuchen. Die sind mit dem ganzen Satanismus- und Geisterquatsch vertraut, auf den die Serienmörder so versessen sind. Fragen Sie nach Frank Izzard. Ist ein heller Kopf.« Jerry fing eine Kriebelmücke in der Faust und schnippte sie weg. Dann drehte er sich um und machte sich an den Abstieg.

»Eins muss man Jerry lassen«, sagte Szelagy, als er gegangen war. »Klasse für sich. Ziemlich eigenwilliger Humor.«

13

Als Cardinal an diesem Abend nach Hause kam, betrat er ein leeres Haus. Am Telefon leuchtete das Lämpchen des Anrufbeantworters, und als er den Knopf drückte, meldete sich die Stimme seiner Tochter Kelly. Sie war sechsundzwanzig, Malerin, mit Wohnsitz in New York. Sie hatte die Nachricht hinterlassen, sie wolle nur ein bisschen plaudern – mit Catherine, hieß das, nicht mit ihm –, doch höchstwahrscheinlich brauchte sie Geld.

Er wärmte sich eine Fleischpastete aus dem Kühlschrank auf, machte ein Creemore auf und setzte sich mit dem *Algonquin Lode* an den Küchentisch, ohne sich jedoch auf die Artikel konzentrieren zu können. Er las ein paar Zeilen und blätterte weiter zum nächsten Bericht, zum nächsten Foto.

Schon seltsam, dachte er, mit fünfzig hält man sich halbwegs für erwachsen. Unabhängig. Wenn er ehrlich war, wünschte er sich des Öfteren, Catherine würde mal irgendwohin verreisen. Ihm gefiel der Gedanke, alleine aufzuwachen, alleine zu frühstücken, allein nach Hause zu kommen. Kam vermutlich von den Filmen. Hatte man einen einsamen Helden auf der Leinwand, und wenn er nur seiner täglichen Routine nachging, dann wirkte das immer so wichtig, so interessant. Doch kaum war Catherine wirklich weg, fühlte sich Cardinal rastlos und unzufrieden, ja besorgt. Passte sie auf sich auf? Nahm sie ihre Medikamente? Wieso halte ich mich da nicht endlich raus?

Das kleine Haus am See mit seinem Holzofen und den winkligen Räumen war gemütlich und bequem. Seine Lage draußen in der Madonna Road sorgte außerdem dafür, dass es die meiste Zeit angenehm ruhig war. An diesem Abend allerdings irritierte ihn die Ruhe. Er vermisste die Geräuschkulisse, wenn Catherine sich mit ihren Pflanzen zu schaffen machte, wenn sie Bach auf der Stereoanlage spielte, mit ihm über Fotografie, über ihre Studenten oder sonst was plauderte. Und was Kelly anging, nun ja, Kelly hätte nicht angerufen, wenn sie gewusst hätte, dass ihre Mutter nicht zu Hause war.

Als er fertig gegessen hatte, rief Cardinal das Delta Chelsea Hotel in Toronto an. Sie stellten ihn zu Catherines Zimmer durch, doch es ging niemand ran. Er hatte versucht, Catherine zu einem Handy zu bekehren, doch sie wollte nichts davon wissen. »Ein Handy?«, hatte sie gefragt. »Nein, danke. Wenn ich allein bin, dann *will* ich allein sein und keine Anrufe entgegennehmen.« Er sprach ihr auf Band, dass er sie vermisste, und legte auf.

Vermutlich war sie mit ein paar Studenten unterwegs; sie hatte erwähnt, sie wolle das Ufer bei Nacht fotografieren. Cardinal hoffte, dass sie nicht mit ihrem Kurs einen trinken ging. Alkohol vertrug sich nicht gut mit ihren Medikamenten. Er machte sie ein bisschen manisch, und dann würde sie aufhören, ihr Lithium zu nehmen. Danach würden die schwachen Bande, die seine Frau auf dem Boden der Tatsachen festhielten, reißen, und irgendwann würde sie unsanft wieder auf der Erde landen und in einem Bett in der Psychiatrie. Er dachte lieber nicht daran, wie oft das schon vorgekommen war, doch er konnte sie schließlich nicht ständig gängeln und bemuttern. Glücklicherweise war Catherine in ihren gesunden Phasen vernünftig und wusste, was sie besser mied.

Cardinal starrte auf das Telefon. Er hätte gern Kelly angerufen, wusste aber, dass sie nicht mit ihm reden wollte. Das löste eine Diashow in seinen Gedanken aus, mit Bildern aus ihrer Zeit in Toronto, als Kelly noch ein kleines Mädchen war: Kelly bis zu den Knien in einem Flüsschen in einer der zahlreichen Schluchten von Toronto, in der kleinen Faust triumphierend einen zappelnden Frosch in die Höhe gereckt. Kelly auf der Aussichtsplattform des CN Tower, die kleinen Arme so ausgestreckt, als könnte sie das riesige blaue Becken des Lake Ontario in den Himmel heben. Kelly mit vierzehn, untröstlich über das flatterhafte Herz eines jungen Schufts mit athletischem Körperbau.

Während Kelly aufwuchs, war Catherine über weite Strecken in der Klinik gewesen, und so hatten sich Cardinal und seine Tochter sehr nahe gestanden. Ein kleines Mädchen weitgehend allein großzuziehen hatte einiges an Schwierigkeiten mit sich gebracht, doch Kellys Wohlergehen war zum zentralen Sinn seines Lebens geworden. Irgendwann hatte Catherine das Glück gehabt, zu Dr. Carl Jonas im Clarke Institute in Behandlung zu kommen. Er war ein langhaariger Mann mit rosigem Gesicht und angegrautem Bart und einem starken ungarischen Akzent, der schneller als irgendjemand sonst den Bogen raushatte und die perfekt ausgewogene Therapie und Medikation für Catherine fand.

Doch dann war eine Phase eingetreten, in der Catherine in die schlimmsten Depressionen versank, die Cardinal je gesehen hatte. Eine Melancholie hatte zu lange angedauert, und dann war sie im Bett geblieben, und Cardinal konnte nichts, aber auch gar nichts tun, um sie aufzuheitern. Bald war sie nicht einmal mehr in der Lage gewesen zu sprechen. Es war, als hätte man sie in einer Taucherkugel in die Tiefen hinabgelassen, und die Seiten barsten unter dem enormen Druck ihres Kummers. Dr. Jonas hielt sich damals zu einem einjährigen Lehrauftrag in Ungarn auf.

Catherine war von Klinik zu Klinik gewandert, ohne dass sich ihr Zustand besserte. Am Rande der Verzweiflung – und ständig Catherines Eltern im Genick, die von der Liebe zu ihrer Tochter geradezu besessen waren und dazu die Yankee-

Überzeugung teilten, wonach etwas von vornherein nichts taugen konnte, wenn es nicht amerikanisch war – hatte Cardinal Catherine in die renommierte Tamarind Clinic in Chicago einweisen lassen. Die Rechnungen waren so Schwindel erregend gewesen, dass er sie zuerst für einen Witz gehalten hatte und dann für den Stoff, aus dem Albträume sind. Völlig unmöglich, sie von seinem Gehalt zu bestreiten; er und Catherine würden nie ein Haus besitzen, nie aus den Schulden rauskommen.

Zu dem Zeitpunkt war er schon eine Weile beim Drogendezernat der Kripo Toronto gewesen. Er hatte Dutzende Kokain- und Heroindealer hinter Schloss und Riegel gebracht. Atemberaubende Summen waren ihm fürs gezielte Wegschauen geboten worden; Cardinal hatte sie jedes Mal zurückgewiesen. Die kalte Schulter gezeigt und die Bösen eingebuchtet. Eines Abends dann – eines Abends, den er seither jeden Tag seines Lebens bereute – war sein Widerstand gebrochen.

Er und die Kollegen in seiner Einheit hatten das Hauptquartier eines mörderischen Schlägertypen namens Rick Bouchard hochgenommen. In dem darauf folgenden Chaos war Cardinal unter den Bodendielen eines Einbauschranks auf einen Koffer voller Bargeld gestoßen. Er hatte sich ein paar pralle Bündel in die Tasche gestopft und den Rest als Beweismaterial abgeliefert. Der Fall kam vor Gericht und Bouchard hinter Gitter.

Eine Zeit lang war es Cardinal gelungen, den Diebstahl vor sich zu rechtfertigen. Er hatte die Rechnungen für Catherines Behandlung bezahlt und den Rest in Kellys Ausbildung gesteckt. So kam sie schließlich an die beste Kunstakademie, die Amerika zu bieten hatte, und absolvierte ein Graduiertensemester an der Yale. Doch da sprengte Cardinals Gewissen, das ihn seit Jahren quälte, die Fassade der Normalität.

Er schrieb an Catherine und Kelly einen Bekennerbrief. Außerdem reichte er beim Polizeichef von Algonquin Bay seinen Rücktritt ein und spendete das restliche gestohlene Geld an ein Drogenrehabilitationsprogramm. Delorme hatte diesen Brief abgefangen und ihm ausgeredet, seinen Abschied von der Polizei zu nehmen. »Das bringt uns nur um einen guten Ermittler«, hatte sie gesagt. »Und es hilft niemandem.« Unglücklicherweise hatte Cardinals Tochter sein Vergehen auszubaden: Sie hatte Yale verlassen müssen, bevor sie ihren Abschluss machen konnte.

Das war fast zwei Jahre her. Kelly war von New Haven nach New York gezogen und hatte seither nicht mehr mit ihm gesprochen. Nun ja, das traf es nicht ganz; es hatte Gelegenheiten gegeben, bei denen sie es nicht völlig hatte vermeiden können. Sie war zur Beerdigung ihres Großvaters nach Algonquin Bay zurückgekehrt. Doch die Wärme war verschwunden. Es lag ein spröder Ton in ihrer Stimme, als wäre ihr der Verrat irgendwie auf die Stimmbänder geschlagen.

Cardinal schnappte sich das Telefon und wählte Kellys Nummer. Wenn eine ihrer Zimmernachbarinnen sich meldete, würde sie nicht ans Telefon kommen. Es würde eine Gesprächspause eintreten, und er würde etwas Lahmes zu hören bekommen wie: »Tut mir leid. Ich dachte, sie wäre da. Sie muss weggegangen sein.«

Doch Kelly meldete sich.

»Hi, Kelly, Dad am Apparat.«

Das folgende Schweigen traf Cardinal wie ein gähnend tiefer Fahrstuhlschacht zu seinen Füßen.

»Oh, hi. Ich hab gerade angerufen, weil ich Mom was fragen wollte.«

Diese Stimme. Gib mir meine Tochter zurück!

»Mom ist im Moment nicht da. Sie ist mit ihrem Kurs nach Toronto gefahren.«

»Wann kommt sie zurück?«

»Übermorgen.«

»Okay, dann ruf ich in ein paar Tagen noch mal an.«

»Bleib einen Moment dran, Kelly. Wie läuft denn alles so bei dir?«

»Gut.«

»An der Kunstfront Glück gehabt?« Cardinal bereute die Frage, kaum dass sie ihm rausgerutscht war.

»Das Whitney steht nicht gerade Schlange bei mir, wenn du das meinst.«

Cardinal hatte keinen Schimmer, was das Whitney war. »Ich meinte nur, kommst du mit deiner Arbeit gut klar, und macht sie dir Spaß?«

»Alles bestens.«

»Und hast du wenigstens ein paar Kontakte, Leute, die dich fördern können?«

»Ich muss los, Dad. Wir wollen ins Kino.«

»Ach so. Was seht ihr denn?«

»Keine Ahnung, irgend so 'n Streifen mit Gwyneth Paltrow.«

»Und bist du bei Kasse? Brauchst du Geld?«

»Ich hab einen Job, Dad. Ich kann selber für mich sorgen.«

»Ich weiß, aber New York ist ein teures Pflaster. Falls du Hilfe brauchst, kannst du jederzeit ...«

»Ich muss dann mal, Dad.«

»Okay, Kelly, okay.«

Sie legte auf.

Cardinal stellte das Telefon auf die Basis und starrte auf den Ofen.

»Toller Schachzug«, sagte er laut. »Diesmal hast du sie wirklich rumgekriegt.«

Später im Bett versuchte Cardinal zu lesen – ein Buch mit wahren Kriminalgeschichten, das Delorme ihm empfohlen hatte –, aber die Worte verschwammen ständig vor seinen Augen und wurden durch Gedanken an Kelly von der aufgeschlagenen Seite verdrängt. Er hasste den Gedanken, dass sie auf einem so unbarmherzigen Terrain wie New York die Miete zusammenkratzen musste. Andererseits konnte er nachvollziehen, wieso sie ihn auf keinen Fall um Geld bitten wollte, und dieses Verstehen saß ihm wie ein scharfer Gegenstand irgendwo zwischen den Rippen.

Nach und nach wanderten seine Gedanken zu Mrs. X. Der Rotschopf war etwa in Kellys Alter, wenn auch, wie es schien, weniger gebildet. Sogar irgendwie unschuldig und wie von einer anderen Welt. Natürlich konnte das auf ihre Hirnverletzung zurückzuführen sein. Wer konnte sie töten wollen? Ein eifersüchtiger Liebhaber? Ein paranoider, besitzergreifender Versager, der es nicht ertragen konnte, dass diese grünen Augen einen anderen Mann ansahen? Kaum vorstellbar, wie sie den Viking Riders hätte in die Quere kommen sollen.

Vor dem Einschlafen verfolgten zwei Bilder Cardinal: Mrs. X mit ihrer blassen Haut und dem leuchtend roten Haar, das sich auf dem ganzen Kopfkissen ausbreitete. Und die Röntgenaufnahme von ihrem Kopf, der Kugel in ihrem Gehirn.

14

Red lag im Krankenhauspyjama im Wintergarten ihrer Station, einen iPod im Ohr, der sie mit Musik zudröhnte. Sie hatte den Polizisten, der vor ihrem Zimmer wachte, gebeten, ihr nicht zu folgen, doch er hatte es trotzdem getan. Sie konnte die Umrisse seiner massigen Schulter hinter dem Türrahmen sehen.

Dr. Paley hatte ihr den iPod geliehen, voll mit heruntergeladener Musik aus dem Internet. Das war ein freundlicher Mann, Dr. Paley. Sah man schon an seinem rundem Gesicht und seiner glänzenden Glatze und den Lachfältchen an den Augen. Dr. Paley schien ein Mensch zu sein, der nur an andere dachte.

Red wusste, dass seine Besuche dazu dienten, ihre Erinnerungen herauszukitzeln. Doch der Arzt machte das so geschickt und in einer so liebenswürdigen Art, dass die Zeit, die sie miteinander verbrachten, ganz und gar nichts Klinisches an sich hatte. Es war, als schaute ein vergnügter guter Onkel vorbei, um Hallo zu sagen. Und die Musik war gut. Eine Band namens Rocket Science schmetterte aus Leibeskräften »Run, Run, Run«, und Red konnte nicht anders, als mitzusingen.

Dennoch war es tödlich, auf einer Station zu sein, in der es von fehlgeschlagenen Selbstmordversuchen nur so wimmelte. Sie hatten drei junge Mädchen (einmal aufgeschnittene Pulsadern, zweimal Überdosis), eine Phalanx an gepiercten Kussmäulern, die ständig verlangten, zum Rauchen rauszudürfen, was für alle anderen wirklich lästig war, da sie die Station nur in Begleitung eines Mitarbeiters verlassen durften. Die übrige

Zeit lagen sie in ihren Betten, lasen *Teen People* und fanden alles öde. Es gab auch einen Jungen, noch ein paar Jährchen jünger als die Mädchen. Ab und zu erbarmte sich eine Schwester und gab ihm Medikamente. Wonach der Junge für ein paar Stunden den Geist aufgab, dafür aber mitten in der Nacht aufwachte und zu weinen begann. Letzte Nacht war Red um drei Uhr früh hochgeschreckt, und davor um zwei, weil das Schluchzen und Jammern des Jungen wie der Geist der Tristesse aus einer Geschichte von Edgar Allan Poe schwerelos durch die Flure hallte. Und wieso bitte schön kann ich mich an Edgar Allan Poe erinnern und nicht an meinen eigenen Namen?

Langeweile, Rastlosigkeit, Zukunftsangst – Reds Rückkehr der Gefühle erwies sich als steiniger Weg. Manchmal vermisste sie die blanke Indifferenz der ersten Tage, so wie sich ein nervöser Mensch nach Valium sehnt. Und was war mit Glück? Vergnügen? Liebe? Wann würde sie wieder positive Emotionen erleben?

Ihr Gedächtnis versagte immer noch, auch wenn sie ein paar Momente hatte, in denen Erinnerungen dicht unter der Oberfläche waren.

Zweimal hatte sie so etwas wie vertraute Identität ganz dicht neben sich gespürt, so wie ein Blinder vielleicht die Nähe einer vertrauten Person erahnte. Es war, als »entdeckte« man eine weltbewegende Wahrheit im Traum, nur um hilflos zuzusehen, wie sie einem beim Erwachen wieder entgleitet.

Zur ersten dieser Identitätserfahrungen kam es, als eine Schwester einen Blumenstrauß brachte. Die Karte war von »Ihrem neuen Freund, Dr. Paley«. Eine Sekunde lang hatte sie ein Hochgefühl, als sie sich erinnern konnte, wer Dr. Paley war. Sie vergaß die Leute nicht mehr in dem Moment, in dem sie den Raum verließen. Und dann hatte Red sich einen Moment lang gefragt, ob der Arzt verliebt in sie war. Aber natürlich versuchte er nur, ihrem Gedächtnis auf die Sprünge zu helfen. Der Duft der Lilien war wie ein Sog, der sie in die Tiefen eines lange zurückliegenden Erlebnisses zog. Sie wusste, dass er sie an etwas erinnerte. Doch es stellte sich nichts Konkretes ein – kein Klang, kein Bild, nur dieses ungeduldige Zerren an ihren Gefühlen.

Das letzte Mal, dass Dr. Paley vorbeigekommen war, hatte er ihr in seiner nonchalanten Art zugewunken und sich auf den Stuhl neben ihrem Bett plumpsen lassen. Er fing sofort zu plaudern an, doch das Gespräch war überlagert vom Duft seines Aftershaves. In Reds Kopf stellte sich unumstößliche Gewissheit ein: Sie wusste, dass sie es schon mal gerochen hatte. Die Komposition aus Zitrus und Holz mit einem zarten Duft nach Moos war ihr zutiefst vertraut, aber woher? Sie musste wie elektrisiert ausgesehen haben, denn Dr. Paley hatte sich mitten im Satz unterbrochen.

»Versuchen Sie, sich zu entspannen«, sagte er sanft. »Sie dürfen nichts erzwingen, das kommt von selbst.«

Dieser zitronige Duft, dieser Hauch von Eiche und Leder, wo hatte sie das schon mal gerochen? An wen erinnerte sie das?

»Ich hab's gleich«, stöhnte sie. »Es ist greifbar nahe, ich hab's vor meiner Nase, aber ich kann's nicht sehen.«

»Das kommt schon«, sagte Dr. Paley wieder. »Wahrscheinlich schneller, als Sie denken.«

Red hatte ihn plötzlich angeschrien, hatte nichts dagegen machen können.

»Ich will nicht einen Monat warten. Oder ein Jahr. Oder auch nur bis morgen, Dr. Paley.«

»Hören Sie, es geht Ihnen schon viel besser. Vor zwei Tagen hätten Sie noch nicht diese Emotionen empfunden.«

»Ich will mich aber nicht so fühlen! Können Sie sich vorstellen, wie man sich vorkommt, wenn man nicht weiß, wer man ist? Haben Sie auch nur die geringste Ahnung, wie das ist?«

»Nein«, sagte er. »Sie haben recht, das kann ich nicht nachvollziehen.«

»Ich weiß nicht, woher ich stamme oder wer ich bin oder wo ich hingehöre. Vielleicht bin ich jemand mit einer Krankenhausphobie. Vielleicht lebe ich in einer Großstadt wie London oder New York. Ich trage keinen Ring, aber ich weiß nicht mal, ob ich verheiratet bin.« Sie schlug mit den Händen aufs Bett. »Und wo ich hier bin, da gehöre ich nicht hin. Ich bin nicht krank. Ich bin nur halb am Leben, ich bin ein Geist, kein Mensch. Ein Mensch hat eine Vergangenheit, eine Geschichte, eine Identität. Ich fühle mich so verloren! Ich bin wie ein Klumpen Fleisch, und niemand interessiert sich dafür, ob ich lebe oder sterbe.«

»Das stimmt nicht«, sagte Dr. Paley. »Ich hege nicht den geringsten Zweifel, dass, sobald Sie Ihr Gedächtnis wiederhaben, Menschen auf der Bildfläche erscheinen, die Sie lieben und Gott dafür danken werden, dass Sie leben und in Sicherheit sind.«

»Das wissen Sie nicht. Sie versuchen nur, mich zu beschwichtigen.«

»Ganz und gar nicht. Ich bin mir absolut sicher. Und bis dahin gibt es hier Menschen, denen Sie am Herzen liegen: die Ärzte und Schwestern. Mich. Detective Cardinal. Er hat sich zuallererst um den Polizeischutz für Sie gekümmert.«

»Alle, die Sie nennen, werden dafür *bezahlt*, dass sie sich um mich kümmern.«

»Das heißt nicht, dass ihnen nicht auch daran liegt.« Er deutete auf den iPod auf ihrem Nachttisch. »Sie mögen Musik. Ganz unterschiedliche Richtungen. Diese Musiker werden für ihre Konzerte, ihre Aufnahmen bezahlt. Glauben Sie deshalb, ihnen ist egal, was sie spielen?«

»Natürlich nicht. Aber wer möchte schon anderer Leute Job sein?«

Der Arzt berührte ihren Unterarm und beruhigte sie.

»Ihre Emotionen kommen wieder – das ist ein sehr gutes Zeichen. Genauso wird Ihr Gedächtnis wiederkommen. Aber versuchen Sie nicht, etwas zu erzwingen. Wenn Sie das nächste Mal merken, wie Ihnen eine Erinnerung kommt, atmen Sie ein paarmal langsam tief durch. Versuchen Sie zu entspannen, und lassen Sie sich die Zeit, die es eben braucht.«

Doch Rocket Science ging ihr wirklich unter die Haut. Zuerst dachte sie, es sei nur der Song als solcher, dieser sehnsüchtige Chor. Doch dann stellte sich erneut diese Sogwirkung ein. Am liebsten hätte sie alles angehalten und Alarm geschlagen, doch sie beherzigte Dr. Paleys Rat. Sie versuchte, sich nicht zu sehr aufzuregen.

Es war stickig im Wintergarten. Red stand auf und ging in ihr Zimmer zurück, gefolgt vom schweren Schritt des wachhabenden Polizisten. Sie schloss die Tür und warf sich aufs Bett. Sie drehte sich auf die Seite und machte die Augen zu, den iPod an die Brust gedrückt. Sie atmete tief und langsam ein und befahl ihrem Körper, sich zu entspannen. Sie drückte auf Stop und dann auf Repeat.

Der Song setzte von neuem ein. Die erste Erinnerung, die kam, war weder Bild noch Klang, nur ein schreckliches Gefühl des Verlorenseins. Nur dieses Gefühl, dann ein verschwommenes Bild. Etwas in Graugrün. Sie hörte gerade »Run, Run, Run«. Ganz langsam nahmen die verschwommenen, wirbelnden Formen konkrete Gestalt an: ein Highway, ein Highway draußen im Westen mit vorbeiflitzenden Bäumen.

Sie wurde irgendwohin gefahren. An einen traurigen Ort. Eine tiefe Sorge zerriss ihr das Herz. Sie wusste, dass es diesmal eine Erinnerung war und kein Traum, sie konnte nur noch nicht sagen, woran.

Andere Bilder bedrängten sie. Ein Paar im mittleren Alter am Strand, auf Liegestühlen neben einer Kühlbox, aus der eine Colaflasche lugte. Ein kleiner See, das Wasser von der Tiefe fast schwarz. Ihre Mutter, die sich aufsetzt und in die Sonne blinzelt, bevor sie den See nach ihren Kindern absucht. Dann das dunkle Grün einer Hecke, der Geruch von Klette, ein »Baumhaus«, das sie in einer gigantischen Hecke gebaut hatte. Wie alt war sie da – acht, neun?

Die Schlittschuhbahn, die ihr Vater mit dem Gartenschlauch machte. Wie ihre Füße brannten und kribbelten, wenn sie in die Küche kam und ihre Schlittschuhe auszog. Schnee, der die Zweige der Bäume herunterdrückte, und ein wilder Himmel über den Hügeln.

Ihr Fahrrad, ihr Hund, ihre Erstkommunion. Klavierunterricht bei den Nonnen. Ballett. Pfadfinderinnen. Wie sie mit zwölf nach dem Abendessen von zu Hause wegläuft, eine vorpubertäre Rebellion, die gerade mal drei Stunden währt. Die Erinnerungen blitzten vor ihrem geistigen Auge auf, waren jetzt nicht mehr zu bremsen.

»Oh Terri«, hatte ihre Mutter geweint, als sie wieder zurückkam. »Oh Terri, Gott sei Dank, dass du wieder zu Hause bist.«

Und jetzt erinnerte sie sich wieder an dieses Zuhause. Jetzt sah sie aus dem Fenster – auf die Eisenbahngleise, die Schule, den Kirchturm, der wie Platin blitzte, und auf den blauen See in der Ferne. Sie war nicht zum ersten Mal hier, sie hatte hier in Algonquin Bay gelebt, sie war nicht nur eine Besucherin, kein Geist. Heute wohnte sie nicht mehr hier, das war früher gewesen, mit Mom und Dad und ihrem Bruder. Anschließend Vancouver.

Terri. Ich heiße Terri Tait, ich bin aus Vancouver, British Columbia, und siebenundzwanzig Jahre alt.

Dann wieder dieser Highway, die vorbeirasenden Bäume

und dieser Schmerz in der Brust. Sie hatte sich die Seele aus dem Leib geheult. Sie hatte jemanden besuchen wollen. Ihren Bruder. Ihr jüngerer Bruder war ins Gefängnis gekommen, und sie hatte ihn zum ersten Mal besucht.

»Kevin«, sagte sie laut. »Du heißt Kevin.«

Jetzt konnte sie sich an ihn erinnern. Sie standen sich nahe, auch wenn sie schon ziemlich lange nicht mehr im selben Haus gewohnt hatten.

Ach Kevin, du steckst mir wie ein Pfeil im Fleisch, und ich sag dir ständig, was du tun und lassen sollst, aber ich liebe dich nun mal, und ich kann nicht zusehen, wie du dein Leben zerstörst. Ich werde dich an Händen und Füßen nach Vancouver zurückzerren, und wenn es das Letzte ist, was ich tue, Kevin. Kevin Tait.

Und Terri Tait. Ich heiße Terri Tait.

Die Tränen liefen ihr heiß die Wangen herunter, doch es waren Tränen des Glücks.

Sie zog Dr. Paleys Visitenkarte aus der Nachttischschublade und wählte seine Nummer. Es meldete sich sein Anrufbeantworter; wahrscheinlich unterrichtete er gerade.

»Ich weiß, wer ich bin«, platzte sie heraus. »Ich weiß, wer ich bin! Ich kann mich an alles erinnern! Warum sind Sie denn nicht da, wo ich Sie brauche? Kommen Sie her, damit ich Ihnen alles erzählen kann.«

Mit rasendem Herzklopfen legte sie auf. Es erinnerte sie an das Gefühl, wenn sie auf der Bühne stand. Noch eine Erinnerung: der wunderbare, tosende Applaus, der über sie hereinbrach. Sie spielte in einer Studenteninszenierung am Simon Fraser Fräulein Julie. Danach kleinere Rollen.

Eine Restaurantküche, das Scheppern von Tellern, von Besteck und der Chefkoch, der alle anschnauzt: »Servieren! Tempo! Tempo!«

»Ich weiß, wer ich bin«, sagte sie laut. Sie wollte es jemandem erzählen, doch es war niemand da. Das andere Bett in ihrem Zimmer war leer. Sie stand auf und öffnete den Schrank. Wieso sollte sie nicht wie jeder andere angezogen sein? Schließlich hatte sie nicht Krebs oder so.

Sie schlüpfte in die Jeans und das langärmelige grüne T-Shirt, die Sachen, die sie an dem Abend getragen hatte, an dem sie ins Krankenhaus kam. Das Grün des Shirts nahm ziemlich genau das Grün ihrer Augen auf. Immerhin hatte ich einen guten Geschmack, dachte sie und wurde sich bewusst, dass sie die Person, die sie vor der Lücke in ihrem Gedächtnis gewesen war, immer noch als ein anderes Wesen betrachtete. Diese Tage – oder waren es nur Stunden? – waren immer noch wegradiert.

Draußen im Flur ging sie schnurstracks zur Schwesternstation.

»Hey, hey«, rief eine Stimme von hinten. »Nicht so stürmisch.«

Sie drehte sich um und sah, wie der wachhabende Cop sie einzuholen versuchte.

»Wo wollen Sie denn hin?«

»Zur Schwesternstation. Ich hab gerade mein Gedächtnis wiederbekommen.«

»Tatsächlich? Hey, Schätzchen, das ist ja phantastisch. Wie heißen Sie denn?«

»Terri!«, sagte sie, »ich heiße Terri.«

»Ich weiß, wer ich bin«, sagte sie zu der Schwester hinter der Theke. »Ich weiß meinen Namen und woher ich bin und so.«

»Also, das ist großartig«, sagte die Schwester, und ihr Gesicht strahlte. »Das ist einfach großartig – dann sollte ich Sie wohl nicht mehr Red nennen.«

»Ich heiße Terri«, sagte sie. »Terri. Im Moment klingt das für mich noch ziemlich komisch. Ich weiß, dass es stimmt, aber es ist trotzdem ungewohnt.«

Sie rief dem Schwarzen, der gerade mit dem Mopp den Boden wischte, zu: »Ich weiß, wer ich bin, ich hab gerade mein Gedächtnis wiederbekommen.«

»Das ist gut«, sagte er. »Hoffentlich sind es gute Erinnerungen.«

Sie sah sich nach anderen um, denen sie es erzählen konnte. Der Cop sprach in sein Funkgerät.

15

Die ehemalige Mrs. X sieht eindeutig um einiges besser aus, dachte Delorme. Mit ein bisschen Farbe an den Wangen und wesentlich mehr Leben in diesen grünen Augen. Sie und Cardinal saßen auf ein paar unbequemen Stühlen in ihrem Krankenhauszimmer. Terri Tait lehnte mit dem Kopfkissen im Rücken auf dem Bett, allerdings nur, weil es sonst keinen Platz gab. Sie war vollständig angezogen, und ohne dieses kleine Pflaster an ihrer Schläfe hätte man nie gemerkt, dass sie überhaupt verletzt worden war, geschweige denn durch einen Schuss in den Kopf.

»Ich bin Schauspielerin«, erzählte sie ihnen. »In Vancouver. Na ja, ich denke, in erster Linie bin ich im Moment Kellnerin.«

»Und wie's aussieht, auch Künstlerin.« Cardinal hielt einen Skizzenblock mit einer ziemlich gut getroffenen Bleistiftzeichnung von Dr. Paley hoch. Sie fing den gutmütigen Humor in seinen Augen ein.

»Den Block hat er mir geschenkt. Er stellt alles Mögliche auf die Beine, um meinem Gedächtnis auf die Sprünge zu helfen. Er meint, ich würde das nicht merken.«

»Meine Tochter ist Malerin«, sagte Cardinal. »Im Moment noch eine Hungerkünstlerin, ähnlich wie Sie.«

Terri nickte, und ihr Haar raschelte hörbar an der gestärkten Wäsche. »Im Durchschnitt muss man für jede Rolle mit fünfzig Absagen rechnen. Ich wette, die Hälfte aller Kellnerinnen in Vancouver sind Schauspielerinnen.«

»Wo arbeiten Sie?«, fragte Delorme. Sie wollte Fakten. »Erinnern Sie sich an den Namen des Restaurants?«

»Leider noch nicht. Aber das kommt sicher noch.« Sie lächelte zuversichtlich, doch ihre Augen schienen – zumindest für Delorme – auf etwas anderes fixiert.

»Und in Vancouver? Können Sie uns eine Adresse geben?«, fragte Delorme.

Terri schüttelte den Kopf. »Im Moment noch nicht.«

»Oder vielleicht die Anschrift Ihrer Eltern?«

»Ich möchte nicht, dass Sie meine Familie anrufen. Ich bin kein Kind mehr, Detective.«

»Natürlich nicht. Aber wenn wir mit Ihrer Familie sprechen, hilft uns das vielleicht, nach und nach ein Bild von Ihren Lebensverhältnissen zu bekommen, mögliche Feinde zu sondieren.«

»Ich bin mit achtzehn von zu Hause weg. Seitdem habe ich auf eigenen Beinen gestanden. Ich versuche, meine Familie so wenig wie möglich zu sehen.«

»Und wieso?«

Das Mädchen zuckte die Achseln. »Wir haben nichts gemeinsam.«

»Haben Sie Geschwister?«

»Einen Bruder. Er ist ein paar Jahre jünger als ich.«

»Und wie heißt er?«

»Kevin.« Die Hand des Mädchens flog an den Mund.

»Was ist?«, fragte Delorme.

»Es ist nur, also, ich bin mir nicht sicher. Ich hab Kevin gesagt, aber ich bin mir nicht sicher. Kann auch Ken oder so ähnlich sein. Manches ist immer noch ziemlich vage.«

»Können wir uns mit ihm in Verbindung setzen?«

»Er ist im Moment nicht da.«

»Und wo ist er hin?«

»Ehm, ich weiß nicht.«

»Sie haben gezögert, wieso?«

»Weil ich nicht weiß, ob ich mich nur nicht daran erinnern kann, wo er ist, oder ob ich es von vornherein nicht wusste.«

»Tatsächlich«, sagte Delorme. Dieses Mädchen konnte sich als weitaus weniger hilfreich erweisen als gehofft. »Leben Sie in einem Haus oder einer Wohnung?«

»Einem Haus. Einem Haus mit einem Haufen Leute. Es liegt im Zentrum, glaube ich.«

»Gibt es irgendwelche Markierungspunkte in der Nähe? Kirchen? Clubs? Brücken?«

»Ich weiß nicht. Ich glaube nicht. Es ist ein heruntergekommenes Haus irgendwo im Zentrum. Ich hab bei der Auskunft angerufen, um festzustellen, ob ich im Telefonbuch stehe – offenbar nicht. Das Telefon läuft wohl auf jemand anderen.«

»Erinnern Sie sich an die Namen Ihrer Mitbewohner?«, fragte Delorme.

Terri schüttelte den Kopf. »Ich sehe ihre Gesichter vor mir, zumindest manche, aber Namen sind mir noch nicht eingefallen.«

Cardinal zog Fotos von Wombat Guthrie und anderen Mitgliedern der Viking Riders aus der Tasche. »Was ist mit diesen Gesichtern? Kommt Ihnen einer von denen bekannt vor?«

Das Mädchen sah sie sich eine Weile an. »Nein. Aber im Moment will das noch nicht viel heißen.«

»Erinnern Sie sich, wo Sie hier in der Stadt gewohnt haben?«, wollte Delorme wissen.

Terri zuckte ein bisschen zusammen und zog die Nase kraus. »Ganz verschwommen. In einem Motel draußen an einem Highway.«

»Und den Namen des Motels vielleicht?«

»Tut mir leid.«

Delorme beugte sich auf ihrem Stuhl nach vorne. »Der Highway – gab es da eine Menge Einkaufspassagen? Oder war es sozusagen leere Straße?«

»Es gab Einkaufspassagen. Und Motels und Cottages.«

Cardinal sah Delorme an. »Lakeshore«, sagte er. »Ganz bestimmt.«

»Können Sie das Motel beschreiben?«, fragte Delorme.

»Ich glaube nicht.«

»Egal, wie, jede Kleinigkeit wäre hilfreich. Zum Beispiel, war es ein Holz- oder Ziegelbau? Oder falls Sie sich an die Farbe erinnern –«

»Wie gesagt, ich erinnere mich nicht.« Terri fasste mit der Hand an das Pflaster auf ihrer Schläfe. »Ich bekomme Kopfschmerzen.«

»In Ordnung«, sagte Cardinal. »Nur noch ein paar Fragen.«

»Muss das sein? Ich war eben so glücklich, und jetzt fühle ich mich so lausig.«

»Wie lange haben Sie im Motel gewohnt?«, fragte Cardinal.

»Ich weiß es nicht. Vielleicht einen Tag, vielleicht drei, ich weiß es einfach nicht.« Sie schniefte, und ihre Augen wurden ein wenig feucht. Doch es sah – zumindest für Delormes skeptischen Blick – ein wenig einstudiert aus. Schließlich ist sie Schauspielerin, dachte sie. Doch sie sagte nur: »Was hat Sie denn nach Algonquin Bay geführt?«

»Ich wollte meinen Freund sehen. Tom. Er heißt Tom.«

»Tom und wie weiter?«

»Josephson. Tom Josephson.«

»Er lebt hier, und Sie in Vancouver? Wie funktioniert so was?«

»Wir haben uns getrennt, sozusagen. Er ist hierher gezogen, zu ein paar Freunden – ich kenne sie nicht. Sie wohnten in diesem Haus am See. Also, jetzt brummt mir wirklich der Schädel.«

»An welchem See?«, fragte Delorme.

»Ich weiß nicht. An irgendeinem See.«

Es konnte jeder der zehn Seen im Umkreis von fünfzig Meilen sein.

»Jedenfalls hat er mich da mit rausgenommen. Und ich hab den Nachmittag dort verbracht.« Terri griff nach der Ruftaste und drückte. »Gott, ich brauch wirklich was für meinen Kopf.«

Cardinal tippte Delorme auf die Schulter. »Wie wär's, wenn wir's für heute gut sein ließen«, sagte er. »Wir kommen wieder, wenn sie sich besser fühlt.«

Delorme würdigte ihn nicht einmal eines Blickes, sondern sah unverwandt dem Mädchen in die Augen, dessen Unterlippe jetzt zu zittern begann. »Was ist an dem See passiert, Terri?«

»Wir hatten Streit, Zoff.«

»Worüber?«

»Ich weiß nicht. Persönliche Dinge. Ist das wichtig?«

»Offenbar ist es sehr wichtig. Sie haben eine Schusswunde im Kopf. Worüber haben Sie gestritten?«

»Ich wollte, dass er mit mir nach Vancouver zurückkommt, und er wollte nicht, in Ordnung? Wo bleibt diese verfluchte Schwester?«

Die Emotionen schienen wirklich wiederzukommen, dachte Delorme, doch da war etwas in der Art, wie sich Terris Zorn Luft machte, der sie nicht traute. Etwas Theatralisches.

»Was ist weiter passiert? Sie hatten Streit, und dann?«

»Sergeant Delorme«, sagte Cardinal.

»Tom hat nicht auf mich geschossen, falls Sie das denken. Er ist der harmloseste Kerl, den Sie sich vorstellen können.«

»Dann sagen Sie, was weiter passiert ist.«

»Wir hatten Streit, ich bin gegangen. Ich bin diesen endlosen Feldweg entlanggelaufen. Es war höllisch heiß, und es wimmelte von Mücken. Es war weit bis zur Stadt, also hab ich den Daumen rausgehalten. Der zweite Wagen, der vorbeikam, hat angehalten.«

»Modell? Farbe?«

»Irgendwas Helles – weiß oder silbern oder so. Er hat in der Sonne geblitzt und mich fast geblendet.«

»Und der Fahrer?«

»Ich weiß nicht, okay? Er trug eine Sonnenbrille. Gott im Himmel, wollen Sie mich vielleicht endlich in Ruhe lassen? Für wen halten Sie sich eigentlich? Ich hab eine Scheißschusswunde im Kopf, und Sie behandeln mich wie eine gottverdammte Kriminelle!«

Sie drehte sich auf die Seite, knallte sich ein Kissen auf den Kopf und weinte laut.

Genau wie im Film, dachte Delorme.

Die Dienst habende Schwester kam herein. Sie warf einen Blick auf das bebende Mädchen und wandte sich an die beiden Detectives. Sie deutete zur Tür und sagte nur ein Wort: »Raus.«

»Da hast du ja tolle Arbeit geleistet«, sagte Cardinal im Flur. »Dafür hättest du dir glatt eine Auszeichnung für besondere Feinfühligkeit verdient.«

»Cardinal, wir müssen Informationen aus dieser Frau rausquetschen. Ich weiß nicht, wieso du die Kleine so mit Samthandschuhen anfasst.«

»Miss Tait ist hier das Opfer, vergessen? Sie hat eine Schusswunde im Kopf. Es bringt doch nichts, sie unter Druck zu setzen. Was helfen würde, wäre, wenn du dich ans Telefon klemmen und die Kollegen in Vancouver fragen würdest, ob sie eine Vermisstenmeldung über sie haben.«

»Und wenn nicht?«

»Dann sollen sie Schülerakten oder egal was auftreiben, das uns ein bisschen über ihre Vergangenheit verrät.«

»Ich dachte, du vertraust ihr«, sagte Delorme.

»Tu ich auch. Nur ihrem Gedächtnis nicht.«

»Hast du ihr das mit dem Streit abgekauft? Mit dem Anhalter? Meinst du wirklich, wer so aussieht wie diese Frau, hält den Daumen raus, um sich von einem fremden Mann mitnehmen zu lassen?«

»Könnte schon sein. Wenn sie sehr aufgeregt war. Wir kennen sie noch nicht.«

»Ich glaube, das hat sie frei erfunden.«

»Wie kommst du darauf?«

»Ihre ganze Art. Sie hat Blickkontakt gemieden. Blieb vage, wenn es ihr passte.«

»Ach so, du hast offenbar schon mit 'ner Menge Amnesie-Opfern gearbeitet?«

»Ich glaube, sie verschweigt etwas.«

Dr. Paley kam vom anderen Ende des Flurs auf sie zu. »Schon fertig? Wollen wir uns in meinem so genannten Büro unterhalten?«

Sie folgten ihm in das voll gestopfte Kabuff mit dem Blechtisch und den Aktenbergen. Dr. Paley schloss die Tür hinter ihnen und schaufelte ein paar Stühle für sie frei.

»Ich verstehe das nicht«, sagte Delorme. »Am Telefon haben Sie gesagt, Miss Tait sei außer sich vor Freude, ihr Gedächtnis wiederzuhaben. Aber unsere rothaarige Freundin wirkt ausweichend und nervös und deprimiert.«

»Deprimiert ist wohl nicht das richtige Wort«, sagte Dr. Paley. Er machte sich eine Notiz in einer Akte und legte sie beiseite. Er drehte sich auf seinem Stuhl um, so dass er Delorme direkt gegenübersaß. »Ich denke, ›überwältigt‹ kommt der Sache näher. Miss Tait hat eine furchtbar traumatische Erfahrung hinter sich – jemand hat ihr eine Kugel in den Kopf geschossen –, und ihr dämmert allmählich, was das heißt.«

»Aber sie kann sich doch nicht im Mindesten daran erinnern.«

»Nein, und das wird sie auch nicht. Aber jetzt weiß sie nun

mal, dass es passiert ist. Sie weiß, dass jemand versucht hat, sie umzubringen. Und das hat sich bei ihr festgesetzt. Sie wird es nicht wieder vergessen wie letzte Woche noch, somit ist sie sich zum ersten Mal ihrer prekären Situation wirklich bewusst. Ich denke, da wäre jeder beunruhigt und nervös.«

Ein Spatz landete auf der Fensterbank neben dem Schreibtisch des Arztes, beäugte Delorme misstrauisch und flog wieder davon.

»Was Sie sagen, leuchtet ein«, erwiderte Cardinal. »Und wir wollen nicht zu sehr in sie dringen ...«

»Das wäre auch kontraproduktiv. Im Moment versucht sie, dieser Flut an Selbstfindung etwas entgegenzusetzen, und offen gesagt habe ich den Eindruck, dass sie sich recht gut macht. Vielleicht erinnert sie sich an Dinge, über die sie nicht reden will. Bei uns allen gibt es doch das eine oder andere in unserer Vergangenheit, auf das wir alles andere als stolz sind. Das muss nichts mit ihrer Schussverletzung zu tun haben.«

»Doktor, die *negativen* Dinge führen uns zu ihrem Angreifer«, sagte Delorme. »Die Partridge-Familie bringt's nicht.«

»Das verstehe ich, Detective. Ich bin sicher, dass sie im Lauf der kommenden Tage auskunftsfreudiger sein wird.«

Delorme blätterte die Seiten ihres Notizbuchs durch. »Ich sehe mir gerade an, was ich mir bei unserer ersten Unterhaltung notiert habe. Da waren Sie sicher, dass sie sich, sobald sie ihr Gedächtnis wiederbekommt, mit einem Schlag an alles erinnern kann.«

»Ja. Erstaunlicherweise funktioniert es so. Es ist, als ob man einen Kurzschluss repariert. Plötzlich hat man wieder ein klares Bild.«

»Diesmal aber offenbar nicht«, sagte Delorme. »Miss Tait erinnert sich an manche Dinge und an andere nicht. Sie erinnert sich, dass sie in einem Motel gewohnt hat, aber nicht an die Farbe des Baus. Sie kann nicht sagen, ob Ziegel oder Holz. Sie weiß nicht, für wie viele Tage sie da war. Sie erinnert sich, zu einer Stelle an einem See gefahren zu sein, aber nicht, an welchem See.«

»Vielleicht hat sie den Namen von Anfang an nicht gewusst. Falls sie an irgendeinen kleinen See mitgenommen wurde, muss sie nicht unbedingt den Namen wissen. Manche haben nicht mal einen Namen. Es kann ja auch eine Bucht des Trout Lake gewesen sein. Jemand von auswärts muss so was nicht wissen.«

»Wäre sie in ihrem jetzigen Zustand in der Lage, etwas zu verbergen?«, fragte Cardinal.

»Oh ja. Sie könnte sich an Dinge erinnern, die Sie nicht wissen sollen. Sie könnte etwas frei erfinden, um sie zu verheimlichen. Aber wenn es darum geht, Sie absichtlich irrezuleiten – also, keiner von uns kennt sie gut genug, um sagen zu können, ob sie dazu fähig wäre.«

Cardinal und Delorme waren sich gewöhnlich mehr oder weniger einig, wie man mit einem Zeugen umgehen sollte, doch diesmal herrschte im Wagen dicke Luft. Delorme hielt an einer Ampel, und Cardinal zählte heimlich die Sekunden.

»Okay«, sagte Delorme. »Wie kommt es, dass sie sich erinnert, wie ein silberfarbener Wagen sie mitgenommen hat, aber nicht, wie der Fahrer aussah?«

»Nun mach aber mal einen Punkt, so was gibt's doch alle naselang. Manche erinnern sich an die Schuhe, die der Kerl getragen hat, aber nicht, ob er eine Mütze aufhatte. Das besagt doch nichts.«

»Hattest du nicht den Eindruck, dass sie sehr wählerisch darin war, was sie uns erzählt und was nicht?«

»Ich hatte den Eindruck, dass sie sich gerade von einem Schock erholt.«

»Also, soweit ich sehen kann, hat sie bereits genug Krankenschwestern. Noch eine hilft ihr nicht weiter.«

»Ich denke, sie erzählt uns, was sie kann. Sieht sie dir nach einer *femme fatale* aus?«

Delorme schielte ihn von der Seite an. »Merkst du eigentlich, dass du bei Frauen immer großzügiger bist? Du packst sie nie so hart an, wie du es bei einem Mann tun würdest.«

»Das ist nicht wahr«, sagte Cardinal. »Ich hab im Lauf der Jahre durchaus einige Frauen hinter Schloss und Riegel gebracht. Du bist dafür bei Männern sehr viel lascher.«

»Schon möglich.« Delorme zuckte die Achseln, eine Geste, die an ihr, zumindest nach Cardinals Gefühl, etwas ausgesprochen Französisches hatte. »Vielleicht, weil ich es mehr verabscheue, wenn Frauen sich schlecht benehmen. Oder wenn sie offenbar nicht wissen, was in ihrem eigenen Interesse liegt.«

»Ich glaube nicht, dass Miss Tait zu einer dieser Kategorien gehört.«

Delorme schüttelte den Kopf.

»Du bist so leicht zu durchschauen, Cardinal. Du kennst diese Frau nicht mal, aber du scheinst dir einzubilden, nur weil sie im selben Alter wie deine Tochter ist, wüsstest du alles über sie.«

»Das ist derart an den Haaren herbeigezogen, dass ich mich nicht dazu äußern werde.«

»Aber es stimmt.«

»Wirklich, ich werde nichts dazu sagen.«

»Soll mir recht sein.«

»Willst du nach Lakeshore oder was?«

Delorme wechselte die Spur, um einen Geländewagen zu überholen, und gab Gas.

In den Vierziger- und Fünfzigerjahren schossen Motels und Cottages den ganzen Lakeshore Drive entlang wie Pilze aus dem Boden, um aus dem schönen Blick auf den Lake Nipissing Gewinn zu schlagen. In den Sechzigern und Siebzigern folgten dann kastenartige Wohngebäude. Natürlich existiert der schöne Blick nicht mehr. Auf der nördlichen Seite befinden sich die Einkaufspassagen und Schnellimbissbuden und auf der südlichen die Motels.

Dicht hinter der Stadt schließen sich das Phoenix, das Avalon und Kathy's Kute Li'l Kottages an, und ein Stück weiter folgt die nächste Gruppe, zu der das Loon Lodge, The Pines und das mit dem ominösen Namen Journey's End gehören. Niemand hat je zufriedenstellend erklären können, wie das letzte Hotel an der Straße, ein schlichter Bungalow aus rotem Ziegel, an den Namen Catalonia kommt.

Das Catalonia befindet sich an dem Abschnitt des Lakeshore Drive, der in einem Bogen zum Highway 11 hinaufführt. Es liegt nicht direkt am See, sondern auf der anderen Straßenseite, weshalb das Schild solchen Luxus wie kostenlose Ortsgespräche oder klimatisierte, saubere Zimmer anpreist. Cardinal und Delorme fingen mit dem Catalonia an und arbeiteten sich von da aus Richtung Stadt voran, indem sie die Besitzer jeweils fragten, ob kürzlich einer ihrer weiblichen Gäste verschwunden sei.

Der Spätfrühling ist für diese Motels eine Zwischensaison. Eisfischen und Schneemobilsport sind lange vorbei, für die Sommersportarten ist es noch zu früh. Und jeder, der einmal um diese Jahreszeit in Algonquin Bay gewesen ist, macht denselben Fehler kaum noch mal. Kurz gesagt, gab es sehr wenig Touristen, die verloren gehen konnten, und laut Aussage dieser alten Hasen im Hotelgewerbe wussten sie von keinem.

In den folgenden Stunden schauten Cardinal und Delorme bei jedem Motel am Lakeshore vorbei. Keiner der Besitzer meldete einen vermissten Gast, und keiner erkannte Terri Tait auf dem Bild.

»Also, das hat Spaß gemacht«, sagte Delorme, als sie wieder das Ende an der Stadtgrenze erreichten.

»Sie könnte woanders gewohnt haben«, sagte Cardinal. »Wo wir noch nicht gewesen sind.«

»Sie hat gesagt, es war am See.«

»Einem, nicht *dem* See. Es gibt mehr als einen See, falls du's noch nicht bemerkt hast.«

»Meinetwegen, aber wieso hat sie noch niemand vermisst gemeldet? Und sei es auch nur, damit sie die Rechnung bezahlt?«

»Motels tun sich oft schwer. Die rufen nicht bei jeder Gelegenheit die Polizei. Außerdem besteht ja noch die andere Möglichkeit ...«

»Und die wäre?«

»Dass die Leute, bei denen sie gewohnt hat, diejenigen sind, die sie töten wollten.«

16

Martin Amis legte sein Notizbuch weg und nahm einen Schluck von seinem Bier. Er trug Blue Jeans im perfekten Used-Look und ein kühles weißes Hemd mit aufgekrempelten Ärmeln. Es war Kevins Idee gewesen, das Interview im Gladstone Hotel durchzuführen. Der berühmte Romancier sollte ruhig merken, dass Toronto genauso hip war wie London oder New York. Hipper …

»Erzählen Sie uns doch bitte etwas über Ihre Arbeitsgewohnheiten, vorausgesetzt, Sie haben welche.« Martins Ton war locker, doch der Bariton mit gepflegtem Oxford-Akzent, ganz zu schweigen von seinen literarischen Leistungen, verlieh jeder Äußerung besonderes Gewicht. »Womit ich nur sagen will, dass Sie einen spielerischen Eindruck erwecken. Man stellt sich vor, dass Kevin Tait seine Verse im Flugzeug auf Servietten kritzelt oder auf ein Knöllchen unter dem Scheibenwischer.«

»Na ja, da ist sogar was dran«, sagte Kevin. »Ich bin dafür bekannt, dass ich vielleicht mal eine Idee auf eine Serviette schreibe. Aber man braucht schon Disziplin. Man muss bereit sein, die entsprechende Zeit einzusetzen, damit etwas dabei herauskommt. Ich versuche, so um die sechs bis acht Stunden am Tag am Schreibtisch zu sitzen.«

»Das klingt eher wie das Pensum eines Romanautors als das eines Poeten.«

»Aber so ist es nun mal. Ich arbeite genauso lange wie jeder andere.« Ein bisschen Normalität in das Ganze bringen. Hat noch niemandem geschadet.

»Aber ich habe gehört – und ich wüsste gern von Ihnen, ob das Legende ist –, Sie besäßen nicht einmal einen Schreibtisch.«

»Mein Schreibtisch ist da, wo ich Papier und Kugelschreiber habe. Ist mir egal, ob es ein Tisch in einem Starbucks ist oder ein Baumstumpf auf einem Feld.«

»Tut mir leid, Kumpel, aber sechs Stunden an einem Baumstumpf klingt unbequem. Sechs Stunden an einem Baumstumpf klingt verdammt nach Rückenschmerzen.«

Kevin nahm einen Schluck von seinem Maltwhisky. Amis hatte ihm versichert, *Vanity Fair* würde die Rechnung übernehmen.

»Wenn es gerade gut läuft, können Sie mitten in einem Hurrikan schreiben. Manchmal ist es fast so, als flösse einem das Gedicht in den Adern. Ich sag Ihnen was. Eines Morgens war ich gerade dabei, mir meinen Kaffee zu machen, und ich setzte mich an den Küchentisch, um zu schreiben. Ich arbeitete gerade an *Needles* – eine Menge Strophen –, und die Worte sprudelten nur so heraus. Irgendwann wurde es dunkler, und ich dachte, die Glühbirne sei kaputt. Ich bin aufgestanden, um sie auszuwechseln, und da habe ich gemerkt, dass die Birne ganz in Ordnung war. Es war Abend.«

»Sie haben den ganzen Tag durchgearbeitet, ohne es zu merken? Gott, ich wünschte, das würde mir passieren. Ich wünschte, ich würde auch nur eine *Minute* schreiben, ohne es zu merken. Eine *Nanosekunde.* Machen Sie öfters diese Erfahrung?«

»Ab und zu. Nicht oft genug.«

Amis trank wieder von seinem Ale, stellte sein Glas ab und beugte sich vor. »Hören Sie«, sagte er. Das Folgende *sotto voce*, wie unter Verschwörern. »Die brutale Wahrheit ist doch, dass Sie seit einem halben Jahr kein Gedicht zu Ende geschrieben haben, stimmt's?«

»Im Moment läuft es nicht so gut, das ist richtig, aber …«

»Sie haben – in einem Anfall selbstgerechter Idiotie – den einzigen Menschen davongejagt, der Sie wirklich liebt, dem

Ihr Talent tatsächlich etwas bedeutet, der möchte, dass etwas aus Ihnen wird. Und Sie verrotten in irgend so einem ausgedienten Sommerlager und hängen mit Drogendealern rum, vor denen jeder vernünftige Mensch schleunigst das Weite suchen würde.«

Vielleicht war Martin Amis doch nicht die richtige Wahl für dieses Interview gewesen. Vielleicht hätte er auf Larry King bestehen sollen. Jemand, der nicht ganz so … bissig war.

»Ich sag Ihnen mal, was ich glaube, Schätzchen«, fuhr Martin fort. »Ich denke, Sie sitzen ziemlich in der Tinte, denn wenn Sie des Drogenhandels überführt werden, dann wandern Sie für eine halbe Ewigkeit in den Bau; und als Beruhigungsmittel sozusagen gönnen Sie sich dreimal täglich Skin-Popping. Mir kommt es ganz so vor, als ob Sie ziemlich in der Zwickmühle säßen, denn im Grunde Ihres Herzens – Ihres kindlichen Gemüts – wollen Sie überhaupt kein Drogendealer sein. Sie ertragen es nur nicht, von Ihrem Nachschub abgeschnitten zu sein. Sie sind stoned, Tait, Sie sind ein Junkie. In Ihren Adern fließt Heroin und keine Poesie, und die Chancen, dass Sie je eine einzige lesbare Zeile schreiben, schwinden minütlich.«

Der Tagtraum zerplatzte, und Kevin starrte einmal mehr an die raue Holzbohlenwand seiner Hütte. Unter seinem Arm lag der gelbe Schreibblock mit den durchgestrichenen Versuchen, für seine Ballade neue Verse zu schreiben.

Das Spiel war aus, kaum zu begreifen,
Für das Gespenst und die Lady,
Kurz vor dem Küstenstreifen
Sank sie an seine Brust, als wär sie …

Na ja, das lief ja schon mal nicht schlecht. Richtig schwierig wurde es erst in der nächsten Strophe. *Die Grenzposten, die ihn töten …* Also, die Grenzposten haben ihn getötet, und wie weiter? Und wie können die ein Gespenst töten? Vielleicht bin ich zu prosaisch, um Gedichte zu schreiben. Angesichts der Sackgasse waren seine Gedanken zu einem anderen Interview abgedriftet. Und bei dieser Gelegenheit war Amis ziemlich feindselig geworden.

Okay, Red Bear und Leon waren ihm nicht geheuer; es war nicht zu leugnen, dass man diesen Biker tot aufgefunden hatte. Red Bear schwor, er hätte nichts damit zu tun, es hätte wohl böses Blut unter den Bikern gegeben, doch Kevin wusste nicht recht, ob er ihm glauben sollte. Wie dem auch sei, nur noch ein, zwei ordentliche Deals, und er würde verduften. Dann also tschüs, Red Bear, Leon. Noch ein paar Wochen, und er saß im Flieger nach Tanger und schrieb Gedichte, die der Poesie ganz neuen Auftrieb geben würden.

Bis dahin musste er sich in dem üben, was Keats als Fähigkeit zur Negation bezeichnete. Er musste in der Lage sein, zwei widerstrebende Vorstellungen zugleich zu denken: die Vorstellung, dass er sich mit möglichen Killern eingelassen hatte, die ihn das Fürchten lehrten, und die Idee, dass er Dichter war und nur versuchte, das Geld für seine Kunst zusammenzukratzen.

Sicher, das Geld floss reichlich. Red Bear hatte ein paar echt gute Kontakte nach Westkanada, und jetzt hatten sie die Ware, um sie zu beliefern – mit Wahnsinnsprofit. Red Bear überließ Kevin oder einem der anderen nie mehr als winzige Mengen Stoff – eben genug, um in der Stadt ein bisschen was nebenbei zu verdienen, und sie mussten jedes Gramm mit ihm abrechnen. Dafür bezahlte er sie gut. Das meiste Geld behielt er natürlich selbst, doch das war für keinen von ihnen ein Problem. Schließlich war er der Mann mit den Ideen und Kontakten.

Eines Tages – es war spät am Nachmittag, und sie saßen über einem Kaffee im Rosebud herum – kam Red Bear herein und sagte ihnen allen, sie sollten zum Lager zurückfahren und sich umziehen. »Ich will, dass ihr wie Gentlemen ausseht.«

Er brachte sie alle in seinem BMW zum teuersten Restaurant der Gegend, dem Trianon, wo sie zum Essen guten Wein tranken und zum Abschluss einen Cognac. Kevin wäre Bier lieber gewesen, doch er musste zugeben, dass er noch nie im Leben so ein gutes Steak gegessen hatte.

»Wir sind am Anfang einer langen Glückssträhne«, erklärte Red Bear, als die Brandys kamen. »Selbst die Geister sind ganz aufgeregt, und glaubt mir, das kommt nicht alle Tage vor.«

Die Kellner in Livree, die gestärkten weißen Tischtücher, das blitzende Silber, dies alles kündete von Reichtum und Überfluss wie ein Tausend-Dollar-Schein.

Sie hätten eine Gruppe erfolgreicher junger Geschäftsleute sein können, dachte Kevin, nur dass keiner von uns je etwas mit legalen Geschäften zu tun gehabt hat. Und dass einer von uns um tote Schweine tanzt. Und einer von uns eine absolute Dumpfbacke ist. Was zum Teufel hab ich eigentlich hier verloren?

»Meine Kinder«, sagte Red Bear.

Kinder? Kevin hätte beinahe in sein Weinglas geprustet. Jetzt sind wir schon seine *Kinder?*

»Ich möchte, dass wir für lange Zeit erfolgreich sind. Das erfordert dreierlei.« Red Bear sah sie mit diesem gewissen Ausdruck an, und Kerzen wie Gläser spiegelten sich in seinen seltsam hellen Augen.

»Als Erstes harte Arbeit«, sagte er. »Wir müssen zusätzliche Kontaktmöglichkeiten finden, mehr Ware umschlagen, höhere Verkaufsziffern erzielen. Ich werde diese Aufgaben unter euch verteilen. Möglicherweise ist auch eine gewisse Reisetätigkeit damit verbunden. Insbesondere müssen wir weiter in die Prärie-Provinzen vorstoßen. British Columbia hab ich in der Tasche, aber Alberta und Saskatchewan müssen wir uns erst noch erobern.

Das Zweite – und das ist so selbstverständlich, dass ich es eigentlich gar nicht erwähnen müsste – ist Diskretion. Ihr dürft niemals über das, was wir tun, reden. Niemals. Mit keinem Menschen. Stellt euch das vor wie beim Geheimdienst oder was auch immer, aber ihr dürft niemals irgendjemandem – hört ihr, irgendjemandem – erzählen, womit ihr euren Lebensunterhalt verdient.«

»Nicht mal in der Familie?«, sagte Toof. »Ich hab 'n paar Brüder, mit denen ich ab und zu 'ne Runde quatsche.«

Red Bear packte ihn am Handgelenk, und über Toofs offenes Gesicht legte sich ein Schatten der Angst.

»Wir sind deine Familie«, sagte Red Bear. »Vergiss das nie.«

»Und was ist das Dritte?«, warf Kevin ein, um Toof zu retten. »Du hast gesagt, für den Erfolg bedürfte es dreierlei.«

Der Husky-Blick ruhte jetzt auf ihm.

»Das Dritte, mein Freund, ist Abstinenz. Jeder hier am Tisch lässt die Finger von der Ware. Für immer. Ihr könnt so viel Dope rauchen, wie ihr wollt, ist mir egal. Ihr könnt eure Privatvorräte auch in der Stadt verkaufen, um ein bisschen nebenher zu verdienen, das ist mir auch egal. Aber wenn ich merke, dass einer von euch auch nur ein Mikrogramm von unseren Lieferungen anrührt, bring ich ihn um. Ich mein's ernst.«

»Findest du das nicht ein bisschen radikal?«, antwortete Kevin. »Wir leben hier immerhin mit einigen Versuchungen. Menschen sind nicht unfehlbar.«

»Ich sag's so, wie's ist, Kevin. Wenn dir das nicht passt, steht es dir frei, für jemand anderen zu arbeiten. Vielleicht sind ja die Viking Riders interessiert.«

Leon lachte und verschluckte sich fast an seinem Brandy.

17

Red Bear fuhr in der letzten Zeit selten selbst. Leon übernahm das gerne für ihn und fungierte zugleich als sein Bodyguard. Red Bear sah Leons rapide Fortschritte mit großem Vergnügen. Bring ein bisschen Magie ins Leben eines Jungen, spendier ihm ein bisschen Sex, und das Ergebnis ist fast vorhersehbar. An diesem Punkt war Red Bear ziemlich sicher, dass Leon alles für ihn tun würde, worum er ihn bat. Heute allerdings fuhr Red Bear selber auf dem Highway 11 nach Shanley, einem Vorort von Algonquin Bay, falls bei einem Kaff wie Algonquin Bay von einem Vorort die Rede sein konnte.

Shanley ist ein malerisches Städtchen, eigentlich nicht viel mehr als eine Kreuzung. Doch auf dem Shanley Hill gibt es auf halber Höhe einen Aussichtspunkt, und es kommt nicht selten vor, dass Autos hier halten und die Insassen lange über die blaue Fläche des Lake Nipissing schauen. An diesem Tag allerdings war es eine graue Fläche. Eine Wolkenmasse hatte sich am Morgen über dem Wasser und den Bergen zusammengebraut und machte auch am Nachmittag keine Anstalten weiterzuziehen. Weiße Schaumkronen tanzten auf dem Wasser, und bis zu seinem Aussichtsposten hinauf war das Schlagen der Wellen am Ufer zu hören.

Er hatte den BMW Richtung See geparkt und saß jetzt auf dem Beifahrersitz eines Chevy Blazer, dessen Fenster so schwarz getönt waren, dass der See darin düster wie eine heraufziehende Apokalypse wirkte. Auf dem Fahrersitz saß Alan Clegg. Er trug ein kurzärmliges kariertes Hemd zu einer Levi's-Jeans und braunen Timberland-Stiefeln, allerdings nicht den beigebraunen, die vielleicht noch so eben als cool durchgegangen wären. Der Cop außer Dienst war ihm zehn Meter gegen den Wind anzusehen.

»Wirf sie noch einmal«, sagte Clegg. »Ich bin da in einer echten Zwickmühle. Ich muss in der Sache Bescheid wissen.«

»Brächte nichts, noch mal zu werfen. Ich sag doch, ich bin müde. Ich hatte eine lange Nacht. Sehr lang.«

»Komm schon, Red Bear, tut doch nicht weh. Wirf noch mal.«

Red Bear steckte die bunten Muscheln in ihren Lederbeutel zurück und schüttelte noch einmal. Er stülpte den Beutel um und ließ sie über die Konsole fallen.

»Na schön. Schon ein bisschen besser«, sagte Red Bear. Manchmal war es wie die Schärfeneinstellung bei einem Bild.

»Was siehst du?«

»Arbeit. Du wirst befördert.«

Clegg grinste. Er hatte große, kräftige Zähne und zu viele davon im Verhältnis zur Größe seines Mundes. »Beförderung, ja? Wird auch langsam Zeit, Mann. Glaubst nicht, was für Volltrottel sie heutzutage zu Sergeants machen. Wann soll das denn sein?«

»Das weiß ich nicht. Moment, jemand über dir geht weg oder in den Ruhestand oder so. Wenn es dazu kommt, kriegst du deine Beförderung.«

»Aber du weißt nicht, wann. Ich möchte dich was fragen, Red Bear: Ihr habt Wombat allein angetroffen, stimmt's?«

»Er war allein.«

»Und ihr habt das Geld gefunden, stimmt's?«

»Wir haben das Geld gefunden.«

»Wie kommt es also, dass du die Zukunft nicht so gut lesen kannst wie ich?«

»Weil ich nicht zum Drogendezernat der Royal Canadian Mounted Police gehöre, deshalb.« Red Bear nahm seine Sonnenbrille ab und sah ihn mit einem durchdringenden Blick an. »Ich kann dir sagen, was ich in den Muscheln sehe. Wenn du auf einen Haufen Schwachsinn aus bist, such dir einen anderen, der dir die Zukunft liest.«

»Verrat mir was zu Mary«, sagte Clegg. »Was wird mit Mary?«

»Ich sehe nicht, dass ihr zwei wieder zusammenkommt. Ich würde sogar eher sagen, sie reicht die Scheidung ein. Und jetzt zum Geld. Da sieht's ziemlich rosig aus.« Red Bear deutete auf eine Gruppe von drei Muscheln, die ein Stück von den anderen entfernt einen Halbkreis bildeten. »Für 'ne ganze Weile wird es dir finanziell gut gehen. Ich kann eigentlich nichts erkennen, das deinem Glück im Wege stehen sollte.«

»Da wär noch was, worüber ich mit dir reden wollte.«

»Moment. Du hast mich gebeten, dir die Zukunft zu lesen, also sei wenigstens so höflich, mir bis zu Ende zuzuhören.«

»Du bist ganz schön dünnhäutig für einen Indianer, hat dir das schon mal jemand gesagt?«

Red Bear sammelte die Muscheln ein und ließ sie wieder in den Lederbeutel rieseln.

»Was soll das? Du hast gesagt, du wärst noch nicht fertig.«

Red Bear band sich den Beutel mit einem Lederriemen am Gürtel fest. Er stieg aus dem Blazer und sah sich um. Weit und breit keine anderen Autos zu sehen. Er öffnete den Kofferraum des BMW und holte eine saubere, neue Papiertüte heraus. Er warf sie durch die offene Tür des Blazer und stieg wieder ein.

Clegg zog die drei Bündel Geldscheine heraus. »Fünfundsiebzigtausend Riesen, nicht viel, wenn man bedenkt.«

»Wenn man was bedenkt? Fünfundsiebzig waren abgemacht.«

»Abgemacht war, dass ich dir die Informationen gebe und du sie beklaust; beklaust, nicht ermordest. Wie zum Teufel willst du damit bloß davonkommen? Die Kripo Algonquin Bay ist mächtig hinter der Sache her, falls du es noch nicht weißt. Gnade mir Gott, wenn die Sache auf mich zurückfällt; dann halte ich mich an dich.«

»Da mach dir mal keine Sorgen. Wombat arbeitet jetzt für uns.«

»Was redest du da für 'n Quatsch? Wombat Guthrie ist mausetot. Toter geht's nicht. Und er ist um ein paar Hände und einen Kopf kürzer gemacht. Ist das deine Vorstellung davon, seine Identität zu verschleiern? Hat jedenfalls nicht funktioniert. Die Geschichte ist überall auf Funk. Der Typ war allein. Das war völlig überflüssig. Wieso hast du ihn umgebracht?«

»Wer sagt denn, dass ich ihn umgebracht habe? Woher willst du das wissen? Bei unserer letzten Begegnung hab ich mit Wombat einen Deal gemacht. Dass er von jetzt an für uns arbeitet. Falls er also ermordet wurde, kann es unmöglich auf mich zurückfallen. Und schon gar nicht auf dich.«

»Willst du damit sagen, du hast den Kerl nicht umgebracht?«

»Ich bringe keine Menschen um, Alan. Das ist nicht mein Stil. Die wahrscheinlichste Erklärung ist, dass ihn seine Kollegen dafür bestraft haben, dass er gegenüber der Organisation ein solch katastrophaler Versager war. Mir ist wirklich nicht klar, wieso das für dich ein Problem sein soll.«

»In Ordnung. Okay. Das leuchtet ein.« Clegg schien sich ein wenig zu entspannen. »Wie haben deine Jungs auf die Übernahme reagiert? Müssen ziemlich beeindruckt gewesen sein.«

»Ja, denke schon. Selbst Kevin, und der ist in Bezug auf meine Magie sehr skeptisch.«

»Der wird doch keinen Ärger machen?«

»Kevin?«

Red Bear blickte über den See mit den weißen Schaumkronen, die wie Wimpel auf der dunklen Wasserfläche tanzten. »Kevin wird keinen Ärger machen.«

»Ich will dir nämlich mal sagen, wer ein Problem sein könnte: dein kleiner Toofie-Doofie-Freund.«

»Toof ist ein harmloser Kiffer. Wieso sollte der Probleme machen?«

Clegg sah auf die Uhr. »Ich muss los. Um sechs fängt mein Dienst an.«

»Wieso sollte Toof Probleme machen?«

»Ich hab nicht gesagt, dass er ein Problem ist, ich sag nur, er könnte eins werden. 'n Informant von mir hat mir dieser Tage was gesteckt. Gewisser Nelson Tyndall. Nicht eben das verlässlichste Arschloch der Welt, aber auch nicht das schlimmste – für einen Junkie. Der alte Nelson erzählt mir also, Toof hätte ihm erzählt, seine Crew hätte in den nächsten Tagen ein ziemlich großes Ding in der Mache. Das war vor eurem kleinen Ausflug über den See.«

»Ein großes Ding?«, sagte Red Bear. »Ein großes Ding ist kein Problem. Das kann alles Mögliche heißen.«

»Wie wär's mit einem großen Ding gegen die Viking Riders?«

»Die Viking Riders? Das hat dir dein Informant vorher gesteckt?«

»Nein, er hat mir gesteckt, Toof hätte *ihm* das vorher gesagt.«

»Das ist nicht möglich. Bis wir auf dem See waren und Richtung French River fuhren, wusste keiner von denen, dass wir zu den Riders wollten.«

»Wie gesagt, Nelson ist nicht das verlässlichste Arschloch von der Welt.«

Red Bear fluchte. Er nahm seine Wayfarer ab und rieb sich den Nasenrücken.

Über dem westlichen Ufer brach die Sonne durch die Wolken. Clegg klappte die Blende herunter und warf den Motor an.

»Du musst wegen dem Jungen was unternehmen«, schloss Clegg. »Mehr will ich nicht gesagt haben.«

18

Kevin räkelte sich und schloss die Augen. Er hatte den ganzen Morgen unter Red Bears wachsamem Blick in dessen Hütte verbracht, wo er förmlich über die Schore stolperte und sie in immer kleinere Päckchen aufzuteilen hatte. Es war die reine Qual, der Ekstase so nah zu sein und darauf verzichten zu müssen. Er dachte lange intensiv darüber nach, sich ein bisschen davon in die eigene Tasche zu stecken, doch Red Bear war nie weiter als einen Meter von ihm entfernt und machte in ruhigem Ton Geschäfte am Telefon.

Jetzt lag er auf seinem Bett und versuchte, ein Gedicht über Karen zu schreiben, seine letzte Freundin in Vancouver. Bis jetzt hatte er bei den Frauen von Algonquin Bay noch kein Glück gehabt, und so dachte er ziemlich oft an Karen. Streng genommen war Karen die Freundin von jemand anderem gewesen, und trotz ihres One-Night-Stands mit Kevin hatte sie sich entschieden, daran nichts zu ändern. Kevin beschwor ihr Bild herauf. Diesen Mund, diese hübschen blauen Augen, dieses seidige blonde Haar. Dummerweise wurden seine Gedanken lasziv, und Lust hatte noch nie gute Lyrik hervorgebracht. Er hatte ein Dutzend Eingangszeilen wieder ausgestrichen, jede schlimmer als die letzte.

Die Tür ging auf, und Leon kam herein, ein dunkler Schatten gegen die Sonne.

»Setzt du eigentlich nie mal 'nen Fuß vor die Tür, Mann?«

»Ich arbeite.«

»Das nennst du arbeiten?«

»Ja, Leon. Ich arbeite. Ich schreibe. Soll Leute geben, die das tatsächlich als Arbeit betrachten.«

»Oh, bitte vielmals um Entschuldigung. Was bist du eigentlich, William Arschloch Shakespeare? Oder Ernest Arschloch Hemingway?«

»Du lässt die Mücken rein, Leon. Ich bin die letzte gerade losgeworden, und du lässt sie wieder rein.«

Leon trat ins Zimmer und machte die Tür hinter sich zu. »Ich hoffe, du schreibst ein Filmskript. *Da* steckt Kohle drin.«

»Niemals«, sagte Kevin und klappte sein Notizbuch zu. Er tastete unter dem Bett nach seinen Schuhen. »Ich wollte dich was fragen, Leon. An dem Tag, an dem Terri weg ist, hast du sie zum Zug gefahren, oder?«

»Wieso fängst du schon wieder davon an? Hab ich dir doch gesagt. Ich war gerade 'ne halbe Minute vorher aus Toronto zurück, und Red Bear sagt: ›Hey. Das ist Kevins Schwester. Jemand muss sie zum Bahnhof bringen.‹ Sie hatte es eilig.«

»Ja, ich weiß, dass sie sauer auf mich war. Aber ich hab bei ihr in Vancouver angerufen, und die Typen, mit denen sie zusammenwohnt, haben noch nicht wieder von ihr gehört.«

»Fällt mir auch nix zu ein. Sie hat mir keinen Streckenplan gegeben, Mann. Hab sie nur ganz kurz gesehen. Soweit ich weiß, hat sie den Zug nach Toronto genommen. Danach – keine Ahnung.«

»Ich fang an, mir Sorgen zu machen. Sie hatte nicht viel Geld dabei. Ich weiß nicht, wo sie sein könnte.«

»Wahrscheinlich ist sie bei Freunden in Toronto. Wieso nicht? Na, jedenfalls, wir haben anderes zu tun. Red Bear hat eine kleine Aufgabe für uns.«

»Shit. Was denn jetzt?«

»Was soll das, Mann? Wir haben den leichtesten Job, den man sich denken kann. Er liefert die richtig guten Beziehungen, besorgt den Stoff im großen Stil. Wir haben nix weiter zu tun, als das Zeug ab und zu unter die Leute zu bringen.«

Da hatte er recht. Kevin hatte nichts weiter für sein Geld zu tun, als sich ab und zu mit Red Bears mysteriösen Partnern in der Stadt zu treffen und ihnen an einem vereinbarten Treff ein bisschen Stoff zuzuschanzen. Kinderspiel.

»Mann, du musst der faulste Sack unter der Sonne sein«, schimpfte Leon weiter.

»Ich hab dir doch gesagt, ich arbeite an meinen Gedichten. Egal, was sollen wir denn für ihn machen?«

»Toof hat bei den falschen Leuten rumgelabert. Müssen mit Kanadas Lieblingskiffer mal 'n paar Takte reden.«

»Hört doch sowieso keiner auf Toof. Der ist doch viel zu doof.« Gott, dachte Kevin, ich hab zu lange an Reime gedacht.

Leon schnappte nach einer Mücke. »Ich hab nicht gesagt, wir sollen ihn gleich totprügeln. Wir müssen nur mit ihm quatschen.«

Als sie wenig später im Auto saßen, sagte Kevin: »Also, worum geht's? Wieso müssen wir mit ihm reden?«

Leon riss am Schalthebel, und der TransAm machte einen Satz auf den Feldweg. »Red Bear will, dass wir ihm ein für alle Mal abgewöhnen, unsere Geschäfte überall auszuposaunen.«

»Und wieso redet Red Bear dann nicht selber mit ihm? Er wäre doch um einiges überzeugender als du und ich.«

»Man nennt das Delegationsprinzip, Kevin. Red Bear will wahrhaftig, dass wir ein bisschen Arbeit übernehmen, verstehst du? Und dabei hat er nicht an Schreiben gedacht.«

»Was sollen wir also tun?«

»Ihn einfach dazu bringen, dass er den Mund hält, das ist alles. Wie wir das machen, ist unsere Sache. Aber wenn er nicht die Klappe hält, dann nimmt Red Bear die Geschichte in die Hand, und weißt du, was? Ich will nicht, dass Red Bear sauer auf mich ist, verstehst du?«

Ein Toyota Echo schnitt sie, als sie auf den Highway abbogen, und Leon drückte auf die Hupe. »Arschloch. Ich sollte ihn an den Felsen zerquetschen.«

»Mit wem soll Toof denn gequatscht haben?«

»Offenbar ist dem kleinen Deppen rausgerutscht, dass wir ’n Geschäft mit den Viking Riders vorhaben, und das wiederum ist Red Bear zu Ohren gekommen. Reicht dir das, oder brauchst du so was wie ein detailliertes Gesprächsprotokoll? Oder willst du vielleicht ins Lager zurück und Red Bear ins Kreuzverhör nehmen?«

»Glaube nicht.«

»Ich auch nicht.«

Die übrige Fahrt in die Stadt sprachen sie kein Wort.

Toof zu finden war an den meisten Nachmittagen nicht weiter schwer, da Algonquin Bay nur über zwei Billardsalons verfügt: Duane’s Billiard Emporium und das Corner Pocket. Er war nicht im Duane’s, doch jemand hatte ihn kurz zuvor gesehen und mitbekommen, dass er zum Pocket weiterwollte.

Sie fuhren in die Sumner und bogen links in die O’Riley. Das Pocket lag ein paar Blocks weiter, ziemlich nah an der Ojibwa High, weshalb Toof so gerne hier rumhing. Er schmiss sich an die Jungs ran, die nach der Schule herkamen, und verdiente sich bei ihnen ein paar Dollar.

Anders als das Duane’s, das von einem heimlichen Schläger mit einem Kopf wie ein Amboss geführt wurde, gehörte das Corner Pocket einem alten Ehepaar. Sie hatten ständig schlechte Laune, und niemand wusste, ob das ihr normales Verhalten war oder ob sie durch die Schwärme von Teenagern, die sie den ganzen Tag bedienten, versauert waren.

Der alte Mann funkelte Kevin und Leon über die Kasse hinweg an, als sie den Laden betraten.

Sie fanden Toof an der Bar, wo er eine Kirsch-Cola trank und einen Schokoriegel verdrückte.

»Hey Jungs, was gibt's?« An seinem vorstehenden Zahn klebte Schokolade. Er deutete auf Leons Füße. »Du trägst ja mal wieder deine coolen Wanderstiefel. Willst du zum Bergsteigen raus?«

»Wir nehmen dich auf 'ne kleine Spritztour mit«, sagte Leon.

»Gib mir zwanzig Minuten, okay? Ich will nur noch bei dem Typ da abkassieren.« Er deutete mit seiner Cola auf eine Bohnenstange von einem Jungen, der klirrend und scheppernd einen Tisch abräumte.

Leon nahm Toofs Cola und stellte sie auf die Theke. »Jetzt.«

19

Die Erinnerungen kamen jetzt Schlag auf Schlag, Terri war machtlos dagegen. Wollte sie sich eben noch unbedingt an mehr erinnern, wünschte sie sich im nächsten Moment nichts so sehr wie Vergessen. Die Schwestern gaben ihr gewöhnlich Tylenol, aber keines von den starken Schmerzmitteln mehr. Sie hätte gern geschlafen, doch es war helllichter Tag, und sie war hellwach.

Der Aufenthaltsraum für die Patienten war laut. Sophie, eine der Möchtegern-Selbstmörderinnen, hatte gerade drei blonde Hexen zu Besuch, und sie kicherten alle wie verrückt. Terri kauerte sich mit einer Ausgabe von *Glamour* in eine Ecke, konnte sich aber nicht konzentrieren. Die Erinnerungen fielen ungeordnet, ungebeten in ihre Gedanken ein und zum Teil von solcher Intensität und obsessiver Wiederholung, dass sich ihr fast der Magen umdrehte.

Zum Beispiel die Mücken. Nicht nur diejenigen, die sie stachen, auch wenn sie sich nur zu gut an das Jucken und Brennen an Stirn und Knöcheln erinnerte. Diese Mücken waren klein und still. Doch sie konnte auch das laute, mehrstimmige Summen von anderen, größeren Insekten hören. Ganze Schwärme davon im Sonnenlicht. Wo war das noch gewesen?

Und dann der Bahnhof. Kevin war gekommen, um sie abzuholen. Er war nervös gewesen und von einem Bein aufs andere getreten, als seien sie sich fremd. Terri hatte sofort gewusst, dass er rückfällig geworden war. Sie stellte ihn nicht sofort zur Rede, nicht mitten im Bahnhof mit den weinenden Kindern und den torkelnden Betrunkenen und einer Verrückten, die unsinniges Zeug vor sich hin brabbelte.

Kevins Hütte. Nichts weiter als ein Feldbett und ein wackeliger Holztisch in einer seltsamen kleinen Hütte irgendwo mitten im Wald an einem See. Die Sonne, die durchs Fenster hereinfiel, so dass der Schweiß auf Kevins Stirn darin glänzte.

»Ich weiß, dass du wieder an der Nadel hängst«, sagte Terri. Es rutschte ihr einfach heraus. Sie hasste es, wenn er ihr auswich und so schuldbewusst aussah.

»Nur Skin-Popping«, sagte er.

»Ach, ja, und wohin soll das führen?«

»Ich brauch das nur im Moment, ich stehe ziemlich unter Stress.«

Er schob, während er das sagte, die Unterlippe vor, wie ein Kind, das Schimpfe bekommen hatte. Eine Menge Mädchen fanden Kevins jungenhafte Art charmant. Terri konnte das einigermaßen nachvollziehen. Dieses lockige Haar – dunkel, nicht rot wie ihres. Kevin sah aus wie ein Junge, der sich auf ein Baseballspiel freut oder eine Nacht am Pokertisch, zuweilen auch, als könnte er jeden Moment einen Frosch aus der Tasche ziehen. Unglücklicherweise ging der Lausbubencharme mit erheblicher Unreife einher. Er hatte bereits zwei Jahre in einer Besserungsanstalt hinter sich. Falls er beim Dealen erwischt wurde, dann würde er für lange, lange Zeit aus dem Verkehr gezogen. Es war völlig undenkbar, der Polizei gegenüber seinen Namen zu erwähnen, egal, wie nett sie zu ihr waren.

Das Lager, so hatte Kevin die Lichtung mit den Hütten genannt, die er draußen am See mit anderen teilte. Offenbar war es früher einmal ein Sommer-Camp für behinderte Kinder gewesen. Irgendwann einmal waren die Hütten vielleicht weiß gewesen, doch jetzt waren es abgeblätterte, verfallene, elende Quartiere, die so eben vor den Mücken schützten. Er trieb einen Schlüssel für die Hütte neben seiner auf und sagte, Terri könne da schlafen, wenn auch nur für ein paar Nächte. Red

Bear sähe Fremde nicht so gern, selbst Familienangehörige nicht.

»Ist das nicht toll?«, hatte Kevin gesagt und mit der Hand auf den See gedeutet, auf das überwucherte Baseballspielfeld. »Ist das nicht phantastisch? Sieh dir den See an, Ter, der ist riesig. Letzte Woche sind wir mit dem Boot rübergefahren, und es hat ungefähr eine Stunde gedauert, obwohl wir richtig schnell gefahren sind. Du solltest mal die Sterne von da draußen sehen. Unglaublich.«

»Ihr seid nachts mit dem Boot rausgefahren? Wieso?«

»Weiß nicht, hat Spaß gemacht. Komm schon, Terri, du musst zugeben, dass es ziemlich cool ist, den Sommer über ein ganzes Lager für sich zu haben.«

Alles, was Terri an den windschiefen Hütten und dem steinigen kleinen Strand entdecken konnte, war die deprimierende Atmosphäre eines verlassenen Ortes. Es erinnerte sie an Fotos aus der Depression, die sie mal gesehen hatte.

Und was für eine seltsame Mischung von Leuten, die hier lebten. Kevin und Red Bear und der beschränkte Junge mit dem ulkigen Zahn. Es sollte noch einen Typen geben, dem sie nie begegnet war. Kevin hatte keinen von ihnen je in seinen sporadischen E-Mails erwähnt, eine Tatsache, die sie vom ersten Moment an gegen seine neuen Freunde misstrauisch machte.

»Meinst du nicht, dass es für euch vier ein bisschen viel Platz zum Wohnen ist?«, hatte sie gesagt. »In all den Hütten könntet ihr vierzig unterbringen.«

»Nee«, hatte Kevin gesagt. »Die meisten sind kaputt. Es gibt nur noch vielleicht sechs, die bewohnbar sind.«

»Trotzdem. Vier Kerle.«

Kevin hatte sie mit zur größten Hütte genommen, der von Red Bear. Sie stand in einem Birkenwäldchen, ein Miniaturhaus mit Zedernverkleidung und einem breiten Fenster zum

See. An der Decke hingen Fliegenfänger, an denen winzige Kreaturen das letzte Surren ihres Lebens von sich gaben.

Red Bear war ganz und gar charmant gewesen. Oder besser gesagt, wäre das, was er tat und sagte, charmant gewesen, wenn nicht alles ein wenig … übertrieben geklungen hätte.

»Ja, Kevin hat mir viel über Sie erzählt«, sagte er. Sein Lächeln war reines Schmierentheater. Diese Zähne. »Er hat mir erzählt, Sie wären die perfekte Schwester, und jetzt sehe ich, wieso.«

Also, das zum Beispiel, das klang gelogen. Es sah Kevin überhaupt nicht ähnlich, so etwas über sie oder irgendjemanden sonst zu sagen.

Red Bears Handschlag war trocken und fest. Er war nicht sehr groß, hatte aber breite Schultern, was ihm den Ausdruck von Kraft verlieh. Sein Haar war so schwarz, dass es wie Krähenfedern einen bläulichen Schimmer hatte, und es setzte sich geradezu funkelnd von seinen Kleidern ab. Sein Hemd war so weiß, dass man fast eine Sonnenbrille brauchte, um ihn anzusehen.

»Kommen Sie, ich leg Ihnen die Karten«, sagte er. Er bot ihnen Stühle an einem großen Kieferntisch an und machte sich daran, die Karten in interessanten Mustern auszulegen.

»Karo-Ass«, sagte er. »Das ist perfekt. »Ganz und gar rosige Aussichten für Sie, Terri.«

Sich den Namen einer neuen Bekanntschaft zu merken galt als Zeichen von Höflichkeit, doch Red Bears Art, davon Gebrauch zu machen, bereitete ihr Unbehagen.

»Die finanziellen Aussichten sind günstig. Gesundheit ausgezeichnet. Soweit ich sehen kann, keine Feinde. Sie müssen wirklich so was wie eine Heilige sein, wie Kevin behauptet.« Dies mit einem Seitenblick auf Kevin, der wie auf Kommando lächelte, doch Terri wusste sehr wohl, dass es Kevin nicht lag, von seiner Schwester so zu reden. Wieso sollte er?

Schnipp, schnipp, schnipp. Eine nach der anderen landeten die Karten auf dem Tisch. Während er nach und nach die Lücken füllte, gab Red Bear vergnügt seine Kommentare über Terris Zukunft ab. Dann landete der Kreuzbube quer über dem Herzkönig, und Red Bears Ton änderte sich.

»Na schön. Eine Wolke am Horizont. Ein Rückschlag. Vielleicht auch etwas Schlimmeres.«

Seine Augen hatten irgendeinen genetischen Defekt, so dass die Iris fast keine Farbpigmente besaß.

»Sagen Sie's«, ermunterte Terri ihn, als er zögerte. Nicht, dass sie an Karten glaubte oder an Handlesen und all den anderen New-Age-Quatsch. Immerhin las sie ab und zu ihr Horoskop in der Zeitung, um zu sehen, wie weit es danebentraf. »Sagen Sie's«, wiederholte sie. »Ich bin hart im Nehmen.«

»Na schön, Terri«, sagte Red Bear. Er lehnte sich auf seinem Stuhl zurück und verschränkte die Arme über der Brust. Der Bizeps spielte unter weißen Ärmeln. Er sprach in sachlichem Ton, wie ein Arzt, der schlechte Neuigkeiten hat. »Alles, was ich Ihnen bis jetzt gesagt habe – gute Gesundheit, keine Geldprobleme und auch sonst alles im grünen Bereich, das ist alles wahr. Das ist Ihnen sicher …«

»Aber?«

Er tippte mit dem manikürten Finger auf den Kreuzbuben. »Das ist eine Todeskarte.«

»Hey, nun mach aber mal halblang.« Kevin hatte sich über den Tisch gebeugt und schläfrig das Kinn auf die Faust gestützt. Jetzt richtete er sich gerade auf. »So was darfst du den Leuten nicht ins Gesicht sagen.«

»Kevin«, sagte Red Bear ruhig. »Nicht überreagieren.«

»Du kannst nicht einfach daherkommen und einem erzählen, er würde bald sterben. Was soll das werden? Willst du sie in Panik versetzen? Sie ist meine Schwester, Mann.«

»Hörst du mir bitte mal zu?«

»Schon gut«, sagte Terri. »Beruhig dich, Kevin.«

Red Bear deutete noch einmal auf die Karte. »Ist wirklich so. Die hier ist eine Todeskarte. Aber der Tod bedeutet bei einer Karte noch lange nicht den Tod. Es ist wie der Tod in einem Traum. Kann genauso gut eine große Veränderung bedeuten.« Red Bear sammelte die Karten ein. »Seien wir bitte schön nicht so feierlich. Ich wollte Sie nicht erschrecken. Ich sage nur, was ich sehe – die Möglichkeiten. Wir haben alle unser Leben selbst in der Hand.«

»Ich mag diesen ganzen Karten-Kilefitz nicht«, sagte Kevin.

»Genauso gut kannst du das Wetter nicht mögen«, sagte Red Bear. »Davon, dass man es nicht mag, wird es noch lange nicht besser. Und jetzt wirklich, denken wir an was Schöneres. Deine Schwester ist hier, die Sonne scheint, keine Zeit, um Trübsal zu blasen.«

Die Hütte, das Lager und Kevin verschwammen vor ihrem geistigen Auge, und Terri war wieder in der Gegenwart, im Aufenthaltsraum für Patienten.

Die Mädchen am anderen Ende des Zimmers bogen sich vor Lachen. Ihre Stimmen hallten von den gefliesten Wänden und den Plastikmöbeln wider und taten Terri in den Ohren weh. Sie warf ihnen einen bösen Blick zu, doch in dem Moment blitzte eine andere Erinnerung vor ihr auf und löschte die Mädchen, das Zimmer, die Klinik aus.

Sie erwachte und sah, wie die Sonne in Wasserkaskaden funkelte und winzige Regenbogen im Sprühwasser schimmerten. Sie erwachte und hörte, wie sich das Rauschen des Wassers mit dem Summen von Insekten mischte. Die Fliegen. Es waren nicht einmal viele. Nur eine Hand voll, die um die entsetzliche Gestalt auf dem Boden der Höhle schwärmten. Und dieser Geruch. Wo war das? Wie war sie dorthin gekommen? Hier brach die Erinnerung ab, doch selbst dieser Bruchteil einer Sekunde genügte, um ihr Angst- und Ekelschauer den Rücken herunterzujagen.

»Alles in Ordnung?«

Terri sah auf und blickte in das besorgte Gesicht einer Schwesternschülerin.

»Ich muss zur Toilette«, sagte sie. »Ich glaube, ich muss mich übergeben.«

20

Wie wär's, wenn du fahren würdest?«, sagte Leon. »Ich mach's mir hinten bequem. Mein Knie bringt mich um.«

Kevin setzte sich hinters Lenkrad und Toof auf den Beifahrersitz neben ihm. Seine Klamotten stanken nach Gras.

»Ich fass es nicht«, sagte Toof. »Du gibst deinen TransAm aus der Hand?«

»Mein Knie spielt sich 'n bisschen auf«, sagte Leon. Er legte sich quer auf den Rücksitz. »Keine große Sache.«

Aber es war tatsächlich höchst verwunderlich, das wusste Kevin ebenso wie Toof. Leon war in seinen TransAm vernarrt. Brachte ihn jede Woche in die Waschanlage.

»Also, weshalb will Red Bear mich sehen?«, fragte Toof unterwegs. »Bin ich schon wieder in Schwierigkeiten?«

»Nee«, sagte Leon. »Glaube ich jedenfalls nicht.«

Kevin sagte nichts. Leon hatte ihm eingebläut, den Mund zu halten und nach West Rock rauszufahren. Sobald sie vom Highway runter waren, würde Leon ihm weitere Direktiven geben.

»Bist du sicher?« Toof drehte sich zu Leon um. »Wieso reißt er mich mitten aus einem Poolspiel raus und schleift mich ins Lager zurück, wenn er nicht sauer ist?«

»Keine Ahnung, Toofie-Doof. Hast du wegen irgendwas ein schlechtes Gewissen?«

»Weshalb? Wie meinst du das?«

»Keine Ahnung, Toofie-Doof.«

»Nenn mich nicht so, ich hass das. Toof geht in Ordnung, aber Toofie-Doof ist doof.«

»Und Toof ist das natürlich nicht. Meinetwegen. Ich wiederhole: Hast du wegen irgendwas ein schlechtes Gewissen? Hast du zum Beispiel was von der Ware geklaut? Du weißt, dass Red Bear da nicht mit sich spaßen lässt.«

»Ich nehm kein Heroin. Das weißt du doch. Ich kiff ja nur.«

Das stimmte, wie Kevin sehr wohl wusste. Genauso wie Leon, und so fragte sich Kevin, wieso Leon mit ihrem nicht sonderlich hellen Gefährten diese Spielchen trieb.

»Na ja, wenn du nicht von der Ware genascht hast, dann hast du vielleicht was anderes getan.«

Kevin scherte links von der Umgehungsstraße auf die West Rock Road aus. Nur wenige hundert Meter, und man war zu beiden Seiten der Straße von ziemlich dichtem Buschwerk umgeben. Dennoch gab es hier draußen ein paar hübsche Häuser.

»Was soll das denn sein, was anderes?«

»Na ja, irgendwas, worauf nicht die Todesstrafe steht. Ich weiß nicht, Toof. Hast du vielleicht mit den falschen Leuten gequatscht?«

»Ich quatsch mit keinem. Nicht über unser Geschäft.« Toof drehte sich wieder um und starrte durchs Fenster auf das vorbeirauschende Smaragdgrün der Bäume. »Außer vielleicht mit meiner Familie.«

»Wir sind deine Familie, Toof. Das hat er wörtlich so gesagt, erinnerst du dich?«

»Ich weiß. Ich hab keinem nix erzählt.«

»Dann hast du ja auch nichts zu befürchten. Entspann dich und genieße die Landschaft.«

Ein paar Meilen herrschte Schweigen. Kevin schaltete das Radio ein, und sie hörten Alanis Morissettes klagende Jodellaute über einen mysteriösen Mann, der sie schlecht behandelt hat. Kevin wusste immer noch nicht, was sie in West Rock verloren hatten.

»Hey, wo fahren wir hin?«, fragte Toof.

»Abkürzung. Hast du schon mal gesehen.«

»Hab ich? Kommt mir gar nicht bekannt vor.«

»Na ja, das liegt wohl daran, dass du dich immer verirrst.«

»Schon möglich ...«

Kevin erinnerte sich, wie er sich einmal mit Toof im Bull & Bear-Pub verabredet hatte. Er hatte ihm sogar eine kleine Skizze gezeichnet, und Toof hatte sich trotzdem verlaufen.

»Ich weiß, wieso Red Bear will, dass ich komme«, sagte Toof und schlug sich aufs Knie. »Manchmal steh ich wirklich auf der Leitung.«

»Und? Weshalb?«, fragte Leon und lehnte sich wie ein zutraulicher Hund auf die Rückenlehne des Vordersitzes. »Wieso will er dich sehen?«

»Das weißt du ganz genau«, sagte Toof. »Du stellst dich nur blöd, damit ich weiterrate.«

»Nein, ich weiß es nicht, Toof. Ehrlich.«

»Aus der Stadt raus und so. Du weißt, worum es geht.«

»Wirklich nicht, Toof. Kevin, weißt du, wieso Red Bear ihn sehen will?«

»Ehm, nein, ich doch nicht«, sagte Kevin.

»Siehste, Toof, wir wissen es beide nicht. Wenn dir die Erleuchtung gekommen ist, dann musst du es uns wohl verraten.«

»Also, es ist, weil ich Red Bear gesagt habe, wann mein Geburtstag ist. Damit er mir die Zukunft voraussagen kann. Er weiß, dass ich morgen Geburtstag habe. Darum geht es, möchte ich wetten. Ist so was wie 'ne Überraschungsparty, wie die, die er für dich geschmissen hat, weißt du noch?«

Es stimmte, dass Red Bear zu Leons Geburtstag eine Party geschmissen hatte. Er hatte sie alle zum Essen ins Bangkok Gardens eingeladen. Er hatte versucht, Dom Pérignon zu bestellen, doch bei so was Gutem musste das Restaurant passen, und so hatten sie sich mit Chablis zufrieden gegeben. Es war ein schöner Abend gewesen; Red Bear war in einer ausgezeichneten Stimmung gewesen.

»Du hast morgen Geburtstag?«

»Allerdings. Ich werde siebenundzwanzig. Nein, achtundzwanzig. Nein, warte, ich bin mir nicht sicher. Ich glaube, achtundzwanzig.«

»Mann, das ist toll, Toof. Dann muss es wohl darum gehen.«

Leon legte Kevin die Hand auf die Schulter. »Die nächste links.«

Kevin bog auf einen Weg ab. Er führte schon bald auf die Baustelle einer neuen Wohnsiedlung. Keines der Häuser war fertig. Der Weg wurde immer holpriger, und sie fuhren an Bulldozern und Löffelbaggern vorbei. Die Bautrupps hatten schon Feierabend.

»Da am Ende rechts.«

Der Wagen senkte sich und schwang sich über tiefe Reifenspuren im Lehm. Dann fuhr Kevin in den Seitenweg, der immer schlimmer wurde, bis es gar kein Weg mehr war. Sie kamen an einem Bauhof vorbei, und dann gab es nur noch Bäume weit und breit.

»Ich sag euch, worauf ich an meinem Geburtstag wirklich Lust hätte«, sagte Toof. »Worauf ich wirklich Lust hätte, ist 'ne Reise nach Tahiti. Oder vielleicht Hawaii. Wo die Mädchen in Grasröcken und oben ohne rumlaufen.«

»Ich glaube nicht, dass Red Bear dir so was schenken würde, Toof.«

»Nein, nein, das weiß ich auch. Hey, ich würde mich schon über eine neue CD oder so freuen. Kino und Popcorn. Also, das wär's eigentlich, genau, wozu ich Lust hätte. Lasst uns alle ins Kino gehen. Der Film mit diesem Rock ist gerade angelaufen.«

»Na ja, wieso nicht, es ist dein Geburtstag, du bestimmst, was du machen willst. Halt hier irgendwo an, Kevin.«

»Ich werd uns für morgen einen großen Kuchen bestellen. Schokotorte, drei Stockwerke hoch, Mann. Und nach dem Kino könnten wir heute Abend ins Chinook. Ich brauch kein Schickimicki-Restaurant. Ich würde das Chinook diesem Bangkok-Schuppen sowieso jederzeit vorziehen. Ja, lasst uns da reingehen.«

Kevin hielt an. Toof ließ sich immer noch über das Chinook aus, als ein lauter Knall ertönte. Toof wurde so heftig nach vorne geschleudert, dass sein Kopf auf das Armaturenbrett aufschlug. »Was war das, zum Teufel?«, fragte er. Er lehnte sich wieder zurück und verdrehte die Augen. Er schüttelte den Kopf. »Habt ihr das auch gehört?«

Der Schießpulvergeruch war unerträglich. Leon saß vorgebeugt, die Pistole auf die Rücklehne gestützt.

Kevin wollte etwas sagen, bekam aber keinen Laut heraus.

Leon feuerte noch einmal.

Toof kippte nach vorn, langsamer diesmal. Er stützte sich am Armaturenbrett ab, um sich aufzurichten. »Mann, mit meinen Augen stimmt was nicht«, sagte er. Seine Stimme klang, als wäre er gerade aus einem ausgiebigen Mittagsschlaf erwacht. »Ich kann nicht richtig sehen.«

Toof stieg aus dem Wagen und stützte sich am Kotflügel ab. Sein Hinterkopf war klatschnass, und das Blut lief ihm die Jacke herunter.

»Scheißknarre«, sagte Leon und stieg ebenfalls aus.

Kevin wollte wegrennen, wollte heulen, merkte aber, dass er weder das eine noch das andere konnte. Es fühlte sich an, als seien seine Beine mit Novocain voll gepumpt.

Der Kofferraum ging auf und klappte zu. Dann kam Leon mit einem Baseballschläger vorne um den Wagen herum und trat hinter Toof. Er schlug ihm auf den Kopf, und Toof ging zu Boden.

»Herzlichen Glückwunsch zum Geburtstag«, sagte Leon.

21

Wenn er sich Mühe gab, war John Cardinal ein leidlicher Koch. Er gehörte nicht zu denen, die sich mit Tiefkühl-Fertiggerichten und Pizzaservice behalfen, wenn die Frau fort war.

Catherines zahlreiche Krankenhausaufenthalte hatten ihn schon vor langer Zeit gezwungen, sich mit der Küche vertraut zu machen. Zu seinen schönsten Erinnerungen gehörten die an Kelly, wenn sie ihm als kleines Mädchen »half«, ihm die Äpfel in viel zu große Stücke schnitt und sich das Haar mit Kuchenteig verschmierte.

Er machte sich ein Hühner-Curry und aß es vor dem Fernseher, sah zuerst die Nachrichten und zappte dann eine Weile herum. Es lief nichts Gescheites, und so ging er in den Keller und machte sich an ein bisschen Tischlerarbeit. Er kümmerte sich um ein breites Regal für Catherines Dunkelkammer, nichts Schwieriges, nur dass er beim Ausschneiden der Nuten mit dem Grundhobel aufpassen musste. Catherines Dunkelkammer gehörte zu den ersten Dingen, die er im Haus angefertigt hatte, das war schon lange her; jetzt gingen ihm allmählich die Projekte aus.

Das Arbeiten mit Holz war Cardinals einziges Hobby. Er liebte den Geruch von Sägemehl, die rauen Oberflächen in den Händen, und er genoss dieses befriedigende Gefühl, nachdem er einen Job abgeschlossen hatte, selbst so einen bescheidenen wie ein Regal. Beim Gesetzesvollzug hoffte man meist vergeblich auf diesen Luxus.

Cardinal und Catherine arbeiteten oft gleichzeitig unten im Keller, er selbst an der Werkbank und Catherine in der Dunkelkammer. Sie hatten einen verstaubten Ghettoblaster dort aufgestellt und bestimmten abwechselnd die Musik. Bei anderer Gelegenheit baute Cardinal gerade an etwas und hörte ihre Schritte über sich in der Küche. Zu zweit allein. So sah er diese Zeiten – wir sind zusammen allein. Manchmal schien ihm die Intimität dabei größer als beim Sex.

Jetzt waren von oben keine Schritte zu hören, und Cardinal hatte sich nicht die Mühe gemacht, Musik aufzulegen. Das Tischlern bereitete ihm auch keinen besonderen Spaß. Ohne Catherine war es nicht dasselbe.

Das Telefon klingelte. Cardinal schaltete den Hobel ab, knipste seine Arbeitslampe aus und ging nach oben in die Küche.

»Was brauchst du so lang?«, sagte Catherine, als er sich meldete. »Musstest du sie erst zur Hintertür rauswerfen?«

»Hey, mein Schatz. Ich hatte gestern Abend auf deinen Rückruf gehofft.«

»Tut mir leid«, sagte Catherine. »Wir waren draußen und haben diese alten Getreidesilos im Hafen fotografiert. Sie sehen bei Mondlicht phantastisch aus. Und die alte Mälzerei erst mal. Hat Spaß gemacht, und ich glaube, die Studenten haben eine Menge gelernt. Wie läuft's bei der Arbeit?«

»Ein Mord, ein Mordversuch.«

»Du liebe Güte, die lassen dich vermutlich Überstunden schieben.«

»Wird immer ziemlich spät, ja. Kelly hat gestern Abend für dich angerufen. Sie sagte, sie wolle nur ein bisschen plaudern, aber ich denke, sie braucht Geld. Natürlich hat sie von mir keins angenommen. Konnte nicht schnell genug den Hörer auflegen.«

»John, nimm es dir nicht zu sehr zu Herzen, sie fängt sich schon wieder, das weißt du genau. Wie dem auch sei, ich hab im Moment den Kopf zu voll mit anderen Dingen.«

Das sah Catherine nicht ähnlich. Bei nichts anderem war sie so bei der Sache, wie wenn es um ihre Tochter ging.

»Ich wünschte, du wärst zu Hause«, sagte Cardinal. »Oder ich dort bei dir. Hier ist es mir zu still.« Wenigstens so viel konnte er sagen, ohne dass sie ihm vorwerfen durfte, sie zu unterminieren.

»Na ja, ich kann nicht nach Hause kommen, John. Ich stecke hier mitten in ziemlich wichtigen Dingen.«

»Das weiß ich doch, Schatz. Ich bin froh, dass es gut läuft.«

»Die Sache mit diesen Hafenbildern ist nämlich die, wir kriegen so viel Sterne drauf, so viel Mond. Ich hab über einiges nachdenken müssen. Wenn du nicht gerade Astronom bist oder so, nimmst du sie mehr oder weniger für selbstverständlich, aber ich fange an, über sie nachzudenken. Ich denke, ich fange an, sie zu begreifen. Zum ersten Mal.«

Er hörte diesen metallisch klirrenden Unterton in ihrer Stimme. Einen Gedankengang, der von der Spur der Vernunft abkam.

Er sagte etwas Beruhigendes wie: »Freut mich zu hören, Schatz.« Doch zugleich schickte er ein stummes Gebet zum Himmel: *Bitte lass sie die nächsten Tage schaffen. Bitte lass sie es bis nach Hause schaffen.*

»Wenn du Sterne in Verbindung mit Gebäuden fotografierst, kannst du ihre Bewegung fühlen. Du spürst beinahe eine *Absicht*. Weißt du noch, wie wir damals die Nordlichter gesehen haben?«

»Du meinst, in Neufundland? Ja, natürlich.«

Sie hatten die Nordlichter schon oft in Algonquin Bay gesehen, aber nie so wie damals in Bonavista Bay. Der halbe Himmel hatte von Lichtschleiern geschimmert – Smaragd- bis Limonengrün, Zinnoberrot. Und plötzlich hatte Cardinal begriffen, was Ehrfurcht heißt.

»Also, es ist ziemlich ähnlich. Der Himmel um Mitternacht

ist eigentlich gar kein Ort. Er ist ein überirdisches Buch. Wir können es noch nicht lesen, ich meine, nicht wirklich lesen. Aber man ahnt, dass es lesbar ist.«

Vor langer Zeit hatten Cardinal und seine Frau einen Code ausgearbeitet. Das war in einer von Catherines besten Phasen gewesen. Sie hatte einige Jahre lang festen Boden unter den Füßen gehabt, und sie hatte in ihrem gesunden Wesen geruht, zu dem vieles gehörte – sie war klug, witzig und großzügig, vor allem aber gutmütig.

Cardinal hatte die günstige Gelegenheit genutzt, um einen Pakt mit ihr zu schließen.

»Cath«, hatte er gesagt, »ich hoffe, du bist mir nicht böse wegen der Bitte, die ich habe, aber ich denke, es ist wichtig.«

»In dem Fall werde ich nicht böse sein«, hatte sie erwidert. Sie hatte sich unter einer Lupe Kontaktabzüge angesehen. Dann hatte sie ihn über den Tisch hinweg angeschaut – ein wenig kurzsichtig von dem Wechsel.

»Ich würde gerne mit dir ein paar Worte verabreden. Einen Code. Einen Satz. Ich weiß nicht, irgendwas. Etwas, das ich zu dir sagen kann, wenn für mich offensichtlich ist, dass du am Rand einer Phase bist. Ich meine nicht, wenn du nur aufgeregt bist. Oder auch, wenn man es noch nicht sagen kann. Ich meine, wenn ich ziemlich sicher bin, dass du dabei bist, die Kontrolle zu verlieren, und es selber noch nicht merkst.«

Catherines Augen trübten sich, und ihre Züge sackten ein wenig herab. Cardinal konnte seiner Frau jeden Anflug von Kummer vom Gesicht ablesen, genauso wie jeden Anflug von Freude. Nichts tat ihm selber mehr weh, als ihr wehzutun. Er dachte, sie würde sauer auf ihn. Er war soeben dabei, ihnen einen glücklichen Abend zu verderben.

»Ich denke, das ist ein ganz und gar vernünftiger Vorschlag.« Catherine beugte sich wieder über ihre Kontaktabzüge.

»Du bist nicht sauer?«

»Nein. Es tut ein bisschen weh, aber das macht nichts.« Ihr Haar war ihr über das Gesicht gefallen. Ihre Stimme war etwas gedämpft. »Und woran hattest du gedacht?«

»Ich weiß nicht. Etwas, das normal klingt, Hauptsache, wir einigen uns darauf, was es heißt.«

Und so hatten sie sich auf etwas verständigt. Cardinal nahm das Telefon in die andere Hand und machte von ihrer Verabredung Gebrauch. »Liebes, ich glaube, es braut sich was zusammen.«

Es braut sich was zusammen. Das war der Satz. Ein paarmal hatte es funktioniert, ebenso oft nicht.

»Nein, da braut sich überhaupt nichts zusammen, John. Alles ist in bester Ordnung.«

»Ich sag dir nur, was ich sehe. Nicht, was du fühlst.«

»Es ist nicht, wie du denkst, John, verdammt. Wie kannst du das zu mir sagen? Jedes Mal, wenn ich wegfahre oder ein bisschen auf eigenen Beinen stehe.«

»Bitte, nimm's nicht so schwer, Liebes. Kannst du dich nicht einfach ein bisschen hinlegen und entspannen, während du dir ehrlich …«

Sie knallte den Hörer auf.

Cardinal nahm eine Dusche und ging zu Bett. Das Buch über die Fallgeschichten lag ungeöffnet auf seinem Nachttisch. Er wusste nicht recht, was er wegen Catherine unternehmen sollte. Tauchte er auf einmal in Toronto auf, würde er sie vor ihren Studenten demütigen. Tat er nichts, konnte es dramatisch schlimmer werden. *Bitte lass sie normal bleiben. Lass sie heil nach Hause kommen.*

22

Ich verschwinde, Dave. Ehrlich, Mann, ich steh auf Lyrik, nicht auf Gewalt. Ja, ich mag Dope. Ja, kostenloses Dope mag ich noch mehr. Aber Leute umbringen – also, da bin ich strikt dagegen. Entschieden und unwiderruflich dagegen.«

Letterman brach in dieses Grinsen aus, bei dem seine Zahnlücke zu sehen war. Der Junge von nebenan, sollte das heißen. Ich würde Sie nie was Heikles fragen.

»Also, Kevin, machen Sie mal 'n Punkt. Wenn Sie gehen wollten, könnten Sie jederzeit da weg. Wieso hängen Sie immer noch mit diesen beiden Psychopathen rum?«

»Ich brauch Zeit zum Nachdenken, Dave. Die Typen lassen mich nicht einfach davonmarschieren. Ich weiß zu viel. Ich muss mir was einfallen lassen, wie ich mich absetzen kann, ohne dass sie sauer sind. Sie haben gut reden – Sie haben nicht durchgemacht, was ich durchgemacht habe. Sie haben nicht mit angesehen, wie Ihr Freund – na schön, Toof war eigentlich kein richtiger Freund –, wie Ihr Partner zuerst in den Kopf geschossen und dann mit einem Baseballschläger totgeschlagen wird. Glauben Sie mir, wenn Sie gesehen hätten, was ich gesehen habe, bräuchten Sie auch einen Schuss. Danke, dass Sie mich in Ihre Sendung eingeladen haben, Dave, aber ich hab noch was zu erledigen, also *adiós, amigo.«*

Kevin war sich plötzlich nicht sicher, ob er sich die Unterhaltung mit Letterman nur ausgedacht oder ob er laut vor sich hin geredet hatte. Er stand draußen im Gebüsch hinter Leons Hütte, und die Mücken fraßen ihn bei lebendigem Leibe. Reiß dich zusammen, mahnte er sich. Du kannst keine Selbstgespräche führen, wenn du gerade in Leons persönliches Depot einbrechen willst. Leon ist nicht mehr einfach nur ein Geschäftspartner, Leon ist ein verdammt übler Typ; genau wie Red Bear.

Wieso also mach ich das hier? Wieso gehe ich dieses wahnwitzige Risiko ein? Nun ja, er kannte die Antwort darauf. Weil ich ein Junkie bin, weil ich high werden muss. Muss mit einem großen M, dankeschön. So wie in »Ich geh drauf, wenn ich mir nicht augenblicklich einen Schuss verpasse«.

In der Hütte war es dunkel; Kevin schlich sich noch ein wenig näher heran. Leon war drüben bei Red Bear. Diese Schweine verbrachten immer mehr Zeit zusammen. Kevins Plan sah vor, sich eine Prise von Leons Vorrat zu stibitzen und augenblicklich zu seinen eigenen Glücksrezeptoren zu transportieren. Nur so konnte er hoffen, diesen Moment irgendwie durchzustehen, der zweifellos der düsterste in seinem Leben war. Das Hauptdepot würde er nicht anrühren.

Das Hauptdepot, ihr Hauptvorrat an Dope, war in einem winzigen, fensterlosen Zementschuppen Richtung Strand versteckt. Leon war für die Sicherheit verantwortlich und hatte die Schlüssel immer dabei.

Kevin stand still und lauschte. Aus der Hütte war nichts zu hören. Aus Red Bears Hütte allerdings genauso wenig, wer konnte also sagen, was sie im Schilde führten? Er dachte an das Blut, das Toof den Rücken hinunterlief, und an die grotesken Stolperschritte, als sein Gehirn die Bewegungen nicht mehr koordinieren konnte.

»Rutsch rüber«, hatte Leon gesagt, als er mit Toof fertig war. »Ich fahre.«

Er warf den Baseballschläger in den Kofferraum seines TransAm und setzte sich hinters Lenkrad. Kevin wich auf den Beifahrersitz aus. Er fühlte noch Toofs Körperwärme auf dem Sitz.

Leon ließ sich Zeit damit, von der Baustelle wegzukommen. Der TransAm lag tief, nicht sehr sinnvoll, die Kiste in die Kraterfurchen eines Löffelbaggers zu setzen. Doch seine Augen leuchteten aufgeregt, und ihm glühten die Wangen, als hätte er gerade ein wichtiges Rennen gewonnen.

»Mann, hast du gesehen, wie der Kerl rumgetorkelt ist? Jetzt weiß ich, wieso es immer heißt, die Leute wissen nicht, wann es Zeit ist, aufzugeben. Zwei Kugeln hab ich ihm in den Kopf verpasst, Mann. Zwei Kugeln! Und der läuft immer noch durch die Gegend. Hast du das gesehen?«

»Öhm ja, hab ich gesehen.«

»Hör mal, ich hab doch kein Blut an den Wagen gekriegt, oder? Hast du was am Armaturenbrett gesehen?«

»Nee, sieht okay aus.«

»Was ist mit dem Sitz? Beug dich mal ’n Moment vor.«

Kevin beugte sich vor.

»Nee, ich denke, wir sind sauber. Alles im grünen Bereich. Die verfluchte Knarre hat nicht viel getaugt, wie’s aussieht. Aber mit dem Schläger hab ich ihm ordentlich eins übergebraten. Glatten Volltreffer gelandet, Mann, Jahrhunderttreffer.«

Als Toof um den Wagen herumstolperte, war ihm das Blut in roten Fäden aus den Schusswunden gelaufen wie rotes Haar.

»Der Scheißkerl musste damit rechnen, Mann. Er wusste, wie der Hase läuft. Man quatscht nicht über unser Geschäft. Mit keinem. Mir war das absolut klar, Kevin. Und wie ist das mit dir? Hast du mit irgendwem gequatscht? Irgendjemandem gesteckt, dass wir die Scheiß-Viking-Riders beklaut haben?«

»Eh, nein. Ich hab mit keinem gequatscht.«

»Sag ich doch, Mann. Ich auch nicht. Das ist eben das Problem mit Toof. Bei dem kannste dir den Mund fusselig reden, der kapiert nix, ist einfach zu blöde. Toofie-Doofie.«

»Ja«, sagte Kevin, »Toofie-Doofie.«

Leon sah ihn von der Seite an. Seine Augen leuchteten.

»Hab dir ’n ganz schönen Schrecken eingejagt, wetten?«

»Du hast mich jedenfalls überrascht, Leon.«

»Klar, du hast dir vor Angst in die Hosen gemacht. Gib's zu.«

»Ich hab mir vor Angst in die Hosen gemacht. Du hast recht.« *Mach ich immer noch, ich mach mir immer noch vor Angst in die Hosen.*

»Keine Sorge, Kev, du gewöhnst dich dran. Hör einfach nur auf Red Bear, Mann, der hat's echt drauf. Du gewöhnst dich an vieles. Man tut einfach, was zu tun ist. Toof kannte die Regeln. Er hat alles aufs Spiel gesetzt und verloren.«

»Haushoch verloren.«

»Nur gerecht«, sagte Leon. »So 'n Plappermaul kann uns alle Kopf und Kragen kosten.« Er bog auf den Highway 11 ab und startete durch, so dass der Doppelauspuff dröhnte und der TransAm Richtung Süden bretterte.

»Nur gerecht«, wiederholte Leon. »So muss man die Sache sehen.«

Süchtige lernen früh, sich alle Möglichkeiten offen zu halten. Deshalb wusste Kevin, dass Leon einen Privatvorrat unter einem Dielenbrett in seiner Hütte versteckt hatte. Das war auch der Grund, weshalb Kevin, als Leon einmal wegen irgendetwas den Raum verließ, sein Fenster von innen entriegelt hatte. Es war nachts immer noch zu kühl, hier draußen am See, um bei offenem Fenster zu schlafen. Und sie hatten keine Fliegengitter. Ein offenes Fenster war eine Einladung an die Mücken, die um Kevins Kopf und Hals herumschwirrten.

Das unverriegelte Fenster befand sich an der Rückseite; dort war er von Red Bears Hütte aus nicht zu sehen. Kevin öffnete das Fenster zwanzig bis fünfundzwanzig Zentimeter. Er zwängte sich hindurch und ließ sich mit den Händen zuerst auf den Boden herunter.

Er ging unverzüglich zu der Diele unter Leons Bett und hob sie an. Dort lagen genügend Pergamentbriefchen mit

Stoff, um eine Herde Elefanten flachzulegen, doch Kevin nahm nur eins. Er tauschte es gegen ein anderes, das er präpariert hatte und das nichts Gefährlicheres als Puderzucker enthielt. Irgendein Junkie würde eine herbe Enttäuschung erleben.

Toofs Gesicht. Die verdrehten, bestürzten Augen. Das Geräusch, als sein Schädel unter dem Holz einbrach. Kevin würde dieses Geräusch nie vergessen. Bei der Erinnerung zitterten ihm derart die Beine, dass er Schwierigkeiten hatte, aus dem Fenster zu klettern. Er ließ sich draußen auf den Boden fallen und hätte sich beinahe den Knöchel gebrochen.

Hastig rannte er durchs Gebüsch in seine eigene Hütte zurück. Er wollte nicht Leon über den Weg laufen, wenn der gerade von Red Bear zurückkam. Dem neuen Leon. Er wusste, dass es in Leons Vergangenheit Gewalt gegeben hatte, er hatte ein paarmal darauf angespielt. Und er hatte mitangesehen, wie er diesen Kerl im Pub entsetzlich zusammengeschlagen hatte. Doch jetzt war es, als hätte Red Bear ein niederträchtiges Geschöpf zum Leben erweckt, das bis dahin in Leons Brust geschlummert hatte. Das Ungeheuer.

Kevin rannte den Mücken davon und schloss die Tür seiner eigenen Hütte hinter sich ab. Muss hier raus, ganz entschieden raus. Aber zuerst mal brauch ich ein bisschen Ruhe, muss ich klar sehen, Mann.

Er zog den Löffel hervor, den er in der Wand versteckt hatte, und kochte die Schore mit seinem Feuerzeug. Er zog seine Spritze mit der milchigen Flüssigkeit auf, und diesmal war klar, wohin damit. Mit geübtem Griff zog er den Gürtel um seinen Bizeps enger, pumpte eine dicke Vene hoch und stieß die Nadel hinein. Als er den Gürtel lockerte, überschwemmte das Heroin sein Gehirn in einem Megatonnen-Orgasmus.

Ein paar Minuten später versteckte er sein Zubehör und legte sich ins Bett. Er rollte sich ein und steckte die Hände zwischen die Knie. Die reine Wonne durchströmte jeden Nerv in seinem Körper. Sein Bauch fühlte sich wie von Opium und geschmolzener Schokolade überflutet.

»Kevin, kommst du mit?«, sang Terris Stimme in seinen Ohren, und Kevin wünschte sich zum hundertsten Mal, seine Schwester würde heiraten und ihn in Frieden lassen.

»Kevin, kommst du mit?« Dieser flehentliche Blick in ihren ach so grünen Augen. Er fühlte ihre Liebe und Sorge wie eine Woge, die ihn trug.

»Ach, Terri«, stöhnte er. »Lass mich in Frieden, okay?« Doch vom Heroin musste er kichern.

Freudenschauer liefen ihm in trägen Wellen den Rücken herunter. Sein Bewusstsein war wie das durchsichtige Meeresblau der Bahamas. In diesem Himmel war für Angst und Schuldgefühle kein Platz.

Fast verloren in diesem blauen Ozean erschien eine winzige dunkle Gestalt wie ein Insekt, das über einen Fernsehbildschirm krabbelt. Doch es war ein Mann, ein winziger Mann, der Kevin wie vom falschen Ende eines Fernrohrs aus zuwinkte.

Kevin lächelte. Gute Neuigkeiten, der Kerl brachte gute Neuigkeiten. Auch wenn er die Worte nicht ganz verstand, wusste er, dass es gute Neuigkeiten waren.

Der winzige Mann rief ihm etwas zu. Winkte und rief aus der blauen Ferne. Es kam ihm so vor, als wäre dieser Winzling ein Gestrandeter und Kevin ein vorüberfliegender Düsenjet. Auch wenn er das Gesicht nicht erkennen konnte, wusste er, es war Toof.

Toof rief ihn aus der blauen Unermesslichkeit. Toof sagte ihm, er solle sich keine Sorgen machen. Es sei gar nicht so schlimm, tot zu sein. Eigentlich ganz okay. Kein Grund zur Sorge, Kevin. Kein Grund, sich aufzuregen. Dem alten Toof ging's ganz gut, Mann. Alles war gut.

23

Bist du sicher, dass er tot ist?«, fragte Red Bear. »Ich kann keine Überraschungen brauchen.«

»Er ist mausetot.« Leon drehte die Stereoanlage ein bisschen lauter, ein Marantz, Top-Modell. Und REM, oh Mann, Erfahrung zählte eben 'ne Menge. Diese alten Bands waren nicht zu schlagen. »Musste ihm allerdings am Ende noch einen mit dem Baseballschläger überziehen.«

»Und? Kannst du damit leben?«

»Sicher. Kein Problem.« Leon zuckte die Achseln. »Bei dem Mädchen war's noch ein bisschen schwieriger. Ich gewöhn mich dran.«

»Und diesmal hast du es woanders gemacht, will ich hoffen. Du bist doch nicht wieder zum Wasserfall zurück?«

»Nee. Wir sind Richtung West Rock rausgefahren.«

Sie lagen in voller Montur auf dem riesigen Bett, das Red Bear von Toronto hatte raufbringen lassen. Teak oder so, ein Himmelbett mit jeder Menge Schnitzereien. Red Bear hatte die einzige Hütte mit mehr als einem Zimmer, und er hatte sie sich schön eingerichtet. Lampen mit scharlachroten Seidenschirmen tauchten den Raum in rotes Licht und verliehen ihm eine gewisse Atmosphäre, wie im Film.

Neben dem Fenster stand eine riesige Frisierkommode, mit Kristallkerzenleuchtern und Silberhaarbürsten, die Red Bear benutzte, bis seine Haare glänzten.

Sie hatten ein paar Joints geraucht. Aus irgendeinem Grund hatte Red Bear keine Probleme mit Gras. Er wollte nur nicht, dass sie die harten Drogen nahmen. War außerdem echt gut, das Zeug.

Die Musik waberte schmeichelnd wie Rauchkringel in der Luft.

Red Bear drehte sich auf die Seite und packte Leon am Bizeps. Leon hatte sich noch nie von einem Mann anfassen lassen. Bei Red Bear war irgendwie nichts Schwules, nichts Weibisches daran.

»Danke für deine Loyalität, Leon. Ich glaube, du weißt, wie viel mir Loyalität bedeutet.«

»Klar, mir auch.«

Red Bear starrte ihm in die Augen. Leon hielt das nicht lange aus und sah weg.

»Ich hab eine Frage«, sagte Leon. »Wegen des Mädchens. Und jetzt Toof.«

»Raus damit.«

»Wieso hast du mit ihnen nicht dasselbe gemacht wie mit Wombat? Du hast sie nicht leiden lassen. Hast sie nicht in Stücke geschnitten.«

»Du klingst enttäuscht.«

»Vielleicht.«

Red Bear deutete zur Decke. »Der Mond. Der Mond nimmt im Moment nicht zu, er nimmt ab. Ein Opfer darf nur bei zunehmendem Mond vollzogen werden.«

»Wieso?«

»Wenn du jemanden bei abnehmendem Mond tötest, wird sein Geist danach Macht über dich haben. Das ist das Gegenteil von dem, was du willst.«

»Na großartig. Dann hat der Geist der beiden jetzt also Macht über mich? Ich werde heimgesucht?«

»Keineswegs. Du hast sie ja nicht geopfert. Du hast die Geister nicht angerufen. Und du hast es mit meinem Segen getan. Unter meinem Schutz. Und jetzt werde ich diesen Schutz hundertprozentig verstärken. Zieh dein Hemd aus.«

Leon setzte sich auf und streifte sich das Hemd über den

Kopf. Red Bear ging zur Kommode und kam mit einem geschnitzten Holzkästchen zurück. Er machte es auf und holte eine Kette mit einem Goldamulett heraus.

»Heftig, Mann«, sagte Leon. »Was haben die Symbole zu bedeuten?«

»Ich hab es mit der Kraft von Oggun geweiht.«

Red Bear hängte Leon die Kette um den Hals. Das Amulett fühlte sich kalt an der Brust an.

»Oggun ist derjenige, der über Eisen herrscht, oder?«

Red Bear lächelte. »Nicht nur Eisen. Alle Metalle. Zum Beispiel Blei. Das Amulett wird dir die Kraft des Goldes verleihen, seine Reinheit, seine Stärke, seine Geschmeidigkeit. Trag sie, und Geschosse können dir nichts anhaben. Sie werden durch deinen Körper hindurchgehen, ohne auch nur Spuren zu hinterlassen.«

»Wow, klingt phantastisch.« Leon fühlte, wie sich das Gold auf seiner Haut erwärmte. Er holte tief Luft und konzentrierte sich, um die Reinheit, die Stärke und die Geschmeidigkeit in sich aufzunehmen.

»Jetzt bist du kugelsicher«, sagte Red Bear. »Du hast nichts zu befürchten, mein Freund.«

Eine Zeit lang lagen sie schweigend da. Die Musik hatte gewechselt. Eine Frau sang schmachtend davon, ihren Frieden zu finden.

Der Song gab Leon einen kleinen Stich. Red Bear sagte etwas zu ihm.

»Was? Was hast du gesagt?«

»Ich hab gefragt, ob es dich bedrückt. Eine Frau getötet zu haben.«

Leon überlegte einen Moment. Red Bear hatte was, dass man ihm die Wahrheit sagen musste. Diese seltsamen Augen gaben einem das Gefühl, dass er die Wahrheit bereits kannte.

»Ja. Ich hab danach gezittert. Ich hatte Angst. Vielleicht,

weil sie eine Frau war, ich weiß es nicht. Deshalb hab ich sie an derselben Stelle erledigt, wo du Wombat erledigt hast. Frau. Mann. Wieso soll das eigentlich einen Unterschied machen? Ist ja nix Besonderes an Frauen. Bin ihnen nichts schuldig, die haben mir immer das Gefühl gegeben, ein Versager zu sein, haben mir 'ne Menge Ärger gemacht. Tut mir nur wegen Kevin leid. Der Junge ist in Ordnung. Ich will nicht, dass er davon erfährt.«

Red Bear tippte Leon sacht auf die Brust. Es fühlte sich an, als ob jemand an eine Schlosstür donnert, laut und schallend, als klopfte das Schicksal an die Tür.

»Da haben wir wieder deine Loyalität«, sagte Red Bear. »Das bewundere ich so sehr an dir.«

»Kevin sollte es besser nicht erfahren. Er und seine Schwester standen sich nahe.«

»Er kommt drüber weg. Wie hat er auf Toof reagiert?«

»Hatte Angst. Genau wie ich das erste Mal.«

»Ich werd ihn beruhigen. Aber jetzt will ich, dass du still liegst. Ich hab noch eine kleine Belohnung für dich.«

Red Bear stand auf und zog seinen Sweater aus. Er war muskulös, wenn auch kaum größer als Leon. An seinem Rücken bildeten zwei lange Narben von den Schultern bis zum Steißbein ein V.

»Wie bist du an diese Narben gekommen?«, fragte Leon. »Sieht nicht nach einem Unfall aus.«

»Das spielt jetzt keine Rolle.«

»Ich hab dir auch von meinen erzählt.«

Red Bear lächelte und trat aus seiner Tunnelzughose. »Vielleicht erzähl ich dir mal davon, aber jetzt haben wir was anderes vor.«

Red Bear ging zur Tür und rief nach jemandem. Wenig später kam eine zierliche blonde Frau herein, nackt. Sie hatte kleine Brüste, ein wundervolles Lächeln. Sie sah nach einer

Russin aus, mit tief liegenden Augen und breiten Wangenknochen.

»Das ist Mira«, sagte Red Bear.

Mira kam herüber und setzte sich aufs Bett. Sie ergriff Leons Gürtel und öffnete die Schnalle.

»Und das ist Katya.«

Eine zweite Frau kam herein, ein dunklerer Typ, mit größerem Brustumfang und wie ihre Kollegin nackt.

»Irgendwie«, sagte Red Bear, »habe ich nicht das Gefühl, dass du dich bei diesen Damen wie ein Versager fühlen wirst.«

24

Red Bear erinnerte sich auf den Tag, die Stunde, die Minute genau daran, wie er diese Narben bekommen hatte. Es war sein einundzwanzigster Geburtstag gewesen. Onkel Victor nahm ihn in den Geräteschuppen mit. Bis auf den heutigen Tag wusste niemand außer ihnen beiden, was sich in dem kleinen Betonschuppen abgespielt hatte, der wie ein Zwerg im Schatten der Hochhausriesen stand. Wer hätte geahnt, welch magische Kräfte vom Hinterhof eines Sozialwohnbaukomplexes in Toronto ausgingen, einer Stadt, die mit Magie so wenig anzufangen wusste.

Victor führte ihn zu dem Geräteschuppen, verband ihm die Augen und lotste ihn hinter die Rückwand in seinen Tempel. Zu dem Zeitpunkt machte der Gestank Red Bear oder Raymond, wie er bis dahin geheißen hatte, nichts mehr aus. Ihm wurde nicht übel davon, sondern im Gegenteil: Der Geruch beschleunigte seinen Puls. Onkel Victor hatte ihn auf diesen Tag vorbereitet, ihn jahrelang ausgebildet und ihn dem schwarzen, pochenden Herzen von Palo Mayombe immer näher gebracht. Raymond fühlte das Pulsieren ringsum, den Herzschlag der Magie.

»Heute ist der wichtigste Tag in deinem Leben, Raymond.«

Onkel Victors keuchende, geisterhafte Stimme klang wie ein Kazoo. »Heute mache ich dich zum Priester von Palo Mayombe. Denk dran, du musst diesen Schritt nicht tun. Jetzt ist noch Zeit, es dir zu überlegen.«

»Ich weiß. Ich will es, Onkel.«

»Bist du dir sicher?«

»Ich bin mir sicher. Es gibt nichts, was ich mir mehr wünsche.« Raymond alias Red Bear atmete den Geruch von Kerzenwachs, exotischen Kräutern wie Fingerkraut und Wermut und in erster Linie fauligem Fleisch tief ein.

»Also gut. Zwei Dinge werden heute passieren. Als Erstes wirst du deine Seele aufgeben. Und zweitens wirst du ausgestrahlt. Du weißt, was das bedeutet?«

»Ja, Onkel. Meine Seele stirbt. Für mich wird es daher weder ewige Seligkeit noch ewige Verdammnis geben. Aber ich werde mehr Freiheit besitzen als irgendjemand sonst unter der Sonne: Ich habe die Freiheit, andere Seelen zu nehmen.«

»Und ausgestrahlt zu werden?«

»Ausgestrahlt zu werden bedeutet, dass ich den Schmerz der Narben im Gegenzug für Palo Mayombes Licht und Macht auf mich nehme.«

»Und du unterziehst dich diesen Dingen aus freien Stücken?«

»Ja.«

»Hat dich irgendjemand dazu gezwungen?«

»Nein.«

»Und dir ist klar, dass dies, wenn es einmal vollzogen ist, nicht rückgängig gemacht werden kann?«

»Ja.«

»Nun gut. Dann fangen wir an.«

Raymond hörte, wie sein Onkel das zeremonielle Messer aus der Scheide zog. Es folgte das Geräusch von Eisen gegen Schleifstein. Dann fesselte der Onkel seine Handgelenke mit den Ledermanschetten, die an der Decke hingen. Raymond bekam einen trockenen Mund. Sein ganzer Körper bebte.

Diese keuchende Stimme, rau wie Schmirgelpapier, hob jetzt zum Sprechgesang seiner selbst erwählten Religion, Palo Mayombe, an.

Dann die erste sengende Berührung der Klinge.

Wer kann die vollständige Rezeptur aufzählen, alles, was dazugehört, ein Monster zu erschaffen? Eine Leiche, das Hirn eines Mörders, ein Blitzstrahl – der verrückte Wissenschaftler legt einen Schalter um, in tote Adern kommt plötzlich Leben, und das Böse treibt sein Unwesen auf Erden. Der Fall Red Bear ist prosaischer.

Lange bevor Red Bear Red Bear war, hieß er Raymond Beltran, Sohn einer Teenager-Prostituierten namens Gloria Beltran, die in der großen Emigrationswelle von 1980 mit anderen, im eigenen Land missliebigen Kubanern in die USA verschifft wurde. Klein Raymond war damals acht Jahre alt, und war schon sein Leben in Havanna ungewiss gewesen, so war das nichts im Vergleich zu der Odyssee, die vor ihm lag.

Glorias erste Station war Miami, zusammen mit den weit über hunderttausend Kubanern in diesem Exodus. Sie zog zu einem Cousin, der sie rauswarf, als er nach Hause kam und Gloria dabei erwischte, wie sie ihr Gewerbe auf der Wohnzimmercouch ausübte, Klein Raymond keine drei Meter entfernt im Nebenzimmer. Ihre nächste Station führte sie zu einem Onkel, einem wesentlich älteren und offenbar viel toleranteren Mann. Unglücklicherweise musste sie aus grundsätzlichen Erwägungen heraus weiterziehen, als der Onkel darauf bestand, dass sie ihre Miete in Naturalien bezahlte. Die Liste der folgenden Adressen war lang: zwei Wochen hier, drei Monate dort, jede Kellerwohnung schlimmer als die letzte.

Als sie zu Inigo Martinez zogen, einem Drogendealer, der, vom mörderischen Konkurrenzkampf in Miami zermürbt, sein Augenmerk auf den grenzenlosen Markt von Kanada richtete, kehrte für Gloria und Raymond so etwas wie eine Verschnaufpause ein. Und so kam es, dass Raymond Beltran in einer Sozialwohnung in einem Komplex namens Regent Park aufwuchs, im Osten des Zentrums von Toronto.

Jedes Mal, wenn die Regierung eine Volkszählung veranstaltet, erweist sich Regent Park als das ärmste Viertel in Toronto. Die meisten Bewohner sind erst vor kurzem eingewandert und versuchen, ihren Träumen ein winziges Stück näher zu kommen. Viele sind alleinerziehende Eltern, die von der Wohlfahrt leben; fast alle achten das Gesetz. Nicht so Inigo Martinez. Er war auch kein erfolgreicher Geschäftsmann, denn seine Vorstellung von Kanada als einem grenzenlosen Markt für Drogen erwies sich als ein Irrtum. Ein solch fataler Irrtum, genauer gesagt, dass ein verärgerter Konkurrent ihn eines Tages vom Dach eines Hochhauses an der Eastside werfen ließ.

Gloria konnte die Ausweisung verhindern, indem sie einen Kanadier kubanischer Herkunft dazu brachte, sie zu heiraten. Gegen ein bescheidenes Entgelt war er bereit, zu einer Reihe Einwanderungsbefragungen zu erscheinen, sich auf ihrer »Hochzeitsreise« fotografieren zu lassen und dergleichen mehr. Nachdem ihr Familienstand gesichert war, versuchte Gloria, ihn zu Kindergeldzahlungen zu zwingen, doch er verschwand aus ihrem Leben, wie es Leute, die bei Sinnen waren, schon immer getan hatten.

So blieb ihr nichts weiter übrig, als Raymond mit der Stütze, die sie vom Sozialamt bekam, sowie den Einkünften aus ihrem alten, liegenden Gewerbe großzuziehen. Natürlich beschwerten sich die Nachbarn, und die Polizei schaute regelmäßig vorbei. Das Katholische Kinderhilfswerk zerrte sie regelmäßig wegen Kindesvernachlässigung vor das Provinzgericht in der Jarvis Street. Nachdem sie selber das letzte Mal mit vierzehn auf einer Schulbank gesessen hatte, sah Gloria keinen Grund, wieso das bei ihrem Sohn anders sein sollte; sie hatte ihn lieber bei sich in der Wohnung.

Neben dem Einfluss seiner Mutter war die andere prägende Kraft in Raymond Beltrans Jugend – der Blitzstrahl, der mit einem Schlag das latente Mörderhirn zum Leben erweckte – die Hexerei.

Hexerei, oder genauer gesagt *brujería*, begegnete Raymond in der Gestalt von Victor Vega, einem Landsmann aus Kuba, der dem Jungen ungefähr hundert Jahre alt schien. Vega war hager, knorrig und gebeugt. Er zog ein Bein nach, Hinterlassenschaft eines Autounfalls vor langer Zeit. Sein braunes Gesicht war wie eine Karikatur aus Brauen und Wangenknochen. Alles in allem ein wenig anziehendes Äußeres für einen Mann, der allen, die wussten, was er war, Respekt, ja Furcht einflößte.

Vega war Medizinmann, ein *patrón* des Palo Mayombe – einer Religion, die den bekannteren Voodoo und Santeria ähnlich ist, afrikanischen Glaubenssystemen, deren Götter sich als christliche Heilige tarnen. Wie seine beiden Schwesterreligionen befasst Palo Mayombe sich mit Magie, doch in den Händen von Victor Vega war es Magie der schwärzesten Sorte.

Er lebte am anderen Ende des Flurs, auf dem auch Gloria und Raymond wohnten; sie begegneten sich oft im Fahrstuhl, grüßten einander auf Spanisch und tauschten sich über das Wetter aus, nicht viel mehr als das. Doch der alte Mann sah sie stets neugierig an, als ob er sie irgendwoher wiedererkenne. Als sie eines Tages auf den Fahrstuhl warteten, sagte Victor: »Wie ich sehe, sind Sie Anhängerin von Santeria.« Er deutete mit einem sehnigen Finger auf einen riesigen geschnitzten Armreif an Glorias Handgelenk.

»Ich zünde meine Kerzen an«, sagte Gloria. »Ich bitte hier und da um Führung.«

»Kennen Sie Mayombe?«

»Ja, ich hab einen Cousin, der *patrón* ist. Meine Eltern glaubten allerdings nicht daran, deshalb hab ich nicht viel darüber erfahren.«

»Trotzdem habe ich gesehen, dass Sie es sozusagen in der Familie haben.«

»Tatsächlich?«

»Die Augen Ihres Sohnes. Er hat die Art von Augen, die in die Zukunft sehen können.«

»Na ja, das stimmt, er weiß manchmal Dinge, die er eigentlich nicht wissen kann.« Sie sah Raymond an. »Selbst als kleiner Junge, Raymond. Selbst als du klein warst, hatten die Dinge, die du gesagt hast, oft die seltsame Angewohnheit, wahr zu werden. Ich weiß noch, wie du – vor vielen Jahren, damals in Havanna – auf die Mulattin Lena Lindo gezeigt hast und gesagt hast: ›Aber die ist tot, diese Frau.‹ Und am nächsten Tag war sie tatsächlich tot.«

»Das hab ich in einem Traum gesehen«, sagte Raymond. »Ich dachte, es wäre wirklich so.«

»Ja, natürlich«, entgegnete der alte Mann. »Natürlich hast du das. Aber jetzt will ich dir etwas sagen, etwas, das auch wahr ist: Eines Tages wirst du ein *patrón* sein.«

»Das glaube ich nicht«, sagte Gloria. »Raymond ist kein religiös veranlagter Mensch.«

»Oh doch, das ist er, auch wenn er es vielleicht noch nicht weiß. Aber das sieht man an seinen Augen. Eines Tages wird er der mächtigste *patrón* sein, den wir je gesehen haben.«

Von dem Tag an kamen die drei sich näher. Vega entfaltete ein wohlwollendes Interesse an dem Jungen, er nahm ihn zu Blue-Jays-Spielen mit und brachte ihm bei, Autos zu reparieren und alle möglichen Motoren. Noch nie hatte Raymond von einem Erwachsenen so nachhaltig Aufmerksamkeit bekommen, und er blühte darin auf. Er verstand sich besser mit dem alten Mann als mit Jungen in seinem Alter, und Gloria freute sich, dass er Zeit mit jemandem aus ihrer Heimat verbrachte. So entstand eine enge Freundschaft zwischen den dreien.

Victor bezahlte Raymond oft dafür, dass er ihm bei seiner Arbeit half. Denn der alte Mann war nicht nur Medizinmann, sondern auch so etwas wie ein Gärtner für das Gelände um den Block. Von außen besehen, war sein Geräteschuppen nicht mehr als ein voll gestopfter Betonkasten mit einer Metalltür und einem Wellblechdach. Er war stets sorgfältig abgeschlossen, wenn Victor nicht drinnen war; niemand sonst hatte einen Schlüssel. Wäre irgendeiner der Teenager in der Nachbarschaft auf die Idee gekommen, einzubrechen, hätte er das gewöhnliche Sortiment an Gartenscheren, Rasenmähern, Heckenscheren, Handschuhen und Schläuchen gefunden.

Doch es brach nie jemand ein, und es würde wohl auch nie dazu kommen, da es in dem Schuppen so übel roch. Die ganze Rückwand entlang war säckeweise Schafs- und Kuhdung gestapelt, und im Sommer stank es zum Himmel.

Das war also Raymonds erster Eindruck – dieser atemberaubende Gestank, der einem entgegenschlug. Die Lungen verschlossen sich in einer Art Selbstschutzmechanismus, und es würgte einen im Hals. Die ersten paar Male, die er über die Schwelle trat, packte ihn gnadenlos die Angst – eine solch heftige Angst, dass es ihm den Magen umdrehte, noch bevor Victor das Hinterzimmer, das Geheimzimmer, seinen »Tempel« öffnete.

Sooft Raymond und Victor zusammen waren, sprach der alte Mann von Magie. Er lehrte ihn, dass man die Ereignisse in dieser Welt mit Hilfe von jenseitigen Geschöpfen zu beeinflussen vermochte. Dazu musste man lediglich wissen, wie man sie beherrschen konnte. Dieses Wissen, machte Victor ihm klar, konnte er vermitteln. Raymonds Interesse an Magie erwachte immer mehr, und er lag Victor in den Ohren, ihn zu unterrichten. Irgendwann erklärte sich Victor einverstanden, ihm seinen Tempel zu zeigen.

An diesem ersten Tag – Raymond war noch keine zwölf – hockte sich Victor neben ihn und packte ihn hart an der Schulter. Sein Atem roch nach Zwiebeln, doch das war nichts im Vergleich zu dem Gestank in diesem Schuppen.

»Mein kleiner Raymond«, sagte er. »Was ich dir jetzt zeigen werde, ist ein großes Geheimnis. Du hast gesagt, du willst etwas über Magie erfahren. Du willst lernen, wie man die Geister befehligt. Sie sich zu Nutze macht, um den Menschen, die man liebt, deiner Mama und mir, Gutes zu bringen. Wie man sich vor Feinden schützt. In der Zukunft liest. Bist du immer noch an diesen Dingen interessiert?«

»Ja, Onkel.« Victor hatte ihm gesagt, er solle ihn Onkel nennen, und inzwischen kam es ihm ganz selbstverständlich über die Lippen. »Onkel, wieso riecht es hier so schlimm?«

»Wenn du die Magie verstehst, wirst du wissen, dass das ein guter Geruch ist, kein Gestank. Aber willst du mir jetzt genau zuhören?«

»Ja.«

»Weil das, was ich dir jetzt zu sagen habe, das Wichtigste ist, was du je von mir hören wirst. Ich wiederhole: Was ich dir jetzt zeigen werde, ist ein großes Geheimnis. Es ist so geheim, dass ich dich töten werde, falls du jemals irgendeinem Menschen von dem, was du hier drinnen siehst oder was ich hier drinnen tue oder was du hier drinnen tust, erzählst. Hast du mich verstanden? Ich werde dich töten, Raymond.«

Onkel Victors braunes, wie eine Walnuss zerfurchtes Gesicht kam näher. Seine schwarzen Augen sahen ihn forschend an, und Raymond wusste, dass der Alte seine Angst sehen konnte.

»Ich sag's keinem, Onkel.«

»Ich liebe dich, mein Kind, aber wenn du darüber redest, werde ich nicht mehr zögern, dich zu töten, als ein Schlachter beim Schwein. Du wirst sterben, du wirst begraben, und deine Mutter wird endlos Tränen um dich vergießen und nie wieder glücklich sein. Das willst du doch nicht, oder?«

»Nein, Onkel.«

»Wenn also jemand zu dir sagt: ›Hey, dieser Victor ist ein seltsamer alter Vogel. Was treibt der denn so in seinem Gartenschuppen?‹, was sagst du dann?«

»Ich sage gar nichts.«

»Vielleicht zwingt derjenige dich aber, etwas zu sagen. Was wirst du ihm sagen, wenn er dir den Arm verrenkt und dir wehtut, um dich zum Reden zu bringen?«

»Ich sag ihm, ich weiß nicht, was du hier drinnen tust?«

»Nein, du sagst ihm Folgendes: ›Onkel Victor bewahrt da drin seine Gartengeräte auf.‹ Das ist alles. Kein Wort mehr. Schließlich ist es die Wahrheit. Niemand kann behaupten, du lügst. Was sagst du also?«

»Onkel Victor bewahrt da drinnen seine Gartengeräte auf.«

Die knöchernen Finger packten ihn an der Schulter; sie fühlten sich wie die Krallen eines Habichts an. »Gut, Raymond. Du bist ein guter Junge. Du bist würdig, Magie zu lernen. Und jetzt will ich dir meinen Tempel zeigen.«

Victor schob seinen Fuß unter ein Gestell mit Düngersäcken und trat auf ein Pedal. Etwas klickte, und die Rückwand drehte sich in einer Angel. Der Gestank wurde zehnmal schlimmer, und Raymond würgte.

»Schon gut«, sagte Victor. »Du gewöhnst dich an den Geruch. Mit der Zeit wirst du ihn lieben. Es ist der Geruch der Macht.«

Es war ein winziger Raum und stockdunkel außer einer einzigen roten Glühbirne, die an der Decke brannte. Als sich Raymonds Augen an das Dämmerlicht gewöhnten, sah er, dass der Raum sehr spärlich ausgestattet war: ein großer Tisch, ein Beil und eine Reihe Messer an der Wand. Die Wand selbst war mit Symbolen bemalt, die er nicht verstand. Mitten auf dem Tisch stand ein großer Eisentopf, mit einem Köcher langer Stöcke darin, die so gerade wie Pfeile waren.

Er sah ein Huhn, das an einem Bolzen im Tisch festgebunden war, die schwarzen Augen voller Furcht.

Victor deutete auf den Eisentopf.

»Die Quelle meiner Macht«, sagte Victor. »Sieht nach nichts Besonderem aus, nicht wahr?«

Raymond spürte, dass keine Antwort erwartet wurde. Sein Onkel streckte die Hände nach ihm aus, um ihn hochzuheben. Raymond zuckte zurück.

Victor beugte sich herab und sprach in sanftem Ton.

»Du hast nichts zu befürchten, mein Kind. Nichts. Das hier untersteht meiner Kontrolle. Du wirst lernen, diese Gefühle der Angst zu ignorieren. Irgendwann wirst du gar nichts mehr fühlen, und glaub mir, es ist ein großer Vorteil in dieser Welt, nichts zu fühlen. Und fürs Erste einmal sollst du wissen, dass ich dich beschützen werde. Ich werde nicht zulassen, dass dir irgendetwas zustößt. Nicht das Geringste.«

»Ich will nach Hause, Onkel.«

»Dafür ist es zu spät, Raymond. Bleib an meiner Seite, und dir stößt nichts Schlechtes zu.«

Er hob Raymond hoch und stellte ihn auf eine Apfelkiste, so dass der Junge in den Topf schauen konnte. Darin befand sich eine faulige, geronnene Flüssigkeit mit undefinierbaren festen Bestandteilen, die darin schwammen.

»Nganga«, sagte Victor. »Man nennt das hier *nganga*. Hier kommen die Dinge rein, die wir den Göttern darbringen. Wenn wir zum Beispiel von Oggun etwas wollen, dem Gott des Eisens, dann geben wir vielleicht einen Schienenbolzen hinein, oder auch ein paar große Nägel. Geht es um eine Gunst von Ochosi, dem Gott der Jäger, dann mag eine Pfeilspitze das Richtige sein.«

»Aber es gibt doch nur einen Gott, oder, Onkel?«

Das braune Gesicht wiegte sich nach links und rechts.

»Das ist eine völlig andere Religion. Ich lehre dich eine viel ältere, viel mächtigere Religion. In den christlichen Religionen, ja, da gibt es nur einen Gott. In Palo Mayombe gibt es viele. In diesen *nganga* kommen auch die Dinge, die wir brauchen, um die Geister zu beherrschen. Geistige Wesen, musst du wissen, haben keine Macht über Menschen, es sei denn, wir verleihen sie ihnen. Sie sind Gefäße, sie lassen sich hierhin und dorthin treiben, bis wir ihnen Macht verleihen. Wir – das heißt die Medizinmänner – geben ihnen Leben. Wir hauchen ihnen Atem ein und verleihen ihnen die Fähigkeit, zu sehen, zu hören, sich an bestimmte Orte zu begeben, Dinge zu greifen.« Victor öffnete die sehnige Faust und schloss sie wieder vor Raymonds Augen.

»Woher kommen die Geister?«

»Von Lebewesen. Tieren. Manchmal auch Menschen. Wir befördern sie auf eine Weise aus dieser Welt in die nächste, dass wir dort über sie gebieten. Dann müssen sie uns gehorchen. Sie arbeiten für uns, verstehst du. Verbanne alle Angst aus deinem Kopf und beobachte nur, was ich tue. Nur Medizinmänner haben dieses Recht, diese Macht. Und jetzt sei still. Verbanne alle Furcht und sieh einfach nur zu, was ich mache. Wir werden etwas Nettes für deine Mutter tun. Wir werden Oggun bitten, ihr etwas Hübsches zu bringen.«

Damit drehte sich Victor zum *nganga* um und breitete wie ein katholischer Priester über dem Altar die Hände aus. Er begann, in einer Sprache zu reden, die Raymond nicht verstand. Er wusste, dass es kein Spanisch oder Englisch oder Französisch war.

»Bahalo! Semtekne bakuneray pentol!« Victor wandte sich zu Raymond um und sagte flüsternd, aber deutlich: »Du musst immer in festem Ton mit ihnen reden. Wir flehen nicht

auf Knien wie die Christen und die Muslime. Wir *verlangen* etwas von ihnen, wir *geben ihnen Befehle.*«

Victor hob noch einmal die Arme über den Kessel.

»Bahalo. Seeno temtem bakuneray pentol!«

Victor nahm das Beil von der Wand, packte das Huhn und trennte ihm mit einem einzigen Schlag den Kopf vom Hals. Er warf ihn in den Topf. Das kopflose Huhn zerrte an seiner Schnur und rannte hin und her, ohne zu merken, dass es nicht mehr am Leben war.

Raymond fing zu weinen an. Er versuchte aufzuhören, doch er konnte nicht; sein ganzer Körper bebte vor Schluchzen.

Victor packte das Huhn an den Klauen und löste die Schnur. So hielt er den sich immer noch wehrenden Körper über den *nganga*, und das warme Blut spritzte in die Flüssigkeit. Er sprach weitere unverständliche Worte, doch dann drehte er sich zu Raymond um und packte ihn an beiden Schultern. »Hör augenblicklich auf zu weinen, Raymond. Verstehst du? Hör auf zu weinen.« Die knöchernen Hände schüttelten ihn. »Wenn du Angst zeigst, gibst du den Geistern Macht über dich. Das darf nie geschehen. Sei jetzt still. Hol tief Luft und zeig ihnen, dass du die Situation beherrschst.«

Raymond gab sich alle Mühe, doch an diesem ersten Tag versagte er hoffnungslos. Als Raymond ein paar Tage später von der Schule kam, hatte Gloria gerade einen Kunden. Raymond ging direkt in sein Zimmer und versuchte, die Geräusche, die der Mann machte, nicht zu hören, und ebenso wenig die aufgesetzten ekstatischen Schreie seiner Mutter. Als der Mann gegangen war, trat Gloria ins Zimmer ihres Sohnes.

»Komm«, sagte sie. »Ich hab eine Überraschung für dich.«

Sie fuhren mit dem stinkenden Fahrstuhl in die Eingangshalle hinunter. Gloria nahm Raymond mit auf den Parkplatz hinaus und setzte ihn in einen brandneuen Honda Prelude. Er war innen mit Leder und einem wundervollen Radio ausgestattet und roch mächtig nach neuem Auto. Alle Oberflächen blitzten in der Sonne. »Wie gefällt dir Mamis Honda?«

Raymond berührte das Lenkrad.

»Ist das nicht phantastisch?«, fragte sie. »Onkel Victor hat ihn mir von einem Freund besorgt.«

»Von wem?«, fragte Raymond.

»Einem Freund eben, keine Ahnung, von wem. Ist doch auch egal.«

Sie warf den Motor an und bog in die Gerard Street ein. Fünf Minuten später fuhren sie auf dem Gardiner Expressway aus der Stadt. Der Lake Ontario funkelte strahlend blau und silbern in der Sonne. Die wenigen Wolken waren unglaublich weiß. Gloria öffnete alle Fenster und das Verdeck, so dass ihnen die Haare um die Ohren flogen. Raymond brauchte gar nicht erst zu fragen, von wem sie den Wagen bekommen hatten. Er war von Oggun. Oggun hatte ihnen dieses Auto geschenkt, genau wie Victor es ihm befohlen hatte.

Mit der Zeit wurde Raymond im Tempel seines Onkels immer mutiger. In den folgenden Monaten und Jahren wies ihn Victor in die Kunst ein, die Geister zu beherrschen. Er erklärte ihm, man müsse, wenn man sich eine Seele holte, dem Opfer die größtmöglichen Schmerzen zufügen. Es musste tatsächlich schreien, wenn es starb, sonst bekam man keine Macht über seine Seele. Und zeigte man auch nur die geringste Furcht, dann würde am Ende der Geist einen selbst beherrschen.

Er zeigte ihm, wie man die Klauen oder Füße Zeh für Zeh abtrennte, damit der Geist würde greifen können; wie man die Füße abschnitt und sie in den *nganga* warf, damit der Geist in der Lage war, sich frei zu bewegen, und wie man schließlich dem Opfer in seiner letzten Agonie in die Augen sah und ihm sagte, dass man es sich aus der Hölle holen würde. Dann nahm man das Hirn und gab es in den *nganga*, damit der Geist in der Lage war, die Befehle des Medizinmannes zu verstehen, damit er denken konnte.

Die ersten paar Male musste sich Raymond übergeben; doch irgendwann war es so, wie Onkel Victor vorausgesagt hatte; er gewöhnte sich daran. Die Angst ließ nach, und bis er vierzehn war, empfand er überhaupt keine mehr. Hühner, Ziegen, Hunde, Katzen, am Ende war es egal. Raymond lernte, die brüllenden Tiere zu meistern und ihnen in die Augen zu starren, wenn sie starben.

Dann lehrte ihn sein Onkel, den Geist der Kreatur heraufzubeschwören, die man gerade geopfert hatte, ihn in seinen Dienst zu zwingen.

Die Zeit, erfuhr der einundzwanzigjährige Raymond, erhielt eine ganz neue Dimension, wenn man selber die Klinge zu spüren bekam. Das warme Blut war auf seinem Rücken verquollen, und ihm hämmerte der Kopf, so heftig biss er gegen den Schmerz die Zähne zusammen.

Sein Onkel nahm ihm die Augenbinde ab, und Raymond musste wegen der Kerzen, die in mehreren Reihen loderten, die Augen schließen. Dann nahm Victor ihm die Lederfesseln ab und setzte ihn auf einen Stuhl.

»Keine Sorge«, sagte Onkel Victor. »Die Wunden verheilen bald.«

Kühles Wasser spritzte über seinen Rücken. Sein Onkel betupfte ihn sanft. »Du hast nichts zu befürchten, weißt du. Vom ersten Moment an – damals, als du mir im Flur aufgefallen bist – brauchte ich dir nur in die Augen zu sehen, und ich habe zu Gloria gesagt: ›Ihr Sohn wird ein Priester werden, ein mächtiger Priester.‹«

Raymond erinnerte sich daran, doch der alte Mann wiederholte die Geschichte oft.

Onkel Victor rieb eine Salbe auf die langen Rillen, die er Raymond in den Rücken geschnitten hatte. Der Schmerz ließ ein wenig nach und wurde erträglich.

»Du brauchst dich vor nichts zu fürchten, Raymond. Glaube mir. Du wirst der mächtigste Priester auf Erden. Ein wahrer Seelensammler.«

Und dann tat Victor etwas Seltsames. Er kniete nieder und verneigte sich.

25

Stephen P. Russell kam nicht unvorbereitet – Strohhut gegen die Sonne, großes weißes Spezialhemd mit Kapuze und Gesichtsschutz gegen die Insekten, hochwirksames Insektenspray – er war für alles gewappnet. Als Algonquin Bays bestverkaufter Aquarellmaler hielt Stephen P. Russell sich etwas darauf zugute, ein Mann für alle Wetterlagen und jedes Terrain zu sein. Sein alter Volvo-Kombi war mit Stiefeln, Schirm, Regenmantel, Sandalen, Sonnenschutzmittel, Thermoskanne sowie dem gesamten Arsenal eines Amateurkünstlers voll gestopft: Staffelei, Pinsel, Farben und einem nicht allzu standfesten Klappschemel.

Birkengruppen waren sein täglich Brot, vorzugsweise Birken mit Schneehäufchen auf den Zweigen oder von den Blättern tropfendem Regen. Jedes Wochenende verkaufte er zwei, drei davon auf dem Bauernmarkt. Von den Einkünften konnte man zwar nicht leben, zum Aufbessern seiner Pension von der Schulbehörde reichten sie allemal. Besonders stolz war er auf seine Fähigkeit, den Platinschimmer auf den Blättern der Silberbirke wiederzugeben – genau den Effekt, an dem er gerade arbeitete.

Eine stete Brise kräuselte die Blätter, so dass sie sich sträubten wie das Fell einer Katze. Neben den Birken wiegte sich eine Revueformation Kiefern, die der Maler allerdings nicht beachtete. Die würde er später mit einem transparenten Grün wiedergeben, hübsch verschwommen. Das war das Tolle an Wasserfarben – es war leicht, all das, was der Betrachter nicht sehen sollte, in großen Verläufen zu gestalten. Kiefern waren nun mal nicht Stephen P. Russells Ding.

Die Pinselführung an den Birkenblättern kostete einige Mühe, einige Konzentration. Und seit einer ganzen Weile nun schon merkte der Maler, dass seine Konzentration schwankte. Gewöhnlich konnte er stundenlang vor sich hin arbeiten, an nichts anderes als sein Thema, seine Technik denken, doch heute hatte er seine Kanne Kaffee schon ziemlich früh ausgetrunken, und jetzt zwang ihn der Ruf der Natur zu einer Pause.

Er wandte sich von der Staffelei ab und blickte über die hässliche Baustelle in seinem Rücken. Nein, er musste in die andere Richtung. Mit Mühe erhob er sich von dem kleinen Schemel – ach, die Wehwehchen der so genannten goldenen Jahre! – und trottete steif Richtung Gebüsch.

Zuerst erkannte er nicht, was es war. Das Ding befand sich am Rand seines Blickfelds, und er sah es durch das Insektennetz. Er zuckte zurück, denn er dachte, jemand hätte ihn dabei erwischt, wie er sich im Freien erleichterte. Erst als er, vor Verlegenheit ganz heiß im Gesicht, den Reißverschluss hochgezogen hatte, drehte er sich noch einmal um und begriff, dass der Mann, der dort lag, überhaupt nichts gesehen hatte.

26

Als Cardinal am Leichenfundort eintraf, stieß er bereits auf eine kleine Polizistenschar. Ein blasser, hagerer Mann löste sich aus der Traube und machte sich daran, auf einem Klemmbrett ein Formular auszufüllen, das in der Brise immer wieder hochgewedelt wurde. Ein zweites Mal hatte Cardinal Glück: Diesmal war Dr. Miles Kennan der Coroner. Er riss das dünne oberste Blatt vom Formularblock ab und reichte es Cardinal.

»Wir haben es hier zweifelsfrei mit einem Verbrechen zu tun, Detective.« Kennan hatte eine sanfte, hauchige Stimme. »Mit der besten Empfehlung ans Gerichtsmedizinische Institut.«

»Todesursache«, las Cardinal vom Formblatt ab, »Schusswunde und/oder stumpfes Trauma?«

»Werfen Sie selbst einen Blick drauf, dann wissen Sie, was ich meine«, hauchte Kennan. »Beides hätte ihn früher oder später umgebracht, aber Sie brauchen einen Pathologen, um zu entscheiden, was ihm letztlich den Garaus gemacht hat.« Der Arzt klatschte sich an den Hals. »Gott, wie ich diese Kriebelmücken hasse.«

»Todeseintritt?«

»Da müssen Sie die von der Gerichtsmedizin fragen. Ich würde mal davon ausgehen, dass er seit sechsunddreißig Stunden tot ist. Aber auch das ist nur eine grobe Schätzung.«

»Gut. Danke, Doktor.«

Cardinal schlüpfte unter dem Absperrband hindurch zu den anderen Kollegen. Arsenault und Collingwood krochen bereits, mit Beweismittelbeuteln bewaffnet, auf allen vieren.

Delorme hatte das Handy am Ohr und wartete offenbar auf eine Verbindung.

»Gerichtsmedizin?«, fragte Cardinal.

Sie nickte.

»Wer hat uns gerufen?«

»Hiesiger Künstler. Der weiß nichts.«

Delorme sprach ins Telefon. »In Ordnung, Len. Danke.« Sie beendete das Telefonat. »Ich hab Weisman gefragt, ob jemand von der Ballistik Überstunden machen kann.«

»Es ist schon spät.«

»Ja, hat Weisman auch gesagt.« Delorme zuckte die Achseln. »Dabei war er meinem Charme völlig erlegen.«

»War er nicht. Charmeoffensiven verfangen nicht bei Len. Wissen wir schon, wen wir da vor uns haben?«

»Leider Fehlanzeige. Keine Brieftasche, keine Papiere, kein gar nichts. Scheint Mitte bis Ende zwanzig zu sein, eins dreiundsiebzig groß, knappe siebzig Kilo. Sonst haben wir kaum was in der Hand.«

»Hatte er gar nichts in den Taschen?«

»Einen Zehn-Dollar-Schein, ein bisschen Kleingeld und eine Streichholzpackung von Duane's Billiard Emporium.«

Cardinal trat zurück und verschaffte sich einen Überblick. An der Stelle, wo der Weg aufhörte, befand sich dichtes Gestrüpp. Selbst Cardinal, der kein Forensiker war, konnte die frisch abgebrochenen Äste und Zweige sehen. Und um den Kopf des Opfers herum war viel Blut. Kleine Tropfen waren an die weißen Birkenstämme gespritzt. Eindeutig hier ermordet, nicht einfach nur abgeladen.

»Ich kann mir noch kein klares Bild davon machen, wie das abgelaufen ist«, sagte Delorme. »Nicht sehr wahrscheinlich, dass der Mörder hier im Wagen gesessen und gewartet hat, bis das Opfer vorbeispaziert kommt. Die beiden – oder vielleicht auch mehr, das können wir wohl im Moment noch nicht sagen – aber die beiden sind wegen irgendwas hier rausgekommen. Dann geraten sie wegen irgendwas in Streit, und der eine Kerl bringt den anderen um.«

»Eine Kugel im Hinterkopf sieht mir nicht nach einer spontanen Sache aus«, sagte Cardinal.

»Das stimmt. Hat mehr was von einer Hinrichtung.«

»Reifen«, sagte Collingwood in gewohnter Gesprächigkeit. Er setzte sich auf die Fersen zurück, damit sie den weißen Fleck auf dem Boden sehen konnten, an dem er gerade arbeitete. Dann hob er die Gipsform hoch und drehte sie um, so dass ein perfektes Reifenprofil zu sehen war.

»Saubere Arbeit«, sagte Cardinal. »Bleibt nur zu hoffen, dass es zum Wagen des Mörders und nicht irgendeines Poliers gehört.«

Arsenault, der in einiger Entfernung gearbeitet hatte, kam mühsam auf die Beine und stöhnte übertrieben beim Knirschen in seinen Knien. Er hielt eine winzige Plastikphiole hoch und wedelte damit, als sei Cardinal ein Hund, dem er ein Stöckchen werfen wollte.

»Schon gut, Sherlock«, sagte Cardinal, »was haben wir denn Schönes?«

»Sehen Sie selbst, Mann. Ich kann Ihnen gar nicht sagen, wie gut ich bin.«

Cardinal schaute angestrengt auf die Phiole. Sie enthielt ein winziges, hauchdünnes weißes Häutchen.

»Ist das eine Madenhülse?«, fragte Cardinal. »Was ist so toll daran?«

»Die Entfernung vom Fleisch«, sagte Arsenault. »Maden fallen irgendwann von einer Leiche ab. Manche Arten, zum Beispiel Käsemaden, springen sogar von einer Leiche weg, so dass sie ungefähr einen Meter weiter landen können. Aber dieses Schätzchen hier liegt in einer Entfernung von zwei Meter fünfzig, genau in einem Fußabdruck.«

»Ich hoffe, Sie wollen damit nicht sagen, dass einer von uns in Maden getreten ist und sie hierher geschleppt hat.«

»Nö. Der Fußabdruck ist tief, wahrscheinlich von einem Wanderschuh. Keiner von uns hat so was an, und keiner von uns ist auf diesem Weg zur Leiche und wieder zurückgegangen. Das wird das Video bestätigen.« Er deutete zur Kamera auf einem Stativ, an der ein rotes Lämpchen pulsierte.

Cardinal betrachtete den Fundort noch einmal ganz genau. »Sie haben recht. Und den Reifenspuren nach müsste hier das Heck gewesen sein. Der Kofferraum. Derjenige, der ihn getötet hat, muss hier herum noch einmal nach hinten gegangen sein und sich dann hinters Lenkrad gesetzt haben. Aber wieso hat er eine Madenhülse an seinem Schuh?«

»Genau das frage ich mich auch«, sagte Arsenault. »Weshalb ich dieses Schätzchen hier in seiner eigenen Limousine zu Dr. Chin mitnehmen werde.«

»Neulich wollten Sie nichts von Dr. Chin wissen.«

»Offensichtlich lerne ich dank Ihrer Führungskraft und Inspiration dazu. Der Kerl hat Eindruck auf mich gemacht, okay?«

Cardinal warf einen letzten Blick auf den Fundort als Ganzes und trat näher an die Leiche heran. Er hatte offenbar leise aufgestöhnt oder geflucht, denn Delorme sagte: »Kannst du laut sagen. Ziemlich übel, nicht?«

Das Trauma an Gesicht und Kopf war brutal. Das halbe Schädeldach war zertrümmert.

»Ich frag mich, was er zuerst gemacht hat«, sagte Cardinal. »Geschossen oder dem Opfer auf den Kopf geschlagen?«

»Macht das einen so großen Unterschied?« Delorme hatte zu lange mit Schreibtischtätern zu tun gehabt; Cardinal mahnte sich zur Nachsicht.

»Wenn Sie ihm eins überziehen und ihn dann erschießen«, sagte er, »haben Sie es mit *einem* Tätertyp zu tun. Wenn Sie zuerst auf ihn schießen und ihm danach den Schädel einschlagen, was sagt das über Sie?«

»Dass ich äußerst bösartig bin ...« Delorme sah Cardinal mit einem fragenden Blick aus ihren braunen Augen an. »Oder vielleicht eine fehlerhafte Waffe habe?«

»Ich wette, beides stimmt.«

27

Mord kommt in Algonquin Bay so selten vor, dass die Ermittler, wenn es mal einen gibt, dem Opfer nicht von der Pelle weichen. Sicher, sie konnten die Leiche einfach nach Toronto überführen. Sicher, sie konnten sich den Autopsiebericht telefonisch durchgeben lassen. Dasselbe galt für die Ballistik und andere Beweismitteluntersuchungen. Das Problem dabei war nur, dass es auf diese Weise noch länger dauerte als die acht Fahrstunden nach Toronto und zurück. Aus ihrer langjährigen Erfahrung beim Sonderdezernat hatte Delorme gelernt, dass bei einer Ermittlung nichts so sehr zählt wie der unmittelbare Kontakt. Weshalb sie und Cardinal selber nach Toronto fuhren, vierhundertfünfzig Kilometer nach Süden. Falls Cardinal darüber sauer war, dass er nach so kurzer Zeit schon wieder da runtermusste, zeigte er es nicht.

Len Weisman höchstselbst ließ sie herein, als sie vor der Tür des Instituts für Gerichtsmedizin standen; fast alle anderen hatten schon Feierabend gemacht, und Weisman war immer gerne der Erste, der eine Leiche zu sehen bekam.

Bei ihrem letzten Mordfall hatten Delorme und Arsenault eine Wette abgeschlossen, wie Weisman reagieren würde. Es war eine homosexuelle Affäre mit tragischem Ausgang gewesen, bei der einer der Männer seinen Liebhaber in einem Anfall von Eifersucht getötet hatte. Er hatte so gewütet, dass sie Fußspuren *im Innern* der Leiche gefunden hatten.

Arsenault hatte gewettet, dass Weisman nicht mit der Wimper zucken würde.

Delorme konnte sich nicht vorstellen, dass irgendjemand so etwas sehen konnte, ohne eine Reaktion zu zeigen.

Als sie an die Laderampe der Neuzugänge traten, hatte Weisman den Reißverschluss des Leichensacks aufgezogen. Er betrachtete die Fußabdrücke in der Brusthöhle, stemmte die Hände in die Hüften und sagte: »Was meinen Sie? Schuhgröße 40/41?«

Ich hoffe, ich werde nicht auch mal so, dachte Delorme, als sie Weisman jetzt neuerlich die Hand schüttelte.

»Kommen Sie rein, kommen Sie rein. Sie sind spät dran. Der Patient ist vor 'ner Stunde eingetroffen.« Weisman bezeichnete die Leichen grundsätzlich als Patienten.

»Wie ich sehe, haben Sie sich schon für den Strand umgezogen«, sagte Cardinal.

Zu seinem Tweed-Jackett mit Krawatte und Jeans trug Weisman so etwas wie Jesuslatschen.

»Ich habe immer heiße Füße«, sagte Weisman. »Kreislaufproblem.«

Er führte sie in sein winziges Büro. Auf seinem Schreibtisch stapelten sich die Berichte, Lehrbücher und ein Kassettenrekorder sowie mehrere Orangen mit einem überreifen Duft. Auf seinem Computerbildschirm leuchtete eine Website über Toxikologie. Weisman schnappte sich einen Laborkittel und schlüpfte hinein, während er sie einen gefliesten Flur entlangführte.

Er hielt ihnen die Tür auf, und sie betraten die eigentliche Leichenhalle, wo sich ein bärtiger Mann in weißem Kittel über den Toten beugte.

»Dr. Srinagar, darf ich bekannt machen, Detective Lise Delorme und Detective John Cardinal von der Kripo Algonquin Bay.«

Dr. Srinagar deutete eine Verbeugung an. »Bitte verzeihen Sie, wenn ich Ihnen nicht die Hand geben kann. Sie haben so eine lange Fahrt hinter sich, dass Sie wahrscheinlich noch müder sind als ich.« Er hatte einen netten indischen oder pakistanischen Akzent, Delorme hätte nicht sagen können, was von beidem. Unter der OP-Haube quoll grau meliertes Haar hervor.

»Danke für die Überstunden, Doktor«, sagte Cardinal. »Was können Sie uns bis jetzt sagen?«

»Unser junger Patient hat ein äußerst unglückliches Ende genommen. Erst sieben- oder achtundzwanzig, und das hier ist sein Gehirn in der Waage. Um einiges schwerer als ein normales menschliches Gehirn, aber nur so lange, bis ich ihm eine ansehnliche Menge Blei herausgenommen habe. Das Gewicht von zwei Kugeln, um genau zu sein.«

»Haben Sie diese Kugeln?«

»Nein, nein. Ich hab sie gleich zur Ballistik rübergeschickt. Ich nehme an, das entspricht Ihren Wünschen?«

»Ganz und gar«, sagte Delorme. Wie angenehm, mal auf höfliches Benehmen zu stoßen. Kam in ihrer Sparte nicht allzu oft vor.

Über seinen Mundschutz hinweg sahen sie dunkelbraune, aufrichtige Kulleraugen an.

»Zuerst hab ich gedacht, es gibt nur eine Schusswunde in der antero-okzipitalen Region, doch das lag an der starken Zerstörung vom stumpfen Trauma. Holzsplitter, die ich aus der Kopfhaut geholt habe, weisen auf eine Art Keule hin. Vielleicht einen Baseballschläger.«

»Was war zuerst?«, fragte Delorme. »Die Kugeln oder der Schläger?«

»Also, die Schüsse hat er zuerst abgekriegt. Das steht außer Frage. Der Schädelknochen ist in die Eintrittswunden eingebrochen.«

»War er tot, als der Mörder mit der Keule auf ihn los ist, oder noch nicht?«

»Nun ja, es gibt für beides gewichtige Argumente, eine Reihe von Faktoren, mit denen man das eine und das andere begründen könnte. Doch letztendlich muss ich ehrlich einräumen, dass ich es nicht weiß. Ich persönlich würde Folgendes sagen: Die erste Kugel ist nur so eben ins Gehirn eingetreten. Die zweite hat den rechten Sehnerv getroffen. Gleichgewicht, Sehkraft, Gehör müssen augenblicklich beeinträchtigt gewesen sein. Der Schaden ist genauer gesagt katastrophal, doch bei diesen wenig durchschlagskräftigen Kugeln nicht unbedingt sofort tödlich. Der Auftreffwinkel deutet darauf hin, dass das Opfer zumindest bei einem Schlag mit dem Baseballschläger noch stand.«

»Demnach hat er vielleicht aus Frustration nachgeholfen«, sagte Delorme. »Als er nicht gleich fällt, geht der Kerl mit dem Schläger auf ihn los.«

»Das würde sich mit dem, was ich hier sehe, decken. Nahtlos sogar, Detective.«

»Danke, Doktor.«

Cardinal wandte sich an Weisman. »Wen haben Sie drüben in der Ballistik?«

»Einen Kerl namens Cornelius Venn. Er ist sehr gut. Haben Sie schon mal mit ihm zusammengearbeitet?«

»Sie werden den Mann lieben«, sagte Cardinal zu Delorme. »Ich lass Sie die Fragen stellen.«

Anständiger Christenmensch, dachte Delorme, als sie Cornelius Venn mit seiner gelben Fliege und seinen redlich runden Brillengläsern sah. Der Typ, der, die Bibel unterm Arm und ein Lächeln so breit wie der Lake Nipissing, bei dir auf der Matte steht. Einer, der anhält und dir hilft, wenn du einen Platten hast, und der dir sagen kann, wo du die billigsten Hotdogs für die Grillparty bekommst.

Cardinal stellte ihn Delorme vor.

»Ihre Kugeln sind extrem zerquetscht«, sagte Venn. »Erwarten Sie also nicht zu viel.«

»Ich erwarte gar nichts«, erwiderte Delorme. »Außer, dass Sie Ihr Bestes tun. Ich höre nur Gutes über Sie.«

»Tatsächlich? Bestimmt nur Artigkeiten«, sagte Venn. Er war über sein Vergleichsmikroskop gebeugt und stellte die Schärfe ein. »Alle sind immer so nett. Was sollen sie auch sagen? ›Und das ist Cornelius Venn, der schlechteste Schusswaffenspezialist, den wir haben‹?«

Delorme fragte sich, was Venn in seiner Freizeit machte. Irgendwas mit Maschinen, sagte ihr ein Gefühl, eher nicht mit Menschen.

Sie sah Cardinal an, doch der verdrehte nur die Augen.

»Ehem.« Venn hüstelte, wie es sich geziemte, in ein Taschentuch, als hätte er Tuberkulose. »Wir haben hier zwei Zweiunddreißiger-Kugeln. Eine ist bis zur Unkenntlichkeit zerdrückt und zu absolut nichts mehr zu gebrauchen.« Sein Ton legte nahe, sie hätten es sich eigentlich sparen können, ihn mit derart minderwertigem Material zu behelligen, auch wenn sie selbiges in einer Leiche transportiert hatten.

»Die zweite ist nur teilweise zerstört, und ich bin gerade dabei zu sehen, ob ich aus der was Brauchbares rausbekomme.« Mit Hilfe eines Knopfs drehte er die Kugel unter seiner Linse. »Ja, mit der kann ich wenigstens *etwas* anfangen. Ich reduziere die Vergrößerung ein bisschen, damit das unbrauchbare Material nicht so stört. Ich gebe Ihnen dann noch einen Ausdruck in einer Form, die Sie verstehen können.«

Als ob es um Astrophysik ginge oder so, dachte Delorme. Der Typ denkt, er arbeitet für die NASA.

Venn sprach in sein Mikroskop, so dass seine Stimme blechern klang. »Sechs Züge, Linksdrall.«

»Haben Sie genug von der Kugel, um die Züge zu messen?«, fragte Delorme.

»Ihre Ungeduld trägt nichts dazu bei, meine Arbeit zu beschleunigen, Detective.«

»Ich habe nur eine Frage gestellt, Mr. Venn.«

Er sah zu ihr auf, so dass sich das Licht aus dem Mikroskop in seinen beiden Brillengläsern spiegelte. »Es war eine Frage, die darauf zielte, mich in die Defensive zu treiben.«

»Eigentlich war es eine Bitte um Information.«

»Ja, allerdings. Womit Sie andeuten, ich sei nicht intelligent genug zu begreifen, dass Sie wegen Informationen hergekommen sind.«

Delorme warf ihrem Kollegen einen Blick zu, doch Cardinal war von keinerlei Hilfe.

Venn kehrte zu seinem Mikroskop zurück. »Ich krieg ein Feld-Zug-Verhältnis von eins zu eins plus. Züge sind null Komma sechsundfünfzig; Felder null Komma sechzig.«

Nichts in seinem Verhalten ließ erkennen, dass ihm an diesen Werten etwas bekannt vorkam.

»Colt ›Police Positive‹, richtig?«, sagte Cardinal.

Venn drehte sich auf seinem Stuhl um, als sähe er Cardinal zum ersten Mal. »Eine von mehreren Möglichkeiten.«

»Also, wie wär's, wenn wir es auf den Punkt bringen und diese hier einfach mit der Kugel vergleichen würden, die wir letzte Woche Mrs. X aus dem Gehirn geholt haben? Könnten Sie das wohl machen?«

»Haben Sie die Fallnummer dabei?«

Cardinal öffnete seine Aktentasche und zog ein Formular heraus. Er las die Nummer vor, und Venn ging zu dem Schrank mit den kleinen Plastikschubladen hinüber, wie sie Heimwerker benutzen, um Krimskrams darin zu verstauen. Er zog eine heraus, entnahm ihr die Kugel, die aus Terri Taits Schädel entfernt worden war, und klebte sie mit ein wenig Bienenwachs unter die linke Linse seines Mikroskops.

»Wie Sie wissen, Detective, könnte sie auch von einer J. C. Higgins, Modell 80, stammen.«

»Danke für die Information«, sagte Delorme. »Was ich

aber eigentlich wissen wollte – wann immer Sie so weit sind, es uns zu sagen –, ist, ob es dieselbe Pistole ist. Aus Feldern und Zügen und selbst dem Drall können Sie das für sich genommen noch nicht erschließen, oder?«

»Ach du liebe Güte. Fragen Sie mich was Leichteres«, sagte Venn. Er regelte die Schärfe für die linke Kugel, dann die rechte. Nach einer Weile sagte er: »Die Sache mit Colts ist die: Sie haben unterschiedliche Schleifspuren, die Spuren, die sich bilden, wenn die Munition in die Kammern eingeführt wird. Jedenfalls kann ich Ihnen direkt sagen, dass es sich um dieselbe Waffe handelt. Sehen Sie selbst.«

Er rollte seinen Stuhl zur Seite, und Delorme beugte sich über das Okular.

»Stellen Sie die Schärfe ein«, sagte er. Seine feuchten Finger drückten auf ihre Hand an dem Drehknopf. Delorme adjustierte den Knopf, und das Bild wechselte von verschwommen zu kristallklar. Die Einkerbungen und Wellenlinien in beiden Bleistücken glichen sich wie ein Ei dem anderen.

»Schön«, sagte Delorme. »Sehr schön. Danke, Mr. Venn.«

»Kann ich noch was für Sie tun?«

»Nein, danke«, sagte Delorme. Sie konnte sich ein Lächeln nicht verkneifen, auch wenn er ein Blödmann war. »Ich denke, das war's.«

»Dann vielen Dank, dass Sie sich an das Institut für Gerichtsmedizin gewendet haben, und einen schönen Abend noch.«

Als sie später wieder auf der 400 Richtung Norden waren, sagte Delorme: »Was ist mit diesem Venn-Typ? Als hätte er sich ein Leben lang ins Zeug gelegt, ein Volltrottel zu sein.«

»Keine Ahnung, woran das bei diesen Ballistikern liegt«, sagte Cardinal. »Aber es erwischt sie ziemlich schnell.«

Es gibt Leute, die behaupten, sie schafften die lange Fahrt zurück nach Algonquin Bay in dreieinhalb Stunden, aber das ist glatt gelogen. Vom Torontoer Zentrum nach Algonquin Bay braucht man mindestens vier. Als Cardinal die Trout Lake Road nach Hause fuhr, dachte er an das Steak, das er sich auf der Veranda hinter dem Haus grillen wollte. Er würde sich genau ein Bier dazu genehmigen; mehr mochte er nicht, wenn Catherine nicht zu Hause war; es deprimierte ihn.

Als er und Delorme bei der Ballistik fertig waren, hätte er gar zu gerne in Catherines Hotel vorbeigeschaut; das Chelsea war nicht weit von der Gerichtsmedizin entfernt. Doch er hatte in einem Dilemma gesteckt. Falls Catherine bei bester Gesundheit gewesen wäre, dann wäre es natürlich kein Problem gewesen, sich blicken zu lassen. Doch sie befand sich im Moment auf einer Gratwanderung und hätte seinen Beschützerinstinkt zweifellos als Verfolgungswahn gedeutet, so dass es möglicherweise genau das Falsche gewesen wäre, auf der Bildfläche zu erscheinen. Am Ende hatte er sich dagegen entschieden, doch jetzt hätte er liebend gerne gewusst, was sie machte und wo sie gerade war. In ihrem Hotelzimmer, hoffte er, vor dem Fernseher. Oder vor ihrem Laptop, bei ebay auf der Suche nach Linsen zum Schnäppchenpreis. Er würde sie anrufen, sobald er nach Hause kam.

Sein Handy klingelte, und es war Larry Burke; er hatte gerade Wachdienst im Krankenhaus. Seine Stimme war angespannt, nervös.

»Ich glaube, Sie sollten besser raufkommen«, sagte er. »Wie's aussieht, ist Ihre rothaarige Freundin verschwunden.«

28

Larry Burke wartete an der Eingangstür des Krankenhauses und blickte finster drein, als Cardinal eintraf.

»Wie ist das passiert, Burke? Um Gottes willen, Burke, dieses Mädchen ist in Gefahr.«

»Das weiß ich auch. Aber niemand hat mir gesagt, dass bei ihr ein Fluchtrisiko besteht. Ich sollte darauf achten, wen ich reinlasse, aber nicht darauf, dass sie nicht rauskommt. Ist ja nicht so, dass sie unter Anklage steht.«

»Sagen Sie mir, was passiert ist.«

»Nichts ist passiert. Sie konnte in der ganzen Station frei herumlaufen, seit sie hier ist. Alle lieben sie. Sie kommt und geht, wie es ihr gefällt. Die ersten paar Male war ich ein bisschen nervös, aber sie hat mir immer gesagt, wo sie hinwill, und ist immer gleich wiedergekommen.«

»Und wo, hat sie gesagt, wollte sie diesmal hin?«

»Sie hat gesagt, sie will eins der anderen Mädchen auf der Station besuchen. Hat sie vorher auch schon gemacht. Die Kleine heißt Cindy, auf Zimmer 348.«

»Und Sie sind nicht mitgegangen?«

»Wollte sie nicht. Schlimm genug für sie, hier drin zu sein, wo sie nicht wirklich krank ist, da hab ich gedacht, gönn ihr ein bisschen Privatsphäre. Wie gesagt, keiner hat mich gewarnt, es gäbe bei ihr ein Fluchtrisiko. Es gab keinen Grund zu befürchten, sie könnte abhauen.«

»Falls sie tatsächlich abgehauen ist. Woher sollen wir wissen, dass sie nicht der Kerl, der sie töten wollte, gekidnappt hat?«

»Keiner hat irgendwas gesehen. Wäre sie gegen ihren Willen mitgenommen worden, hätte es Unruhe gegeben.«

»Hatte sie irgendwelchen Besuch?«

»Nee. Die ganze Zeit nicht.«

»Leihen Sie mir bitte mal Ihr Funkgerät.«

Burke schnallte es ab und reichte es Cardinal. Cardinal rief im Präsidium an und bat den Dienstleiter, eine allgemeine Fahndung nach Terri Tait einzuleiten. Er gab ihre Beschreibung durch und schaltete aus.

»Haben Sie das gesamte Dienst habende Personal befragt? Sie sind ganz sicher, dass niemand sie hat gehen sehen?«

»Ich hab alle gefragt. Keiner hat sie gesehen.«

»Wenigstens ist sie mit diesem feuerroten Haar leicht zu erkennen. Haben Sie mit dem Mädchen auf Zimmer 348 gesprochen?«

»Ja. Heißt Cindy Peele. War nicht viel aus ihr rauszuholen.«

»Ich red noch mal mit ihr. Wieso machen Sie nicht Feierabend?«

»Geben Sie mir jetzt die Schuld dafür, dass sie unerlaubt verschwunden ist?«

»Ich geb mir selber die Schuld. Ich hätte alle warnen müssen, sie nicht aus den Augen zu lassen.«

Cardinal ging in Terris Zimmer hinauf. Das Bett war zerwühlt, aber nicht so, als hätte jemand darin geschlafen. Er öffnete den Spind. Ihre wenigen Sachen waren verschwunden.

Cardinal ging den Flur entlang zu Zimmer 348. Ein Mädchen mit Kopfhörern saß lustlos an die Kissen gelehnt und sah fern. Ihr Haar, aschblond, hätte eine Wäsche vertragen, und sie trug einen kleinen, weißen Verband am linken Handgelenk. Als Cardinal den Raum betrat, wandte sie den Blick nicht vom Bildschirm. Cardinal ging bis zum Fernseher und deutete auf ihre Kopfhörer.

»Was!« Sie schnauzte ihn an, als hätte er sie seit Wochen genervt.

»Würden Sie bitte die Kopfhörer runternehmen, Cindy?«

Sie zog sie herunter und hängte sie sich um den Hals. Ihr Gesicht war eine Karikatur blanker Wut.

Cardinal stellte sich vor.

»So 'n Schwachsinn. Wieso könnt ihr mich nicht alle in Frieden lassen?«

»Es geht nicht um Sie. Ich hab nur ein paar Fragen in Bezug auf die junge Frau ein paar Zimmer weiter.«

»Bin ich vielleicht ihre Zwillingsschwester oder was?«

»Sie hat Sie ein paarmal besucht, nicht wahr?«

»Und wenn? Wollen Sie mich deswegen verhaften?«

Der Ärger strahlte in heißen Wogen von dem Mädchen aus. Cardinal fühlte sich an Kellys Teenager-Jahre erinnert. Catherine war die meiste Zeit in der Klinik gewesen, und er hatte das virtuose Repertoire an negativen Gefühlen seitens seiner Tochter allein über sich ergehen lassen müssen.

»Wieso hat sie Sie besucht?«

»Hallo-o! Sie hat sich vielleicht zu Tode gelangweilt. Wer tut das hier nicht?«

»Worüber haben Sie mit ihr gesprochen?«

»Nix Besonderes. Das Leben. Sie hat versucht, mich aufzuheitern. Als ob das irgendwas bringen würde!«

So klein und so viel Wut. Cardinal schätzte Cindy auf etwa eins sechzig. Zart gebaut. Ungefähr so wie Terri Tait, vielleicht einen Hauch kräftiger.

»Hat sie Ihnen irgendetwas von sich erzählt? Woher sie kommt? Wohin sie will?«

»Sie hat gesagt, sie ist aus British Columbia oder Vancouver. Was weiß ich. Sie studiert Theaterwissenschaften. Wollte ums Verrecken berühmt werden. Wer nicht? Meistens hat sie Fragen gestellt.«

»Was für welche?«

»So von der Sorte: ›Wo wohnst du? Wie viele Geschwister

hast du? Was sind deine Eltern von Beruf?‹ Auf so was fahr ich nicht ab. Sie so: ›Hast du einen Freund?‹, und ich: ›Seh ich so aus?‹«

»Hat sie Ihnen gesagt, weshalb sie hier in Algonquin Bay ist?«

»Nein.«

»Hat sie Ihnen erzählt, was ihr passiert ist?«

»Die doch nich.«

»Und Sie haben sie nicht nach dem Verband an ihrem Kopf gefragt?«

»Verband?«

Natürlich nicht, dachte Cardinal. Du hast ihn nicht mal gesehen. In deiner Welt existiert niemand außer dir.

»Sie hat mich allerdings gefragt, ob sie mein Handy benutzen darf. Und ich hab sie gelassen. Sagt, sie hat keins, und das Krankenhaustelefon funktionierte nicht.«

»Wann war das?«

»Gestern Abend. So um sieben rum.«

»Wissen Sie, wen sie angerufen hat?«

»Wie denn? Irgend so ’ne Nummer in Vancouver. Sie hat erst gefragt, ob das okay ist. Hatte nix dagegen.«

»War ein Mann oder eine Frau dran, wissen Sie das?«

»Seh ich so aus, als ob ich meine Nase da reinhängen würde? Als sie gewählt hat, hab ich die Kopfhörer aufgesetzt.«

»Hat sie was davon gesagt, dass sie hier wegwill? Und wohin?«

»Nö. Wieso sind Sie so scharf auf die? Ist sie vielleicht ein totales kriminelles Genie oder was?«

»Wir sind nicht scharf auf sie. Wir versuchen, sie zu schützen.«

»Ich hasse es, beschützt zu werden«, sagte das Mädchen, als ob ihr jeder ständig seine Beschützerdienste aufnötigen würde.

»Wann haben Sie sie zuletzt gesehen?«

»Vor 'n paar Stunden.«

»Was hatte sie an?«

»Krankenhausnachthemd-Dingsbums.«

Sie konnte ihre anderen Kleider darunter versteckt und sich dann irgendwo anders umgezogen haben.

»Was ist dann passiert?«

»Wie meinen Sie das, was ist dann passiert? Sie kam rein, hat ein bisschen rumgelabert. Und ist gegangen. Ich hatte keine Ahnung, dass sie irgendwohin wollte. Ist doch nicht mein Problem.«

»Wir müssen wissen, wen sie angerufen hat. Kann ich mal Ihr Handy sehen?«

»Da. Krallen Sie sich's.«

Cardinal nahm das Telefon von ihrem Nachttisch. Es war muschelrosa mit einem Aufkleber, auf dem *Eintritt verboten* stand. Er drückte die Speichertaste, und auf dem winzigen Display erschien eine Zahlenliste. Nur eine Nummer mit der Vorwahl von Vancouver.

»Hat sie die hier gewählt?«

Großes Achselzucken. Gelangweilter Blick. »Was weiß ich? Ich bin eingeschlafen.«

Cardinal notierte sich die Nummer.

»Sie sind eingeschlafen, während sie da war?«

»Gibt ja wohl nicht so wahnsinnig viel anderes, was man hier machen könnte.«

»Haben Sie mal bei Ihren Sachen nachgeschaut? Fehlt irgendwas?«

Cardinal öffnete den Spind. An der Stange hingen eine Jeansjacke, eine Schlag- und eine Cargohose, ein paar T-Shirts lagen im Fach.«

»Mein *Hoodie*«, sagte sie. »Die Schlampe hat mein *Hoodie* mitgehen lassen.«

»Hoodie?«

»Langärmeliges Sweatshirt mit Kapuze. Dunkelblau. Diese megaabgefuckte Schlampe. Das Ding hat echt Geld gekostet. Ich bring sie um.«

»Da stehen schon andere Schlange.«

»Diese miese Loserin.« Die blassen Hände klatschten aufs Bett.

»Hören Sie, Cindy«, sagte Cardinal, »das mit Ihren Klamotten tut mir leid, und ich möchte Ihnen für Ihre Hilfe danken. Ich hoffe, es geht Ihnen bald besser.«

»Nützt mir auch nix.«

Das Mädchen stülpte sich die Kopfhörer über die Ohren, und schon war Cardinal aus ihrem Dunstkreis verbannt.

Draußen im Flur zog er sein eigenes Handy aus der Tasche und wählte die Nummer in Vancouver. Eine schnippische, synthetische Stimme unterrichtete ihn, diese Nummer sei im Moment nicht in Betrieb.

»Entschuldigen Sie«, sagte er zu der Dienst habenden Schwester. »Wie viele Damentoiletten gibt es auf diesem Flur?«

»Die Patientenzimmer sind alle mit Bad«, sagte sie. Sie sah kaum älter als Cindy aus, abzüglich der blanken Wut. »Oder meinen Sie Besuchertoiletten?«

»Besucher, ja.«

»Es gibt zwei. Eine ist direkt hier«, sie wies auf eine Tür auf der anderen Seite des Flurs, »und eine zweite neben dem Aufzug.«

Cardinal zeigte ihr seine Marke. »Ich suche Ihre Patientin Terri Tait. Ich müsste mir mal diese beiden Toiletten ansehen. Kommen Sie mit?«

Die Schwester ging an die nächstgelegene Tür und klopfte laut an. »Keiner drin.«

Cardinal folgte ihr in das blendende Weiß aus Fliesen und Porzellan.

»Wonach suchen Sie denn?«

»Das weiß ich nicht so genau.« Es gab nur zwei Kabinen. In beide warf er einen Blick. »Können Sie mir auch die andere zeigen?«

Sie nahm ihn Richtung Fahrstuhl mit. Wieder klopfte sie laut an die Tür und stieß sie dann auf.

Cardinal öffnete die erste Kabine. Nichts. Dann die zweite. Dort hingen ein Krankenhausnachthemd und ein Bademantel am Haken.

Die Schwester bückte sich und hob einen schmalen Papierstreifen, ein Patienten-Namensschild, vom Boden auf. »Offenbar haben sie vergessen, es zu ändern«, sagte sie.

Cardinal nahm es in die Hand. Auf dem Papier stand immer noch *Mrs. X*.

Sobald er im Wagen saß, rief Cardinal Delorme bei ihr zu Hause an. Am anderen Ende war Geklapper zu hören, bevor sich Delormes schläfrig-heisere Stimme meldete und Hallo sagte.

»Ich hab dich geweckt. Tut mir leid.«

»Du klingst aber nicht so, als wenn es dir leid täte.«

»Tut's mir auch nicht. Terri Tait ist aus dem Krankenhaus verschwunden.«

Delormes Stimme war augenblicklich klar. »Du meinst, sie wurde entführt?«

»Sieht eher so aus, als hätte sie sich ein paar Klamotten geliehen und sich rausgeschlichen. Natürlich kann es sein, dass jemand auf dem Parkplatz gewartet hat. Haben wir schon irgendeine Rückmeldung von den Kollegen in Vancouver?«

»Nichts. Aber ich hab eine Sozialversicherungsnummer. Ich warte auf den Tätigkeitsnachweis.«

»Demnach wissen wir immer noch nicht, ob sie Verwandte hier hat.«

»Fürchte, nein.«

»Ich würde mich nicht wundern, wenn sie schon mal hier in der Gegend gewesen wäre. Wenn sie wüsste, wo sie hinkann. Zu Leuten, die sie aufnehmen würden. Mit ein bisschen Lauferei kriegen wir raus, wo das ist, und finden die Leute.«

»Und was machen wir bis dahin?«

»Ich muss noch einer Telefonnummer nachgehen. Jemand, den sie vom Krankenhaus aus angerufen hat.«

»Ortsgespräch?«

»Nein, Vorwahl von Vancouver, könnte sich allerdings auch um eine Handynummer handeln. Ich hab sie schon zur allgemeinen Fahndung ausgeschrieben. Dieses rote Haar, früher oder später muss sie jemand entdecken. Jetzt geh ich erst mal ins Bett.«

»Wo bist du jetzt?«

»Trout Lake Road. Auf dem Weg vom Krankenhaus.«

»Wünschst du dir auch manchmal, du würdest was ganz anderes machen? Irgendwas, das absolut nichts mit Polizeiarbeit zu tun hat?«

»Ich stell mir schon mal vor, 'ne Tischlerei zu führen. Andererseits würde es mir vermutlich bald zum Hals raushängen, wenn ich den ganzen Tag mit Holz arbeiten würde.«

»Und ich, ich wünsch mir manchmal, ich wäre ins Business eingestiegen. Ich war kurz vor dem Abschluss in Betriebswirtschaft, als die Dinge in eine andere Richtung liefen.«

Als er auflegte, wurde Cardinal bewusst, dass dies die persönlichste Unterhaltung war, die sie seit einem halben Jahr geführt hatten.

29

Sämtliche Jalousien waren heruntergelassen; das Haus lag im trüben, lichtlosen Grau des Ungewissen. Terri saß auf ihrer gefalteten Jacke, doch der Dielenboden war trotzdem hart. *You run, run, run, but you're coming undone.* Der Refrain hallte in ihrem Kopf wider wie eine Art Soundtrack zu ihrem Leben.

Sie starrte in die rußige Höhle des roten Backsteinkamins. Die letzten Bewohner hatten hier offensichtlich sauber gemacht, bevor sie die Tür für immer schlossen. Sie hätte gern gewusst, wer sie waren und ob sie sich hier wohl gefühlt hatten. An dem Haus war eigentlich nichts Besonderes. In der Nachbarschaft gab es hunderte davon, aber Terri war hier glücklich gewesen.

Wie seltsam, dass sie jetzt so unglücklich war, denn als Kind war sie ein Sonnenschein gewesen. Sie hatte sich mit ihren Eltern gut verstanden und mit Kevin, ihrem kleinen Bruder. Doch dann war das Desaster passiert, und Terri und Kevin hatten nach Vancouver zu einer Tante und einem Onkel ziehen müssen, die sie nicht besonders mochte. Sie erinnerte sich an den Gestank der Pfeife, die ihr Onkel rauchte, und daran, wie ihre Tante alles und jedes »köstlich« fand oder »allerliebst« – was Terri furchtbar auf die Nerven ging. Sie war die Schwester ihrer Mutter, aber sie hätten nicht verschiedener sein können. Sie waren keine schlechten Menschen gewesen, aber sie konnten ihre Eltern nicht ersetzen, und deshalb konnte Terri sie nicht leiden.

Dieses Haus war der letzte Ort, an dem Terri rundum glücklich gewesen war – sorglos, wie es sich für Kinder gehörte. Sie erinnerte sich, wie der Kamin an kalten Winterabenden glühte. Sie hatten damals eine Glastür vor der Öffnung, und sie und Kevin rangelten sich um den besten Platz auf dem Teppich vor dem Feuer, um sich auf den Bauch zu legen und fernzusehen. Der Apparat hatte in der Ecke gestanden, außer zu Weihnachten, wo er an eine andere Stelle kam, um dem Baum mit den langen Nadeln, den sie immer hatten, Platz zu machen.

Terri stand auf und ging noch einmal durch das Speisezimmer. Die Esstischgarnitur ihrer Eltern, moderner schwedischer Stil, war zu groß gewesen, und wenn man am Tischende gegenüber ihrem Vater saß, befand man sich schon halb im Wohnzimmer. In der Küche drängte sich ihr plötzlich eine seltsame Erinnerung auf: Sie war gerade beim Abtrocknen gewesen, als sie – Tranchiermesser und Geschirrtuch in der Hand – einfach in Ohnmacht fiel. Das Messer steckte da, wo es hinfiel, im Boden und war immer noch dort, als sie wenig später zu Bewusstsein kam und die besorgten Gesichter ihrer Eltern über sich sah. Ein Anflug von Anämie, hatte der Arzt festgestellt.

Ihr Schlafzimmer war viel größer, als sie es in Erinnerung hatte. Sicher, damals war es mit Bett und Kommode und Schreibtisch vollgestopft gewesen, mit Kleidern und CDs, mit Computer und Skateboard sowie einem riesigen Stofftiger, den ihr Vater ihr, als sie krank war, mitgebracht hatte. Jetzt war es nur ein leerer Raum mit einem billigen Fenster und tiefen Furchen in den Dielenbrettern. Sie hob eine Ecke der Jalousie an und sah hinaus. Es hatte Jahre gegeben, in denen die Schneewehen sich bis zu den Scheiben aufgetürmt hatten. Im Garten hinter dem Haus war eine Schaukel, die es damals noch nicht gegeben hatte, diese Art mit schwarzen Gurten, die eher an ein Folterinstrument erinnerte.

Sie ließ die Jalousie fallen. Eine Staubwolke wirbelte auf, so dass sie niesen musste.

Unten im Keller fand sie auf Anhieb den Haupthahn und das Absperrventil. Sie war ungefähr zwölf gewesen, als ein Rohr brach und ihr Vater den Hahn abdrehen musste. Sie hatte in Gummistiefeln unten an seiner Seite gestanden, der kleine Wildfang, der Daddy hilft, während Kevin, fünf Jahre jünger als sie, einen Spielzeugzerstörer auf dem Wasser im Keller schwimmen ließ und dazu Geräusche machte, als wenn Bomben detonierten. Oben drehte sie den Kaltwasserhahn auf. Er keuchte und schepperte, bevor das Wasser abstoßend braun in den Spülstein spritzte. Sie setzte sich auf den Boden und ließ es laufen.

Ein Gutes hatte es auf jeden Fall, in dieses verlassene Haus mit seiner nostalgischen Sogkraft zu kommen: Es lenkte sie – zumindest für ein paar Minuten – von den jüngeren Erinnerungen ab, die wie Filmvorspänne unablässig durch ihre Gedanken geisterten.

Vorspann Nummer eins: die Sonne prall über dem Lager, so stark, dass Terri glaubt, ihr würde schlecht. Sie schlendert den Kiesstrand entlang, über die mutmaßliche Grenze des Lagergeländes hinaus. Doch als sie auf dem Rückweg eine Abkürzung durch den Wald nimmt, umschwärmen sie die Kriebelmücken, und sie stößt auf noch eine Hütte. Sie ist kleiner als die anderen, und jemand hat das einzige Fenster darin mit Brettern vernagelt. An der Eingangstür blitzt ein schweres Vorhängeschloss aus Messing. Ein grässlicher Geruch hängt in der Luft, und sie schwenkt zum See zurück.

Vorspann Nummer zwei: Sie und Kevin sind zusammen in der Stadt. Es ist der einzige Tag, an dem sie Spaß miteinander haben, die Main Street, dann das Ufer entlangspazieren. Sie bleiben eine Weile am Kai und gehen zum Bauernmarkt. Es ist ein Tag so strahlend wie ein Diamant, hell und ungetrübt, und Kevin ist ganz der Alte – witzig und spitzbübisch, der nicht süchtige Kevin, mit dem sie aufgewachsen ist. Er kutschiert sie in seinem alten, ramponierten Nissan herum, den er als Auto zu bezeichnen wagt, und sie machen eine Spritztour am See entlang und wieder auf den Highway zurück. Doch das unbeschwerte Glück weicht den Panzer auf, den Terri sich zugelegt hat, um mit Kevins Drogenproblemen fertig zu werden. Sie kann nicht länger schweigen.

»Wieso hauen wir nicht einfach ab?«, sagt sie. »Wieso kommst du nicht einfach mit nach Vancouver? Du sagst, dir geht's gut, aber ich sag dir auf den Kopf zu, das tut es nicht.«

»Ach Terri, fang nicht wieder davon an«, sagt Kevin und sieht sie mit diesem verletzten Kleine-Jungen-Gesicht an. »Wir hatten doch gerade so viel Spaß.«

»Ich weiß, und ich möchte, dass du weiter Spaß hast, Kevin. Ich möchte nicht eines Morgens aufwachen und zur Beerdigung meines kleinen Bruders gehen müssen.«

»Terri, lass das, ich bin kein kleiner Junge mehr, ja? Mir ist klar, dass du, als Mom und Dad gestorben sind, dich sozusagen um mich gekümmert hast. Als wir in eine neue Familie, eine neue Stadt ziehen mussten, warst du wirklich toll. Aber ich bin kein Kind mehr, Terri.«

»Du bist immer noch mein Bruder. Ich mach mir immer noch Sorgen um dich, auch wenn du es nicht tust.«

»Terri, ich nehm nicht allzu viel von dem Zeug.«

»Du hast keinen Job, also gehe ich davon aus, dass du dealst, um an den Stoff zu kommen. Denk dran, was passiert, wenn sie dich schnappen. Weißt du, wie viele Jahre sie dir diesmal aufbrummen?«

»Ich will nur so lange dabeibleiben, bis ich genug Geld für ein paar Jahre zusammenhabe. Dann werde ich für immer clean und geh irgendwohin – Griechenland oder was weiß ich – und tu nichts anderes als schreiben und in der Sonne braten.«

Manchmal war es Tanger. Manchmal auch Marrakesch. Die

Idee mit Griechenland hatte er von Leonard Cohen. Er schleppte seit Jahren eine dicke Biografie mit sich herum.

»Kannst du allen Ernstes behaupten, du hättest keine Angst vor Red Bear? Findest du ihn nicht gefährlich?«

»Ich will nicht darüber sprechen. So schlimm ist er gar nicht mal.«

»Ich denke, er ist irre.«

»Ich weiß ihn zu nehmen.«

»Red Bear ist nicht jemand, den irgendjemand zu *nehmen* weiß, Kevin. Hast du nicht seine Augen bemerkt? Diese Augen sind wie tot, Kevin. Dahinter gähnt eine Leere – jedenfalls ist da kein Herz. Nichts Echtes. Deshalb trägt er ständig die Sonnenbrille. Er will nicht, dass jemand seine Augen sieht.«

Kevin schaut zu ihr hinüber, als er wegen eines Wal-Mart-Lasters langsamer fahren muss.

»Hör zu, Terri. Du bist meine Schwester, nicht meine Mutter. Das steht dir nicht zu. Du hast kein Recht, mir zu sagen, was ich tun und lassen soll. Wie ich mein Leben führen soll.«

»Mir geht's erst mal darum, dass du ein Leben *hast*, Kevin. Glaubst du, mir macht es Spaß, dir hinterherzujagen? Glaubst du, ich wär darauf versessen, für dich den Anstandswauwau oder deine Gouvernante oder so was zu geben? Ich vermisse meine Arbeit, ich vermisse den Schauspielunterricht, ich hab zwei Vorsprechtermine – glaub mir, Kevin, ich hab Besseres zu tun, als dir quer durchs Land zu folgen, um dir eine verfluchte Nadel aus dem Arm zu ziehen.«

»Dann tu das alles, Terri, bitte! Geh nach Vancouver zurück und arbeite, spiele! Und lass mich verdammt noch mal in Ruhe!«

»Das kann ich nicht. Du bringst dich selber um – ob mit einer versehentlichen Überdosis oder in irgend so 'nem idiotischen Bandenkrieg mit Red Bear und seinen Freunden –, du bringst dich um. Und ich werde nicht dastehen und zusehen. Wieso fährst du ran?«

Da sind sie auf dem Highway, und er schert aus und hält auf dem Schotterbankett. Mehrere Autos schießen mit einem Hupkonzert vorbei.

»Kevin, was machst du da?«

»Nimm du den Scheißwagen. Ich laufe in die Stadt zurück, wo mir die Leute nicht vorzuschreiben versuchen, was ich zu tun und zu lassen habe.«

»Kevin, lass das. Kevin, warte!«

Sie springt aus dem Wagen und folgt ihm ein Stück, und der Staub vom Highway brennt ihr in den Augen. Kevin geht schnell, stakst mit langen Schritten, steifem Rücken und hochgezogenen Schultern davon. Wenn er seinen Panzer angelegt hat, ist mit ihm nicht zu reden.

Vorspann Nummer drei: Sie ist sich nicht sicher, ob das noch am selben Tag passiert ist oder ein paar Tage später. Sie ist in der »Gästehütte« und stopft Sachen in ihren Rucksack. Sie hat rasendes Herzklopfen, und sie will nur weg. Kevin ist irgendwo hingegangen, und sie weiß, sie muss auf der Stelle aus dieser Hütte raus, aus dem Lager. Ihr zittern die Hände so stark, dass sie den Reißverschluss nicht zubekommt. Die Tür geht auf, kein Klopfen oder so, und ihr entfährt ein Schrei.

Red Bear steht im Eingang, eine schwarze Silhouette gegen das Rechteck aus Tageslicht. Sie lässt den Rucksack fallen, bückt sich, um ihn wieder aufzuheben, lässt ihn wieder fallen.

»Es wird Zeit, dass Sie gehen«, sagt Red Bear in nicht unfreundlichem Ton.

»Ich weiß, ich weiß. Ich packe gerade meine Sachen.«

Sie macht einen Schritt hinter ihre Koje, weil sie instinktiv eine Barriere zwischen sich und Red Bear braucht. »Ich lass mich von Kevin in die Stadt mitnehmen.«

»Kevin ist nicht da. Kevin kommt so schnell nicht zurück.«

»Dann nehm ich eben den Bus.«

»Hier gibt es weit und breit keinen Bus. Ich lass Sie fahren.«

»Nein, nicht nötig. Ich fahr per Anhalter.«

»Das kann ich nicht zulassen.« Red Bear nimmt seine Sonnenbrille nicht ab, doch sie weiß, dass er sie von oben bis unten betrachtet. »Sie könnten vergewaltigt werden. Sind Sie schon mal vergewaltigt worden, Terri?«

Terri hat keine Antwort darauf. Die Antwort ist negativ, doch es wird keine Antwort von ihr erwartet.

Red Bear bleibt reglos im Türrahmen stehen.

»Ich hab nichts gesehen«, sagt sie. »Ich hab nichts gesehen. Ich hab nicht vor, mit irgendjemandem zu reden.«

»Selbstverständlich nicht. Das wäre schlecht für Kevin. Und wir wollen doch beide nicht, dass Ihrem Bruder was passiert?«

Dann war er aus dem Eingang verschwunden.

Aber was hatte sie gesehen? Und wie war sie aus dem Lager fortgekommen? Daran konnte sie sich nicht erinnern. Das Letzte, was sie behalten hatte, war die leere, offene Tür. Jetzt stand sie vom Boden auf. Das Wasser lief klar und kalt ins Becken. Es gab kein heißes Wasser und keinen Strom, um es heiß zu machen. Trotzdem tat es gut, sich das Gesicht nass zu spritzen, fast als könnte sie sich so die Angst abwaschen, die Red Bear in ihr ausgelöst hatte. Wie konnte sie Kevin da rausholen? Die ersten vagen Ansätze eines Plans formierten sich in ihrem Kopf. Sie blieb eine Weile vor dem Becken stehen und ließ das Wasser laufen, in der Hoffnung, diese ersten Fäden, die sie in der Hand hielt, würden sich bald zu etwas Konkretem verdichten.

Sie würde diesen Plan zusammenbekommen, und dann hieß es wieder einmal *Run, Run, Run*. Nur dass es diesmal sie beide traf.

30

Erklären Sie mir bitte mal was, Cardinal.« Detective Sergeant Chouinard lud Cardinal nicht ein, sich zu setzen. Selbst wenn er es getan hätte, wäre in seinem Büro nirgends Platz zum Sitzen gewesen. Jeder Stuhl im Raum diente Chouinard zu seinem eigenwilligen Ablagesystem, falls System das richtige Wort dafür war. Doch so planlos seine eigenen Gewohnheiten auch sein mochten, war Chouinard ein Mann, der bei seinen Untergebenen Präzision und Verlässlichkeit schätzte, weshalb sein Gesicht im Moment ein wenig gerötet war. Der Detective Sergeant litt an hohem Blutdruck, und wenn er wütend war, wurde sein Gesicht sehr schnell sehr rot.

»Erklären Sie mir doch bitte mal, falls Sie können, wie wir es geschafft haben, eine attraktive junge Frau mit rotem Haar und einem Verband am Kopf zu verlieren. Wie ist so etwas möglich, und wer hat sie bewacht, als es passierte?«

»Larry Burke hatte Dienst, aber es ist meine Schuld. Ich hätte ihm klarere Anweisungen geben müssen.«

Chouinard schüttelte den Kopf, und sein Gesicht lief noch dunkler an. »Ersparen Sie mir diese Verkehrspolizistensolidarität. Im Klartext, Burke hat Scheiße gebaut.«

Cardinal erklärte die Sachlage, so gut er konnte. Zu Burkes Glück unterstand er als uniformierter Polizist nicht direkt dem Detective Sergeant.

»Sie haben die junge Frau zur Fahndung ausgeschrieben, nehm ich mal an?«

»Ja, das hab ich sofort veranlasst.«

»Dieser verdammte Burke. Dem verpass ich noch mal einen Tritt in den Hintern.«

Chouinards Telefon klingelte; er nahm den Hörer ab. »Geb's weiter«, sagte er und legte auf. »Bob Brackett will zu Ihnen. Bedanken Sie sich bei der Kanone, dass Sie hier verschwinden können.«

Bob Brackett war ein pummeliger kleiner Mann mit einem schlichten Goldring in einem Ohr. Man sah dem Dickerchen nicht an, dass er Algonquin Bays gnadenlosester Verteidiger war. Natürlich brachte ihm das bei der Kripo von Algonquin Bay den Ruf eines Menschen ein, der einem unheimlich auf den Senkel ging – heiß begehrt bei kriminellen Elementen, ein Cowboy im Gerichtssaal, der jeden winzigen Formfehler so liebte, wie er Polizisten hasste. Strafverteidiger Bob Brackett pflegte einen sanften Umgangston gegenüber Polizisten (das galt für beiderlei Geschlecht, denn wenn es darum ging, einen Staatsdiener mit juristischen Spitzfindigkeiten zu zerpflücken, war Brackett ein glühender Verfechter der Emanzipation). So mancher hatte mit ansehen müssen, wie seine Aussage vor Gericht in der Luft zerfetzt, ja ins Lächerliche gezogen wurde, bevor er oder sie wusste, wie ihm oder ihr geschah.

»Bitte nehmen Sie zu Protokoll, Detective Cardinal: Mein Klient hätte gar nicht kommen müssen.« Brackett, der am Vernehmungstisch saß, verschwand fast hinter seinem aufgeklappten Aktenköfferchen und einem Panamahut. »Erstens haben Sie keinen Haftbefehl, und zweitens hat er seinen Wohnsitz außerhalb Ihres Zuständigkeitsbereichs.«

»Das ist mir bewusst, Mr. Brackett. Deshalb habe ich ja Sie angerufen. Ich hätte ebenso gut die OPP einschalten können. Ich bin sicher, die Provinzpolizei hätte sich glücklich geschätzt, für uns ein paar Biker aufzubringen.«

»Und wieso *haben* Sie sie nicht eingeschaltet?«

»Ich wollte, dass diese Zusammenkunft so reibungslos wie

möglich verläuft. Im Moment versuchen wir nur, eventuell Verdächtige auszuschließen.«

»Na schön. Bitte nehmen Sie ebenfalls zu Protokoll, dass Mr. Lasalle nur hergekommen ist, um seine Staatsbürgerpflicht zu erfüllen, und aus Loyalität zu einem gefallenen Kameraden.«

»Es geht hier um Biker, Mr. Brackett, nicht um Kriegsveteranen.«

»Ich weise lediglich darauf hin, dass –«

»Zur Kenntnis genommen, Mr. Brackett. Lassen Sie uns vorankommen.«

»Echt taff«, sagte Steve Lasalle. »Vielleicht hätten Sie was aus Ihrem Leben machen können, wenn Sie kein Bulle geworden wären.«

Brackett brachte seinen Klienten mit einem erhobenen Zeigefinger zum Schweigen. Lasalle lehnte sich zurück, legte den Fuß aufs Knie und lächelte Cardinal an, als wären sie alte Kumpel. Er trug eine teure Sportjacke und ein Hemd mit offenem Kragen zur gebügelten Jeans. Plus die glänzenden Halbschuhe, und der Mann sah eher aus wie der Leiter eines kleinen Internetkonzerns als der Vorsitzende der Viking Riders.

»Wann haben Sie Wombat Guthrie zuletzt gesehen?«, fragte Cardinal.

»Vor genau einundzwanzig Tagen. So um vier Uhr nachmittags.«

»Und unter welchen Umständen?«

»Wombat hatte Wachdienst. Er war damit beauftragt, ein bestimmtes Eigentum der Riders zu beschützen. Als wir am nächsten Tag zurückkamen, war Wombat verschwunden und mit ihm auch das Eigentum.«

»Er hat Sie mit anderen Worten beklaut.«

»Ihre Worte, Detective, nicht meine.«

»Vor ein paar Tagen haben Sie Folgendes ausgesagt ...«

Cardinal schlug in seinen Notizen nach. »›Das letzte Mal, an das ich mich erinnere, hatten wir ein paar Leute da, wir haben Videos gesehen, und Wombat ist auf dem Sofa weggetreten. Nichts Besonderes bei ihm. Am nächsten Morgen war er nicht mehr da.‹ Heute klingt das ein bisschen anders.«

Lasalle beriet sich mit seinem Rechtsbeistand.

»Mein Klient sollte, glaube ich, nichts mehr sagen.«

»Folgendes stammt auch von Ihnen ...« Cardinal sah wieder in sein Büchlein. »›Sagen wir mal, Wombat schuldet uns eine Erklärung.‹«

»Ja, sicher, zu der Zeit wäre es mir nicht in den Sinn gekommen, dass Wombat für immer verschwinden könnte.«

»Oh, was das betrifft, können Sie ganz sicher sein.«

Cardinal zog ein Foto der Gerichtsmedizin aus der Akte und schob es über den Tisch.

Lasalle warf einen kurzen Blick darauf. Er versuchte, seine coole Haltung zu bewahren, doch die Stelle zwischen Hals und Kinn wurde bleich.

»Au Mann«, sagte er. »Das sieht übel aus.«

Brackett nahm ihm das Foto ab, sah es sich an und warf es mit einem verächtlichen Schnauben auf den Tisch zurück.

»Also wirklich, Detective, mein Klient kooperiert ja bereits. Schocktaktik ist da fehl am Platze.«

»Ihr Klient hat eingeräumt, dass er einen Grund zur Rache hat, Mr. Brackett.«

»Nein, er hat eingeräumt, davon auszugehen, dass sein Kollege einem Verbrechen zum Opfer gefallen ist. Deshalb ist er hier. Um dabei mitzuhelfen, denjenigen zu finden, der seinem Kollegen dieses außergewöhnliche Maß an Gewalt angetan hat. Sein Lebensstil unterscheidet sich von Ihrem; deshalb ist er noch lange kein Lügner.«

»Woher wussten Sie, dass Wombat einem Verbrechen zum Opfer gefallen ist, bevor ich es Ihnen eben gesagt habe?«

»Sie glauben im Ernst, ich erfahr das erst von Ihnen?«, fragte Lasalle. »Machen Sie sich nichts vor. Ich brauche keine Cops, um an solche Informationen ranzukommen. Ich weiß schon seit einer ganzen Weile, dass Wombat tot ist.«

»Wie gesagt, woher?«

»Sein Motorrad. Seine Maschine steht noch genau an der Stelle, wo sie stand, als ich ihn zum letzten Mal gesehen habe.«

»Kaum ein schlüssiges Indiz für Mord, Mr. Lasalle.«

»Wir reden hier von einer Maschine im Wert von zirka vierzigtausend Dollar. So was lässt man nicht mal eben so unbeaufsichtigt stehen.«

»Und wo genau hat er es unbeaufsichtigt stehen gelassen?«

»Das kann ich Ihnen nicht sagen.«

Cardinal sah Brackett an. »So viel zur Kooperationsbereitschaft Ihres Mandanten.«

Brackett flüsterte Lasalle etwas ins Ohr.

Der sah Cardinal an. »Es liegt nicht in Ihrem Zuständigkeitsbereich, so viel kann ich Ihnen verraten«, sagte er. Er nahm noch einmal das Foto zur Hand, betrachtete die kopflose, handlose Leiche und schüttelte den Kopf.

»Das ist nicht sonderlich hilfreich«, sagte Cardinal. »Sie sagen, Sie wüssten, wo Guthrie das letzte Mal gesehen wurde. Sein Motorrad sei immer noch da. Er sei höchstwahrscheinlich von dort entführt und anschließend gefoltert und ermordet worden. Aber Sie wollen uns nicht sagen, wo das ist. Das muss wohl die Biker-Loyalität sein, von der wir so viel hören. Der berühmte Ehrenkodex.«

»Er leitet die Viking Riders«, brummte Brackett in sein Doppelkinn. »Bleiben Sie auf dem Teppich.«

»Wenn wir nun die Kollegen von der Provinz- oder die von der Staatspolizei rufen würden, sich Ihr Clubhaus mal unter die Lupe zu nehmen. Was glauben Sie, wie lange die brauchen würden, alles gründlich auf den Kopf zu stellen?«

»Das hat nichts mit dem Clubhaus zu tun«, sagte Lasalle. »Halten Sie mir doch bitte zugute, dass ich kein Vollidiot bin.«

»Im Moment weiß ich nur, was ich sehe, Mr. Lasalle – einen toten Viking Rider und einen anderen, der ein Motiv dafür hatte, ihn zu töten.«

»Ich hab ihn nicht umgebracht«, sagte Lasalle. »Auch sonst keiner von den Riders.«

»Woher wollen Sie das wissen?«

»Hätten wir ihn umgebracht, dann hätten Sie ihn nie gefunden.«

In letzter Zeit ertappte sich Lise Delorme immer öfter bei dem Gedanken, was sie tun würde, wenn sie nicht zur Polizei gegangen wäre. Nachdem sie in Ottawa mit Wirtschaftswissenschaften im Hauptfach ihren BA gemacht hatte, war sie beinahe entschlossen gewesen, Geschäftsfrau zu werden. Doch dann hatte sie ein Seminar in Geschäftsethik besucht, und das hatte zweierlei bei ihr bewirkt: Es hatte Privatunternehmen den Glanz genommen und ihr Interesse an Wirtschaftskriminalität geweckt. Letzteres brachte Delorme an die Polizeischule in Aylmer und irgendwann zu ihrem sechsjährigen Dienst im Sonderdezernat, wo sie nicht nur mit polizeiinternen Ermittlungen in Berührung kam, sondern auch mit Straftaten, die als »vertraulich« eingestuft wurden, also mit Straftätern aus einer Bevölkerungsschicht, die ihre Mitglieder als gesetzestreu betrachtete – Politiker, Anwälte, Bankiers und so weiter.

Das Sonderdezernat hatte durchaus seine Reize gehabt – die Festnahme eines ehemaligen Bürgermeisters war ein Highlight gewesen –, doch es war auch ein einsames Geschäft. Andere Cops vertrauten ihr nie ganz, solange sie in der Abteilung arbeitete. Außerdem sah es so aus, als hätten die Kollegen bei der Kripo mehr Spaß, und so hatte sie irgendwann um ihre Versetzung dorthin gebeten.

Dies war einer der Tage, an denen sie ihre Entscheidung von damals bereute.

Erstens, weil sie gerade den Autopsiebericht zu Wombat Guthrie noch einmal gelesen hatte, der bestätigte, dass ihm die entsetzlichen Verletzungen tatsächlich vor Todeseintritt zugefügt worden waren. Außerdem war der Körper praktisch ausgeblutet worden.

Der zweite Grund, weshalb Delorme diese nostalgische Sehnsucht nach Schreibtischdelikten überkam, war der Umstand, dass sie heute Harlan »Haystack« Calhoun gegenübersaß und Harlan »Haystack« Calhoun ein Biker vom imaginären Scheitel bis zur Sohle war, ein Mann, der vermutlich noch nie einen Schreibtisch aus der Nähe gesehen, geschweige denn je an einem gesessen hatte. Er lungerte auf einem Plastikstuhl im Vernehmungszimmer herum, die Schlangenlederstiefel auf dem Tisch.

»Haben Sie keinen Anwalt, Mr. Calhoun?«

»Ich hab nix verbrochen, wieso brauch ich also einen Anwalt?«

»Falls Sie die Rechtsberatungsstelle anrufen wollen, können wir die Sache aufschieben, bis Sie Zeit hatten, sich mit einem Rechtsbeistand zu beraten.«

»Stellen Sie Ihre Fragen, und bringen wir's hinter uns.«

Delorme deutete auf die Videokamera in einer oberen Zimmerecke und die andere an einer der Wände. »Wir zeichnen diese Unterhaltung auf, und obwohl Sie im Moment nicht unter Anklage stehen, muss ich Sie darauf hinweisen, dass alles, was Sie sagen, gegen Sie verwendet werden und zu einem späteren Zeitpunkt Gegenstand einer Anklage sein kann.«

»Was soll's.«

Der Plastikstuhl kreischte auf, als Calhoun sein Gewicht

verlagerte. Er beugte sich vor und stützte das Kinn auf die beiden Fäuste.

»Wann haben Sie Walter alias Wombat Guthrie das letzte Mal lebendig gesehen?«

»Vor drei Wochen. Nächste Frage.«

»Unter welchen Umständen?«

»Unter dem Umstand, dass ich ihn das letzte Mal gesehen habe.«

»Wo waren Sie da?«

»Im Clubhaus.«

»In dem Clubhaus Nähe Highway 11, in dem ich Sie neulich gesehen habe?«

»Was glauben Sie, wie viele Clubhäuser wir haben?«

»Beantworten Sie bitte nur die Frage.«

»Ja, in dem, wo Sie mich neulich zu Gesicht gekriegt haben. Nächste Frage.«

»An welchem Tag genau? Lassen Sie sich Zeit.«

»Am Dienstag, dem 12. Mai, um drei Uhr nachmittags. Ist Ihnen das genau genug?«

»Was haben Sie beide da gemacht?«

»Diese kleine Bikerbraut bespritzt.«

»Bespritzt?«

»Einer oben, einer unten. Wenn Sie wollen, können wir das mal demonstrieren.«

»Wie heißt das Mädchen?«

»Ginger Ale.«

»Und mit richtigem Namen?«

»So stand das auf ihrem Ausweis. Hat ihn mit sich rumgeschleppt, um zu beweisen, dass sie alt genug ist, um zu trinken. Falls das nicht ihr richtiger Name ist, dann ist mir das ziemlich scheißegal. Wombat hat sie jedenfalls Ginger genannt.«

»Wo kann ich sie finden?«

»Wie zum Teufel soll ich das wissen? Schlagen Sie doch im *Who is Who* nach.«

»Und an welchem Tag war das?«

»Dienstag, dem 13., um drei.«

»Sie haben gerade das Datum geändert. Das ist gewöhnlich kein Zeichen von Ehrlichkeit, Mr. Calhoun.«

»Dann eben der 12. Die Leute kommen nicht unbedingt zu den Viking Riders, um ehrliche Antworten zu hören.«

»Wir wollen rausfinden, wer Wombat Guthrie ermordet hat. Wollen Sie etwa sagen, das ist Ihnen egal? Gerade eben haben Sie mir erzählt, dass er Ihr Sexpartner war.«

Calhoun legte den Kopf ein wenig schief und zog die rechte Augenbraue hoch. Obwohl ein bis anderthalb Meter zwischen ihnen lagen, hatte Delorme plötzlich das Gefühl, dass er sie beschnupperte.

»Sie haben meine Frage nicht beantwortet.«

»Wie sind Sie an diese Platzwunde über dem Auge gekommen?«, fragte Calhoun. »Sieht ziemlich frisch aus.«

»Derjenige, der Wombat getötet hat, hat ihm zuerst die Finger und Zehen und Genitalien abgeschnitten und versucht, ihn bei lebendigem Leib zu häuten. Sind Sie wirklich nicht daran interessiert, diesen Mann zu finden?«

Calhoun beugte sich vor. Leder knirschte, Plastik quietschte. »Ich sag Ihnen mal, was mich interessieren würde. Würd mich interessieren, Sie vornüberzubeugen und ein paarmal in den Arsch zu ficken.«

Er lehnte sich wieder zurück und lächelte.

»Kürzlich hat jemand genau dasselbe schon mal zu mir gesagt«, erwiderte Delorme.

»Ach ja?«

»Und zwar in der Penetang-Klinik für gemeingefährliche Geisteskranke.«

Delorme klappte ihr Notizbuch zu.

»Ich gebe zu Protokoll, dass Mr. Calhoun sich bei den Ermittlungen nicht als kooperativ erweist. Dieses Verhör ist beendet, vorbehaltlich einer Wiederaufnahme zu einem späteren Zeitpunkt. Guten Tag, Mr. Calhoun.«

»Hängt Cardinal, dieser Arsch, hier irgendwo rum?«

»Guten Tag, Mr. Calhoun.«

Delorme hielt die Tür auf.

Calhoun stand auf. Delorme fühlte sich wie Pudding, als sie sah, wie der Bär von einem Mann in ihre Richtung kam. Sie trat im letzten Moment zurück, so dass er sie nicht streifen konnte.

Als sie im Großraumbüro der Kripo waren, brüllte Calhoun: »Sagen Sie Cardinal, ich freu mich auf ein Wiedersehen.«

Über den Schalldämpferzwischenwänden schossen ein paar Köpfe hoch: Szelagy, McLeod.

»Drohen Sie einem Polizeibeamten, Mr. Calhoun?«

Calhoun zwinkerte ihr zu.

»Krieg dich noch, Muschi.«

31

Red Bear öffnete das Messingvorhängeschloss und betrat seinen Tempel. Der Geruch, der einem hartgesottenen Cop den Magen umgedreht hätte, übte auf ihn eine gänzlich andere Wirkung aus. Wie ein Camper die würzige Morgenluft atmete Red Bear tief ein und fühlte wie immer dieses Prickeln im Bauch, ein Kribbeln in sämtlichen Nervenbahnen – diese freudige Erwartung, die nie enttäuschte und ihn gegen die Mücken unempfindlich machte.

Der Mond nahm wieder ab, und er würde für einige Zeit keine Opfer vollziehen, aber dennoch war es ein erregendes Gefühl, in seine Hütte zu kommen.

Kevin und Leon waren in der Stadt; er hatte das ganze Lager für sich. Selbstverständlich ging er sofort in seinen Tempel. Später, am Nachmittag, würde er sich zu seinen Schülern gesellen, doch jetzt musste er erst einmal den *nganga* konsultieren.

In einer Räucherschale steckte er Holzkohle an und streute je eine Prise Wermut und Angelika darüber. In Toronto hatten selbst die führenden Geschäfte für Hexenbedarf seine Zutaten oft nicht auf Lager, und er musste sie bei einem Eso-Shop in New York bestellen. Er zündete drei Kerzen über dem *nganga* an, und der fensterlose Raum war in schwaches Licht getaucht. Er schloss die Tür von innen ab.

Der *nganga* strotzte von Stöcken. Achtundzwanzig dieser geweihten *palos* wurden benutzt, um den Geist zu beherrschen, und bestimmten über die Art des Gebets. Man musste den Geist wie einen Ochsen stechen und stupsen; nur so war das gewünschte Ergebnis zu erzielen.

»Bahalo!« Sein Ruf hallte von den Wänden der Hütte wider. *»Bahalo! Semtekne bakuneray pentol!«*

Niemals knien, niemals betteln, so hatte es ihn sein Onkel gelehrt.

»Bahalo. Seeno temtem bakuneray pentol!«

Wie ein katholischer Priester breitete er die Hände über dem *nganga* aus und besann sich schweigend darauf, was genau er wollte. Zielgerichtete Aufmerksamkeit war entscheidend für den Erfolg. Er wollte, dass der Geist für ihn wandelte.

»Seeno temtem naka nova valdor.«

Er rührte mit den Stöcken in der fauligen Flüssigkeit. Ein bleicher, zehenloser Fuß schwamm an die Oberfläche; mit Hilfe einiger *palos* hielt Red Bear ihn an der Kesselwand fest. Wieder fischte er im Trüben, und ein zweiter Fuß erschien.

»Sendekere mam koko, pantibi.« Wandle für mich, Geist. Ich, der dir Füße zum Laufen gegeben habe, befehle dir, für mich zu wandeln, zu entdecken.

Er drückte die Füße wieder nach unten und stocherte nach Händen. Es gab keine richtigen Hände, nur fingerlose Handteller sowie die Finger selbst, die er für den *nganga* einen nach dem anderen abgeschnitten hatte. Sein Herz schlug höher bei der Erinnerung an die Angst und Qual seines Opfers. Angst und Qual waren die Pforten, durch die sterbliches Fleisch die unsterbliche Welt des Geistes betrat. Angst und Qual waren das Tor, durch das er, Red Bear, die Geister der Toten befehligte. Angst und Qual waren seine Freunde.

Eine Reihe der Stöcke waren an den Enden zu löffelartigen Gebilden abgeflacht. Er benutzte einige davon, um Finger nach oben zu befördern. Sie waren weiß und verschrumpelt; an einem befand sich noch ein Ring mit Totenkopf und gekreuzten Knochen.

»Kandopay varonaway d'kran. Bentak po bentak mam

tinpay. Naktak po naktak mam kennetay.« Greif für mich, Geist. Ziehe meine Verbündeten herbei. Dränge meine Feinde zurück.

Red Bear quirlte erneut in der dunklen Flüssigkeit herum; die Gerüche hüllten ihn ein. Jetzt schwamm der größte Gegenstand im *nganga* empor, der Kopf drehte sich in Zeitlupe an der Oberfläche. Die blinden Augenhöhlen waren halb geöffnet und starrten an Red Bears Schulter vorbei.

Red Bear rezitierte in der Sprache der Magie. *Geist, wandle für mich, lerne für mich, vermittle mir Wissen. Geist, verwende das Hirn, mit dem ich dich gesegnet habe, und sage mir, was ich wissen will. Geh, Geist, geh und verrichte diese Arbeit für mich.*

32

Cardinal saß an der Theke des D'Anunzio, einer Art Zwitter aus Obstgeschäft und Imbissstube, bereits ein Wahrzeichen von Algonquin Bay, als Cardinal noch nicht geboren war. Bei D'Anunzio gab es die besten Sandwiches in der ganzen Stadt, und genau deshalb war Cardinal hier. Obwohl er sein Geflügelsalat-Bagel in null Komma nichts verputzt hatte, blieb er an der alten Holztheke sitzen und machte sich Notizen.

Cardinal glaubte schon lange nicht mehr an Inspiration. Er glaubte sogar nicht einmal mehr an seine eigene Findigkeit. Er attestierte sich kein spezielles investigatives Talent. Die Erfahrung hatte ihn gelehrt, dass der Erfolg einer Ermittlungstätigkeit damit stand und fiel, wie viel Zeit man investierte. Man war kein Genie, man war kein Sherlock Holmes, man war Teil einer Organisation, die sich der Aufgabe widmete, ein Verbrechen so lange von allen Seiten zu beleuchten, bis es aufgeklärt war.

Und so war es nicht weiter verwunderlich, dass er beim ersten zarten Aufflackern einer Inspiration, an die er aber nicht glaubte, diese Eingebung als wenig zweckdienlich beiseite geschoben hatte. Zu einfach, hatte er vermutet. Zu unwahrscheinlich.

Er machte sich Notizen darüber, wie sie den Ansatz mit den Bikern weiterverfolgen sollten. Er hatte immer noch nichts in der Hand, um ihnen den Mord an Wombat nachzuweisen. *Musgrave anrufen*, hatte er geschrieben. *Mehr Background-Info über die VR.* Und *Anruf bei Jerry Commanda. Umgekehrtes Telefonbuch überprüfen* strich er aus.

Das gehörte zu den Aufgaben, die er erledigt hatte. Die

Kripo hatte Telefonverzeichnisse für sämtliche größeren kanadischen Städte. Cardinal hatte die Nummer mit Vancouver-Vorwahl, die Terri vom Krankenhaus aus angerufen hatte, nachgeschlagen, doch sie war nicht registriert. Dann rief er die Auskunft für Vancouver an, die sie auch nicht hatte. Der junge Mann, mit dem er sprach, unterrichtete ihn immerhin, dass es eine Handynummer war.

Als Nächstes rief er den Sicherheitsdienst der Telefongesellschaft an und sagte ihnen, es handle sich um einen Notfall, eine Frau sei angeschossen worden, und er versuche, die nächsten Angehörigen zu benachrichtigen. Bell verriet ihm wenigstens, dass die Nummer einem gewissen Kevin Tait gehöre. Sie hätten keine Anschrift für ihn verzeichnet, denn er benutze Telefonkarten, und, nein, sie könnten ihm leider nicht sagen, wieso der Anschluss vorübergehend nicht erreichbar sei. Höchstwahrscheinlich habe der Kunde seine Karte aufgebraucht, jede weitere Auskunft nur mit richterlicher Verfügung.

Eine solche Verfügung würde einige Stunden brauchen, und im Augenblick wollte Cardinal auf diese Spur nicht einige Stunden verwenden. Was hatte er also in Erfahrung gebracht? Terri Tait hatte ihren Bruder auf dem Handy angerufen. Nicht gerade eine weltbewegende Neuigkeit. Es gab keinen Grund anzunehmen, dass Kevin Tait sich nicht in Vancouver befand. Andererseits war es ein Handy. Er konnte überall und nirgends sein.

Als Nächstes hatte Cardinal die nationale Verbrecherkartei per Computer überprüft. Wie sich herausstellte, war Kevin Tait, zweiundzwanzig, des unerlaubten Heroinbesitzes überführt worden, wofür er zu zwei Jahren minus einen Tag verurteilt worden war.

Ein Anruf bei der Polizei von Vancouver erbrachte nichts; der Beamte, der die Verhaftung vorgenommen hatte, war in einen anderen Bezirk gewechselt, und im Moment war niemand willens oder in der Lage, Cardinal irgendwie weiterzuhelfen. Er hinterließ seinen Namen und seine Nummer bei einem Detective in deren Drogendezernat, der ihm versprach, sich wieder bei ihm zu melden.

Also, Kevin Tait, wo steckst du im Moment? Cardinal machte mehrere Fragezeichen in seine Notizen. Ein anderer Gedanke drängte sich Cardinal auf. Wenn Terri Tait hier nun keine Fremde ist? Wenn sie nun nicht zum ersten Mal nach Algonquin Bay gekommen ist? Vielmehr in diese Stadt *nach Hause* kommt? Das war die Inspiration, die er zu unterdrücken versuchte. War ein solches Szenario auch nur wahrscheinlich? Falls Terri Tait hier aufgewachsen war, dann hätte doch wohl irgendjemand sie längst als vermisst gemeldet. Aber vielleicht hatten sie ja nicht sehr lange hier gelebt.

Wieder im Großraumbüro, rief Cardinal bei der Schulbehörde Nipissing an. Schülerakten sind vertraulich und erfordern streng genommen eine Verfügung. Doch es ist etwas anderes, wenn man es nicht mit einem riesigen Unternehmen wie Bell zu tun hat. Eine gewisse Geschmeidigkeit kann solche Situationen erleichtern; es hängt davon ab, wen man am anderen Ende der Leitung hat. In diesem Fall war es eine junge Frau – eine junge Frau mit einer ziemlich kratzigen Stimme, als hätte sie eben erst aufgehört zu brüllen. Cardinals erste Frage stieß auf ein heiseres, doch bestimmtes Nein.

»Ich verstehe Ihr Zögern«, sagte Cardinal. »Ich muss Sie sogar bewundern. Wir brauchen Leute wie Sie, um zu gewährleisten, dass solche Informationen nicht in die falschen Hände geraten.«

»Wieso beschaffen Sie sich dann nicht eine Verfügung und melden sich später noch mal?«, sagte die Frau.

»Sicher, das könnte ich tun. Aber das würde eine Menge Zeit in Anspruch nehmen, und ich möchte mir nicht all die

Mühe machen, um am Ende zu hören, dass Sie keine Informationen *haben*. Deshalb hatte ich gedacht, Sie könnten mir vielleicht – ohne mir irgendetwas Persönliches zu verraten – einfach nur Auskunft geben, ob eine Miss Terri Tait hier je zur Schule gegangen ist oder nicht.«

»Nur eine Auskunft. Sie wollen keine Noten oder dergleichen?«

»Nein, nein. Nach so was würde ich ohne Verfügung nie fragen.« Bei so viel Talent zum Lügen hätte ich Schauspieler werden sollen. »Wenn Sie mir nur sagen könnten, ob Terri Tait hier je zur Schule gegangen ist, wäre ich Ihnen wirklich sehr verbunden.«

Am anderen Ende der Telefonleitung herrschte Schweigen. Selbst in diese Stille hinein glaubte Cardinal ein unverkennbares Tastengeklapper zu hören.

»Wie schreibt sich der Name noch mal?«

»Terri Tait«, sagte Cardinal und buchstabierte die glücklicherweise eher seltene Schreibweise in den Hörer.

Er wurde in die Warteschleife geschaltet. Cardinal ging sein Rolodex nach der Nummer der Behörde für Schulen der ethnischen Minderheiten durch. Die würde er als Nächstes anrufen.

Die Frau war wieder in der Leitung.

»Ja, eine Terri Tait hat in den frühen Neunzigern die Ojibwa High School besucht. Sie war dort zwei Jahre, neunte und zehnte Klasse.«

Bingo, dachte Cardinal. Wir scheinen eine Glückssträhne zu haben.

»Und ihre Eltern?«

»Oberstleutnant Kenneth Tait. Ehefrau Marilyn. Ach du je. In der Akte hier ist angemerkt, dass sie bei einem Flugzeugabsturz ums Leben kamen – mit einem Privatflugzeug – 1993. Die Kinder zogen an die Westküste zu Verwandten.«

»Ich wüsste liebend gern, wo sie in Algonquin Bay gewohnt haben«, sagte Cardinal. »Sie sagen, der Vater war bei der Air Force. Können Sie mir wohl sagen, ob sie auf der Basis gewohnt haben oder draußen?«

»Das weiß ich nicht. Die letzte Adresse, die wir haben, ist 145 Deloraine Drive.«

Auf der Basis.

»Wie war Terri in Mathematik und Chemie?« Er wollte der jungen Frau das Gefühl geben, am Ende doch noch das Richtige getan zu haben.

»Also wirklich, Detective, Sie können nicht von mir erwarten, dass ich Ihnen so etwas ohne eine Verfügung sage. Da müssen Sie erst zum Richter gehen.«

»Natürlich«, sagte Cardinal. »Ich kümmer mich drum.«

Er legte auf und nahm seine Jacke vom Haken. Sein Telefon klingelte, doch er war schon halb an der Tür.

Auch wenn die Bewohner von Algonquin Bay das nicht gerne hören, ist es nur zu wahrscheinlich, dass die Stadt ihre besten Jahre hinter sich hat. In ihrer Glanzzeit Mitte des letzten Jahrhunderts gab es drei Bahnlinien durch die Stadt; jetzt gibt es nur noch eine. Der Bahnhof der Canadian National Railways brannte vor einigen Jahren nieder, eine Schande, wenn man bedenkt, dass es sich um eins der wenigen Gebäude in dieser Nullachtfünfzehn-Stadt handelte, die etwas Besonderes waren. Und die ehemalige Canadian Pacific Railway Station, ein klassischer Kalksteinbau in der Oak Street, wird derzeit in ein Eisenbahnmuseum umgewandelt. Nur der frühere Bahnhof der Ontario Northland Railway ist noch in Funktion, wenn auch lediglich als Bürogebäude der Eisenbahnlinie.

Der Kalte Krieg hatte Algonquin Bay dagegen gut getan. Kanada brachte seine Streitkräfte auf Zack und verband sich mit den USA in der Norad, einem System vernetzter Radaranlagen und Luftstützpunkte, die dazu dienten, eine Bedrohung abzufangen, die über die Eiskappe aus Russland kam. Mitte der Sechzigerjahre konnte sich der hiesige Luftstützpunkt einer dreitausend Mann starken Besatzung und eines Arsenals an Bomarc-Raketen mit Nuklearsprengköpfen rühmen. Das Verteidigungsministerium höhlte am Trout Lake einen Berg aus und richtete darin eine dreistöckige Radarstation ein, eine Art Dr.-Strangelove-Set, das damals seinesgleichen suchte.

Doch der Kalte Krieg ging irgendwann vorbei. Die Sprengköpfe verschwanden von den Raketen, dann wurden die Raketen selbst demontiert. Die Truppen wurden verringert und die Staffeln eine nach der anderen eingemottet. So verblieb am Ende nur ein militärischer Personalstamm von um die hundertfünfzig Mann in Algonquin Bay, und niemand schien zu wissen, wie lange der noch bleiben würde.

Cardinal fuhr zum Kontrollpunkt der Basis hinauf. Manchmal war der Checkpoint besetzt, manchmal auch nicht; das kam auf den jeweiligen Grad der Bedrohung an. Heute war er nicht besetzt, und Cardinal fuhr durch, ohne sein Tempo zu drosseln. Das warf Fragen nach der Wehrhaftigkeit seines Landes auf.

Cardinal folgte bei seiner Suche der Logik einer wenig beachteten Auswirkung der verschwundenen Geschwader: leer stehende Häuser. Niemand redete viel über diese Gebäude, und das Militär hatte nicht vor, sie an die große Glocke zu hängen. Sie auf den Markt zu bringen hätte den Wert sämtlicher anderen Eigenheime in der Stadt vernichtet. Und so kommt es, dass Algonquin Bay ohne das Wissen der meisten seiner Bürger über genügend leere Häuser verfügt, um eine ganze Siedlung zu füllen, und genau danach sah der Stützpunkt aus.

Der einzige Unterschied zwischen der Basis und anderen

Vierteln aus den Sechzigerjahren besteht darin, dass die Gebäude sich nicht nur ähnlich, sondern identisch sind: anderthalbgeschossige Häuser im Ranchstil, mit Doppelgaragen und abgesenkten Wohnzimmern. Auch die Straßen wirken alle gleich, ebenso sämtliche Zufahrtswege, alle Nebenstraßen, Wendekreise, Sackgassen sowie irreführenden Kurven und toten Winkel, die offensichtlich den Russen täuschen sollten.

Cardinal hatte gedacht, er wüsste, wo der Deloraine Drive war, doch wie sich zeigte, wusste er es nicht. Nachdem er zum dritten Mal an demselben verbogenen Stoppschild vorbeigekommen war, fuhr er an den Straßenrand heran. Auf der anderen Seite lief ein einsamer Fußgänger, der die Sommeruniform der kanadischen Postboten trug, eine Kombination aus kurzärmligem weißem Hemd und blauen Shorts. Die Gestalt kam auf eine sehr eigenwillige Weise voran. Alle drei bis vier Schritte blieb der Mann stehen, beugte sich in einer Art wiegender Bewegung zurück und wechselte mit der Linken den Fingersatz am Griffbrett einer Luftgitarre.

Falls es irgendjemand verdiente, dieses subtile Instrument zu spielen, dann zweifellos Spike Willis. Spike war an der Schule ein, zwei Klassen über Cardinal gewesen und hatte seit seinem sechzehnten Lebensjahr stets in den besten Rockbands gespielt, die Algonquin Bay hervorgebracht hatte. In den Siebzigern war er eine ganze Weile in Toronto aufgetreten, hatte jedes Jahr die Band gewechselt, eine Menge Aufnahmen produziert und sich schon bald den Ruf erworben, seine ramponierte Telecaster zum *Sprechen* zu bringen. Dann warf er das alles mit einem Schlag hin, um nach Algonquin Bay zurückzukommen und im hohen Norden eine Familie zu gründen. Das Wieso und Weshalb hatte Cardinal nie erfahren. Und er kannte Spike auch nicht gut genug, um ihn zu fragen. Er wusste nur so viel, dass Spike Willis auf eine Weise Bluesgitarre spielte, die einen gestandenen Mann zum Weinen bringen konnte.

Er rief ihn herüber.

»Au Scheiße. Ich ergebe mich, Officer.« Spike riss mit einem breiten Grinsen die Hände hoch. Er war Cardinal schon immer als einer der wenigen wahrhaft glücklichen Menschen erschienen, die Mutter Natur geschaffen hatte.

»Wissen Sie, ich bin in dieser Stadt aufgewachsen«, sagte Cardinal. »Und ich bin jetzt seit zwölf Jahren wieder hier. Wie kann ich mich da nur verirren, verflixt noch mal?«

»Oh Mann, hier oben verirrt sich jeder«, sagte Spike. Er ruckte seinen Postsack zurecht und wedelte eine Kriebelmücke weg, ohne zuzuschlagen – seine gutmütige Natur war offenbar mückenresistent. »Ich bin genau hier auf der Basis aufgewachsen, und ich will Ihnen was sagen. Die Geschichte ist wahr. Eines Abends hatte ich ein paar zu viel gekippt – na ja, mehr als nur ein paar –, und ich komm nach Hause, mach die Tür auf, geh rein und stelle plötzlich fest, dass meine ganze Familie aus der Stadt verzogen ist. Mom, Dad, Schwester, alle futsch. Stattdessen ist 'ne andere Familie eingezogen und hat sämtliche Möbel ausgetauscht. Sogar das Aquarium war weg. Ich kam mir vor wie das Opfer in einem Zaubertrick. Ich traute meinen Augen nicht.«

»Sie waren ins falsche Haus gestolpert?«

»Ich hatte das falsche Haus erwischt. Dabei hab ich hier *gewohnt*, Mann. Das geht ein bisschen zu weit, finden Sie nicht? Wo wollen Sie denn hin?«

Cardinal sagte es ihm, und Spike wies ihm den Weg.

»Wie viele von diesen Häusern stehen eigentlich leer?«

»Du liebe Güte, Dutzende. Ich brauch hier nicht mal mehr mit meinem Zustellkarren rauf.«

»Die sehen aber gar nicht aus, als stünden sie leer.«

»Nee, die Armee sorgt dafür, dass sie adrett aussehen. Denken wohl, in dem Moment, wo sie gehen, bricht der ganze Laden hier zusammen. Stimmt vermutlich sogar.«

»Was ist mit Deloraine? Ist das eine Geisterstraße?«

»Eigentlich nicht. Die haben dafür gesorgt, dass keine Straße ganz leer steht. Sie vermieten die Häuser, wissen Sie. Ziemlich niedrige Miete, was ich so höre.«

»Irgendwas Ungewöhnliches da oben in Deloraine aufgefallen?«

»Nö. Alles wie gehabt.«

»Also dann, danke. Wo spielen Sie als Nächstes?«, fragte Cardinal.

»Toad Hall, übernächsten Samstag.«

»Ich versuch zu kommen.«

»Tun Sie das. Hab 'ne Gastsängerin. Schwarzes Schätzchen, hat's wirklich drauf.«

Spike machte sich wieder auf seinen Weg und schickte, während er sich wiegte und verbog, ein weiteres irres – wenn auch stummes – Solo in den blauen Himmel.

Es zeigte sich, dass der Deloraine Drive eine Sackgasse war. Cardinal parkte in einem engen Wendekreis und lief zu Fuß zur Nummer 145 hinüber, dem letzten Haus von dreien. Der Rasen war gemäht und der Eingangsbereich gekehrt, alles picobello, wie von Spike prophezeit. Zwar waren die Jalousien heruntergelassen, doch ansonsten verriet nichts, dass das Haus leer stand.

Cardinal ging zur Haustür. Sie war eingeklinkt, unberührt. Auch die Schiebeelemente des vorderen Panoramafensters waren intakt. Er stieg auf den Rasen hinunter und prüfte das Fenster an der Frontseite des Hauses, das offenbar zum Elternschlafzimmer gehörte. Auf dem Fenstersims lag eine dicke, unberührte Schicht Staub.

Er ging ums Haus und sah, dass eins der Kellerfenster ein Loch in der Scheibe hatte, eben groß genug, um hindurchzugreifen und es aufzuschieben. Cardinal kniete sich auf den Rasen und wurde von einer Kriebelmücke gestochen. Er schlug zu spät danach. Er schob das Fenster auf, drehte sich um und stieg rückwärts hinein, um sich auf den Kellerboden herunterzulassen.

Das Haus war nur halb unterkellert, es reichte gerade für eine Waschmaschine und einen Trockner, beide noch vorhanden. Er hob den Waschmaschinendeckel. Leer. Der ganze Keller war leer und roch nach nichts anderem als Beton.

Er ging die Treppe hoch und drückte die Tür auf; sie führte in die Küche. Der Kühlschrank und der Herd waren noch da, doch ansonsten war die Küche leer. Er blieb eine Minute lang stehen und nahm diese Leere in sich auf. Dies war nicht der Leerstand zwischen den alten und den neuen Mietern, sondern ein verlassener Ort, der einmal vielen Menschen ein Zuhause gewesen, jetzt aber nur noch Ziegel, Holz und abgestandene Luft war. Fast konnte er die Stimmen von Kindern hören, die Erwachsenen mit ihren alten Streitigkeiten und den Ausreden von Anno dazumal. Fast konnte er die unzähligen Mahlzeiten riechen, die auf diesem Kenmore-Herd gekocht worden waren.

Der Spülstein war nass. Jemand hatte erst vor kurzem das Wasser laufen lassen. Cardinal öffnete den Schrank darunter und fand eine Papiertüte mit nichts weiter darin als einem Apfelbutzen und einer Bananenschale, die noch nicht schwarz geworden war.

Er ging rasch ins Wohn-Esszimmer hinüber. Nicht schwer zu erkennen, dass an verschiedenen Stellen der Staub verwischt war. Er ging die halbe Treppe hoch. Im Bad und im Elternschlafzimmer nichts.

In dem kleineren Zimmer dagegen fand er da, wo jemand sie hochgeschoben hatte, Fingerabdrücke an den Jalousien. Er öffnete die Falttüren des Wandschranks und blickte auf ein paar Bügel mit geisterhaften Plastikhüllen aus der Reinigung daran.

Er trat auf den Flur hinaus und sah zu dem Viereck in der Decke hinauf, das zum Dachboden führte. Er kannte die Dachböden in solchen Häusern. Es waren winzige, unbelüftete Räume mit Fiberglasisolation und nicht viel mehr, eben groß genug, um ein paar Koffer hineinzustopfen. Man brauchte eine Leiter oder einen hohen Hocker, um hinaufzukommen, und dieser Speicherraum wirkte unberührt.

Er ging wieder nach unten und öffnete den Einbauschrank vorne im Flur. Leer. Er stand in der Diele und überlegte, was er als Nächstes tun sollte. Terri Tait war zweifellos hier gewesen. Sämtliche Einheiten hielten Ausschau nach einer flüchtigen Patientin mit rotem Haar, doch das hätte sie unter der Kapuze verstecken können. Dann entdeckte er den Besenschrank unter der Treppe, und für einen Moment überfluteten ihn die Erinnerungen.

Mit neun Jahren war er mit einem Jungen namens Tommy Brown, der hier oben auf dem Stützpunkt wohnte, dick befreundet gewesen. Sein Haus war genau wie dieses hier gewesen, und sie beide hatten viel Spaß dabei gehabt, sich in dieses Kabuff zu verkriechen, sich Geschichten aus *Twilight Zone* zu erzählen und überhaupt dem anderen möglichst viel Angst und Grusel einzujagen. Tommy nahm meist seinen Collie Tango mit hinein, so dass es bald nach Hundeatem stank.

Cardinal trat an die kleine Tür. Der Riegel war offen. Er zog an dem Griff, und die Tür ging auf. Er kniete sich hin und sah hinein. Im Schatten der hinteren Ecke konnte er nur so eben das bleiche, ängstliche Gesicht von Terri Tait erkennen.

33

Terri«, sagte Cardinal. »Alles in Ordnung mit Ihnen?«
Sie sah weg, und ihr Gesicht verschwand im Schatten. »Bitte gehen Sie.«

»Kommen Sie da raus, Terri. Niemand tut Ihnen was.«

Cardinal hatte das Gefühl, nie etwas so Trauriges gesehen zu haben wie diese junge Frau, die sich zusammengekauert in einem Kabuff unter der Treppe versteckte, und zwar vor dem einzigen Menschen – soweit er wusste –, der ihr helfen wollte.

Sie schniefte; Tränen schimmerten auf ihren Wangen.

»Terri, kommen Sie raus und lassen Sie uns dann mal sehen, ob ich Ihnen bei dem, was Sie vorhaben, helfen kann, egal, was es ist. Einverstanden? Arbeiten wir zusammen.«

Cardinal wünschte sich, Delorme dabeizuhaben. Wohlgemerkt, Delorme würde sie wahrscheinlich einfach dort herausziehen und fragen, was zum Teufel sie sich dabei dachte.

Terri kroch aus der Kammer, richtete sich auf und legte die Arme um den Körper, obwohl es nicht kalt war.

Cardinal deutete auf die Treppe.

»Wollen Sie sich nicht setzen?«

»Ich glaube, ich stehe lieber.«

»Setzen Sie sich, um Gottes willen. Sie sehen aus, als wollten Sie gleich in Ohnmacht fallen.«

Er nahm sie bei der Schulter und drückte sie sanft auf die Stufen.

»Wieso hatten Sie solche Angst?«, fragte er. »Was dachten Sie denn, wer ich bin?«

Terri zuckte die Achseln. Sie trug das geklaute Kapuzensweatshirt. Die Ärmel hingen ihr über die Handgelenke, und sie wirkte darin verloren wie ein Waisenkind, was sie natürlich auch war.

»Haben Sie geglaubt, es ist derjenige, der auf Sie geschossen hat?«

»Nein. Ich hab ja nicht mal gewusst, wer das sein könnte.«

»Kommen Sie mit mir zurück ins Krankenhaus. Da brauchen Sie sich nicht in irgendwelchen Schränken zu verstecken.«

»Ich brauche kein Krankenhaus. Ich bin doch nicht krank.«

»Jemand hat versucht, Sie umzubringen, Terri. Solange wir denjenigen nicht gefunden haben, sind Sie immer noch in Gefahr. Kommen Sie mit.«

»Ich will aber nicht. Ob Sie's glauben oder nicht, ich hab ein eigenes Leben, und falls Sie nichts dagegen haben, will ich es zurück.«

»In einem leeren Haus? Wo Sie seit wie lange, zehn, zwölf Jahren nicht mehr gewesen sind?«

Terri schaute ihn an. Die grünen Augen sahen jetzt, unter dem Eindruck der Erinnerungen und wer weiß was für einer persönlichen Geschichte, nicht mehr so unschuldig aus.

»Erzählen Sie mir von Ihrem Bruder Kevin.«

»Ich will nicht über Kevin reden.«

»Sie haben ihn letzte Nacht angerufen. Sein Anschluss ist derzeit nicht erreichbar.«

»Kevin ist im Moment nicht da.«

»Wo ist er dann?«

»Woher soll ich das wissen?«

»Terri, ich versuche, Ihnen zu helfen. Ihr Bruder hatte in der Vergangenheit mit Rauschgift zu tun. Es könnte eine Verbindung zwischen ihm und demjenigen bestehen, der versucht hat, Sie umzubringen.«

»Ich sag doch, ich erinnere mich nicht daran. Wollen Sie mich wegen unbefugten Betretens verhaften oder was?«

»Ich will Sie nicht verhaften, ich versuche, Sie zu beschützen.«

»Wieso? Was kümmert's Sie? Sie kennen mich doch gar nicht.«

»Das ist mir klar. Ich muss Sie besser kennen lernen. Sonst kann ich Ihnen nicht helfen. Sagen Sie mir, weshalb Sie noch hier sind. Sie behaupten, Ihr Bruder sei weg. Heißt das, er lebt hier? Hören Sie, ich kann die Telefongesellschaft bitten, seine Anrufe zurückzuverfolgen. Sind Sie deshalb nach Algonquin Bay gekommen? Um Ihren Bruder zu finden? Wenn er nicht in der Gegend ist, was wollen Sie dann hier?«

Terri verschränkte die Arme vor der Brust und wich seinem Blick aus.

»Hören Sie, Terri. Ist Ihr Bruder hier in der Stadt? Sind Sie deshalb da?«

»Das geht Sie wirklich nichts an.«

»Ich glaube, er ist hier. Ich glaube, das ist es, was Sie hergebracht hat. Und ich glaube, Sie wissen, wo er ist.«

»Tu ich nicht.«

»Ich muss mit ihm reden, Terri. Er ist in den Heroinhandel verwickelt – in dem Geschäft geht es leicht mal gewalttätig zu. Er könnte sogar derjenige sein, der versucht hat, Sie umzubringen.«

»Ganz bestimmt nicht.«

»Das können Sie nicht wissen. Sie wissen nicht, wer auf Sie geschossen hat.«

»Ich weiß, dass es nicht Kevin war.«

»Sagen Sie mir nur eins. Sie haben behauptet, Sie hätten in einem Motel am See gewohnt. Ich gehe mal davon aus, dass Sie sich immer noch nicht an den Namen erinnern, oder?«

»Nein, tu ich tatsächlich nicht.«

»Der Grund, weshalb ich frage – wir konnten dieses Motel bisher nicht ausfindig machen.«

»Wir sind hier im nördlichen Ontario, hab ich recht? Hier gibt es eine Menge Motels an Seen.«

»Hier in Algonquin Bay gibt es genau zwölf. Wir waren in jedem einzelnen davon, und keiner erinnert sich an eine rothaarige junge Frau, die plötzlich verschwunden ist.«

»Dann war es eben ein anderes Motel. An einem anderen See. Was weiß ich? So lange hab ich hier nicht gewohnt.«

»An den anderen Seen gibt es keine Motels. Sehen Sie, ich glaube, es geht hier um Folgendes – korrigieren Sie mich, wenn ich was Falsches sage: Ich glaube, Sie sind hierher zurückgekommen, weil Sie zu Ihrem Bruder wollten. Ich glaube, er ist noch hier, und Sie haben vor, ihn zu finden. Ich glaube, Sie erinnern sich ganz genau, wo er war. Sie wollen es mir nicht sagen, weil er in kriminelle Handlungen verwickelt ist. Das interessiert mich aber nicht, verstehen Sie? Darum geht es mir überhaupt nicht. Mir geht es nur darum, den Kerl, der auf Sie geschossen hat, hinter Schloss und Riegel zu bringen.«

»Detective, letzte Woche hat mich jemand in den Kopf geschossen. Mein Gedächtnis ist nicht, was es mal war. Wieso können Sie das nicht einfach akzeptieren?«

»Dr. Paley sagt, es sei kein Fall bekannt, wo sich jemand mit Ihren Verletzungen an das eine erinnert und das andere nicht. Es kommt alles mit einem Schlag wieder und nicht in diesen kleinen Häppchen, wie Sie sie uns weismachen wollen, gerade so, wie es für Sie am besten passt.«

»Dr. Paley weiß nicht, was ich denke oder woran ich mich erinnern kann.«

»Und das ist sehr praktisch für Sie, wenn Sie etwas verbergen wollen, nicht wahr?«

»Sie müssen's ja wissen. Sie sind der Ermittler.«

»Nun ja, vielleicht sollten Sie jetzt mal was erfahren, Terri. Der Kerl, der Ihnen eine Kugel in den Kopf gejagt hat, der hat dasselbe mit jemand anderem gemacht. Nur dass dieser junge Mann nicht so viel Glück hatte wie Sie. Er hat aus derselben Pistole zwei Kugeln in den Kopf bekommen und ist tot, Terri.«

Cardinal war sich keineswegs sicher, ob das im Moment der richtige Schachzug war, doch er drehte sich um und ging zur Tür. Er schloss auf und ging nach draußen.

Komm hinterher, flehte er stumm. *Du musst doch verzweifelt wissen wollen, wer das ist. Komm schon, Terri.*

Er öffnete die Wagentür, doch bevor er einsteigen konnte, rief sie ihm nach.

»Warten Sie!«

Sie kam mit nackten Füßen die Eingangstreppe herunter. »Detective, warten Sie!«

Cardinal stieg ein und ließ den Motor an.

Terri riss die Tür zum Beifahrersitz auf und setzte sich neben ihn.

»Wer?« Ihre blasse Haut war noch bleicher geworden. »Der, den sie ermordet haben. Wer war das?«

»Das wissen wir noch nicht.«

In den grünen Augen blitzte Panik auf.

»Gott, Sie müssen es mir sagen! Wie alt war er? Wie sah er aus? War er dünn und ein bisschen schlaksig?«

Cardinal öffnete seine Brieftasche und zog ein gerichtsmedizinisches Foto heraus. Der zerschmetterte Kopf, das viele Blut.

Terri hielt sich die Hand vor den Mund.

»Ist das Ihr Bruder?«

Sie schüttelte den Kopf, ohne die Hand herunterzunehmen. Cardinal hoffte, dass sie sich nicht in seinem Wagen übergeben musste.

»Dieser Kerl war Mitte bis Ende zwanzig. Etwa eins dreiundsiebzig. Hellbraunes Haar.«

Sie ließ die Luft heraus, die sie angehalten hatte. »Dann war es nicht Kevin. Kevin ist jünger. Und er ist fast eins achtzig.«

»Das hier hätten ebenso gut Sie oder Ihr Bruder sein können«, sagte Cardinal freundlich. »Wer das hier getan hat, der wollte diesmal auf Nummer sicher gehen. Die Knarre, die er benutzt, funktioniert nicht richtig, und wie's aussieht, hat er das inzwischen geschnallt. Als dieser hier von den Kugeln noch nicht tot war, haben sie ihm mit dem Baseballschläger auf den Kopf geschlagen. Wenn ich das nächste Mal zu einem solchen Fundort gerufen werde, möchte ich nicht, dass es Ihr Bruder ist, und schon gar nicht, dass Sie es sind.«

Terri sank jetzt gegen die Lehne ihres Sitzes. Sie wirkte erschöpft.

»Wenn Sie nicht wollen, dass ich Ihnen weiter Fragen stelle, dann werde ich es lassen. Aber holen Sie Ihre Schuhe, und ich bring Sie an einen Ort, wo Sie in Sicherheit sind.«

Terri starrte geradeaus.

Jetzt oder nie, dachte Cardinal. Entweder kommt sie jetzt mit, oder ich hab sie wirklich verloren.

»Nicht ins Krankenhaus?«

»Nicht ins Krankenhaus.«

34

Wo hast du nur gesteckt?«, fragte Delorme, kaum dass Cardinal zum Präsidium zurückkam. »Wir haben dich angefunkt.«

»Ich bin zum Frauenhaus rüber«, sagte er. »Ich hab Terri Tait gefunden.«

»Du hast Terri Tait gefunden.« Delorme zog eine Augenbraue hoch, an der die kleine hakenförmige Narbe allmählich verblasste. »Wie hast du sie gefunden?«

»Schülerakten. Ich hab mich auch über ihren Bruder, Kevin Tait, schlau gemacht. Hat, wie's aussieht, zwei Jahre für unerlaubten Heroinbesitz gesessen, und ich glaube, er ist hier in der Stadt.«

»Deshalb ist sie uns gegenüber so zugeknöpft. Sie will nicht, dass ihr Bruder richtig lange in den Knast wandert.«

»Wieso hast du mich angefunkt?«

»Wir haben von der Gerichtsmedizin eine Identifizierung bekommen. Sie haben jemanden, auf den die Zähne passen. Ist dir mal ein Typ namens Morris Tilley über den Weg gelaufen? Auch als ›Toof‹ bekannt – weshalb die Odontologen ihn so schnell identifizieren konnten. Er hatte einen überzähligen Schneidezahn.«

»Kenne ich nicht.«

»Natürlich nicht. Du, du gibst dich ja nicht mit kleinen Fischen ab. Wir haben Morris Tilley schon mindestens dreimal kassiert, meistens für Bagatelldiebstahl. Er ist auch als Dealer bekannt, meist von Hasch. Morris Tilleys Problem war, dass er hundert Prozent grassüchtig war. Allerdings hatten wir seit fast einem Jahr nicht mehr von ihm gehört.«

»Vielleicht hat er beschlossen, clean zu werden.«

»Haha. Er verfügte über keine anderen Einkünfte außer vom Dope und vom Billardhallen-Strich.«

»Hast du schon die Eltern benachrichtigt?«

Delorme schenkte ihm ihr reizendstes Lächeln, was ausnahmslos zu bedeuten hatte, dass jetzt etwas Unangenehmes kam. »Ein Elternteil«, korrigierte sie ihn. »Ich hatte gehofft, du kommst mit.«

Die Tilleys wohnten an der Main West hinter dem Parkplatz zum Country-Style-Donuts-Imbiss. Dank der landesweiten Obsession für frittiertes Gebäck gab es keine Immobilie in der ganzen Stadt, die so schnell expandierte wie dieser Parkplatz, der in seiner Gefräßigkeit ein Kalksteinkloster, eine Reihe kleiner Läden sowie ein paar edwardianische Häuser verschlungen hatte. Die Adresse der Familie Tilley lag fünfzig Meter weiter westlich, inmitten eines Blocks aus roten Backsteinbauten, bei denen in jüngster Zeit hässliche Ladenfronten wie Pilze aus dem Boden schossen: Deirdres Schönheitssalon, Arktis-Klimaanlagen, Anwaltskanzlei Prent & Polone.

Zuweilen kommt es vor, dass ein Gewaltverbrechen die Polizei zu einer guten Adresse führt, einer Familie mit guten Manieren und Abschlüssen von den besten Universitäten; Cardinal hatte das selbst schon ein-, zweimal erlebt. Doch das waren seltene Fälle. Der Mord an Morris Tilley war eher der Regelfall.

Seine Mutter bat sie in den Flur. Es war ein dunkler, enger Raum mit einem leichten Geruch nach Moder und alten Kleidern aus Secondhand-Shops am unteren Ende der Skala. Mrs. Tilley selbst war eine Spatzenportion von einer Frau in einem verschossenen geblümten Kleid, die ihnen hinter einer Schmetterlingsbrille hervor entgegenblinzelte.

Cardinal stellte sich und Delorme vor.

»Mrs. Tilley, sind Sie die Mutter von Morris Tilley?«

»Ja. Steckt der Junge schon wieder in Schwierigkeiten? Er will das eigentlich nicht. Er denkt einfach nicht nach, wissen Sie? Er findet etwas ganz toll und lässt sich zu einem Fehler hinreißen. Und dieses Marihuana hat ihm von Anfang an nicht gut getan. Andere Mütter beklagen sich, ihre Kinder wären süchtig nach Videospielen oder nach ihren Computern, und ich würde alles darum geben, wenn Morris sich für so was interessieren würde. Ich meine, er hat Marihuana entdeckt, da war er mal gerade zwölf, und seitdem ist er benebelt. Aber er meint es nicht bös, wirklich nicht. Er ist ein guter Junge, ich meine, Mann. Auch wenn er in mancher Hinsicht eher noch ein Junge ist. Was hat er diesmal angestellt? Nichts Ernstes, will ich hoffen.«

»Ich fürchte, wir müssen Ihnen etwas weitaus Schlimmeres mitteilen, Mrs. Tilley. Vielleicht setzen Sie sich besser.«

»Ja, sicher. Gehen wir ins Wohnzimmer.« Ein Schaukelstuhl aus braunem Vinyl mit schwerer Schlagseite stand neben einem prall gepolsterten Sofa, über dessen beide Enden ein Tiger hergefallen zu sein schien.

»Möchten Sie eine Tasse Tee? Kaffee?«

»Nein, danke. Bitte setzen Sie sich, Mrs. Tilley.«

Mrs. Tilley schwankte ein wenig, und die Farbe wich aus ihrem Gesicht, als hätte jemand an ihren Füßen einen Stöpsel gezogen. Sie ließ sich auf das zerrissene Sofa herab und faltete die Hände ordentlich auf dem Schoß.

»Wir müssen Ihnen leider mitteilen, dass Morris tot ist, Mrs. Tilley.« Cardinal pochte heftig das Herz. An das hier würde er sich nie gewöhnen. »Jemand hat ihn umgebracht.«

»Ihn umgebracht?«

»Es tut mir sehr leid.«

Mrs. Tilley wandte sich an Delorme, wie wenn eine Frau

Vernunft in die Sache bringen könnte. »Wieso sollte irgendjemand Morris umbringen? Morris ist ... Morris kommt mit jedem ... Morris kann keiner Fliege was zuleide tun. Er raucht zu viel Marihuana, das stimmt. Und er kann keinen Job halten, aber schließlich ist es in letzter Zeit der Wirtschaft ja auch nicht gut gegangen, wissen Sie. Und Morris ist sehr wählerisch; der nimmt nicht einfach, was kommt. Aber er lässt sich nicht auf Prügeleien ein. Das kann nicht Morris sein. Da liegt eine Verwechslung vor, Sie werden sehen. Sie haben den Falschen.«

»Seine Identität wurde durch den Zahnstatus ermittelt«, sagte Delorme. »Seine Zähne. Ihr Sohn hat, glaube ich, einen überzähligen Schneidezahn?«

Das folgende Schweigen war kurz, die Stille tief. Irgendwo tickte eine Uhr: eine Sekunde, zwei Sekunden, drei. Und dann zerriss das Heulen von Mrs. Tilley die Luft. Es war laut und lang und mochte aus der Ferne wie das Heulen eines Hundes klingen. Wie eine Erstickende schnappte sie nach Luft und gab einen zweiten heulenden Laut von sich, der Cardinal nicht so sehr wegen seiner Lautstärke in den Ohren wehtat, sondern weil sich in dem langen, gespensterhaften Klagelaut das Leiden aller menschlichen Seelen zu vereinen schien.

Delorme kam mit einem Glas Wasser aus der Küche zurück; Cardinal hatte nicht einmal mitbekommen, wie sie aufgestanden war. Es dauerte eine Weile, doch irgendwann gelang es Delorme, die Frau zu beruhigen. Das laute Heulen ging in Schluchzen über, das Schluchzen in stumme Tränen, und irgendwann war sie in der Lage zu reden.

»Ich muss ihn sehen«, sagte sie. »Sonst werde ich es nie ganz glauben.«

»Selbstverständlich«, sagte Delorme. »Wir können das mit dem Gerichtsmedizinischen Institut in Toronto absprechen, wenn Sie möchten. Oder die vereinbaren etwas mit Ihrem

Bestattungsunternehmen, und Sie können ihn hier noch einmal sehen.«

Dies löste einen weiteren Tränenstrom aus. Cardinal hatte die Erfahrung gemacht, dass der Informationsfluss oft ganz versiegte, wenn man erst einmal zuließ, dass die Trauer gänzlich von den Hinterbliebenen Besitz ergriff. Auf die Gefahr hin, taktlos zu wirken, ging er mit der ersten Frage dazwischen.

»Mrs. Tilley, wann haben Sie Ihren Sohn zum letzten Mal gesehen?«

»Erst vor kurzem. Vor zwei oder drei Monaten.«

»Zwei oder drei Monate?«

»Also, zwei. Morris hat oft nur Sinn für seine Angelegenheiten. Seine Projekte und so, und dann sehe ich ihn ein paar Monate nicht. Dann komme ich irgendwann von Loblaw's nach Hause, und da sitzt er am Küchentisch und verputzt eine Stulle, mit sich und der Welt zufrieden. Er ist ein guter Sohn. Manchmal bringt er mir Blumen mit. Letztes Mal waren es Tulpen. Er weiß, dass ich Tulpen mag. Seine Brüder kämen nie auf die Idee.«

»Die letzte Adresse, die wir von ihm haben, ist Marsden Road«, sagte Delorme. »Oben in Greenwood?«

»Ja, das stimmt. Er teilt sich eine Wohnung mit Freunden.«

»Was hatten Sie für einen Eindruck, als Sie ihn das letzte Mal gesehen haben?«

»Na ja, wie immer. Morris ändert sich nicht. Er hat sich nicht geändert, seit er zwölf war. Unbekümmert, ein bisschen gedankenlos. Ein bisschen geistesabwesend, manchmal. Ich denke, das Marihuana ist daran schuld. Er hat mir erzählt, dass er gerade gutes Geld verdient.«

»Gutes Geld womit?«

»Dass er bei einer Spedition arbeitet. Beladen und entladen. Nichts Berückendes, aber 'ne Lohntüte immerhin.«

»Hat er erwähnt, bei wem er arbeitet?«

»Nein. Nein, er hat nur gesagt, es sei ein guter Laden. So hat er es genannt. Er hat gesagt: ›Ma, ich bin endlich bei einem guten Laden. Es ist ein Anfang.‹ Nicht dass ich geglaubt hab, dass es ihn weiterbringt. Er bleibt ja nie bei der Stange. Aber ich war froh, dass er ein bisschen Geld in der Tasche hat. Er hat mir sogar was mitgebracht. Hat nichts gesagt, aber als er wieder weg war, fand ich einen Hundert-Dollar-Schein unter der Keksdose.«

»Haben Sie irgendwann einmal jemanden von den Leuten gesehen, bei denen er arbeitet, oder einen seiner Freunde?«

»Nein, das heißt, einen. Einen Jungen namens Sam, den er ab und zu mitbrachte. Die beiden saßen dann in der Küche und verdrückten ein Dutzend Plätzchen auf einmal. Hermits aß er am liebsten – Sie wissen schon, Zimt und Rosinen und nicht zu süß? Also, wenn Morris da ist, hat man die besser nicht im Haus.«

»Wie hieß Sam mit Nachnamen, Mrs. Tilley, wissen Sie das?«

»Nein, tut mir leid. Sah nicht schlecht aus, der Junge.«

»Können Sie ihn wohl beschreiben?«

»Er ist hellhäutig, hat sehr dunkles Haar und sehr helle Haut. Er ist kleiner als ich, und ich bin nur eins achtundfünfzig ohne Schuhe.«

»Nicht zufällig Sami Deans, oder?«, fragte Delorme. »Stämmig gebaut, wirkt immer irgendwie verdutzt?«

»Ja, könnte man sagen. Ich hab seinen Nachnamen nie erfahren, jedenfalls hat Morris ihn immer Sammy genannt, als wäre er ein kleines Kind. Natürlich ist in Wirklichkeit Morris nie erwachsen geworden. Jetzt wird er es wohl auch nicht mehr.« Mrs. Tilley legte die Hand vor die Augen und weinte eine Weile hinein.

Delorme fand irgendwo eine Schachtel Kleenex-Tücher.

»Mrs. Tilley, können Sie sich ganz bestimmt nicht erinnern, einmal einen anderen Freund oder Kollegen von Morris kennen gelernt zu haben?«, fragte Cardinal. »Das ist überaus wichtig.«

»Morris brachte normalerweise niemanden mit, fürchte ich. Noch nie. Er war ein umgänglicher Junge, aber am Ende kam er doch allein nach Hause – schon als ganz kleiner Junge.«

Sie brauchten nicht lange, um festzustellen, dass Mrs. Tilley im Grunde nichts über die Aktivitäten ihres Sohnes wusste. Nach ein paar weiteren Fragen kam sie noch mit zur Tür, tupfte sich, während sie hinter ihnen herwankte, die Augen und dankte ihnen für ihre Freundlichkeit.

»Weißt du, woran ich mich bei Mord nie gewöhnen werde?«, sagte Delorme, als sie wieder im Wagen saßen. »Daran, wie viele Opfer es gibt außer dem einen, das stirbt.«

»Wir werden den Kerl finden, der das getan hat, Lise. Deshalb arbeiten wir in diesem Geschäft. Erzähl mir von diesem Sam Deans, den du erwähnt hast. Hat mich ziemlich fertig gemacht da drinnen.«

»Siehst du, das meine ich ja. Ein hochrangiger Polizist wie du lernt nicht die richtigen Leute kennen.«

»Und, verrätst du's mir?«

»Sami Deans. Lebt in einer WG sozusagen. In Greenwood, wie Mrs. Tilley sagte.«

Greenwood war eine der ersten Wohnsiedlungen, die in Algonquin Bay gebaut wurden. Früher einmal eine gute Adresse, war Greenwood wie Algonquin Bay überhaupt ein wenig heruntergekommen. Inzwischen war das Viertel vor allem ein Zufluchtsort für Leute mit einer bescheidenen Pension, die ihre Kleinwagen neben Klinkerbungalows mit leuchtend grünem Rasen parkten.

Bedauerlicherweise hatte einige Straßen ein weniger malerisches Schicksal ereilt.

Eine solche Straße war die Marsden Road. Sie bestand aus nur drei Häusern. Im ersten wohnte ein alter Esel, der – nicht ganz richtig im Kopf – selbst bei sengender Sonne einen Trenchcoat aus dem Zweiten Weltkrieg trug. Das zweite war vor zwei Jahren völlig ausgebrannt und aus steuerlichen Gründen weder instand gesetzt noch abgerissen worden.

Das letzte Haus im Block war einmal ein zweistöckiger weißer Klinkerbau gewesen, doch jetzt war der Klinker grau bis schwarz. Der Rasen glich, abgesehen von den völlig kahlen Stellen, einer Abfallhalde. Verzogenes Sperrholz ersetzte fehlende Fenster. In der Einfahrt, wo jemand, wie es schien, ein Siebzigerjahre-Malibu-Modell aus großer Höhe hatte fallen lassen, wuchs das Unkraut aus dem aufgebrochenen Teer.

»Hör dir das an«, sagte Cardinal, als sie auf das Haus zurollten.

»Hör dir was an?«, fragte Delorme.

»Ich höre förmlich, wie dieser Wagen rostet. Man kann das hören.«

»Wusste gar nicht, dass du ein Autonarr bist.«

»Bin ich auch nicht. Ich hasse es nur, wenn Maschinen misshandelt werden.«

Sie gingen zur Haustür hoch und klopften laut an.

»Es ist erst Nachmittag«, sagte Cardinal. »Wieso meinst du, die sind schon auf?«

Delorme klopfte noch einmal. »Also, mir ist es egal, ob sie schon auf sind oder nicht.«

Von drinnen kam eine Stimme.

»Wer ist da?«

»Polizei. Öffnen Sie die Tür.«

Cardinal sah auf die Uhr. »Wie viel Zeit willst du denen denn noch lassen, alles das Klo runterzuspülen?«

»Eine Minute, schätze ich. Die dürften inzwischen eine ausgefeilte Routine haben.«

Die Tür wurde von einem jungen Mann geöffnet, dessen Kleider ihm zwei Nummern zu groß zu sein schienen. Das fettige Haar hing ihm in einem spitz zulaufenden Pony über ein Auge.

»Sie müssen wissen, dass ich schon einen Anwalt habe«, sagte er. »Ich hab daher nicht vor, selber Fragen zu beantworten.«

Heroinsüchtige, dachte Cardinal. Als ob sie drei Meter unter Wasser wären. Sie formulieren ihre Worte mit größter Konzentration, als ob sie sich in Sprechblasen verständigen müssten.

»Wir sind nicht wegen Ihnen hier, Sami«, erklärte Delorme. »Jedenfalls diesmal nicht.«

»Haben Sie einen Durchsuchungsbefehl?«

»Wir kommen nicht, um das Haus zu durchsuchen«, sagte Cardinal. »Wir kommen nur, um Ihnen ein paar Fragen zu Morris Tilley zu stellen.«

»Toof? Den hab ich seit Tagen nicht gesehen.«

»Wann denn das letzte Mal?«

Sami schüttelte sich den Pony zurück. Er blieb, wo er war.

»Keine Ahnung. Ewigkeit her, graue Vorzeit, Mann.«

»Geht's etwas präziser?«, fragte Cardinal.

»Wieso eigentlich? Habt ihr ihn schon wieder eingebuchtet?«

»Jemand hat ihm zwei Schüsse und einen Baseballschläger über den Kopf verpasst.«

»Oh Mann. Das ist ungeheuerlich. Das ist echt traumatisch.«

»Es ist ein Verbrechen, Sami. Dafür werden wir jemanden hinter Gitter bringen – vorausgesetzt, wir kriegen ein paar vernünftige Informationen.«

»Scheiße. Tut mir leid, Mann, aber ich bin gerade erst aufgewacht. Ich weiß einfach nicht, wie ich reagieren soll.«

Wie weggetreten kann man eigentlich sein?, fragte sich Cardinal. Und die Antwort stellte sich von selber ein: So weggetreten, wie man will.

»Kennen Sie einen Typ namens Kevin Tait?«, fragte Delorme.

Sami zuckte die Achseln. »Ist ein Freund von Toof. Hab ihn schon mal hier gesehen.«

»Ist er Dealer?«

»Hören Sie, ich hab gesagt, ich hab ihn gesehen. Ich hab ihn nicht verhört. Hab auch nicht seinen Lebenslauf überprüft oder so.«

Cardinal und Delorme traten an Sami vorbei in einen Raum, der einmal Wohnzimmer gewesen, jetzt aber in ein Schlafzimmer mit einer Matratze am Boden, einem Ghettoblaster und einem Dutzend verstreuter CDs sowie einem Razor-Roller an der Wand umfunktioniert war. Irgendwo oben war eine Toilettenspülung zu hören.

»Setzen Sie sich, Sami«, sagte Delorme. »Sie sehen ja wie der Tod auf Socken aus.«

»Geht schon, ich kann stehen.«

»Setzen Sie sich, Sami.« Delorme drückte ihm auf die Schultern, und Sami sank auf die Matratze. »Jetzt denken Sie mal zurück. Wann haben Sie Morris Tilley das letzte Mal gesehen?«

»Ich glaube, das war vor ungefähr drei Wochen. Ja, vor drei Wochen. Hab ihn in der Poolhall gesehen. Toof ist ein ziemlich guter Spieler.«

»War«, stellte Delorme richtig.

»War.«

»Aber er hat das Haus mit Ihnen geteilt«, wandte Delorme ein. »Wieso haben Sie ihn so lange nicht gesehen?«

Sami zupfte an seinem Pony. »Keine Ahnung. Toof hat sich 'n neuen Bekanntenkreis zugelegt.«

»Tatsächlich?«

»Irgend so 'n Indianer, der ihm über den Weg gelaufen ist. Toof tat ziemlich geheimnisvoll, aber er war offensichtlich total beeindruckt von dem Kerl.«

»Und hat der Kerl vielleicht auch einen Namen?«, wollte Cardinal wissen. »Eine Adresse?«

»Keine Adresse. Davon hat Toof nichts gesagt. Aber der Name, weiß nicht. Black Cloud. So was in der Art. Sie wissen schon, Indianername.«

»Sind Sie dem Mann mal begegnet? Haben Sie ihn zu Gesicht gekriegt?«

Sami schüttelte den Kopf. Er hatte die Arme um sich geschlungen, obwohl es viel zu heiß im Zimmer war, und auf seiner Oberlippe waren feine Schweißperlen zu sehen.

»Sie haben nicht zufällig 'ne Zigarette für mich?«

»Leider nein«, sagte Delorme.

»Wer wohnt noch alles hier?«

»Wir sind sieben, soviel ich weiß. Wenn Toof nicht wiederkommt.«

»Tut er nicht. Und wir würden gerne den erwischen, der dafür gesorgt hat. Mit wem hängt er denn außer Ihnen noch so rum?«

Sami schien geschockt. »Ich häng mit Toof nicht rum, Mann. Er wohnt nur hier. Hat hier gewohnt.«

»Mit wem hing er also rum?«

»Keine Ahnung, Mann. Lassen Sie mich in Frieden, ja?«

Cardinal klopfte mit dem Fingerknöchel Sami auf die Stirn. »Hallo-o. Sami? Ich frag Sie nicht, bei wem er sein Dope gekauft hat. Ich frag nur, mit wem er rumgehangen hat.«

»Weiß ich doch nicht. Irgend so 'n Depp, der sich für 'ne ganz heiße Nummer hält.«

»Ein Name«, warf Delorme ein. »Wir brauchen einen Namen.«

Sami brüllte die Treppe hoch. »Hey, Paco! Wie heißt noch der Blödmann, mit dem Toof rumhängt, Alter? Der Typ, der diesen Machoschlitten fährt.«

Ein kleiner, dunkelhäutiger Mann erschien auf der Treppe, das Gesicht grotesk verzerrt vor Angst. »Scheiße, Mann. Du redest mit den Bullen?«

»Toof ist tot. Sag mir nur den gottverdammten Namen.«

Paco kam die übrigen Stufen herunter und kratzte sich am Kopf. Von seinen Kleidern gingen Dunstschwaden Marihuana aus.

»Der Typ mit dem Batmobile? Leon Dingsbums. Nachnamen weiß ich nicht.«

»Wie sieht er aus?«, fragte Cardinal.

»Keine Ahnung, Mann. Ganz normal, wissen Sie? Braunes Haar, irgendwie dreckig. Fährt so 'nen idiotischen Angeberschlitten, schwarz. TransAm oder so.«

»Oh, warte mal«, sagte Sami. »Jetzt fällt's mir ein. Der hat irgendwie 'ne Narbe an der Stirn. So 'ne Zickzacklinie. Ungefähr so lang.« Er hielt Daumen und Zeigefinger etwa zwei, drei Zentimeter auseinander.

»Der Typ ist wahrscheinlich mit der Birne an die Kloschüssel geknallt«, sagte Paco und drehte sich zur Treppe um.

»Brr, Paco. Mal halblang, mein Sohn.« Cardinal trat zwischen ihn und die unterste Stufe. »Wir müssen mit Ihnen und allen anderen reden, die hier wohnen. Holen Sie die mal alle runter. Keine Angst – wenn wir auf Schnee aus wären, würden Sie längst in der grünen Minna sitzen.«

Cardinal und Delorme befragten fünf weitere junge Männer, die im Haus wohnten, einer weggetretener als der andere. Das war etwas, das Cardinal schon oft bei Heroinsüchtigen beobachtet hatte: Sie waren keine üblen Burschen; sie schienen einfach nur rettungslos verwirrt. Der eine oder andere der jungen Männer, mit denen sie sprachen, hätte durchaus etwas aus sich machen können, hätte er sich nicht in die Nadel verliebt. Jeder hat so seine Krücken, nahm er an, aber manche Krücken verkrüppeln mehr als andere.

Keiner von Toofs ehemaligen Hausgenossen hatte irgendetwas Nützliches zu den Informationen beizutragen, die sie bereits hatten. Ja, sie hatten mal einen Typen namens Kevin Tait gesehen. Nein, kennen wäre zu viel gesagt. Als sie zum Präsidium zurückkamen, setzte sich Delorme an den Computer. Später kam sie mit einem Ausdruck an Cardinals Schreibtisch zurück.

»Ich hab mal sämtliche Typen namens Leon eingegeben, die wir in den letzten drei Jahren eingebuchtet haben. Rat mal, wie viele?«

»Keine Ahnung. Drei?«

»Keinen. Nicht einen. Aber jetzt sieh mal, was ich von Musgrave habe.«

»Musgrave? Doch nicht etwa Sergeant Malcolm Musgrave von der Royal Canadian Mounted Police? Du hast schon mit ihm telefoniert? Gibt es irgendwas in eurer Beziehung, wovon ich nichts weiß?«

»Mit Musgrave? Du machst wohl Witze.«

Cardinal nahm den Ausdruck und sah ihn sich an.

»Okay, ein gewisser Leon Rutkowski hat sich in Sudbury beim Heroinschmuggel erwischen lassen. Acht Jahre in Millhaven gesessen. Hat außerdem ein paar Vorstrafen wegen Körperverletzung und schwerer Körperverletzung. Leon scheint zu Jähzorn zu neigen.«

»Die Beschreibung passt zu dem, was sie uns in Toofs Haus erzählt haben«, sagte Delorme, immer noch mit dem Rücken zu ihm.

»Braunes Haar, blaue Augen, Narbe an der Stirn.«

»Sieh mal, was er bei seiner Festnahme gefahren hat.«

»Einen schwarzen TransAm. Allerdings steht hier unter einschlägig bekannte Komplizen nichts von einem Black Cloud.«

»Ich ruf Musgrave noch mal an«, sagte Delorme.

Während er wartete, versuchte Cardinal Catherine in ihrem Hotel zu erreichen. Die Chance, sie tatsächlich anzutreffen, war gering, das wusste er, und zum tausendsten Mal wünschte er sich, sie hätte immer ein Handy dabei. Er hinterließ eine Nachricht – er denke an sie. Machte sich Sorgen, wäre wohl treffender gewesen, und nachdem er aufgelegt hatte, spürte er ein wachsendes Unbehagen darüber, dass er sich um seine Frau sorgte, statt sich auf seinen Fall zu konzentrieren. Dann wieder hatte er Schuldgefühle wegen des Unbehagens.

Delorme zog sich bereits die Jacke an.

»Wo willst du hin?«, fragte er.

»Musgrave hat mir eine Kontaktperson genannt.«

35

Cardinal schlüpfte neben Delorme auf den Beifahrersitz. Sie setzte den Wagen zurück und ließ die Reifen quietschen. Wenn sie fuhr, zog Delorme die Augenbrauen zusammen. Sie hatte die ausdrucksvollsten Brauen, die Cardinal je gesehen hatte, und die verblassende hakenförmige Narbe verstärkte die Wirkung nur.

»Also, wo soll's hingehen?«, fragte Cardinal.

»Alan Clegg. Er ist derzeit Musgraves Mann in der Drogenszene, zumindest für unser Viertel.«

»Nicht möglich, die haben doch seit mindestens zehn Jahren hier kein Sonderkommando mehr gehabt.«

»Es ist kein Sonderkommando. Sie haben drüben im Federal Building einen Aushilfsposten. Nur zwei Mann, die meiste Zeit ist Clegg hier allerdings allein.«

Sie parkte hinter dem Postgebäude, unter einem Schild mit der Aufschrift »Reserviert«. Sie nahmen den Fahrstuhl in den dritten Stock. Cardinal erinnerte sich noch an die Zeit, als die RCMP in Algonquin Bay ein ständiges Sonderkommando unterhielt. Es war schon immer eine kleine Station gewesen, nie mehr als vier Mann, die den Kollegen von der Kripo immer lieber aus dem Weg gegangen waren. Dann kam die Zeit der Kürzungen, und das Kommando war nur eines von vielen, die dichtmachen mussten.

Alan Clegg hatte sie wohl kommen gehört, denn er trat aus dem Büro, eine Silhouette vor dem Fenster am Ende des Flurs. »Sie müssen Delorme sein«, sagte er.

»Das ist mein Kollege, John Cardinal«, sagte Delorme.

Sie schüttelten sich die Hand. Clegg hatte die T-förmige Figur eines Mittelgewichts. Er schien gegen Ende dreißig zu sein, doch er hatte sich nicht gehen lassen. Er führte sie in ein beengtes Büro, das mit zwei Metallschreibtischen und nicht viel mehr ausgestattet war. Es roch nach Kaugummi und kaltem Kaffee.

»Wenn ich richtig verstanden habe, wollen Sie über den Drogenhandel reden«, sagte Clegg. »Ich werde Ihnen alles erzählen, was ich sagen kann, ohne meine Quellen preiszugeben.«

Delorme warf Cardinal einen Blick zu, den er mit einem Nicken beantwortete. Sie machte den Anfang, sie hatte das Sagen.

»Sie wissen vermutlich von den zwei Morden, die wir kürzlich hatten«, sagte sie.

»Wombat Guthrie, sicher. Zu Ihrem anderen Fall hab ich noch keinen Namen gehört.«

»Morris Tilley.«

»Morris Tilley?« Clegg schüttelte den Kopf. »Sagt mir im Moment nichts.«

Delorme zeigte ihm ein Foto, das sie sich von Mrs. Tilley geliehen hatte.

»Das Gesicht kenn ich irgendwoher«, sagte Clegg. »Ich bin sicher, dass ich den schon mal wo gesehen habe. Aber wo und in welchem Zusammenhang ... Sie haben mich ertappt.«

»Es gibt eine Verbindung zwischen den beiden Morden«, sagte Delorme. »Die Waffe, mit der auf Morris Tilley geschossen wurde, befand sich vor kurzem im Besitz von Wombat Guthrie. Sie wurde auch bei einer Körperverletzung ...«

Cardinal legte ihr eine Hand auf den Arm. »Das lassen wir besser raus.«

»Nichts anderes hatte ich vor«, sagte Delorme. Es gelang ihr nicht, den Anflug von Verärgerung zu kaschieren, vielleicht gab sie sich auch gar keine Mühe.

Cleggs Gesicht verzog sich zu einem knappen Lächeln. »Verstehe.«

»Was wissen Sie über Wombat Guthrie?«

»Hässlich wie die Nacht, brandgefährlich. Ein Leben lang Mitglied bei den Viking Riders. Drogenkurier seit ewigen Zeiten. Erfreute sich bei dem neuen Vorsitzenden der Riders nicht gerade besonderer Beliebtheit, hab ich läuten hören.«

»Erzählen Sie mehr.«

»Wombat war zur Bewachung einer ziemlichen Menge Stoff abgestellt. Wie viel genau, weiß ich nicht, aber einer Menge. Andere Riders tauchen auf, Stoff futsch, Wombat futsch.«

»Glauben Sie, die haben ihn auf dem Gewissen?«

»Ist auf keinen Fall auszuschließen. Die Jungs sind leicht auf achtzig.«

»Tilley hat oben in Greenwood in einem Haus mit lauter Junkies gelebt«, sagte Delorme. »Ich schlag vor, wir nennen Ihnen die Namen, und Sie sagen uns, ob einer davon irgendwie mit Wombat Guthrie in Verbindung steht.«

Cardinal und Delorme gingen die sechs Namen durch, die sie hatten. Clegg schrieb sie sich bereitwillig mit einem fünf Zentimeter langen Bleistiftstummel in sein Notizbuch. Die meisten hatte er schon gehört, konnte aber keine Verbindung zu Wombat Guthrie herstellen. Und dann Sami Deans.

»Sami Deans haben wir besonders im Auge«, sagte Corporal Clegg. »Wir fragen uns in letzter Zeit, ob er seine Aktivitäten nicht vom Löchern seines Arms auf Dealen ausgeweitet hat.«

»Glaube nicht«, sagte Delorme. »Wir kriegen ihn immer wieder wegen Einbruchs dran. Was ist mit seinem Freund Paco Fernandez?«

Clegg lachte. »Paco Fernandez? Ich glaub, der hat als Kind zu viele Cheech-und-Chong-Filme gesehen und beschlossen, genau so zu werden wie die. Bin mir nicht mal sicher, ob er sich mit härteren Drogen abgibt. Der würde seine eigene Vene nicht mal mit 'ner Wegbeschreibung finden. Aber wissen Sie was, an Typen wie Deans und Fernandez sind wir gar nicht interessiert. Die sind ein lokales Problem.«

»Leon Rutkowski passt da schon eher in Ihr Profil«, sagte Cardinal.

»Da stimme ich Ihnen zu«, erwiderte Clegg. »Den hab ich vor einer Ewigkeit mal festgenommen. Hab ihn mit sechs Gramm Heroin in seinem TransAm erwischt. Er geht schon seit 'ner ganzen Weile in Algonquin Bay ein und aus, aber er verhält sich ziemlich unauffällig.« Clegg schnippte mit den Fingern. »Das ist es, wo ich Ihren Morris Tilley gesehen habe! Ich hab ihn mal mit Leon gesehen, wie er aus Duane's Billiard Emporium rauskam. Hatte allerdings nicht den Eindruck, dass sie sich besonders nahe stehen.«

»Darüber wissen wir auch nichts«, sagte Delorme. »Wir haben nur gehört, dass sie öfters zusammen sind.«

»Möglich. Ich glaube, als Leon das erste Mal in die Stadt kam, hat er gedacht, er könnte hier geschäftlich was werden, sich vielleicht einen kleinen Eiswagen zulegen und von dort aus Schnee verkaufen, Schneemann und Eismann in einem sozusagen. Aber dann ist zweierlei passiert: Erstens bin ich ihm in die Quere gekommen. Der Gedanke, noch 'ne Runde abzusitzen, hat ihm wohl irgendwie die Luft rausgelassen. Das Zweite waren die Viking Riders. Die lassen bei ihrem Drogenhandel nicht mit sich spaßen. Man kann nicht einfach in ihrem Revier antanzen und erwarten, dass sie einem den roten Teppich ausrollen. Auch wenn sie selten einen Fuß in Ihre schöne kleine Stadt setzen, garantier ich Ihnen, dass die den größten Teil des Stoffs kontrollieren, der hier rein- und rausgeht, das harte Zeug sowieso. Falls Leon überhaupt dealt, dann sehr kleine Mengen.«

»Ist er ein Junkie?«, fragte Delorme.

»Negativ. Ehemaliger Speedfreak.«

»Er hat ein paar schwerere tätliche Angriffe in seinem Register.«

»Oh ja, Leon kann ziemlich ungemütlich werden, wenn er sauer ist. Das letzte Mal ist aber schon 'ne Weile her, jedenfalls soviel ich weiß. Ich hab ihn immer im Visier, aber er macht sich so rar, dass ich mich schon frage, ob der alte Leon am Ende gar clean geworden ist. Andererseits müsste er dafür erst mal einen Job bekommen.«

»Wir haben gehört, dass Morris Tilley – auch unter dem Spitznamen Toof bekannt – mit einem Ureinwohner rumhängt. Indianername wie Black Cloud oder so.«

»Sie meinen Black Fly wie Kriebelmücke?«, lachte Clegg. »Davon haben wir derzeit 'ne Menge.«

»Black Cloud oder so ähnlich.«

»Ach, ich weiß, wen Sie meinen. Letztes Jahr hat es da einen Kerl namens Red Bear gegeben, der sich regelmäßig in der Stadt blicken ließ. So 'n Eso-Typ. Hat den Leuten die Karten gelesen und solche Sachen. Ein Schamane – nennt man die nicht so? Vor ein paar Monaten habe ich ihn in Reed's Falls gesehen, zusammen mit ein paar anderen Jungs – nicht Leon. War sowieso nur auf der Durchfahrt – Reed's Falls ist OPP-Territorium. Er stammt aus dem Red-Lake-Reservat, hab ich mir sagen lassen. Hilft Ihnen das irgendwie weiter?«

»Klar«, sagte Cardinal. »Bis jetzt wissen wir noch gar nichts über ihn.«

»Tut mir leid, dass ich auch nicht mehr weiß. Bin nicht hier, um auf diese kleinen Fische zu achten.«

»Aber Sie haben Ihre Quellen bei den Riders, richtig?«, fragte Cardinal.

»Ich hab Quellen, die mir manchmal was über die Riders verraten. Ich denke, wir formulieren es am besten so.«

»Und was können Sie uns über die Riders sagen?«, hakte Cardinal nach. »Wir haben einen toten Viking Rider und einen toten Zivilisten, der damit zusammenhängt. Und wir haben Grund zu der Annahme, dass wir es bald mit einem dritten Opfer zu tun haben werden.«

»Tatsächlich? Wer ist denn der Nächste auf der Trefferliste?«, fragte Clegg.

Cardinal verwünschte sich im Stillen. »Ich meinte nur, der oder die Mörder halten sich derzeit ran und töten vermutlich bald ein drittes Opfer.«

Clegg überlegte einen Moment.

»Alles, was Ihnen einfällt«, sagte Delorme. »Die Riders reden nicht, die Junkies wissen nichts, und wir haben wirklich keinen leichten Stand.«

»In Ordnung. Das wird zwar eine mittlere Panik auslösen, aber ich glaube nicht, dass deshalb meine Informanten auffliegen. Was würden Sie davon halten, wenn ich Ihnen sage, wo Wombat zuletzt lebendig gesehen wurde?«

36

Sie stellten am Haus der Riders am French River Wachposten ab: zwei heftig von Kriebelmücken geplagte Fischer in einem kleinen Boot und zwei Telefontechniker auf einem Mast, die es noch schlimmer erwischte. Sie hielten vier Stunden Ausschau und sahen niemanden das Haus betreten oder verlassen. Es waren keine Motorräder oder Autos davor geparkt.

Dennoch waren sie gewappnet. Vier Wagen, die Spurensuche nicht eingeschlossen, und alle mit Gewehren und kugelsicheren Westen. Sie schwitzten wie die Schweine. Nachdem sie die Tür aufgebrochen hatten, vergewisserten sie sich, dass das Haus leer war. Als sie fertig waren, standen sie noch eine Weile in der wie von Profis perfekt geputzten Küche. Geräte, Spülstein und Arbeitsplatten waren blitzblank.

»Die Jungs dürfen jederzeit meine Hausarbeit übernehmen«, sagte Delorme. »Solange ich selbst nicht da bin.«

Das Haus wurde offensichtlich nicht bewohnt, nicht einmal vorübergehend. Es gab drei Schlafzimmer, spärlich und billig eingerichtet und mit Feldbetten bestückt, die aus ausrangierten Armeebeständen stammen mochten. Kleider- und Geschirrschränke waren leer und stanken nach Putzmittel. Die Parkettböden hatten Kerben und Schrammen, die schwere Stiefel hinterlassen hatten. Nach eingehender Prüfung stellten sie fest, dass die Gläser, Becher und Dosen, die sie im Kühlschrank fanden, tatsächlich nichts anderes als Marmelade, Joghurt und Currypaste enthielten.

Cardinal ging in den Keller. Er roch den See und den Fluss, als ob ihm die Kraft des klaren, blauen Wassers und der schäumenden weißen Wellen entgegenschlüge, durchsetzt mit dem Geruch nach Zement und Abflussrohren. Er schaute unter die Treppe wie auch unter und in die verstaubten Geräte, die Waschmaschine und den Trockner. Ein Terrain aus Moder, Spinnweben und Staub.

Die einzige Ausbeute in einer Ikea-Kommode war ein einsames dunkelblaues T-Shirt, auf dessen Rückseite die Großbuchstaben NYPD – New York Police Department – prangten.

»Die haben zumindest Sinn für Humor«, sagte Delorme.

»Fragt sich doch«, sagte Cardinal, »wieso eine Gruppe heißblütiger Kanadier wie die Viking Riders ein so hübsch gelegenes Cottage wie das hier haben und es nicht benutzen.«

»Vielleicht mögen sie keine Kriebelmücken«, sagte Delorme. »Ich für meinen Teil hab sowieso nie verstanden, was die Leute an Cottages finden. Du fährst zu deinem Cottage raus und hast es da lauter als in der Main Street.«

»Ich weiß«, sagte Cardinal. Die Ruhe seines eigenen Hauses wurde seit einigen Jahren von Schneemobilen, Motorbooten, Wasserscootern und jeder denkbaren anderen Variante des Verbrennungsmotors gestört.

»Es ist so sauber, dass es fast aussieht, als hätten sie mit einer Razzia gerechnet.«

»Ja, hab ich auch schon gedacht«, sagte Cardinal. »Oder sie sind einfach nur auf der Hut. Immerhin ist einer ihrer Brüder ermordet worden.«

Er hob ein Exemplar des *Algonquin Lode* hoch. Auf der Titelseite war eine wochenalte Geschichte von einem Mann, der den diesjährigen Wettbewerb gewonnen hatte, ein Preisausschreiben mit der Frage, wann wohl das Eis auf dem Lake Nipissing schmelzen würde.

»Andererseits«, sagte Cardinal, »benutzen sie das Haus vielleicht nur nicht, weil ihnen hier der Boden zu heiß unter den Füßen geworden ist. Ich meine, wenn sie hier Drogen durchschleusen, ist sicher keiner von ihnen scharf drauf, hier zu wohnen. Wer länger bliebe, würde die ganzen Prügel beziehen, wenn der Laden hochgeht.«

In dem Moment hallte Arsenaults Stimme durchs leere Haus. Er rief ihre Namen.

Sie fanden ihn auf Händen und Knien vor einem Wandschrank, den er inspizierte. Er hatte eine Fußleiste abgenommen.

»Ich hab hier hinten einiges an weißem Pulver gefunden. Genug jedenfalls, um es zu analysieren. Das Zeug stäubt überall hin, egal, wie gründlich sie sauber machen. Ich nehme mal an, sie haben hier so einiges gebunkert. Und sicher ziemlich oft.«

»Dann wissen wir also mit Sicherheit, dass sie hier Heroin umgeschlagen haben«, sagte Delorme. »Da bin ich aber schockiert. *Schockiert.*«

»Sie haben die Charge hier gelassen und nur Wombat abgestellt. Das sagt uns *was?*«

»Dass es Routine war. Sie haben eine Menge umgeschlagen.«

»Stimmt. Sie fühlten sich vollkommen sicher. Und dann kommt plötzlich jemand daher und beklaut sie nicht nur, sondern tötet Wombat und schneidet ihn in Stücke. Wer kommt für so was in Frage?«

»Vielleicht eine rivalisierende Bande?«

»Aber was für eine? Die nächsten Biker-Banden gibt es erst wieder in Toronto, und falls eine von denen in der Stadt gewesen wäre, hätten wir es erfahren. Hey, Szelagy!«, rief Cardinal Richtung Wohnzimmer. »Was haben wir von der Verbunddatenbank zu Wombat bekommen?«

Szelagys bullige Gestalt füllte den Türrahmen aus. »Negativ. Keine Verbindung zu gar nix.«

»Nicht mal zu irgendwelchen ungelösten Fällen?«

»Gelöst, ungelöst, die hatten nichts.«

»Haben Sie es ohne die Hieroglyphen durchlaufen lassen?«

»Klar hab ich das.« Szelagy schien verletzt. »Ich hab sie gebeten, es sowohl als auch zu machen. Ich hab den Bericht heute früh zu Ihrer eingehenden Post gelegt.«

»Ich kann einfach nicht fassen, dass die nichts gefunden haben«, sagte Delorme. »Bei einem derart ungewöhnlichen Modus Operandi.«

»Konzentrieren wir uns auf die Waffe«, sagte Cardinal. »Wir wissen, dass Wombat sie vor einigen Wochen gestohlen hat.«

»Aber er kann nicht Toofs Mörder sein, da war er selbst schon tot.«

»Stimmt. Demnach hat derjenige, der Wombat getötet hat, sich auch die Freiheit genommen, seinen Revolver einzustecken. Er hat anschließend damit auf Terri Tait und dann Toof geschossen. Alle, die darin verwickelt sind, haben auf die eine oder andere Weise mit Drogenhandel zu tun – Terri durch ihren Bruder. Aber abgesehen von den Kugeln, haben wir nichts in der Hand, um sie mit Toof und Wombat in Verbindung zu bringen.«

Delorme legte nachdenklich die Stirn in Falten.

»Was ist?«, sagte Cardinal. »Was überlegst du?«

»Wenn wir mal annehmen, die Riders sagen die Wahrheit – jemand anders hätte sie beklaut, und sie hätten Wombat nicht umgebracht –, dann hätten wir es wohl mit richtigen Schwerverbrechern zu tun, meinst du nicht? Also keinesfalls mit jemandem, dem Terri Tait oder sogar Toof normalerweise über den Weg laufen würde. Der Kerl hat in kurzem Abstand zwei Menschen getötet, versucht hat er's dreimal. Das ist extrem gewalttätig, selbst fürs Dealermilieu – fast so, als suchte er nach Gelegenheiten zum Töten.«

»Ich weiß. Und das heißt vermutlich, dass er immer noch auf der Suche ist.«

37

Seine Erforschung von Insekten in Verbindung mit dem Tod hatten Angus Chin veranlasst, eine Art Farm in den kiefernbewaldeten Bergen auf dem Gelände der Northern University anzulegen. Dort trafen Delorme und Cardinal ihn dabei an, wie er eine Horde Studenten betreute. Gleich Trauergästen bei einer Beerdigung standen sie in einem Birkenhain und umringten die sterblichen Überreste einer Ratte. Sie lag in einem Käfig, als könnte sie fliehen, doch der Käfig sollte nur größere Raubtiere wie Füchse, Hunde und Krähen daran hindern, das Studienobjekt zu verschlingen, während Fliegen und Käfer sich nach Herzenslust daran gütlich tun durften.

Als er Cardinal und Arsenault kommen sah, wies Dr. Chin seine Studenten an, die übrigen Stellen zu inspizieren und sich schon mal Notizen zu machen; sie würden ihre Entdeckungen das nächste Mal besprechen. Er manövrierte Mr. Filbert zu dem Ermittlerduo, als wäre er blind.

»Haben Sie unsere kleine Farm schon mal gesehen, Detectives?«

»Ehm, nein«, sagte Cardinal. »Ein andermal wäre ich sehr interessiert, aber im Moment stehen wir unter Zeitdruck, fürchte ich.«

»Kein Problem. Wie wär's mit *walk and talk*? Im Film nennen sie das so. Ungefähr einmal im Jahr bittet mich jemand, zu einem Kinofilm oder einer Fernsehproduktion den Berater zu geben. Viel weniger interessant, als man meinen möchte.«

Er wedelte mit der Hand in Richtung der Kadaver in den Käfigen.

»Sehen Sie, wir haben acht davon, acht Käfige mit je einer toten Ratte. Die Tiere sind schon tot, wenn wir sie bekommen.«

»Psychologisches Institut«, sagte Filbert. »Bei den Psychologen fallen ’ne Menge tote Ratten an.«

»Wir legen sie gleichzeitig unter verschiedenen Bedingungen aus und sehen anschließend, wer sie wann und wie lange besuchen kommt. Wir haben ’ne Menge Spaß, nicht wahr, Mr. Filbert?«

»Einige von uns schon. Die anderen wüssten durchaus Besseres mit ihrer Zeit anzufangen.«

»Mr. Filbert fühlt sich derzeit über das alles hier erhaben, weil er ein weiteres Stipendium für seine makabren DNA-Experimente bekommen hat. Das Justizministerium, der Rat für technische und naturwissenschaftliche Forschung – die sind alle vernarrt in ihn. Und wieso auch nicht? Ich hab ihn zu dem gemacht, was er ist.«

Filbert deutete auf einen Käfig weiter den Hang hinauf.

»Sehen Sie, die da liegt nach Süden. Das heißt, sie bekommt ’ne Menge Sonne ab, und das beschleunigt den Verwesungsprozess.«

»Beschleunigt«, sagte Arsenault. »Sieht eher so aus, als wäre er abgeschlossen.«

»Stadium der Vertrocknung«, sagte Chin. »Sämtliche Flüssigkeit ist versickert. Trotzdem ein Festessen für den Knochenkäfer.« Er hockte sich neben den Kadaver. »Da sind sie ja und mampfen genüsslich vor sich hin. Mhm, lecker.« Er stand wieder auf. »Wollen wir einen Vetter besuchen, auf der anderen Seite des Hügels?«

»Doktor, wir kommen wegen der Ergebnisse zu den Proben, die wir Ihnen gebracht haben. Und wir haben etwas Neues.«

»Schön, schön. Je mehr, desto besser.«

Chin führte sie hinter der Kuppe den Hang Richtung Unigelände hinunter. Durch die Bäume sah Cardinal, dass dort unten ein Lacrossespiel im Gange war. Die Rufe der Studenten hallten an den Berghängen wider. Eine Kriebelmücke landete auf seinem Handgelenk, und er schüttelte sie ab. Sie landete auf seinem anderen Handgelenk und stach zu.

»Jetzt sehen Sie sich das hier mal an. Dieser kleine Nager wurde zur selben Zeit wie sein Vetter auf der anderen Seite ausgelegt. Auf der anderen Straßenseite sozusagen.«

Die Ratte war schwarz, und das Fleisch sah beinahe flüssig aus.

»Wie nennen wir dieses Stadium, Mr. Filbert?«

»Schwarze Putreszenz, eine Fäulnis, die bekanntlich auch während einiger Ihrer Vorlesungen eintritt.«

»T-t-t. Wie kann man so jung sein und schon so viel Galle verspritzen. Ja, es ist schwarze Putreszenz, ein vollkommen anderes Verwesungsstadium bei gleicher Liegezeit. Und was noch wichtiger ist: Sie könnten diese Ratte von morgens bis abends untersuchen und würden keinen einzigen Knochenkäfer finden.«

»Nicht mal einen, der bei seiner Alten nichts zu beißen kriegt.«

»Ach, Mr. Filbert, Sie sprühen ja mal wieder vor Witz.«

Und wieder hockte sich Chin neben einen Käfig. »Ja, sehen Sie, hier haben wir *Calliphoridae* und *Sarcophagidae*, und zwar noch im Puppenstadium. Schon erstaunlich, was ein paar Grad Temperaturunterschied bewirken können. Im Winter allerdings sieht die Sache ganz anders aus.«

»Vor dem Schnee, nach dem Schnee«, ergänzte Filbert, »über dem Gefrierpunkt, unter dem Gefrierpunkt. Da wird es noch mal richtig verwirrend.«

Cardinal hatte schon ein paar Winterleichen gehabt, doch er wollte sich mit den beiden nicht in eine Diskussion einlassen. Können wir bitte nur einfach ins Labor? Können wir uns bitte auf den Fall konzentrieren?

Chin führte sie noch an zwei weiteren toten Ratten vorbei und kommentierte sie wie ein Museumskurator, was er auf seine Weise auch war. Endlich waren sie im Labor, und Chin holte einen Hefter aus einem Regal. Er blätterte ihn ganz durch und sah sich ein paar Computerausdrucke genauer an.

»Da haben wir's. Ihre Leiche war mindestens 312, maximal 336 Stunden tot.«

»Also zwei Wochen«, sagte Cardinal. »So viel haben Sie uns aber bereits das letzte Mal gesagt.«

»Schon, aber jetzt können Sie damit vor Gericht. Wir wissen ohne jeden Zweifel, um welche Spezies es sich handelt, da wir sie haben schlüpfen lassen. Ich bin sicher, Mr. Filbert wäre es ein Vergnügen, für Sie vor Gericht zu erscheinen. Er hat jedenfalls nichts Besseres zu tun.«

»Nein, nein. Abgesehen von meinen einsamen Stunden am Thermalcycler«, sagte Filbert. »Wollen Sie ihnen nicht die Daten zeigen?«

Chin drehte den Computer so, dass Cardinal und Delorme das Raster sehen konnten, welches auf dem Monitor aufleuchtete. »Eine Datenreihe. Wir haben Entwicklungszeittafeln für sämtliche hiesigen Gliederfüßer auf unserer Datenbank.«

»Er meint, *ich«,* sagte Filbert. »Er streicht nur den Ruhm dafür ein.«

»Mr. Filbert ist überhaupt kein Wissenschaftler, Detectives. Eigentlich ist er ein Ausbrecher aus einer geschlossenen Anstalt. Ich wäre Ihnen sehr verbunden, wenn Sie ihn gleich mitnehmen würden.« Chin tippte etwas auf einer Tastatur, und das Raster wechselte die Farbe. Dann erschien eine Liste auf der linken Seite, und das Raster füllte sich mit Zahlen.

»Links tragen wir die Taxa ein, die wir am Fundort gesammelt haben. *Calliphoridae, Cynomyopsis, Staphylinidae* und so weiter. Jede benötigt eine andere Zeit für die Ei-Ablage und die Verpuppung wie auch für die Entwicklung. Sie speisen sämtliche Taxa ein, die Sie am Fundort entdecken, und dann die verschiedenen Entwicklungsstadien, im Grunde bräuchten Sie nicht mal einen Computer. Sie sehen sich einfach an, wie viel Tage es dauert, bis sie ein bestimmtes Entwicklungsstadium erreicht haben. Die einzige Liegezeitbestimmung, die sich damit deckt, dass die alle zur selben Zeit am selben Ort zu finden waren, ist ...« Chin drückte auf die Enter-Taste, und auf dem Bildschirm erschien eine Zahlenskala.

»... 312 bis 336 Stunden«, sagte Cardinal. »Sehr eindrucksvoll.«

»Das ist primitivste Wissenschaft.« Chin sah mit einem Lächeln zu ihnen auf. Fluoreszierende Lichter bildeten helle Balken in seinen Brillengläsern. »Das versteht sogar Filbert.«

»Eigentlich nicht mein Gebiet«, sagte Filbert. »Ich bin ein einfacher Kapillarsequenzer.«

Arsenault zog ein paar Phiolen heraus und reichte sie Dr. Chin.

»Noch eine Leiche«, sagte er. »Können Sie uns damit weiterhelfen?«

»Na ja, Sie haben da vor allem Eier. Kaum Puppen. Frische Leiche, stimmt's?«

»Stimmt.«

Dr. Chin klopfte behutsam eines der Eier heraus und legte es unters Mikroskop. »*Phormia regina* kriegen Sie überall. Langweilig.« Einen anderen Objektträger bestückte er mit einem anderen Ei. »*Lucilia Illustris*«, sagte er und stellte die Schärfe ein. »Grüne Goldfliege. Liebt offene, trockene Gegenden.«

»Das passt auf jeden Fall«, sagte Cardinal.

Dr. Chin verfuhr mit einem dritten Ei wie mit den ersten. Wieder drehte er an der Schärfeneinstellung. »*Phaenicia sericata*. Auch als Fischgoldfliege bekannt. Die hier lebt in hellen Habitaten. Kommt früh, steht gern vorne in der Schlange. Im Freien, bei Sonnenschein, würde ich sagen, haben wir es mit einer Liegezeit von zwölf bis vierzehn Stunden zu tun.«

»Das würde zum Erscheinungsbild der Leiche passen«, sagte Arsenault.

»Sie haben keine der Arten bei unserem ersten Opfer erwähnt«, sagte Cardinal.

»Wie denn auch! Das erste Opfer lag hinter einem Wasserfall und war zwei Wochen alt. Sie werden keine dieser Arten dort antreffen und umgekehrt. Sie finden zum Beispiel keine *Cynomyopsis cadaverina* an einer so frischen Leiche. Aber ich weiß nicht, wieso Sie mit diesem zweiten Opfer zu mir kommen. Da kriegen Sie doch eine vernünftige Zeitbestimmung vom Mageninhalt und der Körpertemperatur.«

»Wir haben am zweiten Fundort noch etwas anderes entdeckt«, sagte Cardinal. »Das heißt, Arsenault.«

Arsenault kramte noch eine Phiole hervor. Chin hielt sie ans Licht.

»Eine einzige Puppenhülse?«

»Das war nicht eine von vielen. Sie lag zwei bis drei Meter von der Leiche entfernt.«

»So weit?« Chin öffnete die Phiole und ließ die winzige Hülse auf einen Objektträger gleiten. »Manchmal können Maden ganz schön weit vom Fleisch wegspringen«, sagte er. »Aber das hier ist keine Käsefliege. Und Ihre zweite Leiche lag nicht in der Nähe von Wasser, richtig?«

»Richtig. Mindestens in einer Reichweite von einer Meile kein See und kein Bach.«

»Das ist eine Hülse von einer *Cynomyopsis*, dritte Erscheinungsform. Davon hatten Sie eine Menge an Ihrer ersten

Leiche. Aber bei Ihrer zweiten haben Sie nichts Älteres als die erste Erscheinungsform, und sie ist noch nicht alt genug, um *Myopsis* anzuziehen. Diese Hülse stammt unmöglich von Ihrer zweiten Leiche.«

»Ja!« Arsenault stieß triumphierend den Ellbogen vor wie ein Sportfan beim Sieg.

»Moment mal«, sagte Cardinal. »Verstehe ich Sie richtig, dass diese Hülse nicht vom zweiten Opfer stammen kann?«

»Ja.«

»Ich verstehe aber noch nicht, wieso das beweisen soll, dass sie jemand vom ersten Opfer mitgeschleppt hat.«

»Tut es auch nicht«, sagte Chin. »Jemand kann sie auch von woanders mitgeschleift haben. Von anderem verwesendem Fleisch – einem toten Tier zum Beispiel. Ein Jäger, ein Wanderer, wer weiß?«

»Das finde ich jetzt aber deprimierend«, beklagte sich Arsenault. »Wollen Sie mir etwa sagen, diese Hülse hat nichts zu bedeuten?«

»Die kann sogar sehr viel bedeuten«, sagte Chin. »Nur kann ich das nicht entomologisch beweisen.«

»Das ist ja echt Scheiße«, sagte Arsenault. »Ich hab gedacht, das wär ganz was Wichtiges.«

»Was dagegen, wenn ich sie mir mal ansehe?«, sagte Filbert. »Nur für ein, zwei Tage?«

»Wozu?«, sagte Chin. »Wir haben die Art doch schon bestimmt.«

»Überlassen Sie mir die für einen Tag oder so. Möglicherweise kann ich helfen.«

»Selbst wenn es uns nicht entscheidend weiterbringt«, sagte Arsenault, »ist dieser kleine Kerl trotzdem Beweismaterial. Ich muss Sie dafür eine Empfangsquittung unterschreiben lassen, und ich muss den Kühlschrank sehen, in dem Sie sie verschließen.«

Danach verabschiedeten sich Cardinal und Arsenault bald.

Auf dem Weg zum Wagen sagte Arsenault: »Wie hoch schätzen Sie die Wahrscheinlichkeit ein, dass irgendein Wanderer gerade zufällig da vorbeikam und mal eben so diese Made an unserem Leichenfundort hinterlassen hat?«

»Gering«, sagte Cardinal. »Nicht auszuschließen, aber gering.«

»Es ist nicht ungewöhnlich, dass Mörder an den Tatort zurückkehren. Vielleicht wollte er was holen, etwas, das er verloren oder vergessen hatte. Verflucht, im Fall Wombat, mit all diesen Verstümmelungen, könnte der Mörder sich noch weitere Körperteile geholt haben.«

»Es gäbe noch eine Möglichkeit«, sagte Cardinal.

»Ach ja?«

»Nishinabe Falls hat ihm einmal genutzt. Er könnte ein zweites Mal dorthin gegangen sein, um wieder zu töten.«

»Aber Toof wurde drüben am West Rock ermordet.«

»Ich meinte auch Terri Tait.«

38

Nach gängiger Vorstellung ist ein Drogenabhängiger ein Mensch, der seine Tage mit endlosen Plänen zubringt, wie er an den nächsten Schuss kommt. Nass geschwitzt, mit wildem Blick und keuchendem Atem verkriecht er sich in einer verzweifelten Ecke. Unter schweißgetränkten Decken, die Finger um ein Telefon gekrallt, geht der Junkie hektisch seine einschlägigen Telefonnummern durch. Und wenn man ihm dort keinen weiteren Kredit gewährt, wählt er Freunde an, mit denen er seit Jahren keine Verbindung mehr hatte, um sie anzupumpen, natürlich mit Zins zurückzuzahlen. Dann kalkuliert er blitzschnell, was er verkaufen könnte – den Ghettoblaster? Seine gesamten CDs? – vorausgesetzt, es gibt noch was zu verkaufen. Sind alle weltlichen Güter dahin, ist die Stadt groß genug und der Süchtige attraktiv genug, verkauft er als Nächstes vielleicht seinen Körper. Ist der Marktwert allerdings eher bescheiden, beginnt seine Phantasie um Diebstahl zu kreisen. Und so besucht er womöglich ganz spontan – hatte gerade in der Gegend zu tun – einen Verwandten, alten Freund oder auch Pechvogel von flüchtigem Bekannten. Sobald ihm das ahnungslose Opfer den Rücken kehrt, verschwindet dann ganz plötzlich ein Radio, eine Armband- oder andere Uhr oder ein silbernes Souvenir in der gähnenden Leere des mitgebrachten Rucksacks.

Tatsächlich sehen sich viele Junkies zu solchen Maßnahmen gezwungen. Doch die allermeiste Zeit denkt die Mehrheit von ihnen nicht über die Frage *Wie komme ich an den nächsten Schuss?* nach. Schließlich dreht sich ihr Leben bereits um den Schuss, er ist fester Bestandteil ihres Alltags.

Nein, mehr als an irgendetwas sonst denkt der Süchtige daran, wie er aufhören wird. Solche Phantasien beschäftigen ihn vor allem morgens. Heute werde ich noch meine Pfeife rauchen, mir noch diese Vene voll pumpen, diese Flasche leeren, und dann gleich von morgen früh an – ach so, nein, diesmal sieh zu, dass dieses Entzugsprogramm vernünftig und machbar ist, nicht wie die früheren Versuche – nächsten Montag also.

Ich gebe mir noch dieses eine Wochenende, und Montagmorgen fang ich mit dem Zwölf-Schritte-Programm an und leg mir was von dieser bodenständigen Weisheit zu, die die Typen verkaufen, lass mich umdrehen, krieg einen klaren Kopf. Wird nicht leicht werden, aber am Montag bin ich so weit. Ja, so machen wir's. Montag legen wir los.

So vergehen Tage und Wochen. Der Süchtige sieht sich längst auf einem Kurs der Mäßigung bis zu völliger Abstinenz, der ein Leben zenhafter Loslösung und Gelassenheit folgt. Das übrige Leben ist dann von behaglicher – nicht dumpfer – Wunschlosigkeit geprägt. Der Tag wird kommen, an dem der Anblick eines Häufchens weißen Pulvers keinerlei Emotionen mehr weckt, wo sich angesichts einer Nadel nichts in ihm regt.

So stand es um Kevin Tait. Seine letzte Phase des schrittweisen Entzugs hatte ihn vom Schnupfen zum Skin-Popping und nun wieder zum Fixen geführt, und dies so schnell, als hätte er seine Maschinen auf Volldampf voraus in die Selbstzerstörung gestellt. Dieses Grundmuster zog sich so ziemlich seit der Highschool durch sein Leben.

Er wusste, woher es kam, dieses Loch in ihm, das scheinbar nur Heroin stopfen konnte. Im Alter von zehn war er Waise geworden, und von da ab war nichts mehr dasselbe gewesen, sosehr sein Onkel und seine Tante, die ihn und seine Schwester aufnahmen, ihr Bestes versuchten. Es war, als wäre ihm der Boden unter den Füßen weggezogen worden und er durfte nichts und niemandem mehr trauen.

Für Terri war es offenbar okay; sie war fünfzehn gewesen, als es passierte. Sie hatte sich scheinbar gleich eingefügt. Kevin dagegen war immer schwieriger geworden, und seine neuen Eltern disziplinierten ihn ständig, mit Hausarrest, mit Fernsehverbot, mit Taschengeldentzug, irgendwas war immer. Terri versuchte unentwegt zu vermitteln, die Reaktionen ihrer Ersatzeltern abzumildern. Und ebenso unermüdlich versuchte sie, ihn dazu zu bewegen, dass er sich besser benahm. Es schien, als habe sich das ganze Muster ihres Lebens in eine Art Schicksalsbuch unauslöschlich eingraviert, als ihre wirklichen Eltern sich im Steilflug in den Boden rammten.

Manchmal war Kevin sauer auf seine ältere Schwester, weil sie den Verlust offenbar heil überstanden hatte; ihr Leben war im Vergleich zu seinem leicht und unbeschwert. Terri hatte es durchs College geschafft und erkämpfte sich allmählich ihren Platz in Vancouvers Theaterwelt. Kevin hatte das College geschmissen, zumal er annahm, dass ein Universitätsabschluss für eine Karriere als Dichter nicht viel zählte. Außerdem war es ziemlich schwierig, sich auf Shakespeare und John Donne zu konzentrieren, wenn man dem nächsten High entgegenfieberte. Kurz nachdem er ausgestiegen war, hatten sie ihn mit so viel Heroin verhaftet, dass es für zehn gereicht hätte.

Bis jetzt war es ihm gelungen, seine erneute vollständige Abhängigkeit vor Leon und Red Bear zu verbergen. Er trug stets lange Ärmel und spritzte sich nur mitten in der Nacht. Na schön, konnte vorkommen, dass er mal zwischendurch aufs Klo verschwinden und eine kleine Boosterdosis setzen musste, damit er für den Rest des Tages ansprechbar war. Doch außer an dem Tag, als Toof ermordet wurde, gestattete er sich vor Mitternacht keine volle Ladung.

Bis jetzt hatte er es ganz gut geschafft, es für sich zu behalten, aber Verstellung ist schließlich das Erste, was ein Süchtiger lernt. Es war nur eine Frage der Zeit, das wusste er, bis er auffliegen würde, und das hieß, er musste verduften, was er ohnehin wollte. Nun ja, das war zumindest sein Plan. Für den Rest seines Lebens hatte er sich Abstinenz auf die Fahnen geschrieben und nicht etwa Sucht. Eine Enthaltsamkeit, die eine geistige Klarheit mit sich bringen würde, wie er sie seit – wann? – seinem vierzehnten, fünfzehnten Lebensjahr nicht mehr gekannt hatte. Darum ging es ihm, nicht um Rausch. Er hatte keine Lust, für den Rest seines Lebens mit Typen wie Leon im Rosebud Diner rumzuhängen. In drei, vier Monaten würde er auf einer griechischen Insel leben, genau wie Leonard Cohen als junger Dichter. Er würde von Souvlaki und Ziegenmilch leben, während er an einem Gedichtband arbeitete, der alles einfing, was er je über Dichtung gedacht und begriffen hatte.

Er sah noch nicht klar, wie genau er sich bis Montag von Red Bear und dem Lager loseisen sollte. Dumm nur, dass er gerade jetzt so zugedröhnt war, dass er keine zwei Zeilen schreiben konnte, geschweige denn Werke von der komplexen, vielschichtigen Art, wie sie ihm vorschwebte. *Lass es erst mal Montag werden, und ich bin hier raus.* Er hatte bereits beim Drogenforschungs- und Entzugszentrum in Toronto angerufen und einen Termin für Montagnachmittag gemacht.

Doch die Sache musste vorsichtig gedeichselt werden. Er hatte das Geld – Red Bears unternehmerische Fähigkeiten hatten ihm tatsächlich das Konto aufgefüllt. Doch erst mal musste er durch die nächsten Tage kommen. Er musste dafür sorgen, dass er genügend Schore hatte, um die kommenden Nächte zu schaffen, und dann nichts wie weg nach Toronto.

Kevins persönliche Bestände waren verbraucht. Leons ebenso, wie er zufällig wusste. Trotz der dürftigen Konkurrenzangebote in der Gegend war es ihm gelungen, in der Stadt ein paar Krümel aufzutreiben, gerade mal genug bis zum Nachmittag, doch die Wirkung der Dosis war längst verpufft. Er hielt sich noch einigermaßen – die eigentlichen Entzugssymptome würden erst in gut zwölf Stunden kommen –, doch es war definitiv an der Zeit, die Initiative zu ergreifen.

Er hatte vor einer Stunde sein Licht ausgeknipst und seitdem unentwegt aus dem Fenster gestarrt. Im Lager tat sich rein gar nichts. Die Aktivitäten erreichten ihren Höhepunkt, als ein durchnässter Waschbär an den schiefen Volleyballpfosten vorüberwatschelte. Bei Leon war das Licht vor einer halben Stunde ausgegangen, und wenig später wurde es in Red Bears Hütte dunkel. Kevin zog seine Adidas-Schuhe an und öffnete die Tür.

Wie's aussah, würde der Regen in absehbarer Zeit nicht nachlassen. Auch gut; das hielt die Kriebelmücken fern. Jetzt kam der leichte Teil. Er flitzte in nur zwanzig Sekunden zu Leons Hütte hinüber, indem er an der Rückseite des Lagers einen Halbkreis beschrieb. Das Gebüsch war an dieser Stelle dicht, doch voller Trampelpfade. Eine Pfütze ergoss sich in seinen Schuh.

Jetzt kam Leons Tür. Er huschte lautlos zur Vorderseite, wo Kevin eindeutig im Vorteil war, da er den Auftrag gehabt hatte, die Schlösser an den Hütten anbringen zu lassen, und er umsichtig genug gewesen war, sich Zweitschlüssel zu besorgen. Nur zum Hauptlager und der stinkenden Hütte am rückwärtigen Lagerende, wo Red Bear seine Ziegen und Hühner und sonst was abmurkste, besaß er keinen Schlüssel. Die Schlösser hatte Red Bear Leon machen lassen, und Leon wachte auch über den Stoff. Nicht, dass sie den ganzen Vorrat im Lager aufbewahrten. Der größte Teil der Ware befand sich an einem Ort, den Kevin nicht kannte. »Zu deinem eigenen Schutz«, hatte Red Bear ihm versichert. »Es ist besser, wenn du es nicht weißt.« Sie behielten nur ein paar Unzen für mittelgroße Transaktionen zwischen größeren Lieferungen.

Kevin wusste genau, was er als Nächstes tun, wohin er sich von hier aus schleichen musste. Niemand hat eine so gute Beobachtungsgabe wie ein Junkie, der seinen Nachschub taxiert. Er wusste, wo Leon den Schlüssel aufbewahrte. Er hing zusammen mit sämtlichen anderen Schlüsseln an einer Kette an seiner Gürtelschlaufe über der rechten Vordertasche seiner Jeans. Genauso gut wusste er, wo Leon nachts seine Jeans aufbewahrte. Er hängte sie grundsätzlich über die Lehne eines Stuhls, und die Hälfte der Zeit baumelten die Schlüssel deutlich sichtbar in der Luft.

Kevin lauschte ein paar Minuten an der Tür. Ihm pochte das Herz bis zum Hals, und urplötzlich musste er dringend pinkeln. Von drinnen war kein Laut zu hören. Der Regen hatte bereits die Kapuze und Schultern seines Sweatshirts durchnässt. Er hatte überlegt, ob er seine Lederjacke anziehen sollte, hatte aber Angst, sie könnte Geräusche machen. Gewieft sein war das Gebot der Stunde.

»Ihre Dichter-Vorläufer, wurde verschiedentlich bemerkt, sind Coleridge und Baudelaire.« Martin Amis meldete sich auf einmal zurück, sein gut aussehendes, sarkastisches Gesicht hing zwischen den Kiefern. »Was meinen Sie – wie oft haben diese literarischen Giganten wohl ihren schlafenden Geschäftspartnern Drogen geklaut?«

Jetzt nicht, Martin, jetzt nicht.

»Sicher, Coleridge gab zu, Laudanum zu schätzen – er hat ihm sogar den Verdienst an *Kubla Khan* zugeschrieben. Aber es ist doch nicht recht vorstellbar, dass sich der große Dichter auf der verzweifelten Suche nach Schore durch die nördlichen Wälder von Ontario schleicht.«

Natürlich nicht. Laudanum war legal zu haben.

»Ebenso wenig ist vorstellbar, dass er sich mit erwiesenen

Mördern einließ. Könnten Sie Ihren Lesern wohl darlegen, inwieweit das für Ihr künstlerisches Schaffen nötig ist?«

Hau ab, Martin. Vielleicht bin ich ja kein Dichter? Vielleicht bin ich nichts weiter als ein unverbesserlicher Junkie.

Amis und sein sarkastisches Lächeln verblassten inmitten von Kiefern und Regen. Kevin drehte den Knauf nur einen Hauch, vielleicht zwei Millimeter pro Sekunde, bis es nicht weiterging. Abgeschlossen.

Kevin hatte den Schlüssel in der Tasche. Er schob ihn lautlos ins Schloss. War eigentlich nichts dabei, solange man ihn nicht ganz herumdrehte: weit genug, damit sie aus dem Türrahmen kam, aber nicht so weit, dass sie mit einem klickenden Geräusch aufsprang. Er lehnte sich gegen die Tür, und sie öffnete sich einen Zentimeter. So weit, so gut.

Er trat ein und zog die Tür hinter sich zu, ohne sie zu verriegeln. Er drückte sich mit dem Rücken an die Wand. Wachte Leon jetzt auf, war Kevin ein toter Mann. Jeder Muskel spannte sich, während er auf Leons Atem lauschte. Es war schwer, durch den lauten Pulsschlag in seinen Ohren etwas zu hören, doch die Atemzüge waren da, gleichmäßig und langsam. Er erkannte Leons Umrisse im Bett: seitlich aufgerollt zur Wand.

Leons Jeans hing wie immer auf der Rückenlehne des Stuhls, doch Kevin musste quer durch den Raum, um hinzukommen. Er wusste, dass ein paar Dielenbretter knarrten – das mit dem großen Astloch zum Beispiel und das andere genau parallel zur unteren Kante des Fensters, doch vielleicht gab es noch weitere. Dass Red Bear ihn umbringen würde, stand außer Zweifel. Die einzige Frage war, ob er es selber tun oder Leon damit beauftragen würde. Siehst du, genau deshalb hör ich auf mit dem Zeug. Es bringt mich in unhaltbare Situationen.

Eine Diele knarrte. Leon regte sich, drehte sich aber nicht

um. Kevin war nur noch einen Meter vom Stuhl entfernt. Er würde keine weiteren Dielen mehr riskieren. Stattdessen beugte er sich aus der Taille heraus weit vor. Es war eine schmerzhafte Haltung, doch er konnte Leons Jeans gerade eben berühren. Kevin musste jetzt auf den Zehen balancieren, um sich noch weiter vorzurecken. Dann hatte er die Kette in der Hand und zog sie hoch, um die Schlüssel aus der Tasche zu holen.

Er hatte noch nicht die Hälfte hinter sich. Er musste lautlos die Schlüssel von der Kette lösen, dann zur Vorratshütte huschen, etwas Stoff daraus holen und – selbst wenn er das alles erledigt hatte – wieder zurück und die Schlüssel in Leons Tasche stecken, ohne ihn aufzuwecken.

Mit Hilfe der Kette konnte Kevin die Hose weit genug herüberziehen, um die Kette vom Gürtel abzubekommen. Dann drehte er sich um die eigene Achse und machte einen einzigen Riesenschritt Richtung Tür. Kein Knarren. Leons Atem kam weiter langsam und regelmäßig. Noch ein Riesenschritt. Wieder kein Knarren. Jetzt war er an der Tür und blitzschnell draußen. Er zog sie lautlos zu, ohne abzuschließen.

Er sprang von der Eingangsveranda und schoss zur Rückseite der Hütte herum.

Jetzt muss ich mir nur so viel Schore besorgen, dass es bis Montag reicht, und dann bin ich nüchtern und clean. Für den Rest meines Lebens. Schluss mit diesem Ein-Schuss-pro-Tag-Scheiß. Erledigt, ich bin damit fertig. Ich hab damit schon dermaßen abgeschlossen, dass ich mich schon jetzt erhole.

Tatsächlich aber stand er im nächsten Moment am Eingang der Vorratshütte und steckte Leons Schlüssel ins Schloss. Er blickte zu Red Bears Cottage hinüber. Immer noch dunkel. Im Geist sah er plötzlich Red Bear vor sich, wie er, das Tranchiermesser in der Hand, aus seiner Haustür sprang und mit diesem Sprechgesang anfing wie in der Nacht mit dem Schwein.

Die Hauptlagerhütte roch anders als die anderen Hütten. Sie war aus Beton und roch zunächst mal nach Keller. Selbst die Fenster waren mit Betonsteinen zugemauert. Sie sollte wie ein Geräteschuppen aussehen. Sie hatten einen Rechen, einen Rasenmäher, zwei Eimer darin. In der hinteren Ecke stand ein Zementsack offen an der Wand. Nichts, was das Interesse des Gelegenheitsdiebs erregt hätte.

Kevin ging zielstrebig zu den Zementsäcken hinüber und griff hinein. Es war mehr Stoff darin als erwartet. Red Bear musste etwas dazugetan haben, ohne es zu sagen, denn jetzt waren dort drei Tüten mit je einer Unze Heroin, und das hätte Kevin unmöglich vergessen können. Es war eine glänzende Gelegenheit. Und wenn ich nun alle drei Tüten nehme? Mich auf der Stelle absetze und das Zeug unten in Toronto verkaufe? Mir ein bisschen nebenbei verdiene, mir einen Schuss extra genehmige, um durch die Übergangsphase zu kommen?

Jetzt schnapp nicht über, mahnte er sich. Deck nur das Wochenende ab. Er öffnete alle drei Beutel und nahm einen Teelöffel aus jedem. Na wenn schon, er nahm einen mehr, nur für alle Fälle. Dann zog er das Döschen mit Maisstärke heraus, das er mitgebracht hatte, und gab je einen Löffel davon in die Beutel. Anschließend verschloss er sie wieder, schüttelte, um das Pulver zu vermischen, und legte sie in den Zementsack zurück.

Ein Geräusch in seinem Rücken.

Kevin wirbelte herum, Red Bear stand hinter ihm, eine Mistgabel auf seinen Rücken gerichtet.

»Gott, Mann«, sagte Kevin. »Hast du mir einen Schrecken eingejagt. Ich hatte das Gefühl, ich hätte jemanden hier in der Vorratshütte gehört, und wollte nachsehen –«

Red Bear lächelte.

»Woher hast du den Schlüssel, Kevin?«

»Den Schlüssel? Ach so, das sind Leons Schlüssel. Ich bin rüber, um ihn zu wecken, aber sie steckten in seiner Tür. Er muss wohl betrunken ins Bett gegangen sein oder so. Ich bekam ihn nicht wach.«

»Nein, als ich ihm gute Nacht gesagt habe, war er ganz nüchtern.«

Kevin zuckte die Achseln. »Ach so, na jedenfalls. Ist noch alles da, scheint nichts zu fehlen.«

»Ich könnte dir den Hals mit dieser Mistgabel aufspießen und zusehen, wie du in deinem eigenen Blut ertrinkst.«

»Oh Mann, das willst du doch wohl nicht.«

»Da irrst du, Kevin, und ob ich das will. Sehr sogar. Aber ich werde mich beherrschen.«

»Okay, cool«, sagte Kevin. »Vielleicht sollte ich einfach verschwinden, heh?«

»Es gibt einen anderen Grund, weshalb ich mich beherrschen werde: Es ist Zeit für ein weiteres Opfer.«

»Oh nein, ich glaube, das wird nicht nötig sein, Mann. Ich verschwinde jetzt einfach, okay?«

»Du wirst dieses Opfer sein, Kevin. Dann weiß ich sicher, dass du für uns arbeitest. Nicht gegen uns. Du wirst fest auf unserer Seite stehen. Genau wie Wombat Guthrie.«

Kevin rannte los. Red Bear machte einen Satz hinter ihm her, zielte mit der Mistgabel, und Kevin fühlte einen glühenden Schmerz in seiner Seite. Trotzdem schaffte er es zur Tür hinaus. Er wollte gerade von den Eingangsstufen springen, als etwas auf seinen Hinterkopf traf und er im nächsten Moment nur noch Sand im Mund hatte und alles schwarz um ihn wurde, als wäre der Welt eine Sicherung durchgebrannt.

39

Das Frauenhaus war immerhin besser als das Krankenhaus, fand Terri. Zum einen war es ein Wohnhaus – und noch dazu von alter Pracht. Die Leute, die es früher einmal bewohnt hatten, mussten wohlhabend gewesen sein. Vielleicht ein Eisenbahnmagnat. Das Haus stand auf einem großen Eckgrundstück an der Station Street, und Detective Cardinal war auf dem Weg dorthin an einem verkohlten, verbarrikadierten Bahnhofsgebäude vorbeigefahren. Den vielen Zimmern nach hatte der Magnat zehn Kinder gehabt, und Terri empfand Mitleid mit seiner viktorianischen Frau, die zweifellos ihr ganzes Leben als seine Sklavin gearbeitet hatte, bevor sie im Kindbett Nummer elf ihr Leben ließ.

Ned Fellows, der Kerl, der die Einrichtung leitete, war auch gar nicht mal so schlimm – ein ehemaliger Priester, erfuhr sie von einer der anderen Bewohnerinnen, aber er hatte nichts Frömmelndes, keine salbungsvolle Art. Er war schlicht ein hagerer Mann im mittleren Alter mit schütterem Haar und einem freundlichen Lächeln. Er hatte sie mit minimalen Formalitäten aufgenommen und ihre Angaben in einen Computer eingegeben, um den herum sich psychologische Fachzeitschriften türmten.

Das Frauenhaus, erklärte er ihr, sei ursprünglich ausschließlich zum Schutz misshandelter Frauen gedacht gewesen, doch sie nähmen, falls sie Zimmer übrig hätten, Leute auch aus anderen Gründen auf. Eine Kugel im Kopf erfüllte wohl die Kriterien.

»Wir sind weder ein Gefängnis noch ein Krankenhaus«, sagte er in diesem beschwingten Gemeinsam-sind-wir-stark-

Ton. »Wir gehen davon aus, dass alle unsere Gäste erwachsene Menschen sind und kein Kindermädchen brauchen. Wir haben sehr wenig Regeln, aber die wenigen müssen eingehalten werden.«

Terris Zimmer war erstaunlich groß für eine Einrichtung dieser Art. Das Doppelbett mit einer scharlachroten Tagesdecke hatte, wie sich zeigte, eine passable Matratze, und der plüschige Sessel am Fenster war fast bequem. Ein uralter, noch nicht ganz durchgelaufener Teppich bedeckte den Boden. Das Badezimmer am anderen Ende des Flurs wurde zwar von mehreren Personen benutzt, war aber sauber.

Einige der anderen Mitbewohnerinnen schienen anständige Frauen zu sein, auch wenn Terri nicht einen Moment glaubte, irgendetwas mit ihnen gemein zu haben. Eine trug den Arm in Gips, die andere hatte Blutergüsse an beiden Augen. Terri sagte nichts von ihrer Schussverletzung, und die Leute hier verkniffen sich Fragen nach diesen Dingen.

Also gut, ja, es war besser als das Krankenhaus. Sie war nicht aufs Bett oder den Wintergarten beschränkt. Statt einem Süßigkeitenautomaten gab es eine richtige Küche, doch trotz alledem war es immer noch so etwas wie Hausarrest.

Wenn es nach Detective Cardinal ging, durfte sie nicht raus, und Ned Fellows zog ganz und gar am gleichen Strang.

»Wir sind kein Gefängnis«, wiederholte er. »Und wir sind auch nicht Ihre Eltern. Aber solange derjenige, der Ihnen das angetan hat, nicht hinter Gittern ist, sind Sie in großer Gefahr, und deshalb sollten Sie nicht auf die Straße.«

So verbrachte sie fast einen ganzen Tag in ihrem Zimmer. Eine Weile hatte sie es mit dem Gemeinschaftsraum versucht, doch die Leute wollten zu viel reden – Woher kommst du? Was machst du beruflich? –, und ihr war nicht danach. Sie versuchte, sich auf ein Taschenbuch zu konzentrieren, das ein früherer »Gast« im Frauenhaus hinterlassen hatte, doch auch das beruhigte sie nicht. Schließlich pfefferte sie das Buch quer durchs Zimmer und stand auf. Sie zog sich das blaue Kapuzensweatshirt an und sah noch einmal in den Spiegel. Genau das Richtige. *Run, Run, Run.*

Sobald sie auf der Straße war, fühlte sie sich schon viel besser. Die Nachtluft schmeckte noch immer nach Frühling, duftete nach frischen Blumen und nasser Erde. Es wehte eine starke Brise, und sie musste die Zugbänder ihrer Kapuze festhalten.

Die Main Street war leicht zu finden. Es herrschte nicht viel Verkehr, auch wenn vor dem Capitol Centre eine Menge Autos parkten – vermutlich irgendein Konzert. Nachdem sie ein paarmal falsch gelaufen war, fand sie die Bar, in die Kevin sie ausgeführt hatte.

Das Goat in Boots war seine inoffizielle Stammkneipe, hatte er gesagt, wenn er von Red Bear und den anderen seine Ruhe haben wollte. Beim Betreten schlug ihr der Rauch entgegen, und sie musste husten. Es war ein typischer Pub im englischen Stil, keine verruchte Spelunke. Terri zog die Kapuze vom Kopf und ging zum Tresen.

Die Barkeeperin war eine junge Blondine, sehr attraktiv. »Ich suche einen Kerl namens Kevin Tait«, sagte Terri, »genauer gesagt, meinen Bruder. Langes, dunkles Haar, etwa eins achtzig groß, immer ein Notizbuch bei sich. Kommt recht häufig her.«

»Ich glaube, ich weiß, wen Sie meinen«, sagte das Mädchen. »Kevin, ja. Seinen Nachnamen hab ich nicht gewusst. Hab ihn heute allerdings noch nicht gesehen. Genauer gesagt, schon 'ne Weile nicht mehr.«

»Können Sie auch Ihre Kollegin fragen?«

»Hey, Dora! Kevin in letzter Zeit gesehen? Der dünne Typ mit den dunklen, gelockten Haaren, der immer ein Notizbuch bei sich hat?«

Die andere Barkeeperin sah von ihrem Zapfhahn auf und schüttelte den Kopf.

»Wohnt derzeit in einem verlassenen Sommerlager. Sie wissen vermutlich nicht zufällig, wo das ist?«, hakte Terri nach. »Es ist sozusagen dringend.«

»Nicht den blassesten Schimmer.«

»Sehen Sie hier irgendjemanden, der ihn vielleicht kennt? Ich bin von auswärts. Ich weiß nicht, wer hier mit ihm befreundet ist …«

»Befreundet, keine Ahnung …«

Die Frau blinzelte in den Rauch. »Da drüben sitzt einer, hab ein paarmal gesehen, wie die miteinander geredet haben. Ob sie befreundet sind, kann ich nicht sagen.« Sie deutete auf einen kleinen, bärtigen Mann am hinteren Ende der Bar. Er trug eine Nickelbrille und hielt ein Taschenbuch so fest in der Hand, als wollte er Saft herauspressen.

»Danke.«

Terri ging hinüber.

»Lesen Sie immer in der Kneipe?«

Er sah von seiner Lektüre auf.

»Manchmal«, sagte er. »Schlägt jeden Smalltalk. Oder die Glotze. Der einzige Grund, weshalb ich in diese Bar komme, ist, dass sie immer den Ton ausgeschaltet haben.«

»Sie sind ein Freund von Kevin Tait, stimmt's?«

»Ja, na ja, ich kenne ihn. Ich sehe ihn aber nur, wenn er hierher kommt. Und das ist nicht oft in letzter Zeit. Wir reden über Lyrik.«

Gott sei Dank, dachte Terri. Kein Dope-Komplize.

»Also, es geht darum«, fing sie an. »Ich bin Kevins Schwester. Ich heiße Terri.«

»Bob.« Er gab ihr eine feuchte Hand. »Kevin hat Sie mal erwähnt.«

»Tatsächlich?«

»Ja, wir haben über Yeats geredet. Kennen Sie W. B. Yeats?«

»Bin nicht sicher.«

»Er hat dieses großartige Gedicht geschrieben: ›Wandte der Himmel ab den schweren Schlag / So stark war ja sein Anteil an dem Frieden / Der, tratst du nur herein, im Zimmer lag.‹ Kennen Sie das?«

»Nicht, dass ich wüsste.«

»Kevin hat gesagt, es erinnert ihn immer an Sie. Er hat auch gesagt, Sie hätten das unglaublichste rote Haar. Und Sie wären eine echt gute Schauspielerin. Was ist mit Ihrem Kopf passiert? Jemand auf Sie geschossen?«

Für einen Moment war Terri zu verblüfft, um etwas zu sagen, doch dann begriff sie, dass es als Witz gemeint war.

»Autounfall. Ziemlich übel. Ich hatte Glück, dass ich mit 'ner Gehirnerschütterung davongekommen bin. Dadurch kann ich mich nicht mehr an Kevins Anschrift erinnern, und in dem Durcheinander hab ich mein Adressbuch verloren. Ich muss ihn finden.«

»Ach du liebe Güte, ich weiß nicht, was ich sagen soll. Ich hab keine Ahnung, wo er wohnt. Das Einzige, worüber wir reden, sind Gedichte. Haben Sie es mal mit der Polizei versucht?«

»Ja, die können mir auch nicht helfen. Er ist schließlich nicht vermisst gemeldet.«

»Also, dann weiß ich auch nicht. Er liest auf alle Fälle viel. Sie könnten es mal in der Bücherei oder in den Buchläden versuchen.«

Dafür hätte Terri ihn am liebsten umarmt. Hier hatte sie es mal mit einem Menschen zu tun, der Kevin nur von seiner besten Seite kannte.

»Danke, das mach ich vielleicht.«

Er zeigte ihr den Einband des Buchs, das er gerade las. »Baudelaire. Schon mal was von ihm gelesen?«

Terri schüttelte den Kopf.

»Der ist toll. Sie haben das französische Original auf der einen Seite und die englische Version auf der anderen. Ich kann genug Französisch, um zu wissen, dass es echt gut klingt. Am liebsten würde ich es richtig lernen. Hören Sie, wie wär's, wenn Sie sich einfach setzen und auf ihn warten würden? Er kommt manchmal ziemlich spät.«

»Nein, vielen Dank. Ich muss ihn finden. Es ist dringend. Falls er vorbeikommt, würden Sie ihm das hier geben?«

Sie schrieb die Nummer des Frauenhauses auf eine Cocktailserviette.

»Sagen Sie ihm bitte, ich muss ihn sofort sprechen.«

»Geht klar.«

»Noch eine letzte Frage.«

»Ja.«

»Wo müsste ich hin, um Dope zu kaufen?«

Bobs Lächeln rutschte ihm in den Bart. Er runzelte missbilligend die Stirn.

»Ich hab's nicht mit Drogen«, sagte er.

»Ich auch nicht. Aber falls ...«

»Versuchen Sie's mal in der Oak Street. Die World Tavern. Nicht in der Tavern selbst. Da ist so ein Parkplatz gegenüber. Hier, ich zeichne es Ihnen auf.«

Draußen blies der Wind noch kräftiger. Als Terri die Straße überquerte, fing es zu regnen an. Okay, schließlich bin ich kein Detektiv oder Spion. Ich weiß nicht, wie man an Informationen kommt, ohne ziemlich direkt mit der Frage rauszurücken. Lass es mich schnell hinter mich bringen, Kevin finden und ihn nach Vancouver ins Rehazentrum bringen. Und wenn ich ihn an den Haaren hinschleife.

Die Oak Street war unbehaglich dunkel. Und der ganze Block auf der anderen Seite schien ein einziger Parkplatz zu sein. Terri ertappte sich dabei, wie sie sich über die Schulter sah. Die World Tavern war nicht weit. Hatte Kevin sie auch dahin mitgenommen? Kam ihr jedenfalls nicht bekannt vor. Auf dem Parkplatz gegenüber machte sie ein paar Schatten aus, die in einer Gruppe zusammenstanden, während ihr ein eigentümlicher Geruch in die Nase stieg, eine Mischung aus See und nassem Straßenpflaster mit Marihuana.

Sie ging hinüber und stieß auf zwei junge Männer, Jungen eher, in Nylonjacken, und ein Mädchen, deren tief geschnittene Jeans gut fünf Zentimeter Poritze freigab. Sie standen im Windschatten einer Reklametafel. Ihr Gelächter verebbte, während sie Terri stumm entgegenblickten. Einer von ihnen trat einen Joint aus, ohne die geballte Wolke nach Gras und Regen wegzuwedeln.

»Entschuldigung«, sagte sie. »Vielleicht könnt ihr mir helfen.«

»Kommt drauf an, was du willst«, sagte der größere der beiden Jungen. Die Jacke hing ihm bis zu den Knien. Er versuchte, cool zu wirken, und kniff die Augen zusammen.

»Ich bin auf der Suche nach einem Freund, Kevin Tait. Den kennt ihr doch bestimmt, oder?«

Das Trio sah sich an und wandte sich wieder Terri zu.

»Nee«, sagte der in der knielangen Jacke. »Glaube nicht.«

»Also, vielleicht habt ihr ihn mal gesehen. Dunkles, gelocktes Haar? Hat immer ein Notizbuch dabei?«

Der Jüngere sowie das Mädchen schüttelten den Kopf. Der Ältere zuckte die Achseln. »Klingt irgendwie vertraut. Bin aber nicht sicher.«

»Ich bin nicht von der Polizei. Ich bin seine Schwester.«

»Kann dir trotzdem nicht helfen.«

»Also, dann nur noch folgende Frage: Wo würdet ihr hingehen, wenn ihr euch ein bisschen Heroin beschaffen wolltet?«

»Hey, Mann, mal sachte. Du willst wissen, wo du dir Schore besorgen kannst?«

Er trat einen Schritt zurück und schien fast in seiner Jacke zu verschwinden.

»Nicht für mich. Damit will ich nur Kevin finden.«

»Keine Ahnung, wo du so was kriegst. Nicht mein Ding.« Der Junge hatte eine überlegene Miene aufgesetzt und das Interesse an ihr verloren. Selbst in Drogenkreisen blüht der Snobismus.

Terri sah das Mädchen an. »Helft mir bitte. Er ist in Schwierigkeiten.«

»Tut mir leid. Ich weiß nichts.«

Sie wandte sich an den Jüngeren.

»Hallo, nein. Ich auch nicht. Schore, Alte, null Bock auf so 'n Zeug.«

»Na schön. Trotzdem, danke.«

Sie wollte gerade gehen, als der Größere rief: »Wenn du allerdings was rauchen willst, wär das was anderes.«

Terri zog gegen den Wind die Kapuze enger und lief weiter.

Die ganze Main Street entlang fuhren die Autos an; das Kino war wohl aus. Sie bog in die Worth Street ab, zurück Richtung Frauenhaus. Sie nahm eine Abkürzung durch einen Park, in dem eine Bronzestatue im Regen glitzerte.

Am anderen Ende des Parks musste sie an der Ampel Halt machen. Die Schlange der wartenden Autos mit quietschenden Scheibenwischern reichte bis zur Main. Der Wind zerrte an ihrer Kapuze, und sie versuchte nicht länger, sie aufzubehalten, sie war ohnehin durchnässt.

Leon war schon an der Ampel vorbei, als ihm dämmerte, wen er da gerade gesehen hatte. Unmöglich. Vielleicht hat sie eine Kusine oder so, die ihr verdammt ähnlich sieht. Was die Sache allerdings klärte, war der Verband an ihrer Schläfe.

Er hatte alles wieder vor Augen: den Wasserfall, die Mücken, das zitternde Mädchen.

Er hatte sie, die Knarre in ihrem Rücken, durch den Wald vorwärts geschubst, um sie genau an die Stelle zu führen, an der er und Red Bear den Biker abgeschlachtet hatten. Es musste an der Stelle sein; er hatte noch nie eine Frau getötet, und er wusste, dass er es nirgendwo sonst tun konnte. Doch als sie fast am Wasserfall waren, ergriff sie die Flucht. Leon rutschte mit dem Wanderstiefel an einem Felsbrocken aus, und sie haute ab. Er musste hinter die Wasserwand rennen und auf der anderen Seite wieder raus, um ihr den Weg abzuschneiden. Mann, der Gestank.

An der Ecke blies Terri der Wind die Kapuze herunter, und sie griff danach. Diese plötzliche Bewegung hatte seine Aufmerksamkeit erregt, als er im Verkehr feststeckte. Dann ließ sie das Ding los und verschränkte die Arme, und da war es, an ihrer rechten Schläfe, ein kleiner weißer Fleck.

Am anderen Ende der Kreuzung trat Leon auf die Bremse, doch die Autos hinter ihm reagierten mit einem Hupkonzert. Die Worth Street war Einbahnstraße; er konnte nicht wenden. Er kurbelte die Scheibe herunter und riss am Außenspiegel, um besser sehen zu können. Ja, sie stand noch da. Gleich hätten sie Grün, verdammt.

An der nächsten Ecke schwenkte er rechts ab und fegte mit solchem Tempo bis zur nächsten Kreuzung rauf, dass er einige Passanten verschreckte. Am nächsten Stoppschild wieder rechts und zur Macintosh zurück. Hier war der Verkehr nicht mehr so dicht, auch wenn er immer noch die Lichterschlange bis zur Main hinunter sehen konnte. Noch mal rechts, und er war wieder in der Worth.

Keine Spur von ihr.

Leon überquerte die Kreuzung und fuhr einen halben Block langsam. Sie wollte in diese Richtung. Sie musste in eins von diesen Häusern gegangen sein.

Das, oder sie war vielleicht, nachdem sie die Worth Street

überquert hatte, noch mal Richtung Norden auf die andere Straßenseite gegangen.

Er stieg aus, ohne auch nur abzuschließen, und rannte los. Ecke Station Street blieb er außer Atem stehen.

Angestrengt blinzelte er erst nach links, dann nach rechts in den Regen.

40

Wir müssen rauskriegen, wo sie wohnt«, sagte Leon. »Das Miststück darf nicht am Leben bleiben. Die verpfeift mich, und ich geh für immer in den Knast, Mann. Noch einmal pack ich das nicht, ich geh nicht wieder in den Bau.«

Red Bear bürstete sich das Haar. Jeden Morgen brachte er eine Menge Zeit damit vor dem Spiegel zu, als wäre er in das, was er da sah, verliebt oder so.

»Wir müssen was unternehmen«, sagte Leon. Er hörte den jammernden Ton in seiner eigenen Stimme, aber er war machtlos dagegen. »Wir müssen was tun, wir müssen was planen, Mann.«

Red Bear sah ihn im Spiegel an.

»Ich werde die Geister befragen.«

»Tu das von mir aus, Mann. Kapierst du das nicht? Sie geht zu den Bullen, und ich wander wieder ins Millhaven. Weißt du, wie lange sie mich in Einzelhaft gesteckt haben?«

»Achtundvierzig Tage. Hast du mir bereits erzählt.«

»Hab ich das, ja, versuch du mal, achtundvierzig Tage in so einem Scheißdrecksloch auszuhalten. Dann wollen wir mal sehen, wie lange du cool bleibst, Mann. Ich will dieses Miststück abknallen, um die Ecke bringen. Die kann nicht einfach frei rumlaufen.«

»Ich werde die Geister befragen, Leon.«

»Wir haben schon Kevin gefangen, wir könnten ein Opfer bringen, Mann, ein doppeltes Opfer. Das sollten wir tun. Damit diesmal nichts schief gehen kann.«

»Wir werden ein Opfer bringen, wenn die Zeit dafür reif ist.«

»Worauf warten wir dann? Lassen wir die Geister im großen Stil für uns arbeiten. Legen wir los, Mann.«

Red Bear legte die Bürste weg und nahm eine Spraydose zur Hand. Er sprühte sich etwas auf die Handfläche und rieb die Hände aneinander. Dann strich er sich damit übers Haar. Noch einmal nahm er die Bürste zur Hand.

»Ich hab dir das bereits erklärt. Ich kann kein Opfer zelebrieren, bis der Mond wieder zunimmt. Im Moment nimmt er noch ab. Führ ein Opfer durch, während der Mond abnimmt, und das Wesen hat Macht über *dich*. Das wollen wir doch nicht.«

»Was ich will, ist ein toter Rotschopf, sonst gar nichts.«

Red Bear drehte sich zu ihm um. Diese Augen. Manchmal fing sich das Licht auf besondere Art darin, und man hatte den Eindruck, als starrte einen eine Leiche an.

»Wer ist denn schuld, dass sie noch lebt?«

»Das kannst du nicht mir in die Schuhe schieben. Das liegt an dieser Scheißknarre, Mann. Hab ich dir doch gesagt. Ich hab Toof zwei von diesen beknackten Kugeln ins Hirn geblasen, und es hat ihn nicht umgehauen. Der Kerl ist immer noch auf den Beinen und quatscht mir die Hucke voll. Musste mit meinem Louisville Slugger auf ihn los. Hätte ich das gewusst, hätte ich ihr fünf statt eine reingejagt, Mann. Ich kann nix dafür, ich meine, was zum Teufel hab ich falsch gemacht?«

Red Bear wandte sich wieder dem Spiegel zu.

»Versuch, nicht in Panik zu geraten, Leon. Ich werde die Geister befragen.«

41

Lise Delorme hatte schon mächtig viel Zeit auf eine Spur verschwendet, die sie mit ziemlicher Sicherheit in eine Sackgasse führen würde.

Jerry Commanda zufolge hatten die seltsamen Hieroglyphen an der Höhlenwand hinter den Nishinabe-Fällen nichts mit Ojibwa-Indianern zu tun. Also hatte Delorme seinen Rat befolgt und Frank Izzard von der OPP, Abteilung für Verhaltensforschung, um Rat gefragt und ihm ein Foto von den Zeichen gefaxt.

Bevor sie ihn anrief, hatte sich Delorme über Google zu Izzard schlau gemacht. Izzard war Polizist mit einem höheren Abschluss in Psychologie und einem besonderen Interessenschwerpunkt in Satanismus und anderen esoterischen Praktiken, die über die letzten Jahrzehnte immer wieder Serienmörder magisch angezogen hatten. Seine Aufsätze zum Thema waren in verschiedenen Fachzeitschriften erschienen, und er hatte ein viel beachtetes Buch über Richard Ramirez geschrieben, den so genannten Night-Stalker, der vor zwanzig Jahren Los Angeles in Angst und Schrecken versetzt hatte. Allein durch ihre Internetlektüre wurde Delorme bewusst, dass Satanismus unter Serienmördern viel verbreiteter war, als sie vermutet hätte.

»Die meisten von denen fangen nicht in irgendeiner systematischen Form damit an«, erklärte ihr Izzard am Telefon. »Sie sind Dilettanten. Sie beschäftigen sich ungefähr so ernsthaft damit wie die durchschnittliche Hausfrau mit ihrer Yoga-Philosophie.«

»Wohl irgendwo logisch, dass sie sich für alles interessieren, was die schlimmen Dinge, die sie tun, zu rechtfertigen scheint.«

»Oh nein, ihr Interesse ist nicht ethischer Natur. Nicht mal bei Ramirez. Es geht ihnen nicht um die Absegnung durch irgendein übernatürliches Wesen. Wenn ein Mensch, der vor Wut und Trieb überkocht, mit satanischen Ritualen zu spielen beginnt – das heißt Ritualen, die Satan oder seine Helfer direkt in seine Wohnung bringen sollen –, dann ruft er damit keineswegs irgendein übernatürliches Wesen an, sondern die Verkörperung seiner eigenen dunkelsten Begierden. Stellen Sie sich einen Menschen vor, der gänzlich von Lust und Wut getrieben ist – kein Gewissen, keine Moral, keine Hemmungen ...«

»Ziemlich widerwärtig«, sagte Delorme.

»Und dann gewinnt er Macht. Für einen Versager, der ansonsten weithin lebensuntüchtig ist, wird das die gewaltigste Erfahrung in seinem Leben. Was bei Ramirez passieren kann – und vielleicht auch bei Ihrem Kerl –, ist so ein Phänomen, wo ein Grenzfall kippt und zum regelrechten Psychopathen wird.«

»Und da wären wir wieder bei unseren Hieroglyphen.«

»Sie sagen, Sie suchen vielleicht nach einem Indianer? Einem Ureinwohner?«

»Möglicherweise. Einige Zeugen haben einen Indianer namens Red Bear erwähnt.«

»Also, diese Zeichen haben nichts mit kanadischen oder amerikanischen Ureinwohnern zu tun. Es sei denn, mit einem Indianer, der sich für Voodoo interessiert.«

»Voodoo? In Kanada?«

»Aber sicher. In Toronto finden Sie alle möglichen Varianten. In Montreal noch mehr. Kommt aus der Karibik und ist in den meisten Fällen vollkommen harmlos. Aber diese Markierungen, die Sie mir gefaxt haben, so was hab ich noch nie gesehen. All diese gebündelten Pfeile, und so viele Wiederholungen, mit geringfügigen Variationen … Offen gesagt, keine Ahnung, was das ist.«

»Aber Sie sind sicher, dass es nichts Indianisches ist?«

»Sagen wir mal so: Falls es indianisch wäre, dann würde es sich um eine völlig neue Glyphenart handeln. Soweit mir bekannt, hat es so etwas in Nordamerika noch nicht gegeben. Nein, ich tippe eher auf eine persönliche Abwandlung von Voodoo oder Santeria. Aber das ist auch schon alles, was ich weiß.«

»Und was raten Sie uns demnach? Können Sie mich irgendwie weiterverweisen?«

»Sie müssen mit Helen Wasserstein reden.«

»Wer ist das? Ist sie bei der RCMP?«

»Versuchen Sie's mal beim ROM.«

Das Royal Ontario Museum ist vielleicht das einzige kanadische Museum, das sich halbwegs mit dem Smithsonian oder dem Britischen Museum vergleichen lässt. Wenn auch wesentlich kleiner als diese beiden altehrwürdigen Institutionen, so kann man mit Fug und Recht sagen, dass es das, was es bietet, hervorragend macht. Kaum ein Highschool-Schüler in Ontario, der nicht irgendwann einmal mit einer Busladung Kids nach Toronto kommt, um im ROM die Dinosaurier, die römische Sammlung oder die Totempfähle zu bestaunen.

Helen Wasserstein war im Museum Kuratorin für Artefakte der kanadischen Ureinwohner, doch glücklicherweise brauchte Delorme nicht bis nach Toronto zu fahren, um sie zu sprechen. Wie sich herausstellte, hielt Dr. Wasserstein sich gerade bei einer Ausgrabung am nördlichen Ende des Algonquin Park und somit nur etwas über eine Autostunde südlich der Stadt auf.

Delorme fuhr gern, und besonders liebte sie es, aus der

Stadt in die Wälder zu fahren. Der letzte Teil der Strecke war allerdings ein ungeteerter Weg, und selbst der Begriff Weg schien nicht ganz passend. Mehr als einmal war sie mit dem Kopf ans Wagendach gestoßen, und so wünschte sie sich zum ersten Mal im Leben, einen Jeep oder Geländewagen zu fahren. Irgendwann kam sie an eine Barriere aus mehreren Streifen roten Absperrbands.

Einem Schild war zu entnehmen, dass sich hier eine archäologische Ausgrabungsstätte befand, weshalb Unbefugte angewiesen wurden, umzukehren. Zwei Jeeps und ein Pick-up parkten unter den Bäumen. Delorme ließ ihr ziviles Fahrzeug, einen Chevy, mit dem Kühler zur Absperrung stehen und stieg den Hang hinunter.

Es duftete stark nach Kiefern und Lehm, und es wimmelte von Kriebelmücken. Wie ein Neurotiker, der den Ansturm unerwünschter Gedanken abwehrt, wedelte Delorme heftig vor dem Gesicht herum. Am Fuß der Böschung befand sich eine weitläufige, fast kreisförmige Lichtung, an der man die oberste Erd- und Kiefernnadelschicht abgetragen hatte. Drei Gestalten krochen auf Händen und Füßen und siebten den Boden. Alle drei, registrierte Delorme nicht ohne Neid, trugen Mückenschutzhemden mit Kapuzen aus Netzgewebe, die den ganzen Kopf umgaben.

Eine der Gestalten richtete sich auf und starrte sie an. Delorme fühlte sich, als würde sie von einem Astronauten beäugt; sie hätte nicht einmal sagen können, ob das Wesen männlich oder weiblich war.

»Ich bin auf der Suche nach Dr. Wasserstein«, sagte sie. »Ich hab gehört, sie ist ...«

Die Gestalt mit der Kapuze hob einen kleinen Spaten und deutete ans andere Ende der Ausgrabungsstelle. Dr. Wasserstein kauerte über einem Sieb, das sie wie ein Goldschürfer hin und her rüttelte.

»Dr. Wasserstein?«

Das Sieben hörte auf. Die Netzkapuze wandte sich ihr zu.

»Mein Name ist Lise Delorme, ich bin Detective bei der Kripo Algonquin Bay. Ob Sie wohl einen Augenblick Zeit für mich haben?«

»Kripo? Ich bin im Moment gerade ziemlich beschäftigt, aber wenn Sie so weit gefahren sind, nehme ich an, dass es etwas Dringendes ist?«

»Ich fürchte, ja.«

»In Ordnung. Gehen wir in den Wohnwagen. Sonst werden Sie noch bei lebendigem Leib gefressen.«

Der Wohnwagen war ein Büro auf Rädern. Auf dem Tisch lagen Generalstabskarten, Notizbücher, Kameras und Vermessungsgeräte. Neben einer Riesendose Antiinsektenspray stand eine große Thermoskanne.

»Kaffee?«

»Sehr gern.«

Dr. Wasserstein nahm ihre Kapuze herunter und schüttelte sich den dunklen Bubikopf.

Delorme hatte irgendwie mit grauem Haar und Brille gerechnet, doch die Kuratorin war nicht älter als sie, vielleicht sogar ein, zwei Jahre jünger, mit dunklen Augen und perfekter Haut. Unter dem Schutzhemd trug sie eins von diesen gestreiften T-Shirts, wie man sie an französischen Fischern sah.

Während der Kaffee eingegossen wurde, erklärte Delorme, was ihr Anliegen war.

»Sie haben zwei Morde? Und Sie haben eine Verbindung zu kanadischen Ureinwohnern vermutet?«

»Möglicherweise steckt ein Ureinwohner mit drin. Frank Izzard von der OPP glaubt allerdings, diese Symbole hätten etwas mit Voodoo zu tun.«

»Ich kenne Frank. Ist das alles, was er Ihnen gesagt hat?«

»Er meinte, Sie könnten die Sache für uns näher eingrenzen.«

Dr. Wasserstein blickte aus dem Wohnwagenfenster. Draußen gingen ihre Kollegen weiter ihrer Arbeit nach, stumme Gestalten in diesem milden Licht. Delorme beneidete sie und empfand einen Anflug von Wehmut, dass sie an diesen Ort schweigsamer Forschungsarbeit als Störenfried kam. Dr. Wasserstein drehte sich wieder zu ihr um und betrachtete sie eindringlich aus ihren dunklen Augen.

»Wissen Sie, viele Menschen erliegen dem Irrtum, Voodoo sei eine gewalttätige Religion. Ist es aber nicht. Ich meine, sicher, sie töten Ziegen und Hühner und so und verwenden das Blut bei ihren Ritualen, aber die Tiere werden nicht schlimmer behandelt als die, die wir täglich essen. Vermutlich sogar um einiges besser. Haben Sie in der Nähe der Leichen Tierknochen gefunden?«

»Ich würde Ihnen lieber erst etwas über die Leichen erzählen, nachdem Sie sich etwas anderes angeschaut haben. Ich möchte Sie nicht in irgendeine Richtung beeinflussen.« Delorme zog die Fotos mit den Hieroglyphen heraus. »Können Sie mir irgendetwas darüber sagen?«

Dr. Wasserstein nahm die Bilder und sah sie sich im Licht des Fensters an.

»Oh, die sind *interessant*. Die hab ich noch nie außer in den Fachzeitschriften gesehen. Die haben Sie in Algonquin Bay gefunden?«

»Im Wald, nicht weit von der Stadt. Wir wissen, dass sie nicht alt sind.«

»Nein, bestimmt nicht. Nicht in dieser Hemisphäre.«

»Was können Sie uns darüber sagen?«

»Also, die sind nicht indianisch, das gleich vorneweg. Das hat Ihnen Frank Izzard sicher auch schon gesagt.«

»Ja.«

»Haben Sie in der Nähe dieser Zeichen Muscheln gefunden? Winzige Muscheln? Vielfarbige?«

»Ja, haben wir. Wieso fragen Sie?«

»Das sind keineswegs Hieroglyphen, diese Einkerbungen. Diese Zeichen halten eine Zukunftsvorhersage fest. Eine Hexe, ein Priester oder Schamane – was Ihnen lieber ist – sagt die Zukunft voraus, indem er Kaurimuscheln wirft und ihr Muster liest. Diese Zeichen, diese Pfeile, die in verschiedene Richtungen weisen, geben bestimmte Wurfmuster dieser Muscheln wieder. Unterschiedliche Farben werden unterschiedlich dargestellt, zum Beispiel steht der Hammer für die grünen Muscheln, das Beil für die roten. Sie sehen ein bisschen unheimlich aus, besonders in Verbindung mit einem Verbrechen, aber für sich genommen, sind sie eigentlich ganz harmlos. Sie beantworten die gängigen Fragen, wissen Sie – Steht ein Geldsegen ins Haus? Eine Romanze? Eine Beförderung? Sie sind nicht schlimmer als Astrologie. Aber etwas anderes wüsste ich gerne: Haben Sie längliche Stöcke in der Nähe gefunden? Stöcke, die so aussehen, als wären sie auf ein und dieselbe Länge zurechtgeschnitten worden?«

»Ja, wir haben ein paar gefunden. Wir warten noch auf den Befund von der Gerichtsmedizin, was sie verfärbt hat.«

»Vermutlich Blut. Man nennt sie *palos.*«

»Dann bestätigen Sie, dass es Voodoo ist?«

»Es ist Palo Mayombe.«

»Wie noch mal?«

»Palo Mayombe.« Dr. Wasserstein buchstabierte es für sie. »Mit Voodoo und Santeria verwandt. Es ist seltener, viel geheimnisvoller, möglicherweise furchterregender. Wir wissen eigentlich nicht allzu viel darüber. Wie Voodoo geht es in erster Linie darum, die Zukunft zu lesen und sie dann den eigenen Wünschen anzupassen, indem man bestimmte *orishas* anruft – das sind Verschmelzungen von afrikanischen Geistern mit christlichen Heiligen. Sie haben unterschiedliche Einflusssphären: Ellegua für Scheidewege, Oggun für Eisen und andere Metalle, so in der Art.«

»Wie ruft man sie an?«

»Man bringt ihnen Opfer dar. Opfer, die mit ihrem Zuständigkeitsbereich in Beziehung stehen. Ellegua liebt zum Beispiel Süßigkeiten. Oggun verlangt nach Eisen, Metall.«

»Würde ihn ein Schienenbolzen zufrieden stellen?«

»Auf jeden Fall. Schienenbolzen, Hufeisen ... egal, was.«

»Wer praktiziert so was?«

»In Kanada? Niemand. Ich hör zum ersten Mal davon. Ursprünglich kommt es von den Ibo, Bantu und Kikongo, Stämmen, die vorrangig in Nigeria und im Kongo beheimatet sind. Wir wissen, dass es im neunzehnten Jahrhundert weit verbreitet war. Viele Angehörige dieser Stämme kamen als Sklaven in die westliche Hemisphäre, und sie haben ihre Religion mitgebracht.«

»Wo in der westlichen Hemisphäre?«

»Kuba, fast ausschließlich sogar. Wenn ich auf der Suche nach jemandem wäre, der tief in Palo Mayombe verwurzelt ist, würde ich nach jemandem aus Kuba Ausschau halten – meinetwegen auch noch Miami, aus nahe liegenden Gründen. Spuren davon finden sich vielleicht noch in Mexiko, aber am häufigsten finden Sie dieses Gebräu tatsächlich in Kuba.«

»Kuba. Und Sie sind sicher, dass das Ganze nichts mit kanadischen Ureinwohnern zu tun hat?«

»Nicht das Geringste.«

Es herrschte Schweigen. »Was ist?«, sagte Dr. Wasserstein nach einer Weile. »Das scheint Sie zu verblüffen.«

»Sie haben gesagt, dieses Palo Mayombe sei geheimnisvoller als Voodoo. Vielleicht auch beängstigender. Wie haben Sie das gemeint?«

»Nun ja, genau wie bei Voodoo gehören die üblichen Tieropfer dazu. Bei Palo Mayombe gibt es allerdings auch zahlreiche Hinweise auf Menschenopfer. Geschichten von Menschen, die vor ihrem Tod verstümmelt wurden.«

»Einem unserer Mordopfer wurden Hände und Füße abgeschnitten. Und wir haben auch seinen Kopf nicht gefunden.«

»Oh mein Gott.« Dr. Wasserstein legte eine Hand auf die Brust. »Wie entsetzlich.«

»Allerdings. Wir möchten ihn daran hindern, das noch jemandem anzutun.«

»Also, der Fairness halber sollten Sie wissen, dass in Bezug auf Palo Mayombe gegenwärtig viel diskutiert wird, wie es sich nun tatsächlich damit verhält. Die Verfechter von Palo Mayombe bringen einige Argumente vor: Erstens einmal stammen sämtliche Hinweise auf Menschenopfer von Missionaren. Von Leuten, die nur aus einem einzigen Grund nach Afrika gegangen sind, nämlich, die Bevölkerung zum Christentum zu bekehren. Wir wissen aus der Geschichte, dass ihre Lieblingsmethode darin bestand, den Leuten Angst einzujagen – auf die Weise schafft man es, die alten Götter wie Teufel dastehen zu lassen, als Inbegriff des Bösen. Zweitens: Man kann Menschenopfer nicht an und für sich verdammen. Jesus Christus war ein Menschenopfer, von Gott selbst sanktioniert. Außerdem ehren wir Soldaten, die ihr Leben lassen, um ihr Vaterland zu verteidigen. Sind das etwa keine Menschenopfer? Drittens: Für den Fall tatsächlicher Menschenopfer, sagen sie, sei es ganz und gar freiwillig, wie in dem eben genannten Fall.«

Delorme sah die Kuratorin an. Trotz des Bubikopfs und des hippen T-Shirts schien es, als habe sie das Gespräch über Gewalt ein wenig altern lassen.

»Sie sind sehr blass«, sagte Delorme. »Fühlen Sie sich nicht gut?«

»Doch, doch, alles bestens. Es ist nur – na ja, was Sie da

erzählen …« Dr. Wasserstein schüttelte den Kopf, als könnte sie damit die brutalen Bilder weit von sich schleudern.

»Was ich sagen wollte – mag ja sein, dass die Missionare, die so was bezeugt haben, Vorurteile oder auch ein Interesse daran hatten, sich so was auszudenken. Die Möglichkeit ist zumindest nicht von der Hand zu weisen. Aber es waren größtenteils Jesuiten, und die entsprechenden Aussagen stehen nicht in Traktaten oder Predigttexten. Sie finden sich in Erfahrungsberichten, die sie an ihre Ordensleitung daheim geschickt haben – mit anderen Worten, es gab keinen Anlass, irgendjemandem Angst einzujagen. Sie haben einfach nur der Zentrale berichtet, womit sie sich herumschlagen müssen. Ähnliche Berichte gibt es von ihnen außerdem in Nordamerika. Wir wissen, dass die Irokesen Pater Brébeuf entsetzlich gefoltert und ihm das Herz herausgeschnitten haben. Die Huronen haben an ihren Feinden ähnliche Grausamkeiten begangen. Und bei diesen Berichten wissen wir, dass sie nicht frei erfunden sind.«

»Und die Verstümmelung?«

»Gott, das ist grauenhaft. Zwei Dinge spielen dabei eine Rolle: zunächst einmal der Wunsch, so viel Schmerz wie möglich zuzufügen. Man erlangt nämlich, wenn das Opfer schreit und um sein Leben fleht, in der Anderwelt Kontrolle über seinen Geist. Man kann ihm befehlen, für einen hierhin und dorthin zu gehen, etwas in Erfahrung zu bringen, etwas zu erledigen. Diese Vorstellung findet sich in vielen heidnischen Religionen. Hier liegt der Grund für die Verstümmelung. Damit der Geist herumkommt und diese Dinge für einen tut, benötigt er Füße zur Fortbewegung, Finger zum Tasten und Greifen und vielleicht sogar ein Gehirn zum Verstehen. Also schneidet der Schamane sie ab und wirft sie in einen Hexenkessel. Bei Palo Mayombe wird mit einigen Stöcken oder *palos* im Kessel gerührt, um den Geist zu beherrschen. Wenn man sich erst einmal einen solchen dienstbaren Geist geschaffen hat, wird wiederum frisches Blut benötigt, um ihn unter Kontrolle zu behalten.«

»Das klingt nicht gut«, sagte Delorme. »Heißt das, es wird wahrscheinlich weitere Opfer geben?«

»Ich fürchte, ja.«

»Und trotzdem gibt es so viele, die darin nichts weiter als eine harmlose Variante von Voodoo sehen?«

»Ja. Ich persönlich denke, sie liegen falsch. In dieser Hinsicht glaube ich den Jesuiten. Und außerdem haben Sie diese verstümmelte Leiche, Sie haben die *palos*, und Sie haben die Kaurimuscheln. Somit haben Sie es entweder mit einem Palo-Mayombe-Priester zu tun, der den alten Glaubensvorstellungen anhängt, oder aber mit jemandem, der diese Vorstellungen grässlich entstellt hat – in beiden Fällen mit einem Monster.«

42

Das Büro ging Cardinal langsam, aber sicher auf den Geist. McLeod schnauzte am Telefon einen Rechtsanwalt an. Am anderen Ende des Raums begann Szelagy schon wieder zu pfeifen, obwohl sie ihm schon zweimal gesagt hatten, er solle das lassen. Und jemand anders hämmerte mit der Faust auf den Kopierer, als könne ihn das anspornen zu funktionieren.

Kein Wunder, dass ich gern mit Delorme zusammenarbeite, dachte Cardinal. Sie ist die Einzige in diesem Raum, die man gerne um sich hat. Nur war Delorme gerade nicht da; ihr Tisch war leer. Sie war hinter den Hieroglyphen her.

Cardinal hatte sich eine größere Kiste Material aus der Asservatenkammer ausgeliehen und ging sie durch, indem er jedes einzelne Stück herausholte und auf den Tisch legte. Es waren Gegenstände darunter, die vom Tatort von Wombat Guthries Ermordung stammten, derselben Stelle, vermutete er immer mehr, an der Terri Tait angeschossen worden war. Da war die seltsame Sammlung gerader Stöcke, die sie inzwischen von der Gerichtsmedizin mit der Bestätigung zurückhatten, dass die verfärbten Enden in Blut getaucht gewesen waren, sowohl tierischen als auch menschlichen Ursprungs. Die DNA-Ergebnisse waren noch unvollständig. Dann kam der Gipsabdruck der Reifenspur vom Tilley-Fundort. Collingwood hatte sie einem Bridgestone RE 71 zugeordnet, die Art Reifen, die man an einen Angeberwagen, möglicherweise einen TransAm montiert. Bei seinem nächsten Griff in die Kiste zog er das Silbermedaillon heraus. Er ließ die Schließe aufschnappen und betrachtete das winzige Foto darin. Gut aussehendes Paar zwischen vierzig und fünfzig, der Mann in Uniform. Auf jeden Fall Militär, doch bei dieser Miniatur-Schwarzweißaufnahme war unmöglich zu sagen, ob er zur Air Force gehörte oder nicht. Cardinal fand ein Vergrößerungsglas und hielt das Bild unter seine Schreibtischlampe. Er war sich ziemlich sicher, dass er zwischen der Frau und Terri Tait eine Ähnlichkeit erkennen konnte.

»Cardinal!«

Detective Sergeant Chouinard stand im Filzhut an der Tür.

»Jemand für Sie an der Pforte! Sagen Sie dem Dienst habenden Sergeant, wenn er zurück ist, dass ich hier nicht den Türsteher mime.«

Cardinal ging zum Wachtisch, wo das bleiche, knochenlose Gesicht von Dr. Filbert sich zu einem Lächeln verzog.

»Ich hab riskiert, rüberzukommen, ohne vorher anzurufen. Hab mir gedacht, beim Morddezernat muss schließlich jemand Überstunden machen. Ich hab's bei Detective Arsenault versucht, aber der ist nicht da.«

»Was kann ich für Sie tun?«

»Ich hab DNA-Ergebnisse für Sie.« Er hielt einen Stoß Papiere in die Höhe, eine Computer-Druckversion offenbar.

»DNA-Ergebnisse? Wir haben Ihnen doch gar keine DNA gegeben.«

»Falls Sie einen Moment Zeit haben, will ich es Ihnen erklären.«

Cardinal führte Filbert ins Großraumbüro. Er zog ihm Delormes Stuhl heran.

Dr. Filbert setzte sich auf die Kante und faltete die Hände im Schoß. »Ich glaube, ich kann jetzt definitiv eine Verbindung zwischen Ihrer ersten und Ihrer zweiten Leiche herstellen.«

»Anhand der Madenhülse, die wir Ihnen überlassen haben? Aber die könnte doch von einem toten Fuchs oder einem toten Hund stammen und mitgeschleift worden sein, halt von irgendetwas Totem.«

»Jetzt nicht mehr, Detective.« Filbert wedelte mit dem Ausdruck in der Luft. »Wir haben jetzt dieselbe DNA an zwei Fundorten.«

»Ich verstehe nicht. Wessen DNA?«

»Die von der Fliege.«

Cardinal wusste, dass er müde war, aber entging ihm deshalb die Logik? Er beherrschte sich und unterließ es, sich an die Schläfen zu klopfen. Stattdessen sagte er nur: »Sie haben eine DNA-Analyse von der Madenhülse gemacht, die wir Ihnen gegeben haben?«

»Sicher. Sie können heutzutage von so ziemlich allem die DNA bekommen.«

»Aber wozu denn? Wir haben bereits die Art. Wir wissen, dass die Hülse nicht vom zweiten Fundort stammen kann. Wieso sollten wir noch mal von vorne anfangen und die Spezies anhand der DNA bestimmen, wo wir das bereits mit ...«

»Nein, nein. Ich rede nicht von der Art. Ich rede von der individuellen *Fliege*. Die individuelle DNA von der Hülse passt zur individuellen DNA von der ersten Fundstelle. Die Made, die aus dieser Hülse geschlüpft ist, hat dieselbe Mutter wie Dutzende andere Eier am ersten Fundort.«

»Sie haben die DNA einzelner Fliegen abgeglichen?«

Dr. Filbert nickte so vehement, dass sein ganzes Gesicht schwabbelte. »War ganz leicht. Na ja, mit einem Ei wäre es noch leichter gewesen als mit der Hülse, aber ich hab's auch so geschafft. Ich verwende ein Gerät, das als MJ-Forschungsmaschine bekannt ist. Braucht etwa vierundzwanzig Stunden.«

»Wie geht das so schnell? Wenn wir DNA an die Gerichtsmedizin in Toronto schicken, brauchen die mindestens zehn Tage. Wir warten im Moment auf das Ergebnis einer Probe.«

»Ich habe einen entscheidenden Vorteil. Ich hab das letzte halbe Jahr nichts anderes getan, als einen gigantischen Datensatz aufzubauen. Ich kenne die statistischen Variationen auf diesem Gebiet in- und auswendig. Deshalb suche ich nicht nach der Nadel im Heuhaufen, sondern nach der Nadel, sagen wir mal, in einer Aktenschublade.

»Das ist eine unglaubliche Leistung«, sagte Cardinal. »Ich hatte keine Ahnung, dass Sie so was können.«

»Das kann jeder. Na ja, sagen wir, dazu wären viele in der Lage.«

»Das möchte ich sehr bezweifeln, Mr. Filbert. Ganz herzlichen Dank, dass Sie sich die Zeit genommen haben.«

»Oh, war mir ein Vergnügen.«

Als Filbert gegangen war, checkte Cardinal die Phiole in der Asservatenkammer ein und legte Filberts Ausdruck Arsenault auf den Tisch. Falls sie je einen Verdächtigen an Land zogen, wäre dieser Beweis vor Gericht ein Knüller.

Er setzte sich an seinen Schreibtisch und hielt die Sache in seinem Notizbuch fest. Als er zur Wanduhr aufsah, um die Zeit zu notieren, stellte er fest, dass es schon fast acht war und er immer noch nichts gegessen hatte. Er fragte sich, wo und was Catherine wohl zum Abendessen gehabt hatte, wo sie hingegangen war. Zu ihren Lieblingsattraktionen in Toronto gehörten die vielen Restaurants; sie hatte einen weitaus experimentierfreudigeren Gaumen als Cardinal. Als er sie das letzte Mal anrief, hatte er nicht mit ihr reden können. Er hoffte, dass sie nur gerade unter der Dusche gestanden hatte oder zu ein paar Nachtaufnahmen noch einmal rausgegangen war, doch er spürte diesen gewissen Druck in der Brust, der sich jedes Mal dort einnistete, wenn er sich um seine Frau Sorgen machte.

Sein Telefon klingelte, und für den Bruchteil einer Sekunde war er sicher, dass es Catherine sein musste, bis er sah, dass der Anruf nicht auf seiner Durchwahlleitung hereinkam.

»Cardinal, Kripo Algonquin Bay.«

»Oh, hallo. Ehm, ich weiß nicht recht, wo ich anfangen soll ...«

Eine Frauenstimme, vielleicht mittleren Alters, vage vertraut.

»Mein Name ist Christine Nadeau. Studentin bei Ihrer Frau. Wir haben uns vor ein paar Tagen kennen gelernt.«

»Ach so, ja, ich erinnere mich.« Cardinal schaffte es, einen gleichmütigen Ton anzuschlagen, doch in Wahrheit verließ ihn der Mut. Nach fünfundzwanzig Ehejahren mit Catherine hatte er den Überblick darüber verloren, wie viele Anrufe dieser Art er schon bekommen hatte. Die ersten chemischen Botenstoffe der Angst machten sich in seinem Blutstrom breit. Aus irgendwelchen Tiefen seiner abtrünnigen Katholikenseele erhob sich das Gebet: Bitte, lieber Gott, mach, dass nichts Schlimmes mit ihr ist.

»Also, ehm, ich weiß wirklich nicht, wie ich es sagen soll. Und ich hoffe, dass Sie mir nicht böse sind, dass ich Sie anrufe. Ich versichere Ihnen, es ist nur aus Sorge um Catherine. Ich meine, sie ist eine wundervolle Fotografin und eine großartige Lehrerin. Das ist der dritte Kurs, den ich bei ihr mache.«

»Okay. Wie wär's, wenn Sie mir einfach erzählen würden, was los ist?« Lieber Gott, bitte, lass es nicht zu schlimm sein. »Alles in Ordnung bei ihr?«

»Also, nein, nicht so ganz. Ich meine, ich glaube nicht. Ich hab mit zwei von den anderen Studenten gesprochen, und eine hat gemeint, ich sollte nicht anrufen, und die andere fand, besser doch, also ...

In den letzten anderthalb Tagen oder so hat sie sich ein bisschen seltsam benommen. Geplant war, dass wir uns morgens alle an einer bestimmten Stelle treffen, ein paar Stunden fotografieren und dann wieder zum Mittagessen zusammenkommen. Na ja, gestern oder vorgestern haben wir uns an einer alten Zementfabrik getroffen, und normalerweise konzentriert sich Catherine immer aufs Wesentliche, wissen Sie: Mit welchen Schwierigkeiten haben wir es bei diesem Sujet zu tun, welche besonderen Vorzüge bietet es, und wie gehen wir's an?

Aber gestern Vormittag hat sie sich wirklich mächtig über die Provinzpolitik aufgeregt, über Energiepolitik und Kernenergie und all so was, man hätte glatt denken können, sie führt einen Wahlkampf oder so – sie ging voll ab. Tut mir leid, wenn das irgendwie gemein klingt …«

»Hat irgendjemand versucht, sie wieder auf das eigentliche Thema zu bringen?«, fragte Cardinal. »Auf den Punkt?«

»Ja, schon, ich. Die Sonne stand noch sehr tief hinter den Fabriktürmen, und ich hab ihr eine Frage in Bezug auf Gegenlicht und Silhouetten gestellt. Sie ging einfach drüber hinweg und ließ sich endlos über den Queen's Park aus und dass man denen da oben mal klar machen muss, was Sache ist. Ich merke schon, das klingt gar nicht so dramatisch – ich meine, es gibt nun mal Leute mit leidenschaftlichen Überzeugungen.«

»Aber es war unangebracht, wollen Sie sagen.«

»Ganz und gar. Und passte auch gar nicht zu ihr. Ich bin sicher, Catherine hat ihre politischen Überzeugungen, aber in den Kursen, die ich bis jetzt bei ihr gemacht habe, kam noch nie so etwas auf. Ich hab schon einige Zeit mit ihr in Dunkelkammern zugebracht, und es ist immer nur um die Arbeit gegangen. Deswegen unter anderem ist sie ja so phantastisch. Sie ist vollkommen bei der Sache. Und so verlässlich.«

Das ist Catherine, dachte Cardinal. Das heißt, in ihren guten Phasen.

»Isst sie einigermaßen?«

»Wollte gerade drauf kommen. An dem Tag nach unserer Ankunft fing sie, glaube ich, an, nur noch von Milchshakes zu leben. Ich meine, buchstäblich. Sie nennt das Kraftnahrung. Ich glaube, sie schluckt ansonsten nichts weiter als Vitamintabletten.«

»Haben Sie mitbekommen, ob sie Alkohol getrunken hat?«

»Nicht viel. Nicht, dass ich wüsste. Ein paar Gläschen Wein gestern Abend, und, Junge, Junge, das hat sie ganz schön in Fahrt gebracht. Sie war nicht betrunken oder so. Eher das Gegenteil. Sie wurde sehr ernst, sehr energiegeladen. Ich meine, ich war völlig kaputt, aber nicht Catherine. Sie wollte raus und noch mehr Fotos machen, und ich glaube, das hat sie auch getan. Ich glaube, sie schläft nicht viel, wenn überhaupt. Ich muss Ihnen leider sagen, dass sich einige Studenten bei der Uni über sie beschweren wollen. Würde mir nie einfallen, aber sie zahlen für die Exkursion, und sie soll ja eigentlich unterrichten und nicht ...«

»Wissen Sie, wo sie gerade ist?«

»Nein, leider nicht. Deshalb ruf ich an. Sie sollte mit uns zu Abend essen – ein ruhiges Essen nur mit ein paar von uns –, aber sie ist nicht erschienen, und in ihrem Hotelzimmer meldet sie sich auch nicht.«

»Okay. Ich gebe Ihnen mal meine Handynummer. Haben Sie was zu schreiben?« Er diktierte ihr die Handy- wie auch seine Nummer zu Hause. »Wenn Sie sie sehen, bitten Sie sie doch, mich sofort anzurufen. Ich komm runter.«

»Tatsächlich? Nach Toronto? Sie meinen, es ist so ernst? Ich wollte Sie nicht mehr als nötig beunruhigen, ich dachte nur ...«

»Nein, nein. Ich bin sehr dankbar, dass Sie angerufen haben. Falls Sie sie sehen, wäre es gut, wenn sie da bliebe, wo sie ist. Oder, falls sie doch wieder loszieht, wenn Sie in ihrer Nähe bleiben und mir sagen könnten, wo Sie sind. Ich müsste in spätestens vier Stunden da sein. Können Sie bis Mitternacht aufbleiben?«

»Ja, natürlich. Ich bin im Chelsea, Zimmer 1016. Das ist direkt neben ihrem, ich müsste also hören, wenn sie reinkommt.«

Cardinal bedankte sich noch einmal und legte auf.

Wie oft noch, fragte er sich, wie oft noch werde ich das machen, bevor wir sterben? Der Regen trommelte derart heftig an die Windschutzscheibe, dass die Scheibenwischer sie selbst auf der höchsten Stufe nicht freihalten konnten. Wie oft habe ich das schon getan? Der Anruf aus dem Nichts, der überstürzte Aufbruch nach einem langen Arbeitstag und die Panik – die schiere Panik, nicht zu wissen, wo Catherine ist oder was sie gerade treibt.

Cardinal hatte sich an einem Burger King was zu essen geschnappt, und jetzt stank der Wagen danach. Die Wärme, die seine Mahlzeit ausdünstete, hatte die Windschutzscheibe von innen beschlagen. Er stellte das Gebläse höher und machte das Radio an. Die Auswahl zwischen Rocksongs, Country Music und einem Interview mit einem gälischen Dichter war schlimmer als die Geräusche von Wind und Regen, und so machte er wieder aus.

Die ersten vierzig Meilen nach South River hinunter waren die reinste Qual. Der Highway war einspurig, und bei den Wetterverhältnissen war es nicht ratsam zu überholen. Als er erst mal auf der Höhe von Bracebridge war, wurde es besser, und er hielt den Tacho auf 30 über der Geschwindigkeitsbegrenzung ein. Er glaubte kaum, dass es an einem Abend wie diesem von OPP-Kollegen wimmelte.

Von unterwegs rief er im Clarke Institute an. Während ihrer zehn Jahre in Toronto war Catherine dort oft behandelt worden. Cardinal betete, dass Dr. Jonas noch dort war. Bei der Notaufnahme erfuhr er, der Doktor arbeitete tatsächlich noch bei ihnen, werde jedoch nicht vor dem kommenden Nachmittag zum Dienst erwartet. Cardinal erklärte die Situation und kündigte vorsorglich an, dass er, wenn er Glück hätte, mit Catherine vorbeikommen würde. Die Frau am anderen Ende versprach, Dr. Jonas anzurufen und ihm Bescheid zu geben. Sie fand den richtigen Ton, eine Mischung aus professioneller Sachlichkeit und freundlicher Anteilnahme, doch sie klang auch schrecklich jung.

Cardinal versuchte, seine Gedanken unter Kontrolle zu bringen und sich nicht übermäßig zu sorgen. Doch wenn sie manisch war, konnte Catherine Furcht erregende Dinge tun. Als sie noch in Toronto wohnten und Kelly noch ein kleines Mädchen war, hatte Catherine sich einmal per Anhalter zu einer internationalen Wirtschaftskonferenz am Lake Couchiching aufgemacht. Zum Glück hatte ein Lkw-Fahrer, der sie auf der Höhe von Barrie aufgegabelt hatte, ihren Zustand erkannt und die Umsicht wie die Freundlichkeit besessen, die örtliche Polizei anzurufen, die ihrerseits Cardinal in Toronto aufspürte.

Ein andermal hatte sie an einer Fotoserie über Obdachlose gearbeitet. Anfänglich stattete sie ihnen nur tagsüber Besuche ab, und sie erlaubten ihr, sie selbst wie auch ihre improvisierten Behausungen zu fotografieren. Sie hatte einen Wettbewerb auf Provinzebene gewonnen und gelangte sogar unter die Finalisten auf nationaler Ebene. Doch sie kam von dem Thema nicht los und machte sich an eine zweite Fotoserie heran. Diesmal hatte sie sich selber als Obdachlose verkleidet und war eines Tages losgezogen, um unter ihnen zu leben. Andere Journalisten hatten verschiedentlich dasselbe getan, doch Catherine bewegte sich gerade auf den Höhepunkt einer manischen Phase zu und rastete völlig aus, als sie gerade in der Nähe von Casa Loma unter einer Brücke hauste. Nie würde Cardinal vergessen, wie er sie in der Notaufnahme des Toronto Western Hospital vor sich gesehen hatte. Seine Catherine, gewöhnlich sehr auf ein gepflegtes Äußeres bedacht und strahlend schön, saß jetzt mit dreckstarrendem Haar, mit Trauerrändern unter den Fingernägeln und einer hässlichen Abschürfung an der Stirn vor ihm.

In den Jahren danach war es Catherine besser gegangen.

Manchmal schaffte sie es zwei Jahre ohne einen Krankenhausaufenthalt. Ihre manischen Phasen waren viel kürzer und ihre depressiven Phasen auch. Dafür waren sie schwerer – düstere, drückende Wochen, in denen sie kaum sprach oder sich auch nur rührte.

Das waren die Zeiten, vor denen es Cardinal am meisten graute. Falls sie sich je das Leben nähme, dann nicht in den manischen Phasen – es sei denn, aus Versehen –, sondern als letzter Ausweg aus einer erstickenden Hölle.

Cardinal fuhr am Sundial Hotel zu seiner Linken vorbei. Von hier aus war es nicht mehr weit. Als er die Fahrbahn wechselte, um einen Sattelschlepper zu überholen, konnte er den Gedanken nicht loswerden, dass Catherines letzter Krankenhausaufenthalt nunmehr fast exakt zwei Jahre her war.

Selbst gegen Mitternacht herrschte rund um Toronto noch hektischer Verkehr. Die 401 bildete eine Art Asteroidengürtel oberhalb der Stadt. Cardinal nahm die Ausfahrt Allen Road, und als er gerade in südlicher Richtung auf die Bathurst eingebogen war, klingelte sein Handy. Mach, dass es Catherine ist. Mach, dass dieses schreckliche, allzu vertraute Drama ein Ende hat. Lass sie anrufen, um zu sagen, dass alles in Ordnung ist, dass sie morgen planmäßig nach Hause kommt.

Es war Christine Nadeau.

»Ich fühl mich nicht wohl bei der Sache«, sagte sie mit gedämpfter Stimme. »Ich fühl mich wie eine Spionin.«

»Was ist passiert?«

»Ich komme gerade aus der U-Bahn. University Line. Catherine ist vor etwa einer Stunde ins Hotel zurückgekehrt. Ich hatte gehofft, sie würde bleiben und Sie könnten sie dort abholen, aber leider …«

»Wo sind Sie jetzt? Welche Station?«

»Queen's Park. Ich weiß nicht, wie die Straße hier heißt.«

»College Street. Was macht sie?«

»Sie hat zwei Kameras dabei, je eine links und rechts über die Schulter gehängt, und sie läuft wirklich schnell. Ich weiß nicht, ob ich da mithalten kann.« Cardinal hörte durchs Handy, wie sie schnaufte und keuchte.

»Bleiben Sie dran. Ich bin jetzt südlich der Eglington, und der Verkehr ist nicht allzu schlimm. Müsste in zehn Minuten bei Ihnen sein. Fünfzehn höchstens. Können Sie dranbleiben?«

»Ich versuch's. Wissen Sie, im Moment macht sie nichts Auffälliges.«

»Verstehe. Und ich hoffe, mit ihr ist alles okay. Bin gleich da.«

»Ach du liebe Güte.«

»Was? Was ist los?«

Reifen quietschten durchs Telefon.

»Oh mein Gott.«

»Sie ist gerade einfach in den Verkehr gelaufen, direkt vor diesem Geländewagen auf die Straße marschiert. Gott sei Dank ist der Kerl noch rechtzeitig ausgewichen. Catherine ist nicht mal langsamer gegangen. Ich glaube, sie hat ihn gar nicht gesehen.«

»Bleiben Sie dran, bin gleich da.«

Auf der Bathurst war wenig Verkehr. Cardinal überquerte die St. Clair und dann die Dupont ohne Probleme.

Wieder klingelte das Handy.

»Sie ist auf irgend so eine Baustelle gelaufen. Keine Ahnung, wie sie das angestellt hat. Sie war ein bisschen schneller als ich, und es ist rundum mit Bauzäunen abgesperrt. Ich denke, sie hat sich irgendwo zwischen zwei von den Dingern durchgezwängt.«

»Sie können nicht hinterher?«

»Ehm, nein. Ich bin nicht sicher, wo sie ...«

»Wo genau sind Sie jetzt?«

»Ehm, Ecke Queen und University Street.«

»Zwei Minuten.«

Cardinal warf das Handy beiseite. Er nahm die Harbord rüber zum Queen's Park Crescent. Er überquerte die College und war auf der University. An der Dundas Street war die Ampel auf Rot, als Nächstes hatte er die Ecke Queen erreicht.

Er entdeckte Christine Nadeau – eine große Frau in einem langen Regenmantel – an der südwestlichen Ecke. Sie stand am Zugang zu einem Fußgängertunnel unter einem riesigen Baugerüst.

»Sie muss da drinnen sein«, sagte sie und deutete mit dem Daumen auf die Baustelle. »Ich war nicht weiter als zwanzig Meter hinter ihr. Aber ich hab keine Ahnung, wie sie da reingekommen ist.«

»Falls es einen Weg gibt, findet sie ihn.«

»Kann ich noch irgendetwas tun? Ich meine, ich sollte vielleicht nicht da sein, wenn Sie sie da rausholen. Ich fühl mich ziemlich mies, ihr so nachzuspionieren.«

»Keine Sorge, Sie haben das Richtige getan. Ich weiß das wirklich zu schätzen.«

»Wenn Sie meinen. Dann viel Glück.« Sie drehte sich um und lief Richtung U-Bahn-Station.

Cardinal trat näher an die Baustellenpassage heran. In die Elemente der Bretterwand war eine Reihe rechteckiger Löcher eingeschnitten, kleine Fenster, durch die neugierige Passanten das Gelände sehen konnten. Cardinal schaute durch das höchste davon.

Die Baustelle war gigantisch, wenn auch in diesem Stadium nicht viel mehr als eine Betongrube mit Eisenträgern, die in den Himmel ragten. Auf einem der Träger bewegte sich ein Schatten, dann blitzte plötzlich etwas auf – ein Licht, das sich in einer Linse fing.

Cardinal hastete durch den Tunnel, so dass seine Schritte von den Holzwänden widerhallten. Ein wenig weiter hinten befand sich ein Maschendrahtzaun, und Cardinal sah auf Anhieb, wo Catherine einen Durchschlupf gefunden hatte. Oberhalb des Maschendrahts war Stacheldraht gespannt, der jedoch an den Kanten der Bretterverschalung zu Ende war. Cardinal brauchte dreißig Sekunden, um den Zaun hochzuklettern und sich auf das Dach der Passage zu hieven.

Catherine war verschwunden, er konnte sie nirgends entdecken. Auf der Baustelle brannten nur wenige Lichter, und der Mond war von einer schweren Wolke verdeckt. Seine größte Sorge war, dass Catherine einen der Materialaufzüge in Gang setzen und auf diesem gewaltigen Stahlgerüst landen könnte.

Er rannte ans Ende der Plattform und sprang auf die Ladefläche eines geparkten Pritschenwagens. Von dort schaute er auf eine Art Sims etwa von der Breite einer Landstraße rund um die Grube, von dem wiederum mehrere Holzplankenbrücken zu den im Bau befindlichen Geschossen hinüberführten.

Cardinal betrat die nächstbeste Brücke. Das Sinken und Schwanken der Latten versetzte seinen Magen in Schwingung. Die Grube war tiefer, als von außen zu ahnen – es waren mindestens sechs unterirdische Parkgeschosse im Bau. Ein Zementsilo-Lkw am Boden erschien von hier aus wie im Spielzeugformat.

»Hallo, John.«

Ihre Stimme war leise. Es war nie vorherzusehen, wie sie sich bei einem ihrer Highs verhalten würde. Diesmal sprach sie so sanft wie eine gütige Gestalt in einem Traum.

Cardinal blickte hoch.

Er sah Catherines Silhouette zwei Stockwerke über sich, in der nächtlichen Brise flatterte ihr Haar. Bevor er etwas sagen konnte, brach der Mond hinter der Wolke hervor und erleuchtete gespenstisch bleich Catherines Gesicht. Sie stand auf dem Vorsprungsende eines Trägers über einem acht Stockwerke tiefen Abgrund.

»Ist das nicht außergewöhnlich?«

»Catherine, würdest du bitte wieder auf die Plattform zurückgehen?«

»Ein im Bau befindliches Haus hat so etwas Vollkommenes. Du kriegst sozusagen den Schädel unter der Haut zu sehen. Ich meine, aus der Sicht des Ingenieurs. Dann gibt es natürlich noch den menschlichen Aspekt: Wenn du dir eine Pfeilspitze ansiehst oder ein Stück von einer römischen Mauer, hast du auf einmal ein Gefühl dafür, wie ein Mensch das mit seinen Händen geschaffen hat. Vor tausenden von Jahren hat ein Mensch, der genauso geschwitzt und geblutet und geatmet hat wie du und ich, seine Aufmerksamkeit für eine Weile auf diesen Ziegel, diesen Stein gerichtet, auf diesen kleinen Felsbrocken vielleicht – oder, wie in unserem Fall, auf diesen Träger.«

Zur Bekräftigung stampfte sie ein wenig mit dem Fuß und schwankte leicht.

»Catherine, bitte. Geh zur Plattform zurück.«

Cardinal fand die behelfsmäßige Holztreppe und stieg hinauf. Als er das nächste Geschoss erreichte, wirbelte Catherine gerade auf der Trägerspitze herum und setzte wie im Flamencoschritt einen Fuß vor den anderen.

»Catherine, bitte. Versuch, dich aufs Hier und Jetzt zu konzentrieren. Es ist ziemlich tief bis zum Boden, und egal, wie gut du dich im Moment fühlst …«

»Ich fühl mich großartig, verdammt!« Sie warf den Kopf zurück und lachte. »Ich möchte mich immer so fühlen – auf Zehenspitzen auf dem Knochengerüst von etwas so Grandiosem – einem künftigen Wolkenkratzer. Es liegt so viel Kraft in diesem Ort!«

»Catherine, du fühlst dich so großartig, weil deine Medikamente nicht mehr ausgewogen sind. Überleg bitte mal, Liebling. Das hier kommt immer vor einem schrecklichen Tief. Warten wir also nicht so lange, sondern sehen wir zu, dass wir dich möglichst schnell zum Arzt bringen, so dass es eine sanfte Landung wird.«

»Ach John, John.« Ihr Ton war mitleidig. »Du müsstest dich mal hören, dann würdest du nie wieder solche Dinge zu mir sagen.«

Cardinal stieg die letzten Stufen hoch; jetzt war er auf ihrer Höhe. Er ging langsam auf sie zu, während er die Angst in seiner Brust niederkämpfte.

»Wie ich bereits sagte«, fuhr sie fort, »bevor ich so rüde unterbrochen wurde: Ein unfertiger Bau ist ein Zeugnis der Hoffnung. Es ist in Stahlbeton gegossener Optimismus. In zweitausend Jahren wird ein Mann, eine Frau – oder auch ein Androide – sich diesen Träger anschauen (der dann zweifellos in einem Haufen Schutt und Asche versunken ist) und sich über den Mann Gedanken machen, der ihn hier eingepasst hat. Was wird er sich denken? Dieser Träger, dieses schlichte alte Stück Stahl, wird die Zeiten überbrücken. Wird dieser Mann in der Zukunft sich fragen, ob eine Frau – vielleicht eine leicht verrückte Frau (ihrem ach so prosaischen Mann zufolge nur eine Frage der richtigen Dosis Medikamente) – mit ein paar Kameras über der Schulter darauf balanciert ist und an ihn dachte, zweitausend Jahre in die Zukunft? Wir fahren hier mit einer Zeitmaschine. Nur gut festhalten, dann zappt sie uns ins Jahr fünftausend.«

»Schatz, komm zu mir rüber.«

»Wieso? Es ist aufregend hier draußen. Du kannst dir nicht vorstellen, was für kreative Impulse ich hier bekomme.«

»Catherine, hör mal, deine Medikamente sind aus dem Gleichgewicht, und du bist high. Es ist genauso, als würde dir jemand eine Nadel in den Arm stechen. Das bringt dich dazu, gefährliche Sachen zu tun.«

»Riskante Sachen. Risiko ist nichts Schlechtes, John. Wo stünden wir heute, wenn niemand ein Risiko wagte? Der Feuerwehrmann, der in das brennende Gebäude rennt, der Chirurg, der sich an den Tumor heranwagt, van Gogh, der mit seinem Feuerpinsel malt?«

»Komm zu mir, Liebling. Du machst mir Angst.«

»John Cardinal gibt zu, Angst zu haben. Wer hätte das gedacht? Na jedenfalls, *ich* hab keine Angst.« Catherine drehte sich erneut auf dem Träger und breitete die Hände aus wie Liza Minnelli, die einen Song herausschmettert. Sie brüllte so laut, dass das Echo von Stahl und Beton und, wenn Cardinal sich nicht täuschte, auch von den umliegenden Häuserblocks zurückgeworfen wurde. »Allen, die zugegen sind, und allen Untertanen auf meinem Hoheitsgebiet und meinen Ländereien sei hiermit zu wissen kundgetan, dass ich, Catherine Eleanor Cardinal, aus meinem Königreich – korrigiere, Königinreich – eine jegliche Art von Furchtsamkeit, Ängstlichkeit, Zaghaftigkeit, eine jegliche Form von Zittern und Zagen, welcher Art sie auch sei, jetzt und immerdar verbanne. Kein Mensch – ob männlichen oder weiblichen Geschlechts – darf bei Strafe einer kräftigen Tracht Prügel auch nur ein Fünkchen Angst in die kleinste Ångström-Einheit einschleusen oder auf andere Weise einführen.«

»Catherine.«

Wieder wirbelte sie herum und stürzte um ein Haar. Cardinal schrie, doch sie richtete sich wieder auf und sah ihn wütend an.

»Hör zu, John. Ich bin kein Kind. Ich bin nicht dein Mündel, ich bin deine Frau. Ich bin ein empfindsames menschliches Wesen. Ich bin ein Geschöpf mit einem freien Willen. Ich tu, was ich will, wann ich es will. Ich brauch keinen Hüter, und ich brauch keine verdammte Leine. Wenn es dir also in meiner Gesellschaft so, wie sie jetzt ist, nicht gefällt, dann scher dich zum Teufel und kehr in dein verfluchtes Algonquin Bay zurück.«

Cardinal setzte sich auf die Kante des Betonbodens, auch wenn ihm davon die Schenkel zitterten.

»Komm, setz dich neben mich, Liebling. Ich bin hier, weil ich dich liebe. Aus keinem anderen Grund.«

»Lieben heißt nicht *besitzen*. Du willst, dass du nur mit den Fingern zu schnippen brauchst, und ich folge dir auf dem Fuße.«

Das war das Schlimmste von allem.

Ihr lebensgefährliches Verhalten konnte er beinahe ertragen. Ihr plötzliches Verschwinden, die wilden Ansprüche, die theatralischen Gesten, all das konnte er beinahe ertragen. Doch vernichtend traf es ihn, wenn sie so wie jetzt war, wenn Catherine sich gegen ihn stellte und ihm seine Liebe vor die Füße knallte.

»Willst du nicht herkommen und dich zu mir setzen?«, sagte er. »Es ist eine Bitte, kein Befehl.« Er hielt ihr die leeren Hände entgegen. »Und keine Leine.«

»Du hast nur Angst, dass ich runterfalle.«

»Nein, Liebling, ich bin außer mir vor Sorge. Komm setz dich.«

Catherine sah sich um: den Himmel, den Mond, den Abgrund unter ihr. Sie wankte ein wenig.

»John, stimmt tatsächlich, dass man nicht runterschauen darf.«

»Sieh mich an«, sagte Cardinal. »Sieh mich einfach nur an und komm her.«

Catherine hob eine Kamera in Augenhöhe. »Oh, du siehst so gut aus, wie du da sitzt. Ja, ein wenig dichter ran, und ein Stativ würde helfen. Auch wenn ich sagen muss, dass dieser

Mann im Moment so aussieht, als hätte er gerade genug von mir.«

Sie drückte auf den Auslöser. Dann schlang sie sich die Kamera wieder über die Schulter und kam auf ihn zu, ohne sich jedoch hinzusetzen. Sie lief schnurstracks zu der Holztreppe und stieg hinunter. Cardinal folgte ihr, die Stufen hinab, dann die zweite Treppe und über die Plattform zurück. Dabei dachte er: Wer ist hier eigentlich das Hündchen? Wer hat wen an der Leine?

Sie stieg ohne weiter zu protestieren in den Wagen, doch nur wer schon mit Geisteskrankheit zu tun gehabt hat, weiß, wie qualvoll das war, was jetzt folgte: die Anschuldigungen und Beschwerden, die Beleidigungen, die ihm erst an den Kopf geschleudert und dann zurückgenommen wurden, die endlosen Verhandlungen – Argument und Gegenargument – und vor allem die Tränen. Catherines Wangen glänzten nass – von Tränen der Frustration, Tränen des Zorns, des Kummers, der Reue und der Demütigung.

Cardinal, bereits müde von einem langen Arbeitstag und eine lange Heimfahrt vor Augen, war am Ende völlig erschöpft.

Catherine dagegen schien ungeachtet der Tränen unter dem Adrenalinstoß sowie einem starken Cocktail aus teils bekannten, teils unbekannten neuronalen Botenstoffen geradezu aufzublühen.

Als Polizist hatte Cardinal natürlich ständig mit allen möglichen Charakteren und einer großen Bandbreite an geistiger und emotionaler Labilität zu tun. Unter solchen Umständen waren die zuverlässigsten Waffen im Arsenal des Cops eine feste Stimme und die Unterstützung eines Sanitäters mit einer Nadel voll Diazepam. Doch er brachte es nicht über sich, diese Waffen gegen die Frau einzusetzen, die er schon ein halbes Leben lang liebte. Schließlich musste sie ihm, wenn sie wieder

Boden unter den Füßen hatte, ins Auge sehen können. So blieben die endlosen Verhandlungen.

Cardinal fuhr sie immer wieder rund um die Häuserblocks der Innenstadt und vertrat die Stimme der reinen Vernunft. Er wusste aus langer Erfahrung, dass Catherines Highs einen bestimmten Punkt erreichten, eine Art Abendstunde kurz vor dem Schlaf – wenn sie denn noch schlafen konnte –, in der man zu ihr durchdringen konnte. Die physische Erschöpfung brachte dann die stürmischsten Ausläufer ihrer Stimmungsschwankungen zur Ruhe, und sie konnte zuweilen sogar hören, was er ihr zu sagen versuchte.

Am Ende, nach ihrer fünfzehnten Umkreisung des stillen, menschenleeren Parks, erklärte sie sich einverstanden, mit ihm ins Krankenhaus zu kommen.

Er fuhr in die College Street zurück, zum Noteingang des Clarke Institute.

Sie mussten lange warten, wenn auch nicht annähernd so lang wie in einem normalen Krankenhaus: Die Hälfte der Fälle, die ins Clarke eingewiesen werden, sind Verlegungen von anderen Einrichtungen oder Patienten, die von Sozialarbeitern oder Polizisten gebracht werden, und die Aufnahme geht meistens reibungslos vonstatten.

Cardinal hatte noch in einer anderen Hinsicht Glück: Als die Aufnahmeschwester sie in ein Untersuchungszimmer führte, hörte er eine vertraute Stimme in singendem Tonfall rufen: »Catherine?« Dr. Carl Jonas kam, Klemmbrett in der Hand, mit wallenden grauen Locken, quer durch die Notaufnahme auf sie zu. »Ja so was, Catherine, ich hab gehört, dass Sie heute Nacht vielleicht zu uns kommen. Was führt Sie her?«

Catherine wandte sich seinem rosigen, freundlichen Gesicht zu und brach in einen neuen Tränenstrom aus.

43

Kevin Tait hatte vielleicht mehr als die meisten Männer Anfang zwanzig schon viel Erfahrung mit emotionalen Ups und Downs – als Junkie, wenn auch nicht Dauerjunkie, blieb einem das nicht erspart. Zuerst einmal sind da die allgegenwärtigen Schuldgefühle, der ständige Begleiter des Süchtigen, ob seine Droge nun Heroin, Alkohol, Sex oder Schokolade ist. Dann die ständige Angst, erwischt zu werden – beim Nehmen der Droge, beim Kaufen, Verkaufen, Stehlen, Lügen, bei Verrat. Die Angst vor Verhaftung war eine solche Konstante, dass es dagegen kein Mittel gab außer dem nächsten Schuss. Und beim Dealen hatte man Angst vor den Rivalen, die handgreiflich Anstoß daran nehmen mochten, dass man in ihrem Revier mitmischte. Kevin hatte sich beinahe in die Hosen gepinkelt, als ein einstiger Hells Angel ihm gedroht hatte, ihn kaltzumachen. Aber das war nichts gewesen im Vergleich zu der schwarzen Droge panischer Angst, die ihm jetzt durch die Adern strömte.

Er erwachte aus der Ohnmacht und fand sich zusammengerollt auf einem rauen Bretterboden wieder. Es gab nur sehr wenig Licht, doch der Geruch sagte ihm augenblicklich, in welcher Hütte er sich befand; es drehte ihm den Magen um – kaum war er bei Bewusstsein, musste er sich davon übergeben. Ihm pochte der Schädel, und er wusste, dass seine Kopfhaut geplatzt sein musste, denn sein Gesicht war blutverklebt.

Seine Hände waren ihm auf dem Rücken zusammengebunden, ebenso die Füße gefesselt. Er versuchte auf die Knie zu kommen und fiel vor Schmerzen vornüber. Das musste die Wunde von der Mistgabel in seiner Seite sein. Die hatte ihn vermutlich auch auf dem Kopf getroffen. Er rollte sich wieder auf dem Boden ein und wartete, dass das Pochen der Wunde nachließ.

Nach einer Weile ging der Schmerz tatsächlich ein wenig zurück, doch was unvermindert blieb, war der bestialische Gestank in dieser Hütte. Wie eine dicke Suppe umgab er Kevin, wie ein dreckverschmierter Finger steckte er ihm im Hals und wackelte, wenn Kevin sich bewegte, um eine neue Welle der Übelkeit auszulösen. Es war, als bestünde die Luft aus Erbrochenem.

Als es ihm irgendwann gelang, auf die Beine zu kommen, schwankte und drehte sich die Hütte unter ihm, so dass er wieder vornüberfiel und hart auf den Boden schlug. Erst nach vielen Versuchen stand er mehr oder weniger aufrecht, an einen Tisch hinter sich gestützt. Das einzige Licht im Raum drang durch die Ritzen zwischen den Planken der Wände und unter seinen Füßen.

Ein riesiger Eisenkessel, groß genug, um hundert Liter zu fassen, stand auf dem Tisch. Darüber surrten fette Fliegen. Stöcke von fast einem Meter Länge ragten aus der Öffnung und lehnten in allen möglichen Winkeln am Kesselrand. Ein einziger Schritt auf den Behälter zu bestätigte, dass der Gestank daraus kam. Nichts hätte Kevin dazu bringen können, hineinzusehen.

Er fragte sich, wie lange er schon bewusstlos gewesen war. Er hatte keinen Hunger, doch das hatte nichts zu sagen – der Gestank sorgte schon dafür. Außerdem gehörte Appetitverlust zu den ersten Erscheinungen des Heroinentzugs. Eine andere war Gänsehaut. Die hatte er auch; er fühlte, wie sie seine Arme, seine Brust überzog. Bald würde ihn der Totalentzug mit ganzer Härte treffen.

Er drehte sich zu einem langen Tisch um, auf dem allerlei Krempel lag, in der Hoffnung, irgendwelche Werkzeuge zu finden, mit denen er seine Handfesseln lösen konnte. Dreckige Zeitungen waren über die ganze Fläche ausgebreitet, mit braunen Flecken, die dem Geruch nach einmal Blut gewesen sein mussten. Er flehte zu Gott, dass es kein Menschenblut war. Er drehte sich wieder in die andere Richtung und presste die Kinnbacken gegen die erneuten Wogen der Übelkeit zusammen, die in ihm wüteten. Dann riss er mit seinen auf den Rücken gebundenen Händen die Zeitungen vom Tisch. Bitte, Gott, lass ein Messer, eine Schere oder eine Nagelfeile darunter liegen, irgendwas, das mir hilft, schleunigst hier rauszukommen. Doch als er sich wieder umdrehte, war dort rein gar nichts.

44

Die rosa Muscheln sammelten sich in einem winzigen Haufen auf einer Seite. Die grünblauen verstreuten sich über die Konsole zwischen Schalthebel und Becherhalter. In der Mitte formten drei weiße Muscheln gleichmäßig verteilt einen winzigen Gürtel des Orion.

Alan Clegg hatte sich psychisch für dieses Treffen mit Red Bear aufgebaut und sich auf der Fahrt zum Shanley-Aussichtspunkt raus immer wieder eingeschärft, dass es keinen Grund zur Panik gab, dass er seine Nerven unter Kontrolle hatte. Er hatte Red Bear sogar darum gebeten, ihm aus den Muscheln zu lesen, doch jetzt hatte er Schiss. Allein schon aufgrund der Tatsache, dass er Red Bear in seinem Chevy Blazer sitzen hatte, lagen seine Nerven blank.

»Wir müssen es gut sein lassen«, sagte er. »Die hiesige Kripo hat es mit zwei Mordfällen zu tun, und sie werden alles dransetzen, sie aufzuklären.«

Red Bear machte sich auf einem Bogen Millimeterpapier Notizen – Pfeile, die in diese oder jene Richtung zeigten, gekreuzte Hämmer, einen Blitzstrahl, alle in einer Spalte. Er sammelte die Muscheln ein und schüttelte sie erneut. Offenbar hatte er nichts gehört.

»Hör mal«, sagte Clegg, »das mit dem Stoff ist eine Sache. Ich hab nix dagegen, die Bikers zu beklauen. Und ich hab auch nichts dagegen, wenn jemand sich den einen oder anderen Dollar extra verdient, indem er ein bisschen Stoff verhökert, der früher oder später sowieso in den Arm eines Süchtigen gepumpt wird. Die Deppen haben's nicht besser verdient. Aber du hast dir zwei Morde aufgehalst, Mann, und die werden sich nicht in Luft auflösen. Gott, wenn ich gewusst hätte, dass du anfängst, wo du hintrittst, Leute abzumurksen ...«

»Bitte halt den Mund.«

»Was hast du da gerade zu mir gesagt?«

»Ich sagte, bitte halt den Mund. Das ist nicht hilfreich.«

Red Bear beugte sich über die Muscheln, so dass sein langes Haar tiefe Schatten darüber warf. Die rosafarbenen waren wieder alle zusammen, die grünblauen lagen verstreut, die weißen schienen zusammen Augen und Nase in einem rosablauen Gesicht zu bilden. Clegg hätte den andern am liebsten geschüttelt.

»Red Bear, hör zu: Wombat Guthrie wurde in kleine Stücke gehackt. Das kann die hiesige Kripo nicht ignorieren. Sie werden alles daransetzen, in der Sache weiterzukommen. Dasselbe gilt für Toof. Die werden nicht ruhen, bis sie jemanden hinter Gitter bringen. Weshalb zum Teufel hast du sie getötet?«

»Wer sagt, dass ich sie getötet habe?«

Red Bear machte sich noch ein paar Aufzeichnungen auf seinem Millimeterpapier. Dann betrachtete er Clegg mit einem verhalten neugierigen Blick. »Hat sich jemand gemeldet, der behauptet, ich hätte sie getötet?«

»Nein, aber wir beide wissen doch, wer ...«

Red Bear packte Clegg am Handgelenk und drückte.

»Wir beide wissen nichts dergleichen. Hast du schon vergessen, was ich dir gewahrsagt habe? Hier ist nichts geschehen, was die Muscheln nicht prophezeit hätten. Hab ich dir nicht gesagt, dass es dir gut gehen würde? Hab ich dir nicht gesagt, dass der Stern der Viking Riders im Sinken ist?«

»Ein sinkender Stern ist eine Sache. Aber Wombat Guthrie wurden die verfluchten Zehen und Finger abgehackt.«

Red Bear drückte noch fester.

»Verlässt dich der Mut? Machst du mir gegenüber einen Rückzieher? Ich kann nur für dich hoffen, dass du nicht vorhast, die Fronten zu wechseln. Vielleicht arbeitest du ja jetzt schon für die Viking Riders, treibst ein doppeltes Spiel.«

Clegg juckte es in den Fingern, Red Bear einen ordentlichen Schlag zu verpassen, aber er wollte nicht so enden wie Guthrie. Er riss sein Handgelenk los.

»Du weißt, dass ich nicht für die Riders arbeite. Ich hab dir dabei geholfen, sie im großen Stil zu bescheißen, wie sie es noch nicht gesehen haben. Und wechsle nicht das Thema. Du hast Toof ermordet, verflucht noch mal. Das wäre nicht nötig gewesen.«

»Also wirklich.« Red Bear lehnte sich zurück. »Das ist ja höchst interessant, ausgerechnet aus deinem Mund. Nur falls du es vergessen haben solltest, du hast mich drauf gebracht, dass Toof ein Problem darstellt. ›Du musst wegen dem Jungen was unternehmen‹, hast du gesagt. Nun will ich dir mal was sagen, mein Freund. Wegen Toof ist was unternommen worden, Ende der Geschichte.«

»Nein, das ist nicht das Ende der Geschichte. Ich bin Mountie, falls dir das entgangen ist. Ich bin für Drogen zuständig, und ich hab einen Vorgesetzten, und ich hab zwei Polizisten aus Algonquin Bay, die zu Morris Tilley und Wombat Guthrie Fragen stellen. Ich kann nicht so tun, als hätte ich keine Ahnung von nichts. Die sind mit meinem Boss dick befreundet, und wenn ich ihnen gegenüber zugeknöpft bin, kriegen sie's raus, und dann fliegt das Ganze hier himmelhoch auf.«

»Was hast du ihnen denn erzählt?« Red Bears Stimme war kaum zu hören. Er musste sich gut überlegen, was er sagte.

»Sie haben Toofs Bekannte befragt«, sagte Clegg. »Von denen haben sie deinen Namen rausgekriegt. Auch Leons. Sie wissen, dass wir Leon vor 'ner ganzen Weile mal verhaftet haben. Sie haben mich vor allem nach ihm ausgequetscht. Ich hab ihnen genau das gesagt, was in seiner Akte steht, nicht mehr.«

»Und was hast du ihnen über mich erzählt?«

»Nichts. Musste ich nicht, weil sie über dich nichts hatten. Ich hab nur gesagt, ich hätte deinen Namen schon mal irgendwo gehört. Dass du irgendwo aus dem Norden stammst und seit 'ner Weile nicht mehr gesehen wurdest.«

»Vielleicht geh ich wirklich rauf in den Norden«, sagte Red Bear. »Wenn ich so weit bin.«

»Da ist noch etwas.«

»Ach ja?«

»Ja. Die beiden Cops von Algonquin Bay, mit denen ich geredet hab – Cardinal und Delorme –, die waren bei der Knarre, mit der Toof getötet worden ist, auf 'ner ziemlich heißen Spur. Sie wissen, dass Guthrie sie gestohlen hat – das bringt ihn und Toof mit demselben Mörder in Verbindung. Aber sie sagen, die Waffe wär kürzlich auch noch bei einem anderen tätlichen Angriff verwendet worden.«

»Was haben sie dir denn darüber erzählt?«

»Nichts. Delorme – eine Frau, sieht außerdem gut aus, wenn du es wissen willst – Delorme wollte mir gerade davon erzählen, doch Cardinal hat sie unterbrochen. Das heißt, sie halten das aus irgendeinem Grund streng unter dem Deckel.«

»Nämlich was?«

»Sie haben ›tätlicher Angriff‹ gesagt, es war nicht von Mord die Rede. Das heißt für mich, dass das Opfer noch lebt – ein Zeuge, mit anderen Worten. Aber sie halten geheim, wer es ist. Ich weiß, dass nichts davon in der Zeitung stand, dass die Waffe noch bei einem anderen Angriff eine Rolle spielte. Offenbar wollen sie denjenigen schützen.«

»Diejenige«, sagte Red Bear.

»Was?«

»Diejenige. Es handelt sich um eine Frau, die etwas gesehen hat, das sie nicht sehen durfte. Aber keine Sorge, wir kümmern uns drum.«

»Bringt um Gottes willen nicht noch jemand um. Die Sache ist jetzt schon viel zu heiß. Ihr habt auf der einen Seite die Cops und die Riders auf der anderen. Die Riders werden das auch nicht auf sich sitzen lassen.«

»Alan, hör mir zu.« Red Bear packte Cleggs Bizeps und drückte ihn diesmal zur Beruhigung. »Du machst dir zu viele Gedanken. Ich werde nichts tun, was dich irgendwie in Gefahr bringen könnte. Wir stehen auf derselben Seite, schon vergessen?«

45

Was zum Teufel ist denn mit dir passiert?«, wollte Delorme wissen. »Du siehst ja schrecklich aus.«

»Mir geht's gut«, sagte Cardinal. In Wirklichkeit hatte er überhaupt nicht geschlafen. Als er die ganze Rückfahrt nach Algonquin Bay hinter sich hatte, war es zu spät gewesen, sich noch ins Bett zu legen, und so hatte er geduscht, sich Frühstück gemacht und war direkt zur Arbeit gefahren.

»Wirklich, John, du siehst aus, als hättest du die Grippe oder so.«

»Danke, Lise. Du verstehst es, einen aufzubauen.«

Cardinals Telefon klingelte, und er griff hastig danach.

»Cardinal. Kripo Algonquin Bay.«

»Terri Tait am Apparat.«

»Können Sie ein bisschen lauter reden? Ich kann Sie kaum verstehen.«

»Terri Tait. Ich hab nur ... ich hab mich an ein paar Dinge erinnert. Letzte Nacht. Ich hatte einen Albtraum, und dabei sind mir wieder ein paar Erinnerungen gekommen. Sind Sie für 'ne Weile im Büro? Kann ich rüberkommen und mit Ihnen reden?«

»Nein, kommen Sie nicht. Es ist zu gefährlich für Sie, das Haus zu verlassen. Wir kommen zu Ihnen ins Frauenhaus.«

»Ich hatte eigentlich gehofft, hier mal für 'ne Weile rauszukönnen.«

»Ich weiß, aber es ist einfach zu gefährlich. Bleiben Sie also bitte da, und wir sind bald bei Ihnen.«

Cardinal legte auf.

»Terri Tait«, sagte er. »Ihr sind neue Erinnerungen gekommen. Und sieh dir das hier mal an.« Er zeigte Delorme das Medaillon, das er sich aus der Asservatenkammer geholt hatte. »Terris Vater war Oberstleutnant oben im Luftwaffenstützpunkt. Ich möchte ihr das hier zeigen, denn ich wette, dass es ihr Medaillon ist und die auf dem Foto ihre Eltern sind.«

Delorme nahm das Schmuckstück und ließ den Verschluss aufspringen. »Du meinst, sie wurde an derselben Stelle angeschossen, an der Wombat ermordet wurde? Wieso sollte der Typ an dieselbe Stelle zurückkehren?«

»Wär ja wohl nicht das erste Mal. Vielleicht gehört das zum Ritual. Vielleicht ist sie irgendwo aufgetaucht, wo sie unerwünscht war. Aber erzähl mir von den Höhlenzeichnungen.«

Delorme informierte ihn über ihre Unterredung mit der OPP und ihrem Gespräch mit Dr. Wasserstein im Algonquin Park. Sie klärte ihn über Palo Mayombe auf – die Glaubensvorstellungen hinsichtlich Menschenopfer, die makabren Mittel des Schamanen, Macht über die Geister zu erlangen.

»Laut Dr. Wasserstein wird es vor allem in Kuba praktiziert. Allenfalls noch in Miami.«

»Wahrscheinlich nehmen es die Immigranten überallhin mit. Weißt du, was ich nicht kapiere?«

»Was?«

»Da haben wir es nun mit einem Kerl zu tun, der Finger und Zehen abhackt. Köpfe abschneidet. Ich denke, wir können davon ausgehen, dass man sich nicht von einem Tag auf den anderen da reinstürzt. Man arbeitet sich langsam hoch. Du fängst mit Ziegen und Hühnern oder was weiß ich an, und irgendwann versuchst du es zum ersten Mal mit einem Menschen, und vermutlich geht es dir gründlich daneben, und du versuchst es wieder, und irgendwann wird es dir zur zweiten Natur.«

»Du hast völlig recht. Dieser Kerl, der ist bestimmt kein

unbeschriebenes Blatt. Aber bis jetzt haben wir weder auf Provinz- noch auf Landesebene etwas ausgegraben, das dem Wombat-Mord ähnelt.«

»Richtig«, sagte Cardinal. »Aber falls der Kerl aus Kuba oder Miami kommt, haben die vielleicht in den Staaten was über ihn.«

»Wir haben keinen Zugang zu deren Karteien.«

»Ich hab vorletztes Jahr beim Matlock-Fall ein paar Kontakte in New York geknüpft. Ich denke, ich ruf da mal an.«

»Oder ich versuch's bei Musgrave. Die Mounties tauschen andauernd Informationen mit den Staaten aus.«

»Wir machen beides. Und sehen einfach, wer zuerst fündig wird. Aber jetzt lass uns mal zu Terri fahren.«

Terri Tait hatte im Frauenhaus fertig gefrühstückt – eine Schale Haferbrei, der an Tapetenkleister erinnerte. Am anderen Ende des Flurs stritten sich zwei Frauen wegen des Radioprogramms, und auf dem zweiten Stock heulte eine junge Mutter, der das Jugendamt die Kinder weggenommen hatte; sie heulte schon seit gestern Nachmittag.

Terri wollte sich nicht zu den anderen Frauen ins Fernsehzimmer setzen. Sie sahen ständig die idiotischsten Talkshows. Sie kehrte in ihr Zimmer zurück und setzte sich ans Fenster, wo sie den Skizzenblock aufschlug, den Dr. Paley ihr gegeben hatte. Sie versuchte zu zeichnen, doch sie war zu angespannt und konnte daher den Stift nicht richtig führen.

Terri hielt es nicht länger im Haus; zur Hölle mit der Warterei auf die Bullen. Sie warf den Block beiseite. Sie wollte zwanzig Minuten oder so an die frische Luft. Wenn sie kamen, während sie draußen war, geschah es ihnen recht, wenn sie ein bisschen auf sie warten mussten, zur Strafe dafür, sie hier einzusperren.

Der Straßenplan wurde ihr allmählich wieder vertrauter,

auch wenn sie sich nur an wenige Namen erinnern konnte: Main, Macintosh, Oak Street – das war's auch schon. Sie folgte dem Geruch nach Wasser bis ans Ufer. Dort schlug sie den gepflasterten Pfad ein, der so dicht am See entlangführte, dass die Wellen einen Meter tiefer laut auf die Steine klatschten.

Die ersten Vorboten des Sommers waren noch einmal dem Frühling gewichen. Auf das jenseitige Ufer senkte sich eine riesige dunkle Wolke von der Form eines Nudelholzes, und über den Wellen zog die schiefergraue Kreuzschraffur einer Regenwand herüber. Noch nie hatte sie so viele Schaumkronen gesehen. Sie hielt sich eine Hand an den Hinterkopf, um die Kapuze aufzubehalten, doch ohne Erfolg. Der Regen, der ihr ins Gesicht peitschte, war kalt. Über ihrem Kopf kreischte laut eine Möwe.

Terri hätte nicht übel Lust gehabt, nach Vancouver zurückzukehren und zu hoffen, dass der Kerl, der auf sie geschossen hatte, sie nie wieder sehen würde. Doch damit würde sie ihren Bruder seiner Sucht und diesem Irren überlassen. Sie hatte geglaubt, ihn finden zu können, indem sie Rauschgiftsüchtige nach ihm fragte; jetzt blieben nur die Cops. Fragte sich allerdings, wie sie sich der Polizisten bedienen konnte, um Kevin zu retten, ohne ihn wegen Drogenhandels hinter Gitter zu bringen. Nach allem, was ihr jetzt über Red Bear wieder eingefallen war, konnte er sogar für weit Schlimmeres ins Kittchen wandern.

In der Nacht hatte es heftig gedonnert, und sie hatte mit Herzklopfen senkrecht im Bett gesessen, während der Schweiß ihr nur so herunterlief. In ihrem Traum war es helllichter Tag gewesen, die Sonne hatte geblendet, der Schweiß ihr in den Augen gebrannt. Und in den Ohren dieses nervtötende Surren.

Es war dieses Geräusch, das sie hinter den weißen Hütten in den Wald führte. Nahebei das Krachen der Wellen (ja, das konnte bedeuten, dass es dieser See hier war; nicht viele davon hatten eine solche Brandung), und weiter entfernt dieses konstante Gesurre. Immer wieder schaute sie sich um; sie hatte das starke Gefühl, dass ihr jemand folgte, doch jedes Mal, wenn sie nach hinten blickte, sah sie nichts als Bäume.

Sie kam auf eine Lichtung zu einer weiteren Hütte, ebenfalls weiß, doch mit Flecken übersät – Flecken, die in der Sonne schimmerten und flirrten. Das Fenster war mit Brettern vernagelt. Das Surren war jetzt ungleich lauter, und sie sah, dass es von den Mücken- und Fliegenschwärmen stammte, die wie dunkle Schleier um die Hütte wehten.

Von innen war ein Geräusch zu hören, und sie wich hinter die Bäume zurück. Sie versteckte sich hinter einem Gebüsch und hoffte, dass ihr rotes Haar nicht zu sehen war. Red Bear kam heraus, ein kleines Beil in der Hand. Er sah sich um, fast als schnupperte er im Wind, dann wandte er sich wieder zur Tür und machte sie zu. Er überquerte die Lichtung und kam genau auf Terri zu. Als er an ihr vorüberging, hielt sie den Atem an, so dass sie die Zweige unter seinen Füßen knacken hörte.

Als er mit Sicherheit nicht mehr in der Nähe war, lief sie die Treppe zur Hütte hoch und öffnete die Tür. Der Gestank verschlug ihr den Atem, und sie wusste im selben Moment, obwohl sie schlief, dass dies kein Traum war, sondern eine Erinnerung, die sie noch einmal durchlebte. Einen solchen Gestank konnte man nicht träumen.

Sie ließ die Tür offen, um Luft zu bekommen und um etwas zu sehen. Sie hatte nicht vor, länger als eine halbe Minute zu bleiben, eben lange genug, um herauszufinden, was Red Bear im Schilde führte. Kevin war so hoffnungslos zugedröhnt, dass er an ihm nichts auszusetzen fand oder auch finden wollte, während sie selbst von der ersten Begegnung an das Gefühl gehabt hatte, dass bei Red Bear etwas gewaltig zum Himmel stank. Diese toten Augen. Wenn sie Kevin einen Beweis dafür liefern konnte, was für ein Mensch Red Bear war, dann würde er ihr glauben und mit ihr nach Vancouver kommen. Natürlich wusste sie selber nicht so genau, was für ein Mensch Red Bear war, noch war sie auf das gefasst, was sie entdeckte.

Der riesige Eisenkessel an der Rückwand der Hütte. Es stachen mehrere lange Äste heraus. Terri zwang sich, die Hütte zu durchqueren und mit angehaltenem Atem über den Rand zu schauen. Die schwarze, trübe Flüssigkeit sah so faulig aus wie eine Kloake, doch unter der Oberfläche war nichts zu erkennen. Sie packte einen der Stöcke und rührte in der Brühe. Ein haariger Gegenstand tauchte auf und drehte sich in einem langsamen Wirbel herum, so dass Mund und Nase sowie leere Augenhöhlen erschienen.

Sie rannte los. Sie rannte hinter den Hütten quer durch den Wald, in der Hoffnung, dass sie niemand sehen würde.

Dann war sie in der »Gäste«-Hütte und warf ein paar Sachen in ihren Rucksack. Und betete, dass Kevin zurückkam, damit sie hier beide schleunigst verschwinden konnten.

Der Reißverschluss ihres Rucksacks klemmte. Sie zerrte mit den Fingernägeln daran, als die Tür aufging, Red Bear vor ihr stand und sie selbst einen lauten Schrei ausstieß. Es war vermutlich das einzige Mal in ihrem Leben gewesen, dass sie tatsächlich schrie – kurz und schrill brach es aus ihr heraus. Von diesem Schrei wachte sie auf und nicht vom Donner. Schweißgebadet saß sie senkrecht im Bett, die Bilder von Red Bear und seinem Leichenhaus greifbar vor Augen.

Jetzt kamen weitere Erinnerungen.

»Ich hab nichts gesehen«, hatte Terri herausgebracht. »Ich schwöre.« Noch nie hatte sie so viel Angst in einer Stimme gehört, schon gar nicht in ihrer eigenen.

»Sie werden niemanden anrufen, Sie werden nicht mit Kevin reden, es gibt keinen Abschiedskuss. Sie packen Ihre

Sachen und lassen sich zum Flughafen oder Bahnhof fahren. Der Fahrer wird warten, bis Sie im Zug oder Flugzeug sind. Sie können von Glück sagen, dass ich Sie nicht töte. Und glauben Sie nicht etwa, ich würde Gnade walten lassen.« Er deutete zum Himmel. »Es liegt nur am Mond.«

»Von mir erfährt niemand was«, hatte sie gesagt. »Ich schwöre, keine Menschenseele.«

»Natürlich nicht. Das hätte fatale Folgen für Kevin. Und wir wollen doch beide nicht, dass Ihrem Bruder was passiert?«

Allmählich setzten ihr Wind und Regen, die über den See herüberpeitschten, ein wenig zu. Sie war zu einer Entscheidung gelangt. Am besten konnte sie Kevin helfen, wenn sie Detective Cardinal alles sagte, was sie wusste. Sie konnte das Lager beschreiben, die weißen Hütten, die Inseln in der Ferne. Er konnte sich dann sicher denken, wo es war.

Sie verließ den Ziegelpfad und wandte sich wieder Richtung Stadt. Gegenüber der World Tavern hingen auch diesmal drei, vier Jugendliche rum. Sie ging über die Straße auf sie zu.

»Deinen Bruder inzwischen gefunden?«

Es war der Große von gestern Abend; derjenige, der Heroinsüchtige mit Verachtung strafte. Na ja, wer tat das nicht? Die anderen drei erkannte sie nicht wieder.

»Ich dachte, ich versuch's ein letztes Mal.«

»Mann, ich wünschte, meine Leute wären so loyal.«

»Deine Familie ist total gestört«, sagte ein irgendwie minderbemittelt wirkender Junge.

»Genau«, sagte der Große. »Sag ich doch.«

Es war noch ein älterer Typ bei ihnen. Ruhiger. Er sah sie mit verhaltenem Interesse an.

»Wen suchst du denn?«, fragte er. »Ich kenn so ziemlich jeden.«

Terri sagte es ihm.

»Wo hast du ihn zuletzt gesehen?«

»Hier in der Stadt.« Sie hielt es für riskant, das Lager zu erwähnen.

Der Kerl zuckte die Achseln. »Ich kenn mehrere Kevins. Wie sieht er denn aus?«

Terri sah ihn an. Ihm stand eine gewisse Neugier ins hagere Gesicht geschrieben, wieso also nicht? Sie beschrieb ihm Kevin.

»Sicher, den kenn ich. Hab ihn sogar heute Morgen erst gesehen.«

»Und wo?«

»Du weißt, wo die Chinook Tavern ist?«

Terri schüttelte den Kopf. »Ist es weit?«

»Ja, schon. Du müsstest zur Front Street rüber, von da aus mit dem Bus zum Trout Lake raus. 'ne Stunde, wenn nicht anderthalb. Außerdem ein bisschen kompliziert. Soll ich dich nicht einfach hinfahren?«

»Nein, nicht nötig, ich find das schon.«

»Macht mir nichts aus. Liegt für mich auf dem Weg.« Er sah auf die Uhr. »Ich bin schon spät dran. Wenn ich dich mitnehmen soll, musst du jetzt kommen.«

Er drehte sich um und lief Richtung Oak Street auf einen schnittigen schwarzen Wagen zu.

»Warte«, sagte Terri. »Ich komm mit.«

Sie rannte über die Straße und stieg auf der Beifahrerseite ein. Der Wagen hatte einen von diesen starken Motoren, die einen bei jeder Beschleunigung gegen die Rückenlehne drückten. Während sie durch die Straßen im Zentrum fuhren, löcherte der Typ sie mit Fragen – woher sie kam, was sie so machte, ob sie schon lange in Algonquin Bay war. Er schien neugierig, ohne aufdringlich zu sein. Ein wenig nervös vielleicht. Ab und zu griff er sich an die Stirn und kratzte sich an einer kleinen Narbe.

46

Sie warteten an der Ampel. Normalerweise war Cardinal ein geduldiger Fahrer, doch jetzt hockte er vorgebeugt auf dem Sitz und fluchte leise.

»Vielleicht solltest du nach Hause fahren«, sagte Delorme. »Du siehst völlig fertig aus.«

»Geht schon. Ich bin nur ein bisschen müde.«

Delorme sah Cardinal nicht zum ersten Mal müde, aber nicht so. Sein Gesicht war bleich, die Ringe unter den Augen tief, und es lag etwas Bitteres in seiner Art, das sie sich nicht erklären konnte. Sie glaubte nicht, dass es von der Arbeit kam.

»Ist es wegen Catherine?«, fragte sie.

Cardinal seufzte einmal tief und sagte nur: »Ja.«

»Ist sie wieder im Krankenhaus?«

Es wurde Grün, und Cardinal drückte auf die Tube. Ganz und gar nicht sein Stil.

»Das hast du doch schon einige Male hinter dir, John. Sie erholt sich wieder, meinst du nicht?«

»Ich weiß nie, wie es mit Catherine weitergeht. Seit zwei Jahren hat sie sich gut gehalten. Irgendwie hatte ich mir eingeredet, dass es diesmal für immer ist.«

Noch nie hatte er so viel über die Krankheit seiner Frau herausgelassen. Kummerfalten durchzogen sein Gesicht wie Spannungsrisse eine Scheibe. Delorme wollte etwas sagen – das wird schon, es dauert bestimmt nicht lange, mach dir nicht solche Sorgen –, doch nichts davon war angemessen, und so verfiel sie in Schweigen, was auch nicht passend war.

Im Frauenhaus ließ Ned Fellows sie im Büro warten, während er hochging, um Terri zu holen. Cardinal lehnte sich an den ausgedienten Kamin und schien jeden Moment einzuschlafen.

»Ich frag mich, was der so lange braucht«, sagte Delorme.

Cardinal hatte gerade die Augen geschlossen.

Wenig später kam Fellows zurück. »Wie's aussieht, ist unsere junge Freundin ausgegangen«, sagte er. »Sie macht nicht auf, sie ist weder im Fernsehzimmer noch im Speiseraum. Und in der letzten halben Stunde hat sie niemand gesehen. Ich hab ihr eingeschärft, das Gebäude nicht zu verlassen.«

»Wir auch«, sagte Cardinal. »Und sie wusste, dass wir kommen.«

»Sie wär natürlich nicht die Erste, die der Polizei aus dem Weg geht.«

»Sicher, aber sie hat uns angerufen. Sie wollte, dass wir kommen.«

Fellows zog einen Schlüsselring aus dem Schreibtisch und führte sie nach oben. Delorme kannte das Frauenhaus nur zu gut. Als einzige Frau bei der Kripo blieb es immer an ihr hängen, die verängstigten Opfer häuslicher Streitigkeiten mit ihren Blutergüssen hierher zu bringen. Von dem vertrauten Geruch nach Teppich und altem Holz zog sich ihr der Magen zusammen. »Wie ich Terri schon bei ihrer Ankunft klar gemacht habe«, sagte er, »sind wir kein Gefängnis. Ich kann niemanden gegen seinen Willen hier festhalten.«

Er steckte einen Schlüssel ins Schloss und öffnete die Tür.

»Ihre Jacke ist weg«, sagte Fellows.

»Ich glaube, etwas ist mit ihr passiert«, sagte Cardinal. »Sie wollte eindeutig mit uns reden. Sie hat gewusst, dass wir kommen.«

Fellows wollte gerade die Tür wieder schließen. Cardinal hielt sie auf.

»Nicht ohne Durchsuchungsbefehl«, sagte Fellows. »Das kann ich nicht dulden.«

»Ned«, sagte Delorme. »Diese junge Frau ist in Gefahr. Jemand hat versucht, sie umzubringen, und wir haben allen Grund zu der Annahme, dass er es erneut versuchen wird. Wir können uns einen Durchsuchungsbefehl besorgen, doch das kostet uns einen halben Tag. So viel Zeit hat sie vielleicht nicht.«

Fellows blickte von Delorme zu Cardinal. Delorme bat ihn mit einem stummen Blick, sich einen Ruck zu geben.

»Hören Sie«, sagte er zu Cardinal. »Wie wär's, wenn wir beide schon mal runtergehen und die Sache besprechen? Das dürfte so fünf Minuten dauern?«

»Klingt vernünftig«, erwiderte Cardinal.

Er und Fellows liefen zur Treppe, und Delorme machte die Tür hinter sich zu.

Von Terri Tait war in diesem Zimmer nicht viel zu entdecken. Es war ein altmodischer Raum, in dem noch viel von den ursprünglichen Eichenpaneelen und schweren Gesimsen erhalten war. Die Wände sahen so aus, als wären sie ein halbes Dutzend Mal übertapeziert worden, bevor sie ihren gegenwärtigen cremeweißen Anstrich bekamen. Im Schrank hingen keine Kleider.

Nicht weit vom Fenster lag ein großes Notizbuch auf dem Boden. Delorme schlug es auf und stellte fest, dass es gar kein Notizbuch war, sondern ein Skizzenblock. Das Mädchen hatte etwas gezeichnet. Hingekritzelte Vögel.

Sie öffnete eine Schublade in einer kleinen Kommode. Ein einsames Sockenpaar halbkreisförmig aufgerollt. In einer anderen befanden sich mehrere Garnituren Unterwäsche und ein BH, beides neu, wohl auf Rechnung des Frauenhauses.

Oben auf der Kommode lagen eine Bürste, eine Packung Verbandszeug, eine Nagelfeile und ein kleiner Plastikbeutel mit diversen Toilettenartikeln, ebenfalls neu.

Delorme kniete sich hin und sah unters Bett. Nichts.

Fehlanzeige, dachte Delorme. Wir müssen dieses Mädchen finden, und ich geh mit leeren Händen. Ned Fellows würde sie jeden Moment hier rauskomplimentieren, und ihre heimliche kleine Durchsuchung hatte nichts gebracht.

Sie sah im Papierkorb nach. Ein alter Verband, ein Schokoriegelpapier, eine leere Coladose und ein zusammengefaltetes Blatt aus dem Skizzenblock. Delorme schlug es auseinander und strich es auf der Kommode glatt. Es war noch so eine Zeichnung wie die in dem Block auf dem Schreibtisch. Diese hier war allerdings wesentlich detaillierter. Sie stellte einen Adler mit riesigen Klauen dar, der sich gerade von einem Ast schwingen will. Das Sujet hätte an die Wand einer Jagdhütte gepasst. Wieso hatte sie so viel Mühe darauf verwandt? Die plastisch vortretenden Formen, die Kreuzschraffur, der fein gezeichnete Schnabel und die Federn. Hatte das Mädchen nichts Wichtigeres im Kopf?

Delorme steckte das Blatt in ihre Innentasche und ging wieder nach unten. Als sie das Büro betrat, warf sie Cardinal einen Blick zu und schüttelte den Kopf. Nicht nötig, Fellows zu erzählen, dass sie die Zeichnung mitgenommen hatte.

»Das bleibt eine Ausnahme, ihr zwei«, sagte Fellows. »Am Ende heißt es noch, ich lass die Bullen in den Zimmern der Gäste rumschnüffeln.«

»Es sind besondere Umstände«, sagte Delorme. »Das müssen Sie zugeben.«

»Das soll mein Gewissen beruhigen? Wie auch immer, sobald sie hier auftaucht, gebe ich Ihnen sofort Bescheid.«

Während er den Motor anließ, sagte Cardinal: »Hast du wirklich nichts gefunden?«

»Also, sie hatte schließlich kein Gepäck dabei. Ich hab nur ein paar Sachen gefunden, die ihr das Frauenhaus besorgt haben muss. Aber das hier lag im Papierkorb …«

Delorme zog die Zeichnung aus ihrer Jackentasche.

Cardinal runzelte über den Vogel erst einmal die Stirn. »Okay, sie kann also einen Vogel zeichnen. Das ist alles?«

»Das ist alles.«

»Na schön. Wir werden sie zur Fahndung ausschreiben. Wir könnten Glück haben – immerhin wird sie ja gerade erst vermisst.«

Cardinal trat aufs Gas, und Delorme griff nach ihrem Gurt.

47

So böse hatte David Letterman noch nie ausgesehen. Man konnte nicht sicher sein, ob das wirklich David Letterman war oder die höllische Ausgeburt eines Kifferhirns. Aus der berühmten Lücke zwischen den Vorderzähnen traten Rauchkringel hervor, und die Ohren schienen von winzigen züngelnden Flammen besetzt – in dem spärlichen Licht, das zwischen den Brettern hereindrang, war das schwer zu erkennen.

»Sie sehen aus, als könnten Sie was zu trinken vertragen, Kevin.« Letterman warf ihm sein Lausbubenlächeln zu und ließ zwei Rauchsäulen aus den Nasenlöchern steigen. »Wie wär's mit einem Schuss Cold Turkey?«

Er zog eine Flasche und zwei Gläser aus einer Schreibtischschublade und hielt das Etikett ins Publikum. Dafür erntete er Gelächter und einen sarkastischen Kommentar vom Bandleader Paul Dingsda, den Kevin nicht ganz verstand.

Letterman goss zwei doppelte Whisky ein. Er leerte seinen in einem Zug und warf das Glas über die Schulter.

Kevin wusste, dass das nicht wirklich geschah. Der Gestank in dieser Hütte machte die Entzugserscheinungen umso schlimmer – der faulige Todesgeruch, der Kessel, diese beiden soliden Haken, die in den Balken über ihm eingeschraubt waren. Das Surren der Schmeißfliegen. Zuweilen war Kevin davon überzeugt, dass es sich dabei um böse Geister in Fliegengestalt handelte, doch die meiste Zeit wusste er, dass es einfach nur Fliegen waren.

Die handgreiflichste Realität war sein eigener Körper. Mit den Schweißausbrüchen konnte er leben. Das Wasser lief ihm nur so herunter und brannte ihm in den Augen, und er wusste, dass dies – von der Tatsache einmal abgesehen, dass er sich häufiger übergeben hatte, als er zählen konnte – der Grund für seinen Durst war, der von seiner ganzen Kehle Besitz ergriff.

Auch der Schüttelfrost war zu ertragen. Das Zähneklappern, die Arme und Beine, die wie Espenlaub zitterten, selbst wenn er sie zusammenpresste, um das Beben einzudämmen. Er heulte nach Heroin. Red Bear war so geistesgegenwärtig gewesen, es ihm aus der Tasche zu ziehen, bevor er ihm die Hände hinter den Rücken band und dann die Tür von außen abschloss, und jetzt weinte Kevin wie ein kleines Kind danach. Nicht über den Schüttelfrost, die Schweißausbrüche oder die Übelkeit – damit kam er klar. Kevin hatte keine Ahnung, ob noch jemand außer ihm dieses Symptom kannte, doch für ihn war das Hauptsymptom seiner Sucht dieser Schmerz in seiner Brust. Er kam und ging, doch wenn er kam, fühlte es sich an, als würde er ihn nie wieder verlassen wollen. Dieser heftige, nagende Schmerz fühlte sich so an, als würden ihm Lungen und Blutgefäße weggekaut, bis nur sein Herz übrig war, um im Takt seines erbärmlichen Verlangens zu schlagen.

»Wie steht's mit Knochenschmerz?«, wollte Letterman wissen. »Wie gehen Sie mit dem Knochenschmerz um, Kevin?«

Von den physischen Entzugserscheinungen war der Knochenschmerz das Schlimmste. Es kam ihm so vor, als wären ihm in sämtlichen Knochen, von den winzigsten Scharniergelenken in den Fingern und Zehen bis zu den Hauptknochen in Brust, Armen und Beinen, Eisenstangen durchs Mark getrieben worden, und jetzt hämmerte irgendein Dämon darauf herum, so dass sie wie Stimmgabeln summten und heulten.

Nichts half. Kein tiefes Durchatmen, nicht die Vorstellung schöner Dinge, nicht die Konzentration auf einen Gegenstand: zum Beispiel diesen breitesten Lichtstreifen oder diesen Farbklecks auf dem Boden kaum dreißig Zentimeter von seiner Nase entfernt. Kevin war sich nicht so sicher, ob dieser braune Fleck tatsächlich Farbe war. Und so genau wollte er es auch gar nicht wissen.

»Sagen Sie, was glauben Sie eigentlich, woraus dieser braune Fleck da auf dem Boden besteht, Kevin?«

»Ich weiß nicht, Dave.«

»Nein, wirklich. Ich bin neugierig. Ist doch kein Blut, oder?«

»Ich weiß nicht, Dave.«

»Was meinen Sie wohl, von wem es stammt? Ich dachte, Guthrie wurde woanders umgebracht.«

»Ich weiß nicht, wo er umgebracht wurde, Dave.«

»Dann nehme ich mal an, es könnte Terris sein.«

»Es ist nicht Terris. Terri ist nach Vancouver zurückgefahren.«

»Schwer zu sagen, ohne irgendwelche weiteren Anhaltspunkte. Könnte von ihr sein oder auch von Wombat. Ich meine, das ist sein Kopf in dem Topf da, Kevin, ich weiß also nicht so recht – Sie mögen Ihre eigenen Schlüsse ziehen. Und das sind dann wohl auch seine Finger, würde ich mal vermuten. Kevin, mal ehrlich, meinen Sie, dass Sie auch da drin enden? Wollten Sie nicht mal Dichter werden?«

Kevin hob das Gesicht vom Boden und versuchte sich zu konzentrieren. Das war nicht leicht, solange Letterman ihn zulaberte und es ihm in den Knochen hämmerte und ihm der Schweiß in die Augen lief. Er machte die Lider ein paarmal fest auf und zu und sah angestrengt hin. In der Wand unter dem Tisch war ein winziger dunkler Fleck, etwa fünfzehn Zentimeter über dem Boden. Die Spitze eines Nagels.

48

Das Ontario Psychiatric Hospital – oder das OH, wie man die psychiatrische Klinik gewöhnlich nannte – liegt nahe dem Highway 11, einige Kilometer westlich von Algonquin Bay. Es ist ein wunderschöner Ort – lange Zufahrt, weitläufiges Gelände, in Kiefernwälder eingebettet. Es spiegelt damit die Auffassung früherer Generationen wider, wonach Menschen, die an geistiger oder emotionaler Verwirrung leiden, mehr als irgendetwas sonst den Rückzug in eine friedliche Umgebung brauchen – ein Asyl.

Dank der Fortschritte in der medikamentösen Behandlung sowie finanzieller Einschnitte im Gesundheitswesen stehen viele Betten im OH leer. Doch immerhin etwa drei- bis vierhundert Patienten beherbergt es jederzeit rund ums Jahr. Die meisten davon, so genannte chronische Patienten, werden nicht mehr entlassen. Dies schließt die schweren Fälle von geistiger Behinderung wie auch diejenigen ein, die unter irreversibler Demenz leiden. Dabei ist nicht klar, ob der Patient überhaupt etwas von seinen gegenwärtigen Lebensumständen mitbekommt, geschweige denn, was die Zukunft für ihn bereithält oder besser gesagt ihm vorenthält.

Ein paar der Insassen, wie Catherine Cardinal, sind vorübergehend in der Klinik, bis die akute Phase ihrer Schwierigkeiten abklingt und sie gefahrlos in die Gesellschaft entlassen werden können.

Dr. Jonas hatte ihr ein Sedativum gegeben und sie über Nacht in Toronto behalten. Danach hatte er sie auf eine neue Medikation umgestellt und sie mit dem Krankenwagen ins OH bringen lassen, da er die Nähe zu ihrem Mann für den wichtigsten Faktor bei ihrer Genesung hielt. Er würde zu ihrem Arzt dort oben eng in Verbindung bleiben.

John Cardinal saß jetzt bei ihr im Wintergarten auf dem dritten Stock. Sie saßen immer im Wintergarten, wenn er sie besuchte. Später dann, wenn es ihr besser ging, würden sie einen Spaziergang machen, vielleicht sogar eine Spritztour in die Stadt. Doch vorerst blieb ihnen nur dieser überhitzte Raum mit dem vielen Glas und den Vinylsofas und dem Blick auf den Highway und die Bäume. Die Sonne verbarg sich hinter schweren Wolken, und der Regen lief in dicken Rinnsalen die Fenster herunter.

»Sollte Regengarten heißen«, sagte Cardinal.

Catherine antwortete nicht. Sie saß am anderen Ende der Couch, die Ellbogen auf die Knie gestützt, den Kopf tief darüber gesenkt, das Gesicht unter dem Haar verborgen – ein Bild des Jammers. Cardinal kämpfte zwischen Mitgefühl und Sorge einerseits und andererseits der Frustration, nicht bei der Fahndung nach Terri Tait im Einsatz zu sein. Sicher, sie hatten sämtliche Abteilungen in Alarmbereitschaft versetzt, und im Moment blieb ihm nicht allzu viel, was er noch für Terri tun konnte, doch es gab noch andere Ansätze, die man hätte verfolgen können.

»Möchtest du eine Cola?«, fragte er. »Am Ende des Flurs gibt es einen Automaten, ich kann dir eine besorgen.«

Nichts deutete darauf hin, dass Catherine ihn hörte.

»Die glauben, dass du diesmal nicht lange hier bleiben musst. Vielleicht nur für ein paar Wochen.«

Catherine sagte etwas.

»Wie meinst du? Tut mir leid, Schatz, ich hab dich nicht verstanden.«

»Bravo, John. Ich sagte, bravo. Bist du nun zufrieden?«

Cardinal starrte auf das Cover einer Promi-Illustrierten, mit Schlagzeilen über Rosie McDonnell und Julia Roberts.

Was mach ich eigentlich hier? Ich sollte unten im Präsidium sein und mit der ViCLAS reden.

»Gott«, sagte Catherine nach einer Weile.

Sie war aus freien Stücken in der Klinik, doch das machte die Erfahrung für sie offenbar nicht weniger bitter.

»Catherine, bitte versuch dich zu erinnern, dass das hier vorübergeht. Es ist in absehbarer Zeit vorbei.«

»Sicher, John.« Sie richtete ihre dunklen Augen auf ihn, und Cardinal las darin nichts als Verzweiflung. »Sicher ist es irgendwann vorbei. Und dann kommt es direkt wieder. Wie ist es dann ›vorbei‹? Das wüsste ich gerne, John. Wie ist es dann vorbei?«

»Du hast hier Leute, die dir helfen wollen, Liebling. Sie versuchen es mit diesem Lamotrigine, und sie haben jeden Grund zu der Annahme, dass es besser anschlägt als Lithium. Es soll bei Leuten mit deinem Profil besonders wirksam sein. Sie sind sehr optimistisch.«

Catherine ließ wieder den Kopf hängen und drehte ihn dabei leicht hin und her – ein stummes Nein. Falls man diese Krankheit, zumindest in ihrer depressiven Phase, irgendwie zusammenfassen konnte, dann in diesem Wort mit vier Buchstaben, in dem sich die ganze Hoffnungslosigkeit des Universums zu konzentrieren schien.

In diesem Zustand klang für sie jeder heitere Ton nur hohl, jede hoffnungsvolle Bemerkung verdächtig, jeder Ausdruck von Zärtlichkeit verlogen. Doch Cardinal konnte nicht aus seiner Haut. »Catherine, ich weiß, es ist schwer. Ich weiß, es ist zu viel. Aber versuch bitte nicht zu vergessen, dass der Grund, weshalb du dich so fühlst, nichts mit der Realität zu tun hat. Es liegt nur an einer chemischen Störung, dass dir so elend ist, dass dir die ganze Welt hässlich erscheint, aber das vergeht. Du wirst dich besser fühlen, versprochen.«

Jetzt weinte sie. Nicht die tiefen Schluchzer, die Erleichterung bringen, sondern nur die herausgepressten Tränen der Verbitterung. Der Teil von ihm, der immer noch betete, flehte jetzt darum, diese Qual auf sich nehmen zu können. Er würde sie für den Rest seines Lebens ertragen, wenn er sie Catherine damit ersparen konnte.

Als er ins Großraumbüro zurückkam, zog Cardinal den ViCLAS-Bericht unter einem Stapel Papiere hervor und sah sich die Seite mit der Zusammenfassung noch einmal genau an. Die Suche hatte hinsichtlich des Modus Operandi kein Ergebnis gezeitigt, es gab keinerlei Querverbindungen. Das hieß, sie hatten es mit einem Mörder zu tun, der zum ersten Mal in seinem Leben jemandem Kopf und Hände abschnitt und zwei Leute erschoss. Und wahrscheinlich derzeit Terri Tait in seiner Gewalt hatte.

Er rief bei Jack Whaley in der OPP-Abteilung für Verhaltensforschung an. »Jack, hier spricht John Cardinal. Ich komme immer wieder auf den ViCLAS-Bericht zurück, den Sie uns übergeben haben.«

»Ihr toter Biker. Negativ, soweit ich mich entsinne. Keinerlei Treffer.«

»Stimmt. Aber ich kann mir beim besten Willen nicht vorstellen, dass es für diesen Mörder das erste Mal ist. Wenn man bedenkt, dass er dem Opfer bei lebendigem Leib die Extremitäten abtrennt. Der Tatort war zu sorgfältig vorbereitet. Der Kerl hatte seine magischen Zeichen an den Wänden, er hatte die richtigen Messer, um Knochen und Bänder durchzuschneiden, er hatte etwas dabei, um die Gliedmaßen darin wegzutragen, und etwas, um darin das Blut aufzufangen. Das war kein Mord im Affekt.«

»Okay, ich hab Ihren Fall auf dem Monitor. Keine Treffer.«

»Und haben Sie unter MO die fehlenden Extremitäten, einschließlich des Kopfs?«

»Ja.«

»Und Sie haben die Hieroglyphen an der Wand?«

»So ist es.«

»Und das ist der Bericht, den Sie uns geschickt haben, ja? Negativ auf der ganzen Linie.«

»Das ist richtig.«

»Was ist passiert, als Sie es ohne die Hieroglyphen eingegeben haben?«

»Ich weiß nicht. Haben wir das überhaupt?«

»Ken Szelagy hatte beantragt, es noch mal durchlaufen zu lassen, falls das Ergebnis beim ersten Mal negativ ist, und dann ohne die Hieroglyphen.«

»Wo finde ich die Anweisung?«

»Direkt auf dem Antragsformular«, sagte Cardinal, während er die Mappe durchblätterte. »In der Rubrik ›Bemerkungen‹.«

»Ach so, ja, ich hab's. Aber wir haben hier ein Problem, John.«

»Schießen Sie los.«

»Eine von diesen typischen ViCLAS-Störungen. Das Programm packt keine Suchmodi mit ›und/oder‹. Hier läuft alles streng mit ›und‹.«

»Sie machen Witze. Wir haben es doch wohl mit einem Computer zu tun?«

»Ja. Die Software ist auch ziemlich neu. Sie sind noch dabei, die Fehler auszubügeln. Jeder weiß, dass wir die Und/oder-Möglichkeit brauchen, sie haben das nur noch nicht ausgetüftelt. Sie versprechen, dass es bald so weit ist. Die nächste Software-Generation.«

»Ich kann nicht glauben, dass der Durchlauf nie stattgefunden hat, Jack. Hier rennt ein Irrer frei herum, und er hält mindestens eine Person gefangen – oder Schlimmeres.« Cardinal seufzte. Für den Gesetzesvollzug waren Computer Geißel und Retter in einem. »Können Sie die Suche für mich jetzt noch mal ohne die Zeichen an der Wand durchlaufen lassen?«

»Schon dabei. Geben Sie mir eine Minute. Braucht ein paar Anschläge. Wie geht's übrigens Catherine?«

»Gut. Und Martha?«

»Wir haben uns getrennt. Ihr ist schließlich klar geworden, dass sie doch keine Bullen mag. So, es läuft.«

»Das bringt aber keine Treffer aus den Staaten, oder?«

»Nee. Ausschließlich kanadische Daten, Provinz und Landesebene. Ist allerdings eine riesige Datenbank, die wir da inzwischen haben. Besser als alles, was sie südlich der Grenze bieten können. Da sind 'ne ganze Reihe Bundesstaaten noch nicht angeschlossen, deshalb bekommen Sie nichts von denen – so, da haben wir's.«

»Was? Sagen Sie schon. Sie haben was bekommen?«

»Eine Sekunde noch.«

Cardinal hörte, wie Whaley in die Tastatur tippte. Dann war er wieder in der Leitung. »Okay, eigentlich dürfen wir das nicht, aber Sie kriegen es als E-Mail-Anlage.«

Cardinal klickte auf ›Neue Nachricht‹, und die Mail erschien in seinem Posteingang. Er rief sie ab und öffnete die Anlage.

»Gehen Sie auf ›Fallanalytische Überprüfung des Serienverdachts‹, dann zu ›Verknüpfung‹. Es gibt zwar keine Analyse, aber Sie kommen sicher klar.«

»Hab sie«, sagte Cardinal. »Okay. Wenn wir die Hieroglyphen weglassen, haben wir, wie's aussieht, drei Treffer, allesamt in Toronto. Den ersten vor zwölf Jahren. Der Junge wurde auf einem Dach in Regent Park gefunden. Ich kann mich noch dran erinnern – das war, kurz nachdem ich aus Toronto hierher gekommen bin. Kann mich allerdings nicht an fehlende Extremitäten erinnern.«

»Wahrscheinlich sind sie damit bewusst nicht an die Öffentlichkeit gegangen«, sagte Whaley. »Um sich die falschen

Bekenner vom Hals zu halten. Kopf, Hände und Füße fehlten, und sie haben es niemals aufgeklärt. Die müssen da unten fast wahnsinnig geworden sein. Hatten, wie's aussieht, einen Verdächtigen.«

»Raymond Beltran. Damals zwanzig Jahre alt. Keine Vorstrafen. Aber er hegte einen Groll gegen das Opfer. Er hatte allerdings ein Alibi, bestätigt von einem Victor Vega.«

»Alter Knacker. Absoluter Tugendbold zweifellos.«

»Zweifellos. Lassen Sie mich noch mal einen Blick auf die anderen zwei werfen.«

Cardinal scrollte die Anlage zum nächsten Eintrag herunter, einem Fall vor acht Jahren. Eine Leiche, die in Toronto im Stadtteil Rosedale Valley in einem flachen Grab gefunden wurde. »Nicht identifizierte männliche Leiche. Kopf, Hände und Füße entfernt. Keine Verdächtigen.«

»Erstaunt mich, dass sie Beltran nicht auch bei dem Fall in Verdacht hatten«, sagte Cardinal. »Wenn man bedenkt, dass der letzte Fall da ganze zwei Jahre her ist. Außerdem ist Rosedale Valley nicht allzu weit von Regent Park entfernt. Aber scheinbar haben sie ihn nicht mal dazu vernommen.«

»Das hat mit dem Zeitpunkt zu tun, John. Die hier wurde zwar zwei Jahre nach dem Jungen in Regent Park gefunden, aber dem Zustand der Leiche nach muss der Mord acht Jahre vor dem anderen liegen. Da hat Beltran noch gar nicht hier gelebt; er lebte damals in den Staaten.«

»Den Staaten?«

»Florida, glaube ich. Sieh mal bei den biografischen Bemerkungen nach.«

Cardinal scrollte zu Nummer drei. Das hier lag vier Jahre zurück, ebenfalls in Toronto. Eine Frau, fünfundzwanzig Jahre alt, wird zu Hause in Mississauga vermisst gemeldet und taucht zwei Wochen später in der Nähe von Scarborough Beach wieder auf, minus Kopf, Hände und Füße.

»Nummer drei ist auch nicht aufgeklärt«, sagte Cardinal.

»Das sehe ich auch. Da kann man ja ziemlich pessimistisch werden. Diesmal kein Mangel an Verdächtigen, stelle ich fest.«

»Der Ex-Freund hatte kein Alibi, aber sie hatten auch keinen Grund, ihn zu verdächtigen, abgesehen vom Ex-Faktor. Der Nachbar in der Kellerwohnung war ein notorischer sexueller Wüstling, aber noch nicht durch den Gebrauch eines Messers oder einer anderen Waffe aufgefallen. Zu dem Fall haben sie Beltran gar nicht befragt. Beaches ist nicht allzu weit von Regent Park entfernt. Zehn Minuten mit dem Auto.«

»Ich kann nachvollziehen, wieso sie ihn nicht vernommen haben. Als Motiv hatten sie bei Opfer Nummer eins nichts weiter als feindselige Gefühle. Wenn sie ihm den Mord nicht nachweisen können, haben sie auch keine Verbindung zu den anderen beiden Fällen.«

»Sie vergessen die Geografie.«

»Zugegeben. Nur dass er die mit zweieinhalb Millionen Menschen teilt.«

Es trat eine Pause ein. Cardinal konnte Whaley am anderen Ende der Leitung atmen hören.

»Wenn ich mir die Sache so anschaue, John, würde ich diese drei Fälle nicht miteinander in Verbindung bringen. Selbst hinsichtlich des MO – im zweiten Fall ist nicht klar, ob die Hände und so weiter vor dem Tod abgetrennt wurden. Das macht aber einen Riesenunterschied. Damit haben Sie den geografischen Faktor plus den MO in zwei Fällen, wenn's hochkommt. Nicht gerade üppig, mein Freund.«

Cardinal fluchte leise.

»Ja, ich weiß, wie Ihnen zumute ist.«

»Nein, nein, was Sie mir da liefern, ist großartig. Ich versuch nur gerade, mich durch dieses riesige Dokument zu navigieren. Ich möchte mir Beltrans Background ein bisschen unter die Lupe nehmen. Wie komme ich an Einzelheiten zu den Verdächtigen?«

»Sie müssen die Links mit den Fallnummern anklicken. Die sind unterstrichen, gleich über den …«

»Hab sie. Nochmals vielen Dank für alles, Jack.«

»Hören Sie, dieses elektronische Dokument, das Sie da vor sich haben, ist inoffiziell, okay? Ich schick Ihnen das richtige per Express. Viel Spaß.«

Cardinal scrollte durch die Notizen über den jungen Beltran. Kein Engel, der Knabe. Sechs Anklagen in seiner Jugendstrafakte und eine schwere Körperverletzung, die ihn für zwei Jahre in eine Jugendstrafanstalt in Deep River brachte.

Dann die Kommentare der Torontoer Kollegen zum Alibizeugen des Angeklagten, diesem Victor Vega. Nannte sich Beltrans Onkel, aber sie waren keine Blutsverwandten. Die ermittelnden Beamten konnten ihn mit dem Verbrechen nicht in Verbindung bringen, hielten jedoch fest, dass er trotzig und feindselig schien.

Beltran. In Kanada kein gewöhnlicher Name. Cardinal überprüfte die Kurzfassung der Daten zur Person. Mutter arbeitslos. Vater verstorben. Staatsbürgerschaft kanadisch. Cardinal überflog einige Auflistungen sozialer Kontakte und hatte schon fast aufgegeben, unter diesem Blickwinkel etwas zu finden, als ihm eine Bemerkung entgegensprang: Mutter sagt, seit ihrer Auswanderung aus Kuba ist für sie alles schief gelaufen. Kam 1980 aus Havanna nach Miami. Zwei Jahre später nach Toronto. Sagt aus, sie bekomme keine Hilfe von Verwandten in Havanna.

»Hey, Delorme.« Cardinal erwischte sie noch gerade auf dem Weg nach draußen. Die Klinke in der Hand, blieb sie stehen. »Du solltest nicht mal dran denken, jetzt zu gehen. Ich glaube, wir haben gerade den entscheidenden Durchbruch.«

49

Vitamin B ist das halbe Leben«, pflegte Chief Kendall zu sagen, und Cardinal stellte diese Maxime jetzt auf die Probe. Er hatte zehn Jahre bei der Kripo Toronto gedient, und jetzt zapfte er jede Quelle an und forderte jeden nur denkbaren Gefallen ein, den ihm irgendjemand schuldete.

Delorme dagegen hatte ihre Zeit in Toronto auf das Minimum reduziert. Doch zu den zentralen Erfordernissen im Leben eines Polizisten gehört die unablässige Weiterbildung – investigative Techniken, neueste Entwicklungen beim Sammeln von Beweismaterial, die jeweils jüngsten Errungenschaften in der Gerichtsmedizin, hinsichtlich Kriminalpsychologie und der Zusammenarbeit zwischen den Dienststellen. Dem Erfindungsreichtum der Leute, die dies alles organisieren, sind keine Grenzen gesetzt, und Polizisten gehen nicht ungern nach Toronto, da solche Anlässe eine vorzügliche Quelle für neue Kontakte sind.

Mit vereinten Kräften stellten Cardinal und Delorme eine beeindruckende Akte über eine Person zusammen, die für sie bis vor wenigen Stunden ein unbeschriebenes Blatt gewesen war.

Tony Glaser, Bewährungshelfer: »Raymond Beltran? Dem bin ich vor fünfzehn, sechzehn Jahren begegnet. Da war er sechzehn oder siebzehn, auf Bewährung, nachdem er einem Jungen mit einer Schaufel eins über den Schädel gezogen hatte. In gewisser Hinsicht war er der ideale Bewährungskandidat. Pünktlich, adrett, jemand, der sich an die Regeln hält. Zu den Auflagen gehörte es, dass er wieder richtig zur Schule geht – hat er gemacht. War jeden Tag um neun da, ist bis um halb vier Uhr nachmittags geblieben wie alle anderen auch. Zwei Jahre lang regelmäßige Teilnahme am Unterricht.

Er war ruhig, höflich, gab jede Auskunft, die man von ihm haben wollte. Keinerlei Anzeichen von Feindseligkeit. Das einzige negative Urteil ist, dass er nicht redete. Nicht wirklich redete. Wenn man ihn damit durchkommen ließ, beantwortete er Fragen äußerst einsilbig. Vielleicht mit einem Kopfnicken, wenn er gerade etwas verbindlicher gestimmt war.

Und er hat sich anständig benommen, zumindest unter meiner Aufsicht. Keine weiteren Vorkommnisse. Allerdings gab es ein paar Dinge, die mich stutzig machten. Zum Beispiel: Wir gehen eines schönen Nachmittags spazieren und sehen diese Frau, mit einer Katze auf der Schulter. Ich erwähne nur so, dass ich zu Hause auch eine Katze habe, und Raymond fragt mich: ›Haben Sie schon mal eine Katze von innen gesehen?‹ Natürlich sag ich Nein, und er sagt: ›Ich schon.‹ Ich weiß ja nicht, wie es Ihnen geht, aber ich finde eine solche Bemerkung schon ein bisschen beunruhigend.

Als ich nachhakte, wie es denn dazu gekommen sei, dass er eine Katze von innen gesehen hätte, sagte er, sie hätten eine im Biologieunterricht seziert. Das hab ich ihm nicht abgekauft. Erstens benutzen sie dafür immer Frösche oder Schweineföten. Zweitens war er erst in der elften Klasse. Er hatte noch gar keine Biologie.

Ein andermal wies ich ihn darauf hin, dass seine zwei Jahre fast um wären. ›Zwei Jahre‹, sagte er. ›Keine Ahnung, wieso sie mir zwei Jahre aufgebrummt haben, bloß weil ich Bobby Blackmore eins über die Rübe gegeben habe. Ich hab viel schlimmere Sachen gemacht, und es schien keinen zu stören.‹ – ›Wie was zum Beispiel?‹, fragte ich. Aber er sagte keinen Pieps mehr, so wie er es immer tat, und ich wusste, dass absolut nichts mehr aus ihm rauszuholen war. Er war der Typ, bei dem du auf den ersten Blick weißt, etwas stimmt nicht mit dem. Irgendwas fehlt. Passen Sie ja gut auf, wenn Sie Raymond Beltran am Hals haben, mehr kann ich nicht sagen. Wenn Sie mehr über ihn wissen wollen, versuchen Sie's mal beim Katholischen Kinderhilfswerk. Die Mutter war ein Albtraum.«

Delorme hatte einmal in den Neunzigerjahren eine Mitarbeiterin des Jugendamts, eine Frau namens Sandra Mayhew, kennen gelernt, als sie beide im Zuge einer Konferenz zum Thema Frauen und Strafrecht an einer Podiumsdiskussion teilnahmen. Mayhew hatte zehn Jahre lang in Toronto an vorderster Front Sozialarbeit geleistet und so ziemlich alles gesehen.

Originalton Sandra Mayhew über Gloria Beltran und Sohn: »Du kannst natürlich nichts von dem, was ich dir jetzt sage, verwenden, Lise. Außer, um dir ein Bild zu machen, natürlich. Du kannst mich nicht als Zeugin aufrufen.«

»Das ist mir klar«, sagte Delorme. »Aber wir arbeiten hier gegen die Uhr. Wir suchen nach jedem möglichen Anhaltspunkt.«

»Dann will ich dir erst mal was über Gloria erzählen. Kubanische Einwanderin, keine Ausbildung, einzige nachvollziehbare Einnahmequelle ein Drogenhändler, den es kurz nach ihrer Einreise erwischt hat.

Eines Tages statte ich ihr einen Überraschungsbesuch ab, so wie es von uns erwartet wird, sie kommt an die Tür, und da ist dieser Kerl, der es sehr eilig hat, rauszukommen, und sich im Gehen noch schnell die Hose hochzieht. Ganz offensichtlich, dass sie ihn gevögelt hat und Raymond in der Wohnzimmerecke vor der Glotze sitzt, als wäre nichts. Ich meine, Gloria hat so wenig Gespür, dass sie es gar nicht merkt, wenn sie äußerst gestörte Verhaltensweisen an den Tag legt.

Raymond schien sich auch nichts dabei zu denken. Ich hab mich am nächsten Tag mit ihm unterhalten, und er wusste offenbar nicht, weswegen ich mir Gedanken machte. Wir hatten bereits eine Überwachungsverfügung, und du kannst mir glauben, wir haben ernsthaft über eine staatliche Vormundschaft nachgedacht, aber Raymond war nun mal schon fünfzehn, fast sechzehn. Es hätte wenig gebracht, ihn für ein paar Monate in unsere Obhut zu nehmen.

Die Nachbarn beschwerten sich über beide. Ihre Wohnung war verdreckt – ich meine, Ekel erregend, und du kannst mir glauben, nach zehn Jahren in dem Geschäft ekelte ich mich nicht so leicht. Und Raymond war gewalttätig – nicht so wie einige Kids, die ungezügelt sind, sich ständig prügeln und so. Er war ein Grübler. Als er diesen Jungen mit der Schaufel schlug, war das wegen irgendeiner Beleidigung, die Monate zurücklag.

Ich hab ein paarmal versucht, mit ihm zu reden, aber man kam an den Jungen nicht ran. Keinerlei Reaktion. Zum Teil habe ich eine extreme Feindseligkeit gegenüber Frauen gespürt – kein Wunder, wenn man bedenkt, dass seine Mutter ständig Fremde gebumst hat. Aber es war mehr als das. Er ist zwar nur ein paarmal vor Gericht gekommen, aber er war weitaus häufiger verdächtig. Wir reden hier von Regent Park. Wer da Ärger sucht, wird fündig.

Sprich mal mit dem Dezernat für Jugenddelikte, 51. Division. Die können dir mehr dazu sagen. Sie haben ihn nie wegen größerer Vergehen festnageln können, aber frag die mal, wen sie im Fall Molly Davis in Verdacht hatten – ein junges Mädchen, das aus dem Haus, in dem er wohnte, spurlos verschwand. Und frag sie, wen sie im Fall, Moment mal, lass mich nachsehen, Richard Lee in Verdacht haben – Achtundzwanzigjähriger, der eines Nachts in Allen Gardens seinen Hund ausführt.

Kurz gesagt, ich selber hatte mit Raymond Beltran nicht allzu viel zu tun. Er war unter dem Jugendfürsorgegesetz so gut wie außerhalb meines Zuständigkeitsbereichs, und ich war mit Fällen hoffnungslos eingedeckt. Nur einmal konnte ich ihn wenigstens in ein Ferienlager bekommen – da war er das erste Mal im Leben außerhalb der Großstadt, und er war begeistert. Aber ich sag dir ehrlich, von dem einen Fall abgesehen, hatte ich jedes Mal, wenn ich mit ihm zu tun bekam, höllische Angst. Unheimliche Augen, der Kerl. Er konnte ganz charmant sein, wenn er wollte, aber es war so offensichtlich gespielt, dass man nur den Wunsch hatte, wegzukommen.

Unterm Strich, Lise, Raymond Beltran gehört zu den Mutanten in der Natur. Solltest du je nah genug an ihn rankommen, um ihn zu vernehmen, tu's nicht allein.«

Ein paar weitere Telefonate, ein paar weitere Faxe, ein Haufen E-Mails dazu. Als Delorme ihren Einfallsreichtum fast erschöpft hatte, ging sie in die Kantine und brühte sich eine frische Kanne Kaffee auf. Sie fand Cardinal im Sitzungssaal, wo er die Ergebnisse seiner eigenen Ermittlungen ausgebreitet hatte. Er brütete über den Blättern wie Napoleon über seinen Karten, doch selbst jetzt, in dieser Phase der Jagd, ließ er die Schultern hängen.

»Dachte, du kannst einen vertragen«, sagte Delorme und reichte ihm einen koffeinfreien Kaffee.

Cardinal drehte sich um, und für den Bruchteil einer Sekunde las sie den Kummer in seinen Augen, bevor er ihn wie gewohnt in irgendeinen hinteren Winkel, wer weiß wohin, verdrängte.

Delorme fasste zusammen, was sie in Erfahrung gebracht hatte. Cardinal hörte aufmerksam zu, während er in den Kaffee starrte und langsam rührte.

Als sie geendet hatte, sagte er: »Ich hab eine Zeitleiste ausgearbeitet. April 1999: Die Kripo Toronto steht bei ihm in der Wohnung auf der Matte, um über einen Fall von Freiheitsberaubung zu diskutieren, der ein fünfzehnjähriges Mädchen betrifft. Außer Landes, sagt seine Mama.«

»Lass mich raten«, sagte Delorme. »Kuba.«

»Heiß. Miami. Offenbar hat Mama dort Verwandte. Jedenfalls lebt er die nächsten drei Jahre in Miami und kommt im August 2003 zurück, wird wegen unerlaubten Waffenbesitzes geschnappt, bis heute nicht abgebüßt, nebenbei. Die Kollegen in Toronto glauben, er hat sich ›irgendwo nach Norden‹ abgesetzt, was heißen könnte, hierher oder auch wer weiß wohin. Aber ich hab eben erst mit Miami telefoniert.«

Delorme stellte ihre Kaffeetasse ab. »Und was sagt Miami?«

»Wie's aussieht, haben die eine ganze Reihe ungelöster Fälle: fehlende Köpfe, Extremitäten, die bei lebendigem Leibe abgetrennt wurden, Palo-Mayombe-Zeichen in der Nähe. Die kubanische Gemeinde da unten war völlig aufgelöst. Sie nennen den Killer El Brujo, was, wie ich vermute, der Hexer heißt.«

»Und wann sind die Morde passiert?«

»Der erste im Dezember 2000, der letzte im August 2003.«

»Anschließend kommt er nach Toronto. Das ist unser Mann, John.«

»Ich weiß es, du weißt es. Jetzt müssen wir ihn nur noch finden.«

50

Red Bear fuhr den BMW am Adlerschild vorbei ins Lager. Leons TransAm war weg; Leon war in der Stadt auf der Suche nach Terri Tait. Red Bear ging zu seinem Tempel hinüber und lauschte eine Weile. Von drinnen war nichts zu hören. Er holte seine Pakete aus dem Kofferraum und ging in seine Hütte.

Er nahm eine ausgiebige heiße Dusche und verbrachte viel Zeit damit, sich die Haare zu trocknen.

Anschließend sah er sich, immer noch nackt, den Inhalt seiner Päckchen an, die er allesamt übers Internet an eine Postfachadresse bestellt hatte. Als Erstes machte er ein mittelgroßes Paket auf. Darin befand sich eine hölzerne Kiste, nur Kiefer, aber gut geschreinert, mit sauber eingepassten Messingscharnieren, die einwandfrei funktionierten. Er hob den Deckel, und zum Vorschein kam eine Metzgersäge der Marke Northern Industrial auf einem Seidenfutter. Die Klinge war aus High-Carbon-Stahl und maß volle dreißig Zentimeter; der Rosenholzgriff schmiegte sich wie eine Maßanfertigung in seine Hand.

Aus einem anderen Päckchen zog er einen Satz Brennan-Metzgermesser in ergonomischem Design, um, wie die beigefügte Beschreibung versprach, »Ermüdung und Handgelenkverspannungen in der Fleischabteilung zu reduzieren. Dank dem senkrechten Griff haben SIE die Kontrolle über die Klinge.«

Dann kam das handelsübliche zwölf Zentimeter lange Ausbeinmesser, Fabrikat Forschner, mit der berühmten Forschner-Klinge – rostfreier High-Carbon-Stahl, handpoliertes Schweizer Fabrikat. Der Rosenholzgriff war ein Plus.

Als Nächstes ein zwölf Zentimeter langes Lamm-Messer mit einem billig aussehenden Kunststoffgriff, der ihm überhaupt nicht gefiel. Und ein fünfzehn Zentimeter langes Microban-Abhäutemesser, das seine Zustimmung fand. Er nahm das zwölf Zentimeter lange, biegsame Schinkenmesser heraus, ein siebzehn Zentimeter langes Filetiermesser mit einem von diesen widerwärtigen Fibrox-Griffen sowie ein Stechmesser, Marke Swibo, mit stehender Klinge. Für Letzteres schwebten ihm mehrere Einsatzmöglichkeiten vor.

In einem separaten Karton fand er das Henkel International Classic Fleischerbeil. Schwer, wie es sich für ein Fleischerbeil gehörte, »damit nicht *Sie* die ganze Arbeit haben«. Die Stahllegierung war von minderer Qualität als bei den Spitzenprodukten, doch der Griff war speziell für kleine Hände wie Red Bears geformt.

Er legte seine neuen Klingen neben seiner von führenden Küchenchefs empfohlenen dreistufigen, hochleistungsfähigen Diamant-Messerschärfmaschine zurecht. Das Gerät gab im Leerlauf ein angenehmes Summen von sich und machte ein beruhigendes Mahlgeräusch, wenn man ein Messer einlegte. Er liebte es, wie die Scheiben sich genau an die Klingen anpassten, und zwar jeweils exakt im richtigen Winkel, bei geraden, gebogenen oder gezahnten Messern.

Danach knipste er die Lichter aus. Im linken oberen Winkel seines Fensters bildete der letzte Rest des alten Mondes eine matt orangefarbene Sichel. Vor ihrer unteren Spitze trieben Wolkenfetzen. Morgen Nacht war Neumond. Von da an würden viele Nächte den *nganga* speisen. Er würde den mächtigsten Geist seiner Zaubererkarriere anrufen.

Das Mondlicht schimmerte auf seinen nackten Armen und Beinen. Er nahm das Stechmesser mit seiner dünnen, nadelartigen Spitze und wog es in der linken Hand. Mit der Rechten packte er das Forschner. Vor dem großen Spiegel warf er sich in Posen. Er begann zu tanzen. Die Klingen blitzten im Mondlicht, seine Muskeln wölbten sich. In seiner Vorstellung flossen die Farben ineinander, Scharlach- und Karmesinrot und, die satteste Farbe von allen, die Farbe von Blut im bleichen Licht des Mondes – Pechschwarz.

51

Kevins Handgelenke bluteten. Seit Stunden versuchte er nun schon, die Knoten zu lockern, indem er jeweils einen auf die Nagelspitze spießte, doch er konnte nicht sehen, ob er auch nur den geringsten Fortschritt machte, ob der Knoten schon ein wenig gelockert war. Er fühlte nur das Ziehen in den Armen, den brutalen Schmerz in den Handgelenken.

Terri lag bewusstlos an der gegenüberliegenden Wand auf dem Boden. Leon hatte ihr im Wagen eine Injektion gegeben, um sie ruhig zu stellen. Wie er Leon kannte, hatte er ihr genug gespritzt, um sie zu töten. Ihr Atem klang mühsam und flach.

Kevin hatte inzwischen wieder einen klaren Kopf; die Entzugserscheinungen waren vorüber. Trotz des entsetzlichen Gestanks nagte der Hunger an seinen Eingeweiden.

»Terri«, sagte er. »Terri, wach auf.«

Sie rührte sich nicht.

Kevin hakte den Strick noch einmal auf den Nagel und zerrte daran. Das Seil glitt wie Zahnseide herunter. Er versuchte es ein weiteres Mal vergeblich.

»Terri, du musst aufwachen.«

Trotz der Fesseln an den Fußgelenken rutschte er auf Knien zu ihr hinüber. Er legte sich auf die Seite und stupste sie mit beiden Knien an.

»Terri! Um Gottes willen, wach auf!«

Sie stöhnte. Es war der erste Laut, den sie von sich gab, seit Leon sie hier hereingeworfen und sie am Tischbein festgebunden hatte.

»Junge, du sitzt bis zum Hals in der Scheiße«, hatte Leon gesagt, als er den Strick verknotete.

»Wieso ist Terri hier?«, hatte Kevin gefragt. »Lass sie laufen, Leon. Sie hat nichts getan.«

»Sie ist zu neugierig, Mann, das ist ihr Problem. Steckt ihre Nase in anderer Leute Angelegenheiten.«

Leon war damit fertig, ihre Hände am Tischbein festzubinden. Er ruckte ein paarmal kräftig am Seil. »Ganz schön taff, muss man ihr lassen.«

»Was ist mit ihr? Was hast du ihr gegeben?«

»Bisschen Seconal, damit sie Ruhe gibt.«

»Leon, bitte. Terri hat in ihrem ganzen Leben noch keinem was getan. Wieso machst du das?«

»Anordnung vom Boss«, sagte Leon. »Im Unterschied zu dir weiß ich, was ich tue.«

Leon kam herüber und hockte sich vor Kevin hin.

»Ach, Mann. Red Bears Stoff zu klauen. Wie doof kann man sein?«

»Ich war einfach zugedröhnt, Leon. Wie sonst könnte ich so was machen? Hör zu, hilf uns hier raus. Red Bear bringt uns um.«

»Das ist noch das Wenigste, würde ich mal sagen.«

»Komm schon, Leon, wie kannst du zu ihm halten?«

»So ist es nun mal, Bruder. Red Bear und ich kommen auf Anhieb klar. Er hat mir ein paar Sachen gezeigt. Ein paar Türen geöffnet. Er ist ein mächtiger Hexer, und du bist ihm in die Quere gekommen. Nicht besonders clever.«

»Leon, ich hab gedacht, wir sind Freunde, Mann.«

»Hast du das?« Leon legte den Kopf schief. »So weit war das mit deiner Freundschaft ja wohl nicht her. Ich hatte sogar das unbestimmte Gefühl, dass du mich verachtest. Du mit deinen Scheißgedichten und all dem Quatsch.«

»Hab ich nicht, Gott, Mann. Du weißt, was Red Bear mit uns machen wird?«

Leon stand auf und räkelte sich.

»Wird ’n bisschen von dieser ehrwürdigen Indianermagie anwenden. Dafür sorgen, dass ihr *für* uns arbeitet.«

Taub für Kevins Betteln, war Leon danach gegangen. Seitdem hatte Kevin sich die Handgelenke aufgerieben.

Er knuffte Terri mit den Knien in die Schulter, diesmal etwas fester.

Sie stöhnte, und ihre Augenlider bewegten sich.

»Terri, wach auf. Terri, wach endlich auf.«

52

Das Fax mit dem Foto kam einen Tag später kurz vor Mittag herein; Delorme nahm es entgegen.

Auf dem Bild war ein junger Mann, vielleicht dreißig, einunddreißig, mit einem schmalen, habichtartigen Gesicht. Die hohen Wangenknochen verliehen ihm ein vage indianisches Aussehen. Sein starrer Blick in die Kamera gab nichts preis. *Rat mal*, schien er zu sagen, *rat mal, wozu ich fähig bin.*

Unter dem Bild stand »Raymond Beltran«. Eine Zeile tiefer das Datum der Fotografie. Sie war vor fast zwei Jahren entstanden, als er wegen unerlaubten Waffenbesitzes festgenommen wurde. Er schien nicht allzu besorgt wegen der Konsequenzen.

Delorme ließ es im Großraumbüro herumgehen – bei McLeod, Szelagy, den Jungs von der Spurensicherung, Arsenault und Collingwood. Keiner von ihnen erkannte Raymond Beltran wieder. Sie fuhr zu Corporal Cleggs Büro hinüber.

»Sie müssen sich hier wohl fühlen«, sagte sie, »wenn Sie nicht mal am Wochenende nach Hause gehen.«

Clegg war gerade dabei, Dokumente in den Reißwolf zu geben. Er grinste sie über die Schulter hinweg an.

»Da ich und die Frau frisch getrennt sind, hab ich es nicht gar so eilig damit, nach Hause zu kommen, verstehen Sie? Ich sehe keinen Ring. Sind Sie verheiratet?«

»Nein.«

»Schon mal gewesen?«

»Nein. Ich wollte Ihnen was zeigen.«

Delorme wühlte in ihrer Mappe.

»Vielleicht könnten Sie und ich ja mal essen gehen. Nachdem Sie den Fall gelöst haben natürlich.«

»Danke. Aber ich gehe grundsätzlich mit keinem Kollegen aus.«

»Macht's nicht gerade leicht, Leute kennen zu lernen, finden Sie nicht?«

»Na ja«, räumte Delorme ein. »Stimmt schon. Hören Sie. Wir müssen unbedingt diesen Kerl hier finden.« Sie reichte ihm das Foto.

»Raymond Beltran«, las Clegg. »Latino, ja?«

»Er ist Kubaner. Kubanischer Abstammung jedenfalls. In Toronto aufgewachsen. Aber er hat auch einige Zeit in Miami gelebt. Wo er übrigens dreier Morde verdächtigt wird, die dem an Wombat ziemlich ähnlich sind.«

»Sie machen Witze. Er hat sie zerstückelt?«

Delorme nickte. »Und er hat damit nicht gewartet, bis sie tot sind.«

»Das ist nicht nett. Überhaupt nicht nett.«

»Können Sie uns weiterhelfen? Sind Sie dem Kerl schon mal begegnet? Falls er der Mörder von Wombat ist, steckt er vermutlich tief im Drogengeschäft.«

Clegg schnippte das Foto herum, dann zurück.

»Ist schon ein bisschen alt«, sagte er. »Die Leute können ihr Erscheinungsbild natürlich verändern, wenn sie wollen.«

»Sicher, aber es ist ein markantes Gesicht – die Augen, die Wangenknochen. Vielleicht kann ich mal Ihre Dateien durchsehen, mir ein paar von Ihren Visagen anschauen?«

»Ich hab hier keine Visagen«, sagte Clegg. »Das ist alles in Sudbury.«

Delorme warf einen Blick auf den verbeulten Aktenschrank am Fenster.

»Nur Papierkram drin«, sagte Clegg.

»Muss ziemlich umständlich sein.«

»Die RCMP ist Bundespolizei. Da ist alles umständlich. Haben Sie von unserem Brand neulich nachts gehört?«

»Bei Ihnen hat's gebrannt?«

»In Sudbury. Der Schuppen mit der Asservatenkammer ging in Flammen auf. Wir wissen nicht mal, was wir alles an Beweismitteln verloren haben.«

»War es Brandstiftung?«

»Wissen sie noch nicht, möchte ich aber bezweifeln. Schlichte alte Inkompetenz trifft die Sache wohl eher. Der Mann, der da Aufsicht führt, ist ungefähr neunzig und praktisch blind.« Clegg hielt das Foto hoch. »Kann ich das behalten?«

»Sicher, ich hab Kopien.«

»Ich steck meine Nase mal in unsere unglaublich detaillierten und bürokratischen Karteien und melde mich wieder.«

Delorme fuhr die Sumner zur Umgehungsstraße hinauf und von da aus zur Dienststelle der OPP. Jerry Commanda saß an seinem Schreibtisch und telefonierte. Er klemmte sich den Apparat zwischen Ohr und Schulter, um für sie aus einer anderen Kabine einen Stuhl heranzuziehen und ihr anzubieten.

Als er auflegte, drehte er sich auf seinem Schreibtischsessel zu ihr um. »Ich wette, Sie kommen, um mit mir über das Baseballspiel zwischen den Dienststellen zu reden.«

»Da muss ich Sie enttäuschen«, sagte Delorme. Sie zog das Foto von Beltran heraus. »Sie haben gesagt, dass Sie in letzter Zeit ziemlich viel mit Drogen zu tun hatten. Sind Sie dem Typen schon mal begegnet?«

Jerry nahm das Foto und hielt es schräg ins Licht. »Kann ich nicht mit Bestimmtheit sagen. Weshalb sucht ihr ihn?«

»Wegen der Zerstückelung von Wombat Guthrie, fürs Erste schon mal.«

»Tatsächlich?« Jerry sah sich das Bild genauer an. »Also, es gibt da einen Kerl, der es sein könnte.«

Er griff in seine Schreibtischschublade und zog eine lederfarbene Mappe heraus, in der sich ein Stapel Schwarzweißfotos zwanzig mal fünfundzwanzig befand. Er breitete sie wie ein Kartenspiel fächerförmig auf der Tischplatte aus und nahm eins heraus. Darauf war eine Gruppe junger Männer, die im Freien in einem Imbissrestaurant saßen. Drei von ihnen schienen dem vierten zuzusehen, der sehr langes Haar hatte und ganz in Weiß gekleidet war.

»Rosebud Diner«, sagte Jerry. »Reed's Falls. Wir haben das Restaurant schon seit ein paar Wochen im Visier. Wir glauben, dass unter den Leuten, die dort verkehren, eine Menge Stoff im Umlauf ist. Wir haben unsere Theorien, aber wir sind nicht hundertprozentig sicher, wo sie es herbekommen, und wir wissen nicht, wo sie es lagern. Sehen Sie sich den Kerl mit den langen Haaren an.«

Delorme nahm das Foto. »Aber der Typ ist Indianer, nicht?«

»Nennt sich Red Bear.«

»Ja, wir hatten einen Tipp von einem Junkie, dass es einen Indianer gibt, der viel mit Leon Rutkowski zusammen ist.«

»Der Kerl stammt nicht aus der Gegend, so viel kann ich Ihnen sagen. Gerüchten zufolge kommt er vom Red Lake, und ich hab das auch überprüft.«

»Die anderen Jungs erkenne ich wieder«, sagte Delorme. »Leon Rutkowski und Toof Tilley, möge er in Frieden ruhen. Und der da rechts ist Kevin Tait.«

»Ist das Ihr Ernst? Mit Ihrer ehemaligen Mrs. X verwandt?«

»Ihr Bruder. Er ist an der Westküste wegen illegalen Drogenbesitzes vorbestraft. Wir glauben, dass er der Grund ist, weshalb Terri überhaupt hergekommen ist.«

»Wir haben uns gefragt, wer zum Teufel das sein mag«, sagte Jerry. »Da könnte man ja fast auf den Gedanken kommen, dass ihr von der Kripo Algonquin Bay echt was auf dem

Kasten habt, wäre da nicht dieses Fax, das ich bekommen habe, wonach Terri Tait zum zweiten Mal vermisst wird.«

»Da komm ich noch drauf.« Delorme hielt die beiden Bilder nebeneinander. »Der Indianer könnte Beltran sein. Allerdings nicht mit Sicherheit zu sagen.«

»Ich glaube, wir haben hier irgendwo ein besseres Foto.« Jerry wühlte in den Hochglanzaufnahmen. »Da.«

Diesmal handelte es sich um ein Doppelporträt, mit dem langhaarigen Mann und Kevin Tait. Tait lachte, doch Beltran – und hier gab es an seiner Identität keinen Zweifel mehr – machte ein todernstes Gesicht. Dieselben hohen Wangenknochen, dieselbe breite Stirn. Und vor allen Dingen die fast transparenten Augen.

»Ich hoffe, Sie sind nicht enttäuscht, Jerry. Aber wie's aussieht, ist dieser Indianer in Wahrheit Kubaner.«

»Das ist allerdings interessant ...«

Jerry wirbelte auf seinem Stuhl herum und starrte eine Weile an die Decke. Delorme wartete. Endlich drehte er sich wieder zu ihr um. »Wie's der Zufall will, hab ich den Häuptling der Gruppe am Red Lake angerufen. Ich hab ihm nicht gesagt, dass ich von der Polizei bin. Hab gesagt, ich bin Banker und überprüfe für ein Darlehen seine Bonität. Und der Häuptling hat für den Kerl gebürgt. Hat ihn Raymond Red Bear genannt. Behauptet, er wäre bei ihnen im Red-Lake-Reservat geboren und aufgewachsen.«

»Wozu macht er sich all die Mühe? Ich dachte, Status-Ausweise sind leicht zu fälschen.«

»Sind sie auch. Und deshalb brauchst du vielleicht jemanden, der für dich bürgt. Du *bezahlst* vielleicht sogar jemanden, damit er für dich bürgt. Manchmal kann es ganz nützlich sein, Ureinwohnerstatus zu haben«, sagte Jerry, »auf Jobsuche zum Beispiel.«

»Sehr witzig, Jerry, worauf genau wollen Sie hinaus?«

»Bis vor kurzem noch haben die Viking Riders ihren Stoff aus Montreal bekommen. Dann haben sie den Fehler gemacht, sich mit den Hells Angels anzulegen.«

»Vorbei mit dem Stoff.«

»Vorbei mit dem Stoff aus Montreal. Aber da sie nun mal Bikers sind und über einigen Unternehmergeist verfügen, haben sie einen Deal mit Ureinwohnern direkt hinter der Grenze nach Michigan ausgehandelt. Hat letzten Frühsommer angefangen. Sie fliegen das Zeug über den Lake Huron, den French River rauf bis zum Lake Nipissing. Wenn du es geschickt anstellst, verlässt du dabei in keinem Moment indianisches Territorium.«

»Guter Trick, um es aus jedem Zuständigkeitsbereich rauszuhalten.«

»Sie haben eine schmutzige Phantasie, Detective Delorme. Das hat mir schon immer an Ihnen gefallen.«

Jerry hielt das Foto hoch. »Netter Zug an ihm, sich als Hollywood-Indianer zu verkleiden. Wirft uns um ein paar Jahrhunderte zurück.«

»Beltran macht also, den Status-Ausweis und den Häuptling in der Tasche, auf Indianer und übernimmt das Importgeschäft von den Riders.«

»So lautet unsere Theorie.«

»Und jetzt verraten Sie mir, wo wir Beltran finden, oder?«

»Tut mir leid. Wir observieren ihn bis jetzt noch nicht. Wir haben nur das Rosebud observiert.«

»Na ja, ich will Ihnen den anderen Grund nennen, weshalb wir Beltran suchen. Wir glauben, er hat Terri Tait, und er wird sie töten.«

Jerry schnappte sich das Telefon und drückte die Interkom-Taste. »Ich sorg dafür, dass er zur allgemeinen Fahndung ausgeschrieben wird, Lise. Sobald wir was über ihn hören, erfahren Sie es auch.«

53

Früher oder später landete Cardinal, wenn ein Fall allmählich unübersichtlich wurde, mit sämtlichen Akten im Konferenzzimmer. Da war er auch jetzt und ging die Stapel von Material durch, das die anderen Detectives gesammelt hatten. Er hatte sich die gerichtsmedizinischen Befunde sowie Arsenaults und Collingwoods Fotos vom Leichenfundort noch einmal angesehen, und jetzt durchforstete er Delormes ergänzende Berichte. Jeder Informationsschnipsel, den sie hatten, lag vor ihm auf dem Tisch.

Sie hatten die Fahndung sehr schnell an alle Einheiten durchgegeben, doch bis jetzt war Terri Tait noch nicht gesichtet worden. Und so brütete er nun über seinen Akten und hoffte auf irgendeinen Anhaltspunkt, wo sie nach ihr suchen sollten.

Seine Augen machten ihm allmählich zu schaffen.

Er lehnte sich auf seinem Sessel zurück und sah sich im Zimmer um, betrachtete die Fotos an den Wänden. Auf einem davon leistete Chief Kendall gerade den Amtseid; so gut sollte die Uniform nie wieder an ihm sitzen. Und auf einem war Cardinal selbst, eingemummelt wie ein Eskimo am verschneiten Minenschacht auf Windigo Island. Dann das Konterfei von Jerry Commanda vor dem Tor zum Eagle Park. Eagle Park war ein karitatives Lager am Südufer des Lake Nipissing, das früher einmal behinderten Kindern sowie Schützlingen des Kinderhilfswerks gedient hatte; Jerry hatte dort draußen eine erfolgreiche Suche nach einem als vermisst gemeldeten Zwölfjährigen geleitet. Das Lager hatte nach einem komplizierten Finanzskandal – einem ziemlichen Tohuwabohu, wie Jerry es nennen würde – vor langer Zeit geschlossen. Über dem Tor spreizte ein gusseiserner Adler seine Klauen und breitete die schwarzen Schwingen aus.

Cardinal wandte sich wieder den Akten zu. Seine Torontoer Spur war versandet. Beltrans letzte bekannte Adresse hatte sich als Sackgasse erwiesen; er war bei Nacht und Nebel abgehauen und hatte den Eigentümer der riesigen Wohnung im Manulife Centre um sechs Monatsmieten geprellt. Cardinal hatte sogar bei seinen früheren Nachbarn angerufen, von denen keiner etwas Vernünftiges beizutragen hatte. Beltran war ein unauffälliger Mieter gewesen, der einen im Aufzug höflich grüßte, zurückgezogen lebte und keinen Ärger machte.

Cardinal öffnete eine weitere von Delormes Akten. Zu ihren vielen Vorzügen zählte es, dass Delorme schlüssige wie auch detaillierte Berichte schrieb. Doch in all ihren umfangreichen Notizen aus dem Krankenhaus, von der Anthropologin und vom Frauenhaus war nichts dabei, auf das er geflogen wäre. Nichts, was ihnen verraten hätte, wo Raymond Beltran oder auch Terri Tait sich derzeit befanden.

Cardinal blätterte Delormes Unterlagen noch einmal durch. Selbst wenn ihr Einsatz, wie im Frauenhaus, ohne Ergebnis geblieben war, hielt sie es gewissenhaft fest. Sie hatte sogar die Zeichnung abgeheftet, die sie aus Terris Zimmer hatte mitgehen lassen.

Cardinal war sich nicht sicher, wie weit Terris schauspielerische Talente reichten, doch ihre Begabung zum Zeichnen war beachtlich. Die Federn des Vogels waren schön konturiert, und der Bogen der Flügel vermittelte sehr genau …«

Cardinal sah auf und starrte an die gegenüberliegende Wand. Er betrachtete das Foto von Jerry Commanda am Eagle Park. Er schnappte sich die Zeichnung und hielt sie neben das Bild.

Zwei Sekunden später war er in Chouinards Büro.

Der Detective Sergeant legte die Zeichnung neben die Aufnahme auf seinem Tisch. Cardinal beobachtete, wie seine Augen von einem Bild zum anderen wanderten. Während er überlegte, klopfte Chouinard mit seinem Stift auf die Platte. Schließlich sagte er: »Die sind identisch. Ich würde daraus schließen, sie ist da gewesen. Stellt sich die Frage, welche Konsequenzen wir daraus ziehen.«

»Eagle Camps hatte zwei Lager am See. Eins am Südufer und eins oben am French River. Sie haben beide diese Tore mit dem Adler obendrauf.«

»Wir haben nicht genug Leute, um sie zu beiden zu schicken. Welches ist Ihrer Meinung nach das wahrscheinlichere?«

»Das am Südufer liegt näher an der Stelle, wo Tilley und Guthrie gefunden wurden. Andererseits ist das am Nordufer näher an der Hütte, wo sie die Viking Riders beklaut haben. Es können beide sein.«

»Und keins davon liegt in unserem Zuständigkeitsbereich.« Chouinard schwieg, während er überlegte und sein Stift rata-ta-tat auf die Tischplatte hämmerte. »Na schön. Sie nehmen das Südufer. Aber Sie nehmen Alan Clegg mit.«

»Delorme sollte mit von der Partie sein.«

»Sie ist gerade draußen bei der OPP, also näher am French River. Das ist sowieso deren Revier. Sie soll mit Jerry Commanda da raus. Ich werde hier eine Spezialeinheit zusammentrommeln. Wer von Ihnen beiden zuerst fündig wird und sich hier meldet, kriegt Verstärkung.«

54

Die Rush Hour war vorbei. Sobald sie die Einkaufszentren hinter sich hatten, trat Cardinal aufs Gas.

»Üben Sie für die Formel eins?«

Cardinal schielte zu Clegg hinüber. Er machte ein freundliches, kein kritisches Gesicht.

»Der Kerl, nach dem wir suchen, verdient sein Geld damit, Leute zu zerstückeln. Ich will nicht, dass das mit Terri Tait passiert.«

»Falls er sie hat.«

»Ist sicherer, als anzunehmen, er hätte sie nicht.«

Corporal Clegg verstellte die Rückenlehne und machte es sich bequem. Er faltete die Hände im Schoß und betrachtete die vorbeirasende Landschaft: die Felseinschnitte, das Trianon Hotel, die Abzweigung nach Ottawa. Danach kamen nur noch Berge und Bäume.

»Wie lange sind Sie denn schon bei der Polizei?«

Cardinal zuckte die Achseln. »Sagen wir mal, ich könnte bei voller Pension in den Ruhestand, wenn ich wollte.«

Clegg lachte. »Aber Sie wollen nicht? Bei Leuten wie Ihnen muss ich immer an diese Typen denken, die im Lotto gewinnen, ich meine, den Hauptgewinn. Sie haben einen Job, bei dem sie in einem Hochhaus die Glühbirnen austauschen oder so, und sie gewinnen fünfundzwanzig Millionen und geben ihren Job nicht auf.«

»Sie kriegen fünfundzwanzig Millionen Pension? Da müssen die das Budget der RCMP ja mächtig aufgestockt haben.«

»Wir kommen aus.«

Cardinal bog auf die Nosbonsing Road ab. Sie war seit dem

letzten Mal, als er hier draußen war, geteert worden. Sie kamen an einer Hand voll Bauernhöfe vorbei, dann verengte sich die Straße, und sie holperten durch die Wälder, wo die Phalanx vorübersausender Bäume nur noch selten von einer Einfahrt oder einem Briefkasten unterbrochen wurde. An die Windschutzscheibe prasselten Insekten.

»Wie wollen Sie also vorgehen?«, fragte Clegg.

»Wir improvisieren. Als Erstes müssen wir in Erfahrung bringen, ob das Lager wirklich in Gebrauch ist. Falls ja, müssen wir feststellen, ob im Moment jemand da ist. Falls es so aussieht, dass unser Kerl zu Hause ist, setzen wir einen Funkspruch ab, und bald ist hier der Teufel los. Falls er weg ist, durchsuchen wir das Camp nach Terri Tait. Was meinen Sie?«

»Ich bin hundert Prozent Ihrer Meinung«, sagte Clegg. »Klingt, als ob es gleich lustig werden müsste.«

Delorme hatte gerade das OPP-Gebäude verlassen, als Chouinard anrief. Jetzt saß sie in Jerry Commandas Wagen, und sie waren irgendwo auf der Höhe von Sturgeon Falls.

»Jerry, fährt die Kiste nicht ein bisschen schneller? Da steht vielleicht ein Leben auf dem Spiel.«

»Ich bin ziemlich sicher, dass wir hier leer ausgehen«, sagte Jerry und trat aufs Gaspedal. »Nach dem ganzen Tohuwabohu mit der Firmenpleite ist das Lager von irgend so ’ner Hotelkette aufgekauft worden. Keine Ahnung, was sie damit gemacht haben, falls überhaupt etwas.«

»Falls es leer steht, ist es ein großartiger Unterschlupf für Drogendealer.«

Jerry zuckte die Achseln. »Wenn sie Kriebelmücken mögen.«

Tohuwabohu, dachte Delorme. Nur Jerry konnte das Wort benutzen, ohne hoffnungslos antiquiert zu wirken.

»Das hier ist ziemlich nah an dem Haus, wo sie Wombat

aus dem Hinterhalt überfallen haben«, sagte sie. »Kaum mehr als ein paar Kilometer.«

Jerry ging scharf rechts in die Kurve, so dass der Schotter spritzte.

»Cardinal überprüft zusammen mit einem Kollegen von der RCMP das andere Lager«, sagte Delorme.

»Tatsächlich? Mit wem denn?«

»Corporal namens Alan Clegg.«

Jerry fuhr auf eine noch schmalere Straße. Äste peitschten gegen das Wagendach.

»Hatte schon ein paarmal mit ihm zu tun.«

Delorme versuchte vergeblich in Jerrys Profil zu lesen. Das war typisch für Jerry, dass er etwas in vielsagendem Ton von sich gab und im Raum stehen ließ, als müsste man von selbst drauf kommen, was er meinte.

»Und?«

Jerry zuckte wieder die Achseln. »Er schien bemerkenswert wenig darüber zu wissen, was in diesen Breiten vor sich geht. Ich weiß nicht, wieso sie ihn in Algonquin Bay stationiert haben.«

»Weil es so nah an den Viking Riders ist, hab ich von Musgrave gehört.«

Jerry quittierte das mit einem kaum merklichen schiefen Grinsen. Unter ihnen prasselte der Schotter ans Blech. »Manchmal wundere ich mich über Musgrave«, sagte er.

»Ach ja?«

»Musgraves Wege sind unergründlich.«

»Jerry!«

»Was denn?«

»Worauf wollen Sie hinaus?«

Jerry sah sie mit gleichmütiger Miene an. »Clegg scheint nie so viel zu wissen, wie er sollte, das ist alles. Ist mir unangenehm aufgestoßen, wenn wir uns unterhalten haben. Konnte mir irgendwie keinen Reim drauf machen, wieso Musgrave meint, er hätte das richtige Format.«

Sie fuhren um eine Kurve, hinter der die Baustelle erschien. Einige der Hütten standen noch, während die übrige Lichtung bereits fest im Griff der Bulldozer und Straßenhobel war. Rechts breitete ein gusseiserner Adler seine Schwingen über ein altes Holztor aus.

»Das ist das Bild, das Terri Tait gezeichnet hat«, sagte Delorme. »Sie hat genau diesen Adler gezeichnet, bis hin zu den einzelnen Federn.«

»Also, wir können dem Polier ein paar Fragen stellen«, sagte Jerry, »aber irgendwie kann ich mir nicht vorstellen, dass das hier der Eagle Park ist, in dem sie war. Wieso sollte der Kerl sich oben in Reed's Falls blicken lassen, wenn er hier am anderen Ende wohnt?«

»Dieses Lager ist viel näher am Reservat als das andere.«

Sie fuhren über tiefe Furchen zu einem Wohnwagenbüro im Schatten eines riesigen Bauschilds mit der Aufschrift *Künftiger Standort des Heilbads Nordlichter.*

Der Polier war ein Mann von stämmiger, rhombenförmiger Gestalt mit einem Wildwest-Schnurrbart, der ihm kein bisschen stand. Nein, sagte er, auf der Baustelle hätten sich keine Fremden herumgetrieben. Nein, sie hätten auch keine verdächtigen Aktivitäten bemerkt. Sie arbeiteten jetzt seit zwei Monaten hier, und die Einzigen, die seitdem außer den Leuten vom Bau ihren Fuß auf das Gelände gesetzt hätten, seien zwei Cops, die ihnen gerade gegenüberstünden.

»Das heißt, Cardinal und Clegg sind auf dem Weg zum richtigen Platz«, sagte Delorme. »Ich werd Chouinard anrufen.«

»Muss nicht heißen, dass sie dort jemanden antreffen«, sagte Jerry. »Die könnten schon ausgeflogen sein.«

Delormes Handy klingelte in ihrer Tasche. Als sie sich

meldete, war Malcolm Musgrave dran. Er hielt sich nicht mit Vorgeplänkel auf.

»Hören Sie. Arbeiten Sie und Cardinal noch mit Alan Clegg an dieser Mordsache?«

»Ja, wieso?«

»Arbeiten Sie nicht mit ihm. Er taugt nichts.«

»Mein Gott, Musgrave, das sagen Sie uns jetzt? Wieso haben Sie nichts erwähnt, als wir das erste Mal bei Ihnen waren?«

»Wir hatten Clegg schon eine Weile im Visier, aber wir hatten nichts Handfestes gegen ihn. Bis jetzt. Von diesem Brand in der Asservatenkammer gehört?«

»Ja, von Clegg.«

»Da waren zweihundertfünfzig Riesen beschlagnahmtes Bargeld aus einer seiner Razzien drin. Jetzt hatten wir den Brand, und die Feuerwehr sagt, diese vielen Scheine könnten sich unmöglich in Rauch aufgelöst haben. Es hätte pfundweise Asche übrig bleiben müssen, aber da ist nichts. Wir haben uns also gerade eben einen Durchsuchungsbefehl für sein Haus besorgt und genügend Barschaft und Drogen gefunden, um damit ein eigenes Kartell zu gründen. Der Kerl spielt der anderen Seite in die Tasche, Lise. Das darf natürlich nicht an die Öffentlichkeit, bis wir ihn uns schnappen, aber ich wollte, dass Sie es jetzt schon wissen.«

»Was mich betrifft, ich weiß das zu schätzen«, sagte Delorme. »Aber Cardinal sitzt im Moment gerade mit Clegg in einem Wagen.«

»Gar nicht gut. Tut mir leid, dass ich nicht früher was sagen konnte.«

»Ich ruf ihn sofort an«, sagte Delorme. Sie legte auf und wählte Cardinals Handynummer.

55

Terri war schon seit einiger Zeit wach – lange genug, um das ganze schreckliche Ausmaß der Situation zu begreifen –, doch dann hatte die Droge, die Leon ihr gegeben hatte, sie erneut überwältigt, und sie dämmerte wieder ein. Inzwischen war der Nagel zum absoluten Mittelpunkt in Kevins Universum geworden. Es war, als lebte er in dem Strick, als wäre er selbst in diese Fasern eingedreht und zählte jeden Strang. An seinen Handgelenken blutete das rohe Fleisch, doch der Knoten war eindeutig lockerer.

Er arbeitete an dem Rest des Knotens, indem er ihn auf den Nagel spießte und sich dann nach vorne beugte, um ihn mit seinem Gewicht zu lösen. Seine Armmuskeln bereiteten ihm die reinste Qual, und er hatte nichts zu essen gehabt, seit er in diese Zelle geworfen worden war. Vom Nahrungsmangel zitterten ihm die Muskeln. Falls er in die Situation kam, gegen Leon oder Red Bear kämpfen zu müssen, hätte er keine Chance gegen sie.

Der Knoten löste sich ein wenig. Es wurde schwieriger, am Strick zu ziehen, ohne dass er vom Nagel rutschte. Auf der anderen Seite der dunklen Hütte stöhnte Terri und sah auf. »Oh, mein Gott«, sagte sie leise. »Gnade uns Gott.«

Kevin lehnte sich vor und spürte, wie der Strick aus der Schleife rutschte. Es war der zweite Knoten, den er aufbekommen hatte. Er war sich ziemlich sicher, dass es nur noch einen dritten gab. Er wechselte die Stellung und hakte den Strick wieder ein. Er war jetzt direkt an seinem Handgelenk. Falls er die letzte Schlinge nicht lösen konnte, war er vielleicht in der Lage, die Fasern durchzuscheuern.

»Ich kann mich überhaupt nicht rühren«, sagte Terri. »Es ist zu eng.«

»Ich glaube, ich krieg den Strick ab«, sagte Kevin. »Dauert nicht mehr lange.«

Terri nickte. Ihre Augen füllten sich, und die Tränen liefen ihr die Wangen herunter.

»Ich versuch's«, sagte Kevin. Mehr gab es nicht zu sagen. »Ich versuch's.«

Diesmal griff der Nagel. Kevin fühlte, dass er bei der letzten Schlinge eine gute Hebelkraft hatte. Er legte sein Gewicht nach vorne, und der Strick schnitt ihm bei jeder Bewegung in die wunden Gelenke.

Stimmen von draußen, dann ein Schlüssel im Schloss. Red Bear kam herein, gefolgt von Leon.

»Lassen Sie uns laufen«, sagte Terri. »Lassen Sie uns einfach laufen. Wir gehen so weit weg, wie wir können, und Sie hören nie wieder von uns.«

»Wieso, kleine Prinzessin? Angst?« Red Bear stand lächelnd, die Hände in die Hüften gestemmt, vor ihnen.

»Bitte«, sagte Terri. »Wir interessieren uns nicht für Ihre Rauschgiftgeschäfte oder irgendwas anderes, was Sie getan haben. Lassen Sie uns einfach gehen.«

»Du solltest den Mond heute Abend sehen. Eine wunderschöne Sichel. Und er nimmt zu. Das ist das Entscheidende. Er nimmt zu. Das heißt, wir haben die perfekten Bedingungen für ein Opfer.«

Leon lud ein Bündel auf dem Werktisch ab. Kevin glaubte, das Klirren von Stahl zu hören.

Red Bear öffnete einen großen Aktenkoffer und zog eine blitzende Klinge heraus, die er zuerst Kevin, dann Terri zeigte. Terri fing zu schreien an, und Red Bear warf Leon eine Rolle Isolierband zu.

»Sorg dafür, dass sie den Mund hält.«

Leon riss einen langen Streifen ab und klebte ihn Terri vors Gesicht.

»Wir machen es wieder ab, sobald wir mit dem Opfer beginnen. Dann wird es wichtig sein, die Schreie zu hören.«

Red Bear nahm ein anderes Messer zur Hand. »Diese kleinen Klingen sind bestens dafür geeignet, Finger und Zehen zu entfernen. Ich zeig dir an dem Mädchen, wie es geht. Wenn ich fertig bin, kannst du den anderen opfern.«

»Ich geh gern bei dir in die Schule, Mann. Bin richtig angetörnt«, sagte Leon und rieb sich die Hände. Seine Augen glitzerten, und Kevin sah, dass er in die Stratosphäre abgehoben hatte. Unmöglich, zu ihm durchzudringen.

Red Bear hielt noch mehr Werkzeuge in die Höhe.

»Diese mittelgroßen Klingen kannst du für alles andere benutzen, was dir so einfällt. Alles kommt in den *nganga*. Wir werden einen Geist schaffen, der aus weiblichem und männlichem Blut entsteht. Er wird außerordentlich mächtig sein.«

»Phantastisch«, sagte Leon. »Was wird er für uns tun?«

»Alles, was wir wollen.«

Cardinal fuhr ein Stück zurück und parkte den Wagen etwas außerhalb des Lagers. »Sie schalten besser Ihr Handy aus, falls Sie eins dabeihaben«, sagte er. »Wollen vorerst keinen unnötigen Lärm machen.«

»Ist aus«, sagte Clegg. »Aber ich hab nicht das Gefühl, dass hier irgendwas los ist.«

Cardinal musste nicht einmal aussteigen, um die frischen Reifenspuren vor ihnen zu sehen. »Das würde ich nicht so schnell sagen. Offensichtlich sind hier Leute gekommen und gegangen.« Er zeigte über die dunkle, unbewaldete Fläche. »Und außen an dieser großen Hütte brennt Licht.«

»Bestimmt nur aus Sicherheitsgründen. In den Hütten ist es dunkel.«

»Zu wessen Sicherheit? Eagle Camps ist bankrott, schon vergessen? Wieso haben Sie es so eilig, aufzugeben?«

»Tut mir leid«, sagte Clegg. »War 'n langer Tag. Und ich hab später noch 'ne lange Fahrt vor mir.«

Cardinal stieg aus und ging am Rand des Lagers entlang voraus, indem er sich an der Rückseite der Hütten hielt. Als sie etwa fünfzig Meter gegangen waren, konnten sie um das hintere Ende der größten Hütte sehen. Dort standen zwei Autos, eins davon ein schwarzer TransAm.

»Ich fordere Unterstützung an«, sagte Cardinal.

Er zog sein Handy heraus und sah auf dem Display, dass Delorme versucht hatte anzurufen.

Clegg zog seinen Dienstrevolver und zielte auf Cardinals Kopf.

»Das wirst du schön bleiben lassen«, sagte er. »Eine falsche Bewegung, und ich blas dir das Hirn raus. Und glaub nicht, ich würde das ja doch nicht tun, denn weißt du, im Moment hab ich nichts mehr zu verlieren.«

Clegg griff in Cardinals Halfter und holte die Beretta heraus.

»Sie sind der letzte Dreck«, sagte Cardinal, »und ich dachte, Sie wären nur inkompetent.«

Clegg deutete mit dem Revolver auf das Hauptgebäude. »Geh vor.«

Cardinal lief über die Lichtung.

»Überlegen Sie sich das gut, Corporal. Mein Chef weiß, dass ich mit Ihnen hier draußen bin. Wenn ich nicht zurückkomme, wird jeder Polizist nördlich von Toronto nach mir suchen.«

»Weiter.«

»Wie sind Sie da reingeraten, Clegg? War es nur das Geld, oder hängen Sie an der Nadel?«

»Wollte meinen Horizont ein bisschen erweitern.«

»Hören Sie, noch können Sie es sich überlegen. Nehmen Sie die Waffe weg, und ich gebe Ihnen die Chance, hier rauszukommen. Wir werden nach Ihnen suchen – dagegen bin ich machtlos –, aber wenigstens sind Sie dann nicht in Mord verwickelt.«

Das stimmte nicht einmal annäherungsweise, und das wussten sie beide.

Sie waren an der Tür zur größten Hütte. Eine Sicherheitskamera starrte auf sie herab. Clegg klopfte an – dreimal kurz, dreimal lang – und wartete. Er hielt die Waffe weiter auf Cardinal gerichtet, Cardinals eigene Beretta.

»Sie meinen, wenn Sie mich mit meiner eigenen Pistole erschießen, sieht es besser für Sie aus? Wie denn – die Bösen haben mir die Waffe abgenommen und auf mich geschossen, als ich abzuhauen versuchte?«

»Damit hab ich keine Probleme«, sagte Clegg. »Sie müssen in einer der anderen Hütten sein. Hier lang.«

Cardinal ging auf die Häuserreihe an der Ostseite der Lichtung zu. Er fragte sich, ob Delorme schon an dem anderen Lager angekommen war und kehrtgemacht hatte. Falls ja, wusste sie, dass dies hier das richtige Camp war. Vielleicht brauchten sie Cardinals Anruf gar nicht, um Verstärkung rauszuschicken; wenn sie nichts von ihm hörten, würden sie ein Einsatzkommando mobilisieren. Oder war das nur Wunschdenken seinerseits? Sein Herz pochte laut, und der Schweiß lief ihm von der Stirn.

Die Reihe Hütten vor ihnen war völlig dunkel.

»Sie scheinen kein Glück zu haben«, sagte Cardinal.

»Es gibt noch eine Hütte da hinten. Vorwärts.«

Cardinal stolperte über eine Wurzel und fiel beinahe hin. Dann erschien vor ihnen im Dickicht plötzlich eine weitere Hütte. Sie war weitaus heruntergekommener als die übrigen und sah aus, als hätte sie vielleicht einmal als Geräteschuppen oder dergleichen gedient. Von innen waren Stimmen zu hören.

Clegg rief laut: »Hey, Red Bear!«

Die Tür ging auf, und ein Mann kam heraus. Schulterlanges Haar, mit einem Stirnband zurückgehalten. Dennoch unschwer zu erkennen.

»Mr. Beltran«, sagte Cardinal. »Es ist aus. Egal, was Sie hier und jetzt tun, es ist endgültig aus. Weitere Polizisten sind unterwegs.«

»Wieso bringst du den her?«, sagte Beltran zu Clegg.

»Hab ich nicht. Er bringt mich.«

Beltran kam die Treppe herunter. Eine lange Klinge blitzte in seiner Hand. Seine Augen waren transparent, wie tot.

»Seien Sie klug«, sagte Cardinal. »Wenn ich hier bin, heißt das, andere kommen bald nach. Sie können sich ergeben, oder Sie können abhauen. Alles andere macht es nur noch schlimmer.«

»Gewiss, und zwar für Sie«, sagte Beltran. Er kam noch einen Schritt näher. Die Klinge blitzte. »Dafür würde mein kleiner Freund hier sorgen. Wenn wir Sie nun ...«

»Was zum Teufel hat der hier zu suchen?«

Cardinal erkannte Leon Rutkowski an der Narbe auf seiner Stirn, doch Rutkowski sah nicht Cardinal an, sondern Clegg.

»Hi, Leon«, sagte Clegg. »Lange nicht gesehen.«

»Der Scheißkerl hat mich für acht Jahre eingebuchtet, Mann.«

»Keine Sorge«, sagte Beltran. »Er ist ein Freund von uns. Du wirst beschützt, schon vergessen?«

»Mounties sind keine Freunde von mir.«

»Jetzt schon.«

»Leon«, sagte Cardinal. »Sie kennen mich nicht. Ich bin bei der Kripo Algonquin Bay, nicht bei der RCMP. Corporal Clegg mag ja mit Mr. Beltran hier zusammenarbeiten, aber ich nicht. Und eins kann ich Ihnen sagen: Ihnen bleiben ungefähr fünf Minuten, bevor es von Beamten der städtischen Polizei nur so wimmelt; die nächsten Entscheidungen, die Sie treffen, werden also wichtig für Sie sein. Ich an Ihrer Stelle würde mich verziehen.«

Rutkowski rieb sich die Narbe an der Stirn.

»Wie haben Sie ihn genannt?«

»Raymond Beltran. Ursprünglich aus Kuba. Jetzt gesucht wegen Folterung und Mord in mehreren Fällen in Miami. Ganz zu schweigen vom Mord an einem Viking Rider namens Wombat Guthrie, aber ich vermute mal, davon wussten Sie.«

»Beltran klingt nicht besonders indianisch«, sagte Leon.

Beltran zuckte die Achseln. »Ich benutze den Namen, der mir gerade nützlich scheint. Unsere Lieferanten waren eher geneigt, einem Indianer zu vertrauen. Egal, was kümmert's dich?« Beltran wies mit der Spitze seines Messers auf ein Medaillon auf Leons Brust. »Solange du das da trägst, musst du dir um nichts Sorgen machen. Das ist eine Kraft, von der Indianer nicht einmal träumen können.«

»Was willst du mit dem Kerl machen?«, fragte Clegg. »Offensichtlich können wir ihn nicht in die Stadt zurücklassen.«

»Oh, bring ihn rein.« Red Bear zeigte mit dem Messer auf die Hütte; rostfreier Stahl blitzte auf. »Er wird uns gute Dienste leisten.«

Cardinal spürte, wie sich ihm die Beretta in die Wirbelsäule bohrte.

Ein Dröhnen von näher kommenden Motoren hallte plötzlich durch die Bäume.

»Ich sage es ja nur ungern, aber ...«, bemerkte Cardinal. Lise Delorme, dachte er, dafür kriegst du einen großen, dicken Kuss von mir.

»Bullen, Mann.« Leons Augen wirkten ein wenig wild.

»Machen wir verdammt noch mal, dass wir hier rauskommen.«

»Weglaufen führt zu nichts, Leon«, sagte Beltran. »Lass mich die Sache in die Hand nehmen.«

»In die Hand nehmen? Da ist eine Armee von Bullen im Anmarsch, und du willst das in die Hand nehmen?«

Beltran legte ihm die Hand auf den Arm. Es war eine seltsam zärtliche Geste unter den gegebenen Umständen. »Du hast gesagt, du vertraust mir«, sagte er. »Jetzt wird dieses Vertrauen auf die Probe gestellt.«

»Ich vertraue dir.«

»Ich will, dass du mir absolut vertraust. Für immer.«

»Ich hab gesagt, ich vertraue dir, Mann.«

»Gut, wir haben einen Bullen als Geisel. Es gibt keinen Grund, abzuhauen.«

Das Motorendröhnen war zum Donner angeschwollen. Eine Gruppe Scheinwerfer erschien, die sich einzeln und nicht paarweise bewegten und schließlich über das Feld herüberholperten.

»Das sind die verdammten Viking Riders, Mann.« Leon sah aus, als wollte er in Tränen ausbrechen, eine der Situation ziemlich angemessene Reaktion, wie Cardinal fand. Binnen Sekunden waren sie von blendenden Scheinwerferlichtern umkreist. Cardinal zählte zehn.

Der Motorenlärm verebbte zu einem stotternden Geräusch und verstummte ganz. Kippständer rasteten ein, dann waren zwei Gestalten im gleißenden Licht auszumachen. Die übrigen blieben im Schatten. »Cardinal«, sagte Steve Lasalle. »Hab nicht damit gerechnet, Sie hier anzutreffen.«

»Ich wüsste, wo ich lieber wäre«, antwortete Cardinal.

»Und Sie haben offenbar keinen guten Tag. Sie auch nicht«, fügte er an Clegg gewandt hinzu. »Ich dachte, es gäbe eine Abmachung zwischen uns.«

»Gibt es auch«, sagte Clegg. »Mit Wombat hab ich nichts zu tun.«

»Leider kaufe ich Ihnen das nicht ab.«

»Ob Sie es glauben oder nicht, haben Sie es hier mit zwei Polizisten zu tun, ich denke also, Sie verschwinden besser.«

Lasalle wies mit dem Kopf auf Cleggs Pistole, die immer noch auf Cardinals Rücken gerichtet war. »Sieht nicht so aus, als ob ihr zwei euch allzu nahe stehen würdet.«

»Ist nur fair, Sie zu warnen«, sagte Cardinal. »Es sind 'ne Menge Polizisten hierher unterwegs.«

Lasalle grinste. »Das hätten Sie wohl gerne.«

Clegg wirbelte mit der Beretta zu ihm herum. Bevor er abdrücken konnte, gab es eine Explosion, und Clegg sackte, wie ein Priester in der Kirche, auf ein Knie. »Oh«, sagte er, als hätte er gerade etwas verstanden. Er griff sich an die Brust, versuchte aufzustehen und fiel zur Seite um. »Oh«, sagte er noch einmal, und diesmal lag etwas Endgültiges darin.

Harlan Calhoun machte mit seinen geballten zweieinhalb Zentnern einen Schritt nach vorn und spuckte auf Clegg. Dann richtete er seine Pistole auf Beltran.

»Du hast Wombat getötet«, sagte er. »Niemand tötet einen Viking Rider und kommt mit dem Leben davon.«

»Du kannst mir nichts anhaben«, sagte Beltran. »Und falls du es doch versuchst, ist jeder Geist der Hölle hinter dir her und findet dich.«

Calhoun drückte ab. Es gab ein lautes Klicken.

»Allmächtiger, Mann. Die Magie wirkt«, sagte Leon. »Wir werden wirklich beschützt!«

»Geh zur Hölle«, sagte Calhoun und drückte wieder ab.

Ein schwarzer Punkt erschien über Leons linkem Auge. Er griff nach der Tür, um sich festzuhalten.

»Blödmann«, sagte Calhoun.

Beltran drehte sich nicht einmal zu Leon um, sondern fixierte Calhoun. »Du hast meinen Freund umgebracht«, sagte er. »Ich schwör dir bei allen Göttern, du wirst dir noch mal wünschen, du wärst mit ihm gestorben.«

»Ach ja?«

Plötzlich war das Rauschen eines Funkgeräts zu hören. Inmitten der mondbeschienenen Auspuffgase konnte Cardinal ein paar Kopfhörer erkennen.

»Steve«, sagte eine Stimme. »Bullen.«

Einen Moment herrschte Stille. Lasalle legte den Kopf schief. Kaum hörbar das Geräusch näher kommender Sirenen.

»Macht euch auf die Socken«, sagte er. »Alle. Jetzt.«

Beltran tauchte in die tiefen Schatten neben der Hütte. Calhoun schoss hinterher, und Cardinal nutzte diesen Moment, ebenfalls in die Dunkelheit hinter der Hütte zu verschwinden. Die Sirenen kamen näher. Cardinal hörte einen Fluch, dann erschien Calhouns massige Gestalt in den Auspuffschwaden. Ein abgehacktes Getöse an Pferdestärken, und keine Sekunde später schrumpften die Feuerstühle zu einer Galaxie aus Lichtern, die mit voller Kraft über die offene Fläche brausten.

Cardinal hob seine Pistole auf, die neben Clegg am Boden lag. Der Corporal atmete nicht. Cardinal rannte in die Hütte und übergab sich fast bei dem Gestank.

Er schnappte sich eines der vielen Messer, die auf dem Tisch ausgebreitet lagen, und befreite zuerst Terri, dann Kevin. Sie weinten beide, unfähig zu sprechen, doch er konnte keine Wunden sehen, die sofort hätten versorgt werden müssen.

»Können Sie laufen?«, fragte Cardinal und half ihnen auf die Beine. »Gehen Sie raus und setzen Sie sich vor die größte Hütte ins Licht. Es kommen gerade Kollegen von der Polizei. Bleiben Sie da sitzen, wo sie Sie sehen können, und halten Sie Ihre Hände sichtbar vor sich. Tun Sie alles, was sie sagen, und kommen Sie ja nicht auf die Idee, wegzurennen oder sie sonstwie auf Trab zu bringen. Sie sind bewaffnet und nervös. Bin gleich wieder zurück.«

Er manövrierte sie an den beiden Leichen vorbei Richtung Hauptgebäude. Dann wandte er sich wieder der schwarzen Nacht des Waldes zu.

So leise, wie er konnte, stieg Cardinal den Hügel hinter den Hütten hinauf und kam an den Rand einer Felsspalte inmitten einer Gruppe stattlicher Bäume. Hinter sich hörte er das Zuschlagen von Autotüren und laute Stimmen. Szelagy. Delorme.

Ich sollte auf sie warten, dachte er. Doch die Gefahr war zu groß, dass Beltran ihnen entwischte, ein Boot fand oder sie zu einer endlosen Jagd durch die Wälder zwang. Er konnte noch nicht weit gekommen sein.

So dünn die Mondsichel auch war, sie warf ein kühles, metallisches Licht auf die Spalte im Fels. Cardinal hielt sich im Schatten und lief um die Lichtung herum. Er fand einen Pfad auf der anderen Seite und folgte ihm in ein Stück Gelände, auf dem Licht und Schatten wechselten. Der Boden unter seinen Füßen war lehmig; er konnte sich fast lautlos bewegen.

Ein Stück weiter zweigte ein anderer Pfad nach rechts ab. Wenn er sich geradeaus hielt, würde er ans Ufer kommen. Er hielt sich scharf nach rechts, und der Pfad wurde rasch immer schmaler. Das Gelände stieg ein wenig an, und hinter einer Lichtung ragte eine Felswand auf. Der Mond war hinter einer Wolke versteckt. In der plötzlichen Dunkelheit war es schwer, im Granit die Stellen zu sehen, wo die Hände Halt fanden.

Später hätte Cardinal nicht mehr sagen können, was ihn aufgeschreckt hatte. Ein leichtes Rascheln über sich? Ein Aufblitzen von Metall? Egal, weshalb, trat er zur Seite, so dass Beltran, als er sich aus dem Dunkel über ihm fallen ließ, mit seinem Messer Cardinals Hals verfehlte und nur seine Schulter und seinen Oberarm streifte. Cardinal verlor das Gleichgewicht und stolperte nach vorn, während Beltran hinter ihm auf den Boden krachte.

Cardinal hatte seine Pistole halb erhoben, als Beltran sich erneut auf ihn stürzte, das Messer blitzend in der Hand. Sie hielten sich umklammert; Beltran hatte Cardinals Pistole gepackt, und Cardinal erwischte Beltrans Handgelenk genau in dem Moment, als das Messer in einem Bogen auf seine Brust niederging. Sie taumelten gegen die Felswand in Cardinals Rücken.

Beltran legte sich mit seinem ganzen Gewicht gegen Cardinal, und zusammen stolperten sie über einen großen Stein. Eine scharfe Granitkante schnitt Cardinal ins Schulterblatt. Das Messer fiel, mit der Spitze zuerst, und blieb zitternd im Boden stecken. Beltran verdrehte Cardinal mit aller Gewalt den Arm, und die Pistole fiel mit einem dumpfen Geräusch auf die Erde.

Als sie wieder hochkamen, hatte Beltran das Messer, und Cardinal stand mit leeren Händen da. Beltran brabbelte etwas Unverständliches, mit englischen Brocken versetzt. Er rief immer wieder so etwas wie »Ellegua! Ellegua! Beschütze mich«, und dann folgte ein wahrer Sturzbach in einer Sprache, die Cardinal noch nie gehört hatte. Er konzentrierte sich ganz auf das Messer, das Beltran jetzt in großen Bögen schwang, so dass Cardinal sich gezwungen sah, zurückzuspringen.

Beltran holte noch einmal aus, und diesmal trat Cardinal mit aller Kraft zu und traf. Das Messer flog an die Felswand und sprühte Funken auf Granit. Beltran fiel nach hinten und krabbelte auf allen vieren, um sich das Messer wiederzuholen. Cardinal riss ihn an der Schulter zurück.

Wieso erwies sich immer all das, was er in der Polizeischule über Nahkampf gelernt hatte, im Ernstfall als völlig unzulänglich? Wenn es hart auf hart kam, griffen die Polizeitechniken einfach nicht und waren alles andere als angetan, jemanden unschädlich zu machen. Nichts bereitete einen in den Kursen auf das Tempo vor, mit dem sich ein Mensch bewegen kann, der sich in die Enge getrieben fühlt. Beltrans Fäuste schienen überall zugleich zu sein, und als Cardinal sich weit genug entfernte, dass sie ihn nicht treffen konnten, trat Beltran ihm so fest in die Magengrube, dass er wie ein lahmer Gaul zu Boden ging.

Cardinal landete hart auf dem Knie, und der Schmerz schoss ihm den Oberschenkel hoch. Aber er war nicht auf Granit gestoßen, sondern auf Waffenmetall. Er hob in dem Moment seine Beretta auf, als Beltran noch einmal mit seinem Messer zu ihm herumwirbelte.

Er brüllte, rief Ellegua an, er möge seine Feinde zu Staub zermalmen. Er ging mit blitzendem Messer auf seinen Widersacher los. Cardinal zielte auf die Körpermasse und schoss. Die Kugel traf mit einem seltsamen, einem klirrenden Geräusch. Beltran sank in die Knie und schnappte nach Luft.

Er griff sich an ein großes Medaillon, das er um den Hals hängen hatte. »Sehen Sie«, sagte er. »Sie können mich nicht töten. Ich werde beschützt.« Immer noch auf Knien, kam er ein Stück näher. Er erhob das Messer, und Cardinal feuerte wieder und leerte diesmal das Magazin.

Beltran sackte vornüber, und das Messer fiel ihm aus der Hand. Unter ihm quoll das Blut hervor und sammelte sich auf dem Felsgestein in einer schwarzen Lache, in der sich der weiße Mond wie eine Klinge spiegelte.

56

Lise Delorme saß in ihrem Wagen auf dem Parkplatz des Ontario Hospital. Sie hatte versucht, draußen zu warten, doch hier oben in Waldesnähe waren die Mücken immer noch zu schlimm, auch wenn es allmählich besser wurde. Noch ein, zwei Wochen, und man konnte vielleicht tatsächlich einen Waldspaziergang genießen.

Sie starrte auf den wuchtigen roten Klinkerbau mit seinen vielen dunklen Fenstern, einige davon vergittert. Nervenheilanstalten hatten etwas Unheimliches an sich, das es in dieser Weise nicht bei Gefängnissen oder anderen trostlosen Einrichtungen gab. Selbst jetzt, bei strahlendem Sonnenschein, bekam man das Gefühl, am liebsten umkehren und an andere Dinge denken zu wollen.

In einem sicher einmaligen Arrangement teilt sich in Algonquin Bay der Coroner ein Büro mit der psychiatrischen Klinik. Delorme war hier heraufgekommen, um mit Dr. Rayburn zu sprechen und seine ordnungsgemäßen Berichte abzuholen. Das hatte nur ein paar Minuten in Anspruch genommen, doch als sie aus dem Gebäude kam, hatte sie Cardinals Camry auf dem Parkplatz entdeckt und beschlossen, auf ihn zu warten. Die Berichte des Coroners waren reine Formsache gewesen, nur ein weiterer Stapel Papiere für eine dicke Akte. Sie enthielten die routinemäßige, doch unumgängliche Feststellung, dass die drei Verstorbenen – Raymond Beltran, Leon Rutkowski und Alan Clegg – ein gewaltsames Ende gefunden hatten und somit eine gerichtsmedizinische Untersuchung erforderlich sei.

Ergänzte man diese Liste durch Toof Tilley, Wombat

Guthrie und Gott weiß wie viele andere in Miami und Toronto, war die Zahl der Opfer wirklich deprimierend.

Aus dem Seiteneingang kam eine Frau, gefolgt von Cardinal.

Delorme stieg aus und ging ihnen bis zum Rand des Parkplatzes entgegen.

»Lise.« Cardinals Ton war verhaltener als sonst. Delorme hatte selten jemanden so erschöpft gesehen.

»Was macht die Schulter?«

»Halb so schlimm. Pocht manchmal ein bisschen.«

»Dann fällt das Bowling vorerst flach.«

»Zumindest mit der linken Hand. Ich glaube, du kennst meine Tochter noch nicht. Kelly, das ist Lise Delorme.«

»Die berühmte Sergeant Delorme«, sagte Kelly und schüttelte ihr die Hand. Sie hatte ein schönes Lächeln, das dem ihrer Mutter ähnelte. Doch die Augen waren die ihres Vaters. Traurige Augen, selbst wenn sie lächelte. »Dad hat mir eine Menge über Sie erzählt.«

»Oje«, sagte Delorme.

»Nein, nein, nur Gutes. Er bewundert Sie.«

»Das ist mir aber neu«, sagte Delorme und merkte, wie ihre Wangen glühten. Bewundert? Die macht Witze. Sie warf ihm einen Blick zu, doch falls Cardinal verlegen war, konnte sie es in diesem erschöpften Gesicht nicht lesen.

»Ich warte im Wagen«, sagte Kelly zu ihrem Vater, verschwand im selben Augenblick und ließ einen Eindruck von Jugend, Kompromisslosigkeit und noch etwas darüber hinaus zurück.

Es lag ein Quäntchen Glamour in der Art, wie sie den Kopf hielt, wie sie sich nach der New Yorker Mode kleidete. Kelly Cardinal war etwas Besonderes.

»Ich wollte nicht stören«, sagte Delorme. »Ich dachte nur, du wolltest vielleicht auf dem Laufenden sein. Wir haben die

Waffe, auf die wir im Lager gestoßen sind, mit den Kugeln abgeglichen, mit denen Tilley ermordet wurde; sie passen zusammen.«

»Ausgezeichnet, freut mich zu hören.«

»Rutkowskis Fingerabdrücke dran. Nicht Beltrans.«

»Ha«, sagte Cardinal. »Seelenverwandte.«

Seine Reaktion war so gedämpft, dass Delorme ihn am liebsten geschüttelt – oder auch in die Arme genommen hätte. Egal, was. Seine physischen Schmerzen waren so offensichtlich nicht das eigentliche Problem.

»Sie haben auch bestätigt, dass es sich bei dem Kopf um Wombat Guthrie handelt«, fuhr sie fort und wünschte sich im selben Moment, sie könnte sich diese Dinge ersparen.

»Wie geht's Terri und ihrem Bruder?«

»Beide ziemlich traumatisiert. Ist noch zu früh, um zu sagen, ob sie bleibende psychische Schäden davontragen. Ich denke allerdings, dass es Kevin von den Drogen kuriert hat. Immerhin ein Anfang. Du lagst übrigens richtig mit dem Medaillon. Es war Terris.«

»Großartig.«

»Es wird dich auch freuen, dass Steve Lasalles und Harlan Calhouns Antrag auf Kaution abgelehnt wurde.«

»Gut. Also …«

»Wie geht's Catherine, John?«

»Na ja, du weißt ja. Schwer zu sagen.« Cardinal wandte den Blick und starrte zu den Bäumen hinüber. In der hellen Sonne legten sich Krähenfüße um seine Augen. »Wie's aussieht, wollte sie keinen Besuch.«

»Das tut mir leid zu hören«, sagte Delorme. »Das ist hart.«

»Sag Chouinard, ich bin morgen wieder im Büro.«

»Nimm dir noch ein bisschen Zeit, John. Es ist nicht nötig, so schnell wieder zum Dienst zu kommen.«

»Doch, ist es. Sag ihm, ich bin morgen wieder da.«

Delorme sah ihm nach, wie er über den Parkplatz lief. Kelly wartete am Wagen auf ihn.

Die junge Frau beugte sich plötzlich vor und legte die Hände vors Gesicht. Cardinal nahm sie in die Arme und hielt sie fest. So blieben sie lange stehen. Sie standen immer noch reglos da, als Delorme vom Parkplatz fuhr und Cardinal seiner Tochter mit der Linken über die Haare strich.

Dank

Die folgenden Experten haben bei der Klärung von Fragen im Bereich Notfallmedizin, posttraumatischer Amnesie und forensischer Entomologie großzügige Hilfe geleistet. Es versteht sich von selbst, dass sie für eventuell verbleibende Irrtümer nicht verantwortlich sind: Dr. David Gibo von der Toronto University; Martin Ransom, Polizeidienststelle North Bay; Dr. Mike Lecky, General Hospital North Bay; Dr. Felix Sperling, University of Alberta; Dr. Michael Persinger, Laurentian University.

Mein besonderer Dank gilt Detective Sergeant Rick Sapinski von der Polizei North Bay sowie Les Couchie von der Union of Ontario Indians.